आदर्श रामलीला

(प्रथम भाग)

आदर्श रामलीला

(प्रथम भाग)

लाल जी 'निधि'

नीलगीरि प्रकाशन
नई दिल्ली-110002

ISBN No. : 978-93-80515-30-4

मूल्य : 495.00

प्रथम संस्करण : 2022

प्रकाशक : **नीलगीरि प्रकाशन**
4760-61, (द्वितीय तल) 23, अंसारी रोड
दरियागंज, नई दिल्ली-110002

शब्द-संयोजन : गुप्ता कम्यूनिकेशन
दिल्ली-110032

ADARSH RAMLILA, Part-1 *by* Lal Ji 'Nidhi'

समर्पण

वस्त्रहीन, अर्थहीन मैं
ज्ञानहीन धरती पर आया,
ये अमित निधि ये लाल कुसुम
जो पाया तुझसे ही पाया,
तेरी लीला हृदय में उतरी
रचना-भाव मन में आया,
यह तेरी रचना तुझे समर्पित
मैं इस मध्य कहाँ से आया,
पर भगवान अब तो इक वर दो
मुझको तुलसी-नरसी कर दो।

कथा कही जैसी बनि आई

राम युग पुरुष हैं। वे मर्यादा पुरुषोत्तम हैं, भगवान है; और भी अपनी-अपनी भावनाओं के अनुसार जगत-प्रेरक है-जाकी रही भावना जैसी, प्रभु मूरत देखी तिन तैसी। तुलसीदास ने जिस रामलीला का प्रारंभ किया था, वह आज भी अपने मूल अथवा परिवर्तित रूप में भारत और भारत के बाहर खेली जा रही है। रामायण सीरियल के प्रदर्शन के समय जनता द्वारा अघोषित कर्फ्यू आज भी इसकी प्रसिद्धि का परिचायक है। आज शहरी समाज में रामलीला का प्रदर्शन बड़ा भव्य होता जा रहा है, परंतु उसकी आत्मा कहीं लुप्त प्रतीत होती है। प्राचीन काल की सरल रामलीला आज गाँवों में सिमट रही है। मैंने स्वयं 1958 ई. से 2001 ई. तक गाँव की रामलीला में 'राम' का अभिनय किया है, तभी से मेरे मन में एक ऐसी 'रामलीला' की बात घूम रही थी जो पात्रानुसार सरल, सहज भाव में दर्शक तक पहुँच सके। जो जन-जन की रामायण हो, जन-जन जिस लीला से भाव-विभोर हो जाए, जिसमें भव्यता चाहे न हो, पर सहजता अवश्य हो। उसी उद्देश्य से जब लिखने का संकल्प किया तो प्रभु लिखवाते गए। जिन रामायण-ग्रंथों ने मुझे प्रभावित किया, उनका श्रेष्ठ लेने का लोभ भी मैं संवरण न कर सका। राधेश्याम जी की रामायण, विश्वेश्वर दयाल गुप्त 'कुशल' की रामलीला नाटक रामायण और यशवंत सिंह वर्मा की 'आर्य संगीत रामायण' का पर्याप्त अंश इस रचना में है और तुलसीदास के शब्दों में 'क्वचित्ऽन्योपि'। रचनाकार का मेरा रूप जैसा भी है, वह भी इसमें देखने को मिलेगा। इसीलिए मैं इस रचना को लेखन नहीं, 'शोध, संकलन, संपादन' के रूप में देखता हूँ। जिनकी रचनाएँ इसमें हैं, उनका श्रेय उन्हीं को दिया गया है। यह प्रयास यदि भक्तों को रुचिकर लगेगा तो मैं स्वयं को कृतकृत्य मानूँगा, अन्यथा मैंने तो 'राम-स्मरण' के लिए ही इसे रचा है। आपके सुझावों का स्वागत है।

लाल जी 'निधि'-कुसुम

श्रीराम लीला मंचन

ईश्वर स्तुति

गाना (ध्रुपद श्याम कल्याण या भीम पलासी चार ताल)

दीनबन्धु! दीनानाथ! शरण आए हम अनाथ,
तुम हमारे परम देव, हमारी लाज तुमरे हाथ।
दीनबन्धु.........

1. पूर्ण ब्रह्म परमानन्द काटो नाथ जन के फन्द,
हम हैं दीन मति मन्द, तुम्हीं तात तुम्हीं भ्रात।
दीनबन्धु.........

2. निराकार, निर्विकार सर्व ईश, सर्व आधार,
आए नाथ तुमरे द्वार, तुम ही पिता तुम ही मात।
दीनबन्धु.........

3. आन लागे तुमरे चरण-लीजो नाथ अपनी शरण,
नाम तेरो दुख हरण-तुम ही दिवस तुम ही रात।
दीनबन्धु.........

4. तुम ही आदि तुम ही अन्त, महादेव परम सन्त,
शरण तेरी है 'यशवन्त' जन्म मरण तेरे हाथ।
दीनबन्धु.........

आरती श्री जगदीश्वर की

ओ३म् जय जगदीश हरे – स्वामी जय जगदीश हरे।
स स ससनी सरे रेग म पधपम गमगरे
भक्त जनों के संकट – सन्त जनों के संकट
रेगुरे गम म गरेसरेगरे गम म गरेस
क्षण में दूर करे
स रे गरेस ऩीस ऩीध
ओ३म् जय जगदीश हरे।
रेरे रेरे रेरेगरे सऩीस

1. जो ध्यावे फल पावे – दुख बिनसे मन का
रे सनीरे सऩी रेस म मग रे सरे
स्वामी दुख बिनसे मन का
प पध पम गरे सरे
सुख सम्पत्ति घर आवे – कष्ट मिटे तन का। ओ३म्......
रेग रेगममम गरेस स रे गरेस ऩीस ऩीध़

2. मात पिता तुम मेरे–शरण गहूँ किसकी। स्वामी शरण.....
तुम बिन और न दूजा–आस करूँ जिसकी। ओ३म्.....

3. तुम पूरण परमात्मा तुम अन्तरयामी।
पार ब्रह्म परमेश्वर तुम सबके स्वामी। ओ३म्.....

4. तुम करुणा के सागर तुम पालनकर्ता।
मैं मूर्ख खलकामी कृपा करो भर्ता। ओ३म्.....

5. तुम हो एक अगोचर–सबके प्राणपति।
किस विधि मिलूँ दयामय–तुमको मैं कुमति। ओ३म्.....

6. दीन बन्धु दुखहर्ता-ठाकुर तुम मेरे।
अपने हाथ उठाओ द्वार पड़ा तेरे। ओ३म्.....

7. विषय विकार मिटाओ-पाप हरो देवा।
श्रद्धा भक्ति बढ़ाओ-सन्तन की सेवा। ओ३म्.....

श्रद्धाराम फिल्लौरी

8. तन मन धन सब कुछ है तेरा।
तेरा तुमको अर्पण-क्या लागे मेरा। ओ३म्.....

9. श्याम सुन्दर जी की आरती जो कोई नित गावे,
कहत शिवानन्द स्वामी-मनवांछित फल पावे। ओ३म्.....

गायत्री मन्त्र

ओ३म् भूः भुवः स्वः तत् सवितुः वरेण्यं
भर्गो देवस्य धीमहि धियो यो नः प्रचोदयात्

ओ३म्	:	परमात्मा
भूः	:	प्राण स्वरूप
भुवः	:	दुख नाशक
स्वः	:	सुख स्वरूप
तत्	:	उस
सवितुः	:	तेजस्वी
वरेण्यं	:	श्रेष्ठ
भर्गो	:	पाप नाशक
देवस्य	:	दिव्य
धीमहि	:	धारण करे
धियो	:	बुद्धि
यो	:	जो
नः	:	हमारी
प्रचोदयात्	:	प्रेरित करे

अर्थात्, उस प्राण स्वरूप, दुख नाशक, सुख स्वरूप, श्रेष्ठ, तेजस्वी, पाप नाशक, देव स्वरूप परमात्मा को हम अन्तरात्मा से धारण करें। वह परमात्मा हमारी बुद्धि को सन्मार्ग पर प्रेरित करे।

इस मन्त्र के अर्थ पर इसके तीन अर्थ दृष्टिगोचर होते हैं। ईश्वर का दिव्य चिन्तन, ईश्वर को अन्तरात्मा में धारण करना और सद्बुद्धि हेतु प्रार्थना। ये तीनों अर्थ दिव्य महत्व के हैं।

ईश्वर के प्राण स्वरूप, आनन्द स्वरूप, दुख नाशक, तेजस्वी, पाप

रहित, श्रेष्ठ देव गुण से विभूषित स्वरूप के ध्यान का गूढ़ अर्थ यह है कि इन्हीं गुणों से हम भी विभूषित हों। अपने कर्म और व्यवहार को ऐसा बनाएँ कि उपयुक्त विशेषताएँ हम व्यवहारिक जीवन में परिलक्षित होने लगे। गायत्री मन्त्र का दूसरा भाग ईश्वर को अपनी अन्तरात्मा में धारण करने की साधना है। मन्त्र का तीसरा भाग सद्बुद्धि की प्रेरणा के लिए प्रार्थना करना है।

गायत्री मन्त्र में ज्ञान, भक्ति व कर्म उपासना तीनों है। सद्गुणों का चिन्तन ज्ञान योग है, ब्रह्म की धारणा भक्ति योग है और बुद्धि की सात्विकता एवं अनासक्ति कर्म योग है।

मन्त्र

ओं विश्वानि देव सवितुर्दुरितानि परासुव
यद् भद्रं तन्न आसुव

अर्थ–हे देव! उत्तम गुण कर्म स्वभाव युक्त तथा उत्तम गुण कर्म स्वभावों में प्रेरणा देने वाले परमेश्वर आप हमारे लिए संपूर्ण, दुर्गुण, दुर्व्यसन और दुखों को दूर कर दीजिए और जो कल्याणकारी गुण, स्वभाव, कर्म और पदार्थ हैं वे सब हमें प्राप्त कराइए।

आरती श्रीरामचन्द्र जी की

श्रीरामचन्द्र कृपालु भजु मन हरण भव भय दारुणम्।
नव कंज लोचन कंज मुख कर कंज पद कंजारुणम्।।
कन्दर्प अगणित अमित छवि नव नील नीरद सुन्दरम्।
पट पीट मानहूँ तड़ित रुचि शुचि नैमि जनक सुता वरनं।।
भजु दीन बन्धु दिनेश दानव दैत्य वश निकन्दनम्।
रघुनन्द आनन्द कन्द कौशल चन्द दशरथ नन्दन्।।
सिर-मुकुट कुण्डल तिलक चारु उदार अंग विभूषणम्।
आजानु भुज शर चाप धर संग्राम जित खर दूषणम्।।
इति वदति तुलसी दास शंकर शेष मुनि मन रंजनम्।
मम हृदय कुंज निवास कुरु कामादि खल दल भंजनम्।।

आरती श्री रामायण जी की

आरती श्री रामायण जी की-आरती श्री रामायण जी की।
कीरति कलित - ललित सिय जी की।
।। आरती श्री रामायण जी........।।

1. गावत ब्रह्मदिक मुनि नारद-बाल्मीकि बिग्यान बिसारद।
सुक सनकादि शेष अरू सारद, बरीन पवन सुत की रति नीकी।
।। आरती श्री रामायण जी की......।।

2. गावत सन्तत शम्भु भवानी-अरू घट सम्भव मुनि बिग्यानी।
व्यास आदि कवि बर्ज बखानी, काक भुसुण्डि गरूड़ के ही की।
।। आरती श्री रामायण जी की......।।

3. गावत वैद पुरान अष्ट दस-छहौ शास्त्र सब ग्रंथन को रस।
मुनि-जन-धन सन्तन को सरबस, सार अंस सम्मत सब ही की।
।। आरती श्री रामायण जी की......।।

4. कलि-मल-हरनि-विषय-रस फीकी-सुभाग, सिंगार मुक्ति-जुबती की।
ढलन रोग भव मूरि अमी की, तात मात सब विधि तुलसी की।
।। आरती श्री रामायण जी की......।।

हरमोनियम

एक हरमोनियम में तीन स्पतक होते हैं।

पहला : मन्द स्पतक

दूसरा : मध्य स्पतक

तीसरा : तार स्पतक

एक स्पतक मे 12 स्वर होते हैं।

सात स्वर–शुद्ध

चार कोमल

एक तीव्र

स और प स्वर स्थाई होते हैं।

कोमल स्वर है–रे ग़ ध नी

इनकी निशानी–रे ग ध नी

शुद्ध स्वर के पीछे वाला स्वर कोमल स्वर होता है।

तीव्र स्वर की निशानी 'मं'

शुद्ध म स्वर के आगे वाला स्वर तीव्र 'मं' स्वर हैं।

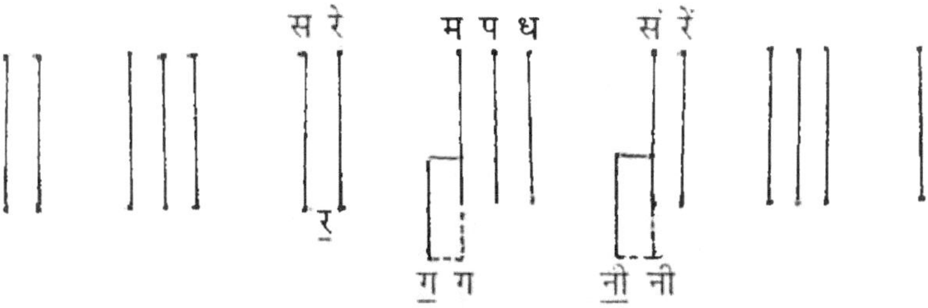

सरगम

1. आरोह : स रे ग म प ध नी सं
   अवरोह : सं नी ध प म ग रे स

2. आरोह : स स-रे रे-ग ग-म म-प प-ध ध-नी नी-सं सं
   अवरोह : सं सं-नी नी-ध ध-प प-म म-ग ग-रे रे-स स

3. स रे ग–रे ग म–ग म प–म प ध–प ध नी–ध नी सं
   सं नी ध–नी ध व–ध प म–प म ग–म ग रे–ग रे स

4. स ग रे म ग प म ध प नी ध सं
   सं ध नी प ध म प ग स रे ग स

5. स स रे–रे रे ग–ग ग म–म म प–प प ध–ध ध नी–नी नी सं
   स सं नी–नी नी ध–ध ध प–प प म–म म ग–ग ग रे–रे रे स

6. स रे स रे ग–रे ग रे ग म–ग म ग म प–म प म प ध–प ध प ध
   नी–ध नी ध नी सं
   सं नी स नी ध–नी ध नी ध प–ध प ध प म–प म प म ग–म ग म
   ग रे–ग रे ग रे स

7. स रे ग ग ग–रे ग म म म–ग म प प प–म ब ध ध ध–प ध नी नी
   नी–ध नी सं सं सं
   सं नी ध ध ध–नी ध प प प–ध प म म म–प म ग ग ग–म ग रे
   रे रे–ग रे स स स

8. स रे ग म–रे ग म प–ग म प ध–म प ध नी–प ध नी सं
   सं नी ध प–नी ध प म–ध प म ग–प म ग रे–म ग रे स

नौवाँ व दसवाँ

(आरोह)

स

स रे स

स रे ग रे स

स रे ग म ग रे स

स रे ग म प म ग रे स

स रे ग म प ध प म ग रे स

स रे ग म प ध नी ध प म ग रे स

(अवरोह)

सं

सं नी सं

सं नी ध नी सं

सं नी ध प ध नी सं

सं नी ध प म प ध नी सं

सं नी ध प म ग म प ध नी सं

सं नी ध प म ग रे ग म प ध नी सं

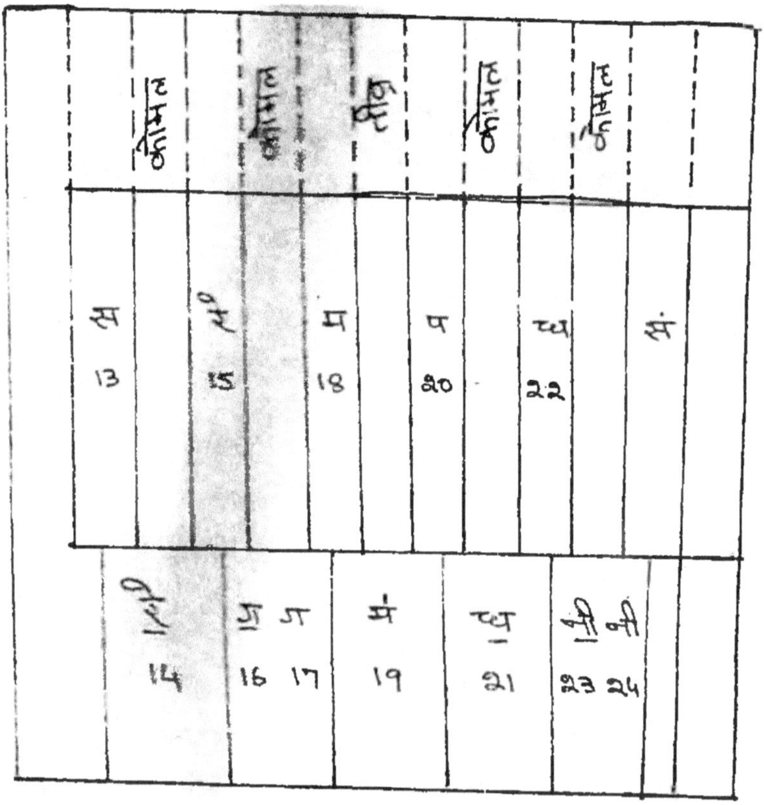
कोमल
कोमल
तीव्र
कोमल
कोमल
स 13
रे 15
म 18
प 20
ध 22
सं
रे 14
ग ग 16 17
मं 19
ध 21
नी नी 23 24

(मध्य सप्तक)

पहला दिन

नारद मोह

पात्र

1. सूत्रधार
2. नटी
3. नारद
4. इन्द्र
5. मन्त्री
6. श्याम देव
7. कामदेव
8. अप्सरा
9. शिवजी, नन्दी
10. तीनगण
11. ब्रह्मा जी
12. विष्णु भगवान
13. लक्ष्मी
14. शीलनिधि
15. विश्वमोहिनी, वेदवती
16. रावण, मारीच
17. मेघनाद
18. सूर्य
19. पवन
20. कुबेर
21. कोतवाल
22. ऋषि मुनि, गण, शिवजी
23. पृथ्वी

प्रथम दृश्य

[सूत्रधार और नटी का प्रवेश]

सूत्रधार : कोई विष्णु, कोई शंकर कोई करतार कहता है।
कोई निर्गुण सगुण, जगदीश और दातार रटता है।
निरंजन शोक भजन दीन का आधार रहता है।
निराकारी कोई कहता कोई साकार रहता है।
उजागर प्रेम सागर श्याम और गुणधाम कहते हैं।
श्रद्धा के साथ प्रेमी जन उन्हें ही राम कहते हैं।

नटी : नाथ! भगवान के इतने नाम क्यों बखाने जाते हैं?

सूत्रधार : प्रिय! इसके कई कारण हैं। एक तो श्रद्धालु लोग अपनी-अपनी रुचि के अनुसार भगवान को अपने प्रिय नाम से पुकारते है। कोई दीनानाथ कहता है। कोई भक्तवत्सल कहता है, तो कोई विश्वपाल कहता है। कोई दीनदयाल। दूसरे भगवान में अनेक शक्तियाँ है और उनमें से प्रत्येक शक्ति के लिए भगवान का एक नाम हो गया, जैसे विष्णु अर्थात् पालने वाला। समय-समय पर जब कभी भी भगवान अवतार लेते हैं, तब वे किसी दूसरे नाम से ही पुकारे जाते हैं।

रचाई जैसी लीला नाथ भी वैसे ही कहलाए,
पुकारे भी गए वैसे ही जैसे रूप में आए

नटी : ऐसे ही समय तो सांसारिक मनुष्यों की बुद्धि संकोच में पड़ जाती है। क्या भगवान भी समय-समय पर जन्मते और मरते हैं। मैंने तो उन्हें अजन्मा और अविनाशी ही सुना है।

जो उत्पत्ति जगत की और फिर संहार करते हैं
अचम्भा है कि किस भाँति जीते और मरते हैं

सूत्रधार : नहीं प्रिय! भगवान वैसे तो जन्म और मरण से रहित हैं। परन्तु समय-समय पर दुष्टों के नाश और भक्तों के हित के लिए अनोखी लीलाएँ रचते हैं और सन्तों को सुख पहुँचाते हैं।

उन्हें यूँ तो नहीं है काम जीने और मरने से।
परन्तु शीघ्र आते हैं जगत के याद करने से।

नटी : नाथ! यह बात तो मेरी समझ में नहीं आई। भगवान को सर्वशक्तिमान कहते हैं फिर क्या वे अपनी शक्ति द्वारा ही दुष्टों का नाश नहीं कर सकते। उन्हें अवतार लेने की क्या आवश्यकता है?

सूत्रधार : सब कुछ है। परन्तु अवतार लेने से अधिक कार्य सफल होता है। एक तो यह कि भक्तों को साक्षात दर्शन हो जाते हैं और दूसरे यह कि अन्यायी अपने कर्मों का फल पाते हैं। इसके अतिरिक्त भगवान जब भी आते हैं तो ऐसी मर्यादा बना जाते हैं कि जिस पर चलने से मनुष्य का कल्याण हो जाता है और संसार को धर्म-अधर्म की पहचान हो जाती है।

नटी : तो क्या भगवान ने कभी अवतार भी धारण किया है?

सूत्रधार : हाँ! भगवान ने कई बार अवतार धारण किया है; जैसे, राम, कृष्ण, नृसिंह इत्यादि।

नटी : तो नाथ मुझे इन अवतारों की कथा विस्तारपूर्वक सुनाइए।

सूत्रधार : प्रिय! क्या तुमने आज तक भगवान के अवतारों की कथाएँ भी नहीं सुनी हैं। ये कथाएँ तो भारतवर्ष में प्रतिदिन गाई जाती हैं और नाटक के रूप में दर्शाई भी जाती हैं।

नटी : नाटक के रूप में दर्शाई जाती हैं! यह क्यों?

सूत्रधार : इसलिए कि सांसारिक मनुष्यों को अपने पूर्वजों की फिर स्मृति हो जाए। दुनियां उनके चरित्र से लाभ उठाए।

देख लें हम किस तरह पाला था जीवन राम ने।
धर्म मर्यादा किस तरह निबाही घनश्याम ने।

नटी : तो क्या! इन अवतारों की लीलाओं का कोई ग्रंथ नहीं पाया जाता है जो प्रतिवर्ष इस तरह ही नाटक रचाया जाता है।

सूत्रधार : बहुत कुछ है परन्तु अब कलयुग आ गया है। आजकल के मनुष्यों का मन केवल धार्मिक ग्रंथ पढ़ने और उपदेश सुनने को ही नहीं चाहता है। हाँ! उपदेश के साथ-साथ कुछ रोचक दृश्य भी हों तो उनका मनोरंजन अधिक बढ़ जाता है।

नटी : प्राणनाथ! तो आज के नाटक में भगवान के अवतार की लीला ही क्यों न दिखलाई जाए जिससे नाटक का उद्देश्य भी

पूरा हो जाए तथा जनता को उपदेश का लाभ भी हो जाए।

सूत्रधार : वास्तव में तुम्हारी सम्मति बहुत सुन्दर है। परन्तु भगवान के कौन से अवतार की लीला दिखलाई जाए।

नटी : नाथ! राम अवतार की लीला ही दिखलाइए।

सूत्रधार : परन्तु रामलीला का एक दो दिन में तो पूरा होना बहुत ही मुश्किल है।

नटी : तो हर्ज ही क्या है। खेल तमाशे तो रोज ही खेले जाते हैं। यदि भगवान के शुभ चरित्र में दस ग्यारह दिन लग भी जाएँगे तो क्या लोग अकुला जाएँगे। कभी नहीं।

क्या ही अच्छा हो जाए जो नेकी बदी का ज्ञान हो।
खेल वो खेलें जिससे धर्म की पहचान हो।

सूत्रधार : यदि ऐसा है तो फिर देर करना व्यर्थ है। जाओ! और जाकर नाटक के पात्रों को हमारा आदेश सुनाओ तथा रंगमंच की सभी सामग्री सजाओ।

नटी : जैसी आज्ञा नाथ!

[दोनों का विभिन्न ओर से जाना]

(पर्दा गिरना)

प्रथम अंक : पहला दृश्य

[हिमालय की कन्दरा का दृश्य, नारद मुनि का भजन गाते प्रवेश]

तर्ज : तेरे पूजन को भगवान बना मन मन्दिर आलीशान।
म ग म प प म प नी ध नी प ध प म ग म

1. किसने जानी तेरी माया--किसने भेद तुम्हारा पाया।
म प नी नी सं सं सं सं सं सं स नी ध म प म ग
हारे ऋषि मुनि कर ध्यान
म ग म प प म प नी ध ध
बना मन मन्दिर आलीशान
तेरे पूजन को.....

2. तू ही जल में-तू ही थल में-तू ही तन में-तू ही मन में।
तेरा रूप अनूप महान। बना मन.....

3. तूने राजा रंक बनाए–तून भिक्षुक राज बिठाए।
तेरी लीला ऐसी महान! बना मन.....
4. झूठे जग की झूठी माया–मूरख इसमें क्यों भरमाया।
कर कुछ जीवन का कल्याण। बना मन.....

•

अहा जगदीश! तेरी लीला कैसी दर्शनीय है, तेरी माया कैसी विचित्र है। पत्ते–पत्ते पर तेरी महिमा का चमत्कार दिखाई देता है। नदी के प्रवाह में तेरी लीला का शब्द सुनाई देता है। हिमालय की गुफा का दृश्य आज नित्य से नया शोभायमान हो रहा है। वन के पक्षियों की सुरीली ध्वनि में तेरी रचना का बखान हो रहा है।

तेरी रचना सकल सृष्टि के कण-कण में टपकती है।
तेरी महिमा हर एक वस्तु के अन्तर में झलकती है।
नजर हर फूल पत्ती में तेरा आकार आता है।
जिधर जाता है व्यक्ति उस तरफ भण्डार पाता है।

•

सुन्दर समय, मन्द सुगंधित वायु, पवित्र जल, एकान्त स्थान और वैराग्य का समागम देखकर मन में कुछ भजन करने की प्रेरणा होती है। हृदय भगवान के कमल रूपी चरणों के ध्यान में लीन होने की अभिलाषा करता है। बुद्धि में ऐसे अवसर से लाभ उठाने का उत्साह पैदा होता है, नेत्र लक्ष्मीपति की याद में बन्द होने के लिए व्याकुल हो रहे हैं।

उमड़ता जा रहा है ध्यान का उत्साह हृदय में।
बहा है प्रेम की गंगा का इक प्रवाह हृदय में।।
पवन के वेग से परमात्मा की याद आती है।
ध्वनि जलधार की कानों में उसका गीत गाती है।।

[कुछ सोचकर]

सोच लिया, अपनी आत्मा के लिए सुलभ से सुलभ मार्ग सोच लिया, कुछ समय ज्ञान-ध्यान में बिताकर फिर भूमि का चक्कर लगाएँगे और भूली–भटकी आत्माओं को मार्ग बताएँगे।

हजारों पातकी जिसकी दया से पार होते हैं।
हजारों के लिए जिसके खुले भण्डार होते हैं।।

हजारों नाम से जिसके परम सुरधाम पाते हैं।
उसी के ध्यान में अब बैठकर मन को लगाते हैं॥

[नारद मुनि का समाधि लगाकर बैठ जाना]

(पर्दा गिरना)

राजा इन्द्र का दरबार

(राजा इन्द्र मंत्रियों सहित बैठे हैं, नाच रंग हो रहा है)

गाना अप्सरा

(**तर्ज** : हवा में उड़ता जाए, मेरा लाल दुपट्टा मल-मल का)

दरबार तेरा मस्ताना मैं गाते-गाते हार चली,
नैनों की बरछी मार चली
हो जी, हो जी।
उभरा जोबन चढ़ी जवानी चाल चलूँ मस्तानी।
सर सर चितवन तीर चलाऊँ मैं जवानी दीवानी।
दरबार तेरा मस्ताना.....
भर भर भर भर हम पीते है जीवन मद के प्याले।
जीवन की बगिया में खिलते नित नित फूल निराले।
दरबार तेरा मस्ताना.....

(इन्द्रासन का हिलना)

इन्द्र : (स्वयं) हैं! यह क्या? आश्चर्य! महान आश्चर्य! इन्द्रासन क्यों डोलने लगा? अफसोस!

(ठण्डी साँस लेकर) सम्पदा! तू किसी को आराम से नहीं बैठने देती। मोह! तेरे होते हुए कोई सुख नहीं पा सकता। लोभ के काले परदे! तू न्याय की आँखों से अन्धा बना देता है। स्वार्थ की विचित्र माया! तू दयालु हृदय को भी कठोर बना देती है। आह! मैं इतनी सम्पत्ति का मालिक क्या हो गया, सारे संसार की आपत्तियाँ ही अपने सिर पर ले ली। अफसोस!

भाग्य में हाय हमारे कभी आराम नहीं।
दिन नहीं रात नहीं, सुबह नहीं शाम नहीं॥
रोज संकट की घटा घिर के नई आती है।
मेरा एक एक घड़ी गम में गुजर जाती है॥

मन्त्री : महाराज! आपके हृदय को दुखी देखकर सेवक का मन निराश हो रहा है, कहिए भगवन! आज चित्त क्यों उदास हो रहा है?

इन्द्र : क्या बताऊँ।

हाय वह रोग है जिसकी न चिकित्सा कोई।
दर्द वह है न जिसे कर सके अच्छा कोई।।

मन्त्री : महाराज! ऐसा क्या संकट आया हैं जिसने आपके मन को इतना अधीर बनाया है?

इन्द्र : मन्त्री जी! इस आपत्ति को कैसे बताऊँ?

आज जिस समय अप्सरा अपना राग गा रही थी तो अचानक इन्द्रासन डोल उठा। इन्द्रासन का डोल जाना मुझे आराम से नहीं बैठने देता। हृदय के विचार आपस में लड़ रहे हैं, आँखों के आगे मानो अंगार झड़ रहे हैं।

मन्त्री : निस्सन्देह! महाराज! इन्द्रासन का डोल जाना कोई साधारण बात नहीं है।

इन्द्र : आह! भाग्य का चक्कर! दिनों का फेर! मन्त्री गम्भीरता से सोचकर मुझे नेक सलाह दो।

(मन्त्री का श्यामदेव को बुलाना और इन्द्र की सारी कहानी बताना)

श्यामदेव को पृथ्वी पर सारी जगह तलाश करने की आज्ञा देना। श्यामदेव द्वारा खोज कर-करके वापिस आकर यह खबर देना।

श्यामदेव : महाराज! मैं तीन लोक और चौदह भुवनों में घूमकर आखिर में हिमालय की गुफाओं में पहुँचा। वहाँ देखा कि–

हिम पर्वत की गुफा में देख स्वच्छ स्थान।
मृत्यु लोक में महर्षि नारद बैठै आन।
जप तप पूरा हो यदि, निश्चय है ये बात।
इन्द्रासन पर ऋषि का होगा तब आघात।।

इन्द्र : कामदेव! परियो मेरी? आओ अब कुछ काम।
कुशल रहे इस राज में मिले तभी आराम।।

अप्सराओ! तुम रूप की खान और मनुष्य का मन लुभाने में सुजान हो। बस इसी समय हिम गिरि पर चले जाओ और जिस प्रकार हो सके नारद का मन डिगाओ।

अप्सराएँ : जैसी आज्ञा प्रभु। (प्रणाम करके जाना)

इन्द्र : (कामदेव से) कामदेव! तुम्हारा पराक्रम तो संसार में विख्यात है। बड़े-बड़े देवताओं का मन लुभा देना तुम्हारे लिए साधारण सी बात है। इस समय तुम मेरी सहायता करो और हिमगिरि पर जाकर अपनी माया रचो।

कामदेव : जैसी आज्ञा महाराज।

[काम देव का जाना]

(पर्दा गिरना)

हिमालय की गुफा

[नारद मुनि समाधि लगाए बैठे हैं, अप्सराएँ और कामदेव आते हैं]

गाना

नारद मुनि बाबा जंगल की देखो बहार
बहार मुनि बाबा देखो जगल की बहार

1. गेंदे की बोये-मरवे भी बोये।
बीच-बीच फूलों की लार। नारद.....
2. केले भी बोये-सन्तरे भी बोये।
बीच-बीच में नींबू की लार.....
3. जुगनू भी चमके-भौंरे भी गूँजे।
तितली की देखो उडार.....
4. कोयल की कूँ-कूँ-दिल को लुभाए।
बुलबुल की सुन लो पुकार.....
5. पुरवा हवाएँ-छाई घटाएँ।
बूँदों की पड़ती फुहार.....
6. बाबा की बगिया में क्या-क्या बजत है,
ढोलक-सांरगी-सितार.....

या (फिल्म CID)

ओ लेके पहला-पहला प्यार-भरके आँखों में खुमार
जादू नगरी से आया है कोई जादूगर। ओ.....

1. हो मुखड़े पे डाले हुए जुल्फों की बदली-चली बल खाती कहाँ रूक जा ओ पगली
नैनों वाली तेरे द्वार, लेके सपने हजार। जादू नगरी......

2. चाहे कोई चमके चाहे कोई बरसे, बचना है मुश्किल पिया जादूगर से।
देगा ऐसा मंतर मार, आखिर होगी तेरी हार। जादूनगरी.....

3. सुन सुन बातें मेरी मुनि मुस्काये रे, आई आई देखो आई हंसी आई रे।
खिली होंठों पे बहार, निकला गुस्से से प्यार। जादूनगरी.....

अप्सरा : अहो! यह मुनी तो बड़ा कठोर है। आँखें भी नहीं खोलता। मुख से भी नहीं बोलता। (जाना)

कामदेव : सुरपति इन्द्र की आज्ञानुसार स्वर्ग की अप्सराएँ भी अपना-अपना पराक्रम दिखा चुकीं परन्तु नारद की समाधि न छुड़ा सकीं। अब मैं अपनी शक्ति को आजमाता हूँ और युक्ति की कमान काम का बाण चढ़ाता हूँ।

कराता हूँ इसे अब स्वर्ग के आराम का दर्शन।
हिमालय की गुफा में धाम का दर्शन।
दिखाता हूँ अभी करके इसे सारा जहाँ अच्छा-
पवन अच्छी, शगुन अच्छा, ऋतु अच्छी समाँ अच्छा।

(कामदेव का अपनी माया से वसन्त ऋतु को लाना और काम रूपी बाण छोड़ना)

गाना

तर्ज : भजन बिना बावरे तेने हीरा सा जन्म गँवाया

संसार काम की माया रे-क्यों मूरख जनम गँवाया।

1. जो योगी योग कमाते, बन में जा-ध्यान लगाते।
वे भी इसमें भरमाते रे, जब काम आनकर छाया।
संसार काम की.....

2. जब पवन चले मतवारी–महके हर फूल फुलवारी।
देखो जो महिमा न्यारी रे सब ज्ञान–ध्यान बिसराया।।
संसार काम की.....

3. ज्ञानी, ध्यानी, ब्रह्मचारी–सब शूरवीर बलकारी।
माया के मेरे पुजारी रे, क्यों 'कुशल' फिरे भरमाया।।
संसार काम की.....

(अनेक प्रकार के आडंबर रचने पर भी नारद की समाधि भंग न होना।)

कामदेव : (लज्जित होकर) अफसोस! आज स्वर्ग की अप्सराओं का यौवन और कामदेव का मन्त्र भी नारद मुनि के तप को खण्डित न कर सका। देवराज इन्द्र का बड़े से बड़ा प्रयत्न भी इसे ज्ञान ध्यान से विचलित न कर सका। आह! एक तो सुरपति की रक्षा का भार उठाया और फिर अपनी शक्ति को निस्तेज बनाया। निस्सन्देह! मैंने बहुत बुरा किया जो नारद जैसे महर्षि के सामने चला आया, एक सच्चे योगेश्वर का ध्यान से विचलित करने का बीड़ा उठाया। अब यदि ऋषिराज कोप कर जाएँगे तो जन्म जन्मान्तरों के बदले उतर जाएँगे। (नारद के चरणों में गिरकर) क्षमा! ब्रह्मर्षि क्षमा! यह अभिमानी कामदेव अपनी शक्ति पर फूला फिरता था, अहंकारवश अपना पराक्रम भूला फिरता था।

न समझा मोह में अपने, निरादर किसका होता है।
मेरा अभिमान मेरे रास्ते में शूल बोता है।
हुआ है आज तक दुनिया में सिर अभिमान का नीचा।
बिताना पड़ता है जीवन सदा अपमान का नीचा।।

नारद : (समाधि से जागकर) कामदेव! कहो क्या बात है? किस अपराध की क्षमा माँग रहे हो? तुम्हें किस दोष ने अपमानित किया है?

कामदेव : भगवान! आपकी घोर तपस्या देखकर सुरपति इन्द्र भयभीत हो गया और इन्द्रासन जाने का शोक अजीत हो गया। तब देवराज ने रम्भा आदि अप्सराओं को मेरे सहित आज्ञा दी कि यदि

नारद की समाधि में विघ्न आए तो मेरा व्याकुल मन चैन पाए। हे नाथ! स्वामी की आज्ञा पाकर अप्सराओं सहित हिमगिरि पर आया और हर प्रकार से अपनी शक्ति को अजमाया, परन्तु आपको अपने ध्यान में अटल पाया। हे नाथ! सेवक से यह अपराध हुआ है।

क्षमा कीजिए, क्षमा कीजिए

किया अभिमान जो मैंने यह फल उसी का पाया है।
क्षमा कीजे प्रभो अब शीश चरणों में झुकाया है॥

नारद : हे कामदेव! ऋषि लोग क्रोध नहीं किया करते और सांसारिक पदार्थों पर मन नहीं दिया करते। तुमने जो कुछ किया इसमें तुम्हारा कोई दोष नहीं। मैं जानता हूँ कि इन्द्र को अपने इन्द्रासन का बड़ा मोह हैं। वह त्यागी पुरुषों पर भी सन्देह कर बैठता है परन्तु हम उस पर क्रोधित नहीं हैं। तुम निर्भय होकर जाओ और इन्द्र के मन को शान्ति दो। उनसे कह देना कि मेरी माला में 108 मनिये हैं और हर मनिये में सहस्त्रों राज हैं फिर हम उनका राज्य क्यों लेंगे। हाँ! यदि इन्द्र जी को और राज्य चाहिए तो वे हमसे ले सकते हैं।

ध्यान हम करते नहीं सम्पदा के वास्ते।
है नहीं जीवन हमारा लालसा के वास्ते।
छोड़ दी अभिलाषा सारी त्याग माया का किया।
मोह से मुख मोड़कर जंगल में डेरा किया॥

कामदेव : धन्य हैं महाराज। (नमस्कार करके जाना)

नारद

(स्वयं, अभिमान में आकर)

कामदेव, अभिमानी कामदेव, नाशवान, कामना का दास; इन्द्र के दरबार में पड़ा रहने वाला भिखारी और महर्षि नारद से युद्ध की तैयारी। एक बार तो शिव महाराज के सामने जाकर हार पाई और फिर सम्मुख आते हुए शर्म न आई। एक तो भगवान के चरणों का ध्यान, दूसरे नारद का ज्ञान और उस पर कामदेव का यह अभिमान। स्वार्थी कामदेव! तू मुझे भी कोई

सांसारिक मनुष्य जानता है जो इस प्रकार अपमानित करने की ठानता है। वह नहीं समझता कि ईश्वर के प्रेमी बाधाओं से कब डरते हैं, जब आपत्तियाँ आती हैं तो और भी आगे बढ़ते हैं।

जो व्यापे चाँद से अग्नि-झड़े अंगार बादल से।
महि पर आ गिरे सूरज चाहे आकाश मंडल से।।
बलाओं की भी हो वर्षा तो अपने सिर पे लेते हैं।
जो प्रेमी है वे सच्चे प्रेम पर ही प्राण देते हैं।।

कामदेव ने समझा होगा कि मैं अपने बल से नारद को अधीन कर लूँगा। किन्तु यहाँ आकर बेचारे ने अपना ही कुछ बिगाड़ा, लो देख लो आज मैंने उसे बुरी तरह पछाड़ा। अब मैं शिवजी महाराज के पास जाता हूँ और अपनी विजय का समाचार सुनाता हूँ।

बोलो महर्षि नारद की जय

[नारद का जाना]

(पर्दा गिरना)

कैलाश पर्वत

[शिवजी महाराज गणों सहित बैठे हैं। नारद मुनि आते हैं।]

नारद : महादेव जी, नमस्कार!

शिवजी : नमस्कार नारद जी! आइए पधारिए, कुशल तो हैं? आज इधर कैसे भ्रमण हो गया?

नारद : एक बड़ा शुभ समाचार लाया हूँ महाराज। आपको सुनकर बड़ा आनन्द होगा।

शिवजी : कहिए, कहिए! ऐसा क्या समाचार है? नारद जी! शीघ्र ही कहिए।

नारद : अजी! वह हैं न आपका पुराना शत्रु कामदेव, जिसने एक बार आपके सामने आकर अपनी माया रचाई थी आपके द्वारा पूर्ण हार पाई थी।

शिवजी : हाँ-हाँ कहो-कहो! क्या उसने कोई नया उत्पात कर डाला है?

नारद : हाँ! करना चाहता था, परन्तु हम भी अपने नाम के नारद हैं। हमने उसे हरा कर ही छोड़ा और अच्छी तरह उसका

अभिमान तोड़ा। क्या आपको यह जानकर प्रसन्नता नहीं?

शिवजी : है क्यों नहीं? बड़ा ही शुभ समाचार है, परन्तु यह कैसे हुआ नारद जी?

नारद : भगवान! मैं विचरता-विचरता हिमालय के निकट जा पहुँचा, वहाँ एक कन्दरा का सुन्दर दृश्य और एकान्त स्थान देखकर समाधि लगाकर बैठ गया। भजन में ऐसा लीन हुआ कि लोक और परलोक की कुछ खबर न रही। इन्द्र ने, जैसा कि आप जानते हैं, अपने इन्द्रासन के भय से कामदेव और रम्भा आदि अप्सराओं को मेरा तप खण्डित करने के लिए भेजा। उन सब ने मिलकर अत्यन्त जोर लगाया, परन्तु मेरी समाधि में जरा भी विघ्न न आया। अन्त में कामदेव घबराया और अनेक प्रकार से विनती करके अपना अपराध क्षमा कराया। मैंने उस पर कोई क्रोध भी नहीं किया। अब कहिए कि संसार में ऐसा कौन है जो काम और क्रोध दोनों को जीत सकता है? क्या मैंने साधारण कार्य किया है। अब तो मेरा यश तीनों लोकों में फैल जाएगा। ठीक है न महाराज! अब मेरा साहस जगत में किससे देखा जाएगा। जो सुनेगा जीत मेरी, वह ही शरमा जाएगा।

शिवजी : निस्सन्देह नारद जी! आपके पराक्रम को कौन पा सकता है? ऐसे तेज के सामने कौन आँखें उठा सकता है? परन्तु मैं आपके हित के लिए एक प्रार्थना करता हूँ कि जिस प्रकार यह समाचार आपने मुझे सुनाया, कहीं विष्णु भगवान से न कह बैठना।

नारद : भगवान देखा जाएगा।

(स्वयं से)

अच्छी रही; न कहने की सलाह दी है। काम करे और यश न फैलाए; वीर हो और नाम न पाए। अजी इनकी बातों में कौन पड़े? कहूँगा अपनी वीरता का वृतान्त पिताजी और विष्णु भगवान से भी अवश्य कहूँगा।

दिखाऊँगा उन्हें यश किस तरह योगी कमाते हैं।
वही बस यश के भागी हैं जो कुछ करके दिखाते हैं॥

(प्रस्थान)

शिवजी : प्रतीत होता है कि महर्षि नारद के मन में अभिमान उत्पन्न हो गया है। अब ये अपनी जीत का समाचार विष्णु भगवान से कहे बिना न मानेंगे। हे गणो! तुम नारद जी के पीछे-पीछे चले जाओ और जो कुछ देखो, हमें आकर सुनाओ।

गण : जैसी आज्ञा प्रभु!

[दोनों गणों का नारद के पीछे जाना]

(पर्दा गिरना)

[ब्रह्म लोक में ब्रह्मा जी अपने आसन पर विराजमान हैं] नारद जी आते है।

नारद : पिता जी के चरणों में प्रणाम।

ब्रह्मा जी : अहा! नारद आइए! पधारिए, कुशल तो है। आज कैसे आगमन हुआ?

नारद : महाराज! आज तो भाग्य की रेखा बड़ी ही अनुकूल आई है। आपके आशीर्वाद से मैंने एक महान संग्राम में विजय पाई है।

ब्रह्मा जी : आह! बड़ा आनन्ददायक संवाद है। कहिए, कहिए, क्या समाचार है।

नारद : महाराज पहले मुझे आशीर्वाद दीजिए और फिर मेरा वृतान्त सुन लीजिए।

ब्रह्मा जी : हाँ-हाँ कहो क्या संदेश लाए हो?

नारद : अजी वह है न इन्द्र का दास कामदेव, जिसने सारे संसार को नाच नचा रखा है, प्रत्येक को अपना दास बना रखा है। आज उसी की अशुभ घड़ी आई और उसने मेरे द्वारा भारी हार पाई।

ब्रह्मा जी : यह कैसे हुआ नारद?

नारद : महाराज मैं हिमालय पर्वत पर समाधि लगाए बैठा था कि इन्द्र के भेजे हुए कामदेव और कई अप्सराएँ आई और उन्होंने मेरा तप खण्डित करने के लिए अनेक लीलाएँ रचाईं। परन्तु अपनी शक्ति को निस्तेज पाया और अन्त में क्षमा माँगकर ही अपना पीछा छुड़ाया। इस प्रकार मैंने कामदेव को जीत लिया और उस पर क्रोध को भी जीत लिया। हा! हा! हा! (हँसना)

ब्रह्मा जी : बात तो बड़े आनन्द की है नारद निस्सन्देह आपने बड़ा

पराक्रम दिखलाया है जो ऐसे अभिमानी को नीचा दिखाया है। परन्तु एक बात मेरी भी ध्यान में रखना कि यह वृतान्त विष्णु भगवान को न सुनाना। आपका हित इसी में है।

नारद : (एक ओर होकर) वाह!

काम करके फिर न फैलाए, उसे संसार में।
और होंगे ऐसे मूरख विश्व के विस्तार में॥
जीत का अपनी सुनाऊँगा उन्हें एक एक हाल।
वे दयालु हैं सदा रहते हैं भक्तों पर दयाल॥

(नारद का प्रस्थान, पर्दा गिरना)

क्षीर सागर

[विष्णु भगवान शेष-शय्या पर लेटे है, लक्ष्मी चरण दबा रही हैं। नारद जी आते हैं।]

विष्णु : (खड़े होकर) अहा योगेश्वर नारद जी! अब की बार तो बहुत दिनों में कृपा की। कहिए चित्त तो प्रसन्न है? मृत्युलोक में क्या हो रहा है?

नारद : महाराज हिमगिरि पर एक बड़ी विचित्र लीला देखने में आई।

विष्णु : क्या देखा नारद जी!

नारद : वन की शोभा पर एकान्त स्थान देखकर चित्त प्रफुल्लित हो उठा और मैं आपके चरणों के ध्यान में मन लगाकर बैठ गया।

विष्णु : फिर?

नारद : वही है ना लालसा का दास इन्द्र! जिसको हर समय इन्द्रासन की चिन्ता व्याकुल किए रखती है। हमारे ज्ञान-ध्यान से भयभीत होकर विचारने लगा कि कहीं नारद योगबल से मेरा इन्द्रासन न छीन लें।

विष्णु : यह इन्द्रदेव की भूल है।

नारद : यही तो मेरा भी तात्पर्य है प्रभो! इसी भय के कारण उसने मेरी समाधि को खण्डित करने के लिए कामदेव व अन्य अप्सराओं को हिमगिरि पर भेजा। उन्होंने भाँति-भाँति के जाल फैलाए, नाच किए और गायन गाए।

विष्णु : और तुम अपने ध्यान में लौ लीन रहे?

नारद : और नहीं तो क्या, उनके नाशवान आनन्द पर फूल जाता मोह में पड़कर आपके चरणों को भूल जाता।

विष्णु : हाँ ठीक है। यह तो स्वाभाविक है। अच्छा फिर क्या हुआ?

नारद : जब उन्होंने मुझे अपनी तपस्या में पूर्ण पाया तो अधीनता के साथ मेरे सामने सिर झुकाया। मैंने भी, जैसा कि आपके भक्तों का स्वभाव होता है, उन्हें क्षमा करके इन्द्रलोक, जाने की आज्ञा दे दी।

विष्णु : यह आपने बहुत अच्छा किया नारद जी।

नारद : परन्तु महाराज मैंने कामदेव को अपने अधीन करके छोड़ा। जो बड़े-बड़े योगेश्वरों और देवताओं के वश में नहीं आता था। आज उसका अच्छी तरह अभिमान तोड़ा। क्या यह आश्चर्य की बात नहीं है?

विष्णु : हाँ, अवश्य है, परन्तु नारद जी आपके लिए नहीं। क्योंकि जहाँ ज्ञान और वैराग्य बसते हैं वहाँ ऐसे विचार कैसे ठहर सकते हैं? एक कामदेव क्या यदि हजारों कामदेव भी आएँ तो भी आपका कुछ नहीं बिगाड़ सकते। सारे संसार के पाखण्ड मिलकर भी अकेले ब्रह्मचर्य व्रत को नहीं पछाड़ सकते।

सदा हृदय में जिनके धर्म की मर्यादा बसती है।
उन्हें सत्त से गिरा दे यह भला किसकी शक्ति है।

नारद : यह तो ठीक है महाराज! किन्तु अब लोक और परलोक में मेरा पराक्रम फैले बिना न रहेगा। बोलो सन्त सनातन की जय!

[भजन गाते हुए प्रस्थान]

प्रभु जी मेरे अवगुण चित न धरो।
समदर्शी है नाम तिहारो चाहे तो पार करो।। टेर।।

1. एक नदिया एक नार कहावत, मैली नीर भरो।
जब मिलि के दोऊ एक बरन भये, सुरसरि नाम परो।।
प्रभु जी मेरे...

2. एक लोहा पूजा में राखत, एक घर बधिक परो।
पारस गुण-अवगुण नहीं देखत, कंचन करत खरो।।
प्रभु जी मेरे...

3. एक माया एक ब्रह्म कहावत कैसे है झगरो।
अबकी बार मोहे पार लगाओ नहीं प्रण जात टरो।।
प्रभु जी मेरे...

विष्णु : विचारशक्ति से ज्ञात हुआ है कि नारद जी के हृदय पर कुछ अभिमान का प्रभाव पड़ा गया है। वैराग्य और ज्ञान के दर्पण पर अहंकार का मैल चढ़ गया है, सोइ मैं इसे अवश्य दूर करूँगा। नारद जी हमारे भक्त है और भक्त की रक्षा करना हमारा मुख्य कर्त्तव्य है।

न हो कर्त्तव्य यह मेरा तो मैं अशरण शरण कैसा।
बचाऊँ जो न भक्तों को तो फिर मेरा प्रण कैसा।।

(ताली बजाना–योग माया का प्रकट होना)

माया : नाथ! क्या आज्ञा है?

विष्णु : हमें अपने भक्त के हित के लिए कुछ कार्य करना है। इसलिए तुम मृत्युलोक में जाकर एक सुन्दर नगर बसाओ और शीलर्निधि को वहाँ का राजा बनाओ (लक्ष्मी से) लक्ष्मी जी तुम अभी जाकर शीलनिधि की विश्वमोहिनी कन्या बन जाओ।

[दोनों का प्रणाम करके जाना]

(पर्दा गिरना)

शीलनिधि का दरबार

शीलनिधि : मन्त्री जी! अब कन्या युवती हो गई है इसके लिए वर की खोज होनी चाहिए।

मन्त्री : हाँ महाराज! मेरा भी ऐसा ही विचार है।

[नारद का प्रवेश]

शीलनिधि : (खड़े होकर) मुनिवर प्रणाम, आइए, पधारिए। आपने दर्शन देकर बड़ी कृपा की।

नारद : आनंदित रहो राजन! राज्य में कुशलता हो।

शीलनिधि : महाराज! मेरी कन्या विश्वमोहिनी विवाह योग्य हो गई है, कृपा करके बतलाइए कि इसे कैसा वर मिलेगा।

नारद : अच्छा राजन! कन्या को बुलवाइए और मुझे उसका हाथ दिखलाइए।

शीलनिधि : जैसी आज्ञा महाराज! द्वारपाल, तुम अभी जाकर विश्वमोहिनी को बुला लाओ।

[द्वारपाल का जाना और विश्वमोहिनी सहित आना]

विश्वमोहिनी : (हाथ जोड़कर) मुनिराज प्रणाम!

नारद : जीवित रहो, सौभाग्यवती हो; लाओ हमें अपना हाथ दिखलाओ।

(नारद जी का हाथ देखकर विचार करना)

(स्वयं) ओहो, हस्तरेखा बताती है कि कन्या साक्षात लक्ष्मी है। यह निस्सन्देह स्वर्ग की स्वामिनी बनेगी।

(प्रकट में)

राजन्! तुम्हारी कन्या बड़ी भाग्यशाली है। तुम इसका स्वयंवर रचाओ और देश-देशान्तर के राजाओं को बुलाओ; इसको निस्सन्देह श्रेष्ठ वर मिलेगा।

शीलनिधि : जैसी आज्ञा मुनिवर!

[नारद का जाना]

(पर्दा गिरना)

पर्दा जंगल

नारद (स्वयं से)

कन्या के लक्षण देखने से प्रतीत हुआ कि वह बड़ी भाग्यशाली है। जिस वर से उसका संस्कार होगा वह अमर पद को पाएगा। विश्व में तेजस्वी और पराक्रमी कहलाएगा। निस्सन्देह यदि वह कन्या मुझे मिल जाए तो मेरा भाग्य उदय हो जाए, परन्तु उसे पाने का कोई उपाय समझ में नहीं आता। क्या करूँ? किससे कहूँ? रूप ऐसा सुन्दर हो कि कन्या देखते ही रीझ जाए और जयमाला का सौभाग्य मुझे ही प्राप्त हो (सोचकर) हाँ, याद आया। एक काम करूँ; विष्णु भगवान के पास चलूँ और हरि का रूप माँग लाऊँ। (फिर सोचकर) परन्तु जाने-आने में विलम्ब होगा और कार्य की पूर्ति में विघ्न पड़ेगा। भगवान तो सर्वव्यापी हैं, ध्यान द्वारा यदि याद करूँ तो स्वयं प्रकट हो जाएँगे।

भजन गाना

दर्शन दो घनश्याम, नाथ मोरी अखियाँ प्यासी रे
मन मंदिर की ज्योति जगा दो घट घट वासी रे।
मन मन्दिर.....

1. मन्दिर-मन्दिर मूरत तेरी, फिर भी न दीखे सूरत तेरी।
यह शुभ बेला आई मिलन की, पूर्ण बासी रे।
मन मन्दिर.....

2. द्वार दया का जब तू खोले, पंचम स्वर में गूँगा बोले।
अन्धा देखे, लंगड़ा चल कर पहुँचे काशी रे।
मन मन्दिर.....

3. पानी पी कर प्यास बुझाऊँ, नैनन को कैसे समझाऊँ।
आँख मिचौली अब तो छोड़ो मन के वासी रे।
मन मन्दिर.....

विष्णु भगवान : नारद जी! ऐसी शीघ्रता से याद करने का कारण?

नारद : भगवान! आपके पास से चलकर भ्रमण करता हुआ निकला तो मार्ग में एक विशाल नगर पड़ा। वहाँ के राजा की कन्या के शुभ-विवाह का समाचार पाकर यह दास भी चला गया। हे प्रभु! उस कन्या के लक्षण देखकर आपके भक्त के मन में विवाह करने की अभिलाषा उत्पन्न हो गई। सोइ महाराज, मेरे ऊपर अनुग्रह कीजिए और कुछ समय के लिए हरि का रूप दे दीजिए।

विष्णु भगवान : नारद जी! मुझे हर समय तुम्हारा हित प्यारा है। मैं हर घड़ी तुम्हारे भले की सोचता हूँ। जिस प्रकार वैद्य रोगी को उसके रोग के विरुद्ध माँगने पर भी मीठी दवा नहीं देता; उसी प्रकार मुझे तुम्हारा विचार है। मैं तुम्हारा अनहित कदापि न होने दूँगा।

मुझे खुद अपने प्यारे की, है प्यारे से अधिक चिन्ता।
तुम्हारी मन में रहती है, तुम्हारे से अधिक चिन्ता।
मैं सब जानता हूँ, क्या करूँगा और क्या होगा।
मगर होगा वही जिसमें, तुम्हारा ही भला होगा।

नारद : (प्रसन्न होकर) लो भगवान भी आ गए और संकट भी मिट गए। अब स्वयंवर में जाकर, हरि का रूप दिखाकर, कन्या को मोहित करूँगा और जिस प्रकार होगा उसे वरूँगा।

[जाना]

(पर्दा गिरना)

विश्वमोहिनी का स्वयंवर

अनेक राजाओं का बैठे दिखाई देना, विश्वमोहिनी का जयमाला ले कर बीच में घूमना। नारद का बार-बार अपना रूप दिखाना किन्तु कन्या का घबराना। अन्त में विष्णु भगवान का आना। विश्वमोहिनी का उन्हें जयमाला पहनाना, दोनों का जाना और शिव जी के गणों का नारद की हँसी उड़ाना।

गाना (शिव जी के गण)

क्यों रे नारद नादान, क्यों रे नारद नादान।
छाया है! तुझको कैसा अभिमान? क्यों रे.....

1. जप तप छोड़ बनों से आया, ज्ञान ध्यान बिसराया।
त्यागी हो कर फँसा मोह में, माया में भरमाया।
क्यों रे.....

2. दुनिया में प्रसिद्ध हुआ जिस कामदेव का स्वामी।
इक क्षण में ही फिर बन बैठा दास उसी का कामी।
क्यों रे.....

3. दुनिया के आनन्द में मूरख मन तेरा ललचाया।
कुशल छोड़कर साधु सन्त की-दुष्टाचार बनाया।
क्यों रे.....

[नारद का क्रोध करना]

नारद : दुष्टो! तुम दोनों महापापी हो, अधर्मी हो। तुमने हमारी हँसी उड़ाई है, लो अब इसका दण्ड भी पाओ और मृत्युलोक में जाकर राक्षस हो जाओ।

सदा भोगोगे डूबा पाप के आकार में जीवन।
उठाएगा महा अपकीर्ति संसार में जीवन॥

यही है बस तुम्हारे वास्ते अभिमान का बदला।
मिलेगा हर घड़ी अपमान से अपमान का बदला।।

गण : क्षमा! महाराज क्षमा! हम शिव जी महाराज के गण हैं। आपके मुख की अनोखी आकृति को देखकर हमें हँसी आ गई थी। हमारा अपराध क्षमा कर दीजिए, ऐसा कठोर शाप न दो।

नारद : नहीं! हमारा शाप मिथ्या नहीं हो सकता। तुम राक्षस तो अवश्य बनोगे परन्तु जब विष्णु भगवान राम अवतार लेंगे तो तुम्हारा उद्धार होगा। जाओ।

[गणों का जाना, नारद जी का जल में अपना मुँह देखकर, क्रोधित होना]

नारद : छल, कपट, धोखा! याचना का बदला अपमान से! विश्वासघाती का काम और विष्णु भगवान से। नहीं–नहीं अब उसकी बुद्धि मलीन हो गई है; उसका हृदय पाखण्ड से भर गया है। रूप माँगा हरि का और दे दिया बानर का। यही है उदारता! यही है न्याय! भरी सभा में मेरा अपमान कराया, सदा के लिए मुझे स्वार्थी ठहराया।

मुनासिब था यही तुझको श्री भगवान कहलाकर।
यही गुण हमको दिखलाया बड़ा गुणवान कहलाकर।।
मेरे तो वास्ते जग में निराशा ही निराशा है।
परन्तु देख ले तू भी कपट का क्या तमाशा है।।

(पर्दा गिरना)

[विष्णु भगवान और विश्वमोहिनी जा रहे हैं, पीछे से नारद जी आते हैं]

नारद : ठहर! दूसरों की आशाओं पर पानी फेर कर अपनी कीर्ति को बढ़ाने वाले ठहर! भक्त के साथ द्रोही का काम करके दीन रक्षक और भक्त वत्सल कहलाने वाले ठहर!

तुमको अब तक न मिला राह पे लाने वाला।
तेरी गम्भीरता में प्रश्न उठाने वाला।।
भक्त का अपने का किया खूब ही आदर तूने।
लोक में करके यह नारद का निरादर तूने।।

विष्णु : मुनिराज क्या आज्ञा है?

नारद : आज्ञा! आज्ञा तो तुम्हारी है। जो मन में आता है सो करते हो। न किसी का सम्मान है, न किसी से डरते हो। मैं जानता हूँ कि तुम सर्वव्यापी हो, परन्तु उतने ही पापी हो। मैंने बड़ी भूल की जो तुम्हारे पास याचना करने चला आया; नहीं तो तुम वही हो कि सागर मंथन के समय महादेव जी को विष पिलाया; मोहिनी रूप धार कर भस्मासुर का नाश कराया।

भला ऐसे से खाए कोई मूरख लाभ का धोखा।
घुसा हो जिसकी नस नस में कपट छल सर्वदा धोखा।।
जो यह आदत तुम्हारी है, कहाँ विश्राम है मेरा।
न बदला लूँ बदी का तो न नारद नाम है मेरा।।

विष्णु : शान्त, मुनिवर शान्त!

नारद : शान्त होने का बहुत काम किया है जो मुझे शान्त करते हो। नहीं, शान्त नहीं हो सकता, दूँगा, तुम्हें अवश्य शाप दूँगा। लो सुनो! जिस तरह तुमने मुझे स्त्री के विरह में तड़पाया है, उसी प्रकार तुम भी पत्नी के वियोग में महा दुख पाओगे और जिस बानर के रूप को घृणा की दृष्टि से देखकर मुझे दिया है, उसी बानर रूप से सहायता चाहोगे—

फिरोगे ठोकरें खाते महा दुस्तर पहाड़ों में।
कहीं पर्वत, कहीं जंगल कहीं वन और उजाड़ों में।।
निराशाओं के बादल हर तरफ घिर घिर के छाएँगे।
यदि कुछ काम आएँगे तो ये बानर ही आएँगे।।

विष्णु : नारद जी, मैं आपके शाप को स्वीकार करता हूँ।

न मुझको काम सुख दुख से न शोक आनन्द साधन से।
मुझे उसी में आनन्द है जिसे तुम चाहते हो मन से।।

गाना

उपकार में तुम्हारे उपकार जानता हूँ
भक्तों की जिन्दगी का मैं तार जानता हूँ।
इच्छा है जो तुम्हारी राजी हूँ मैं उसी में
आज्ञा में प्रेमियों की उद्धार जानता हूँ।

यह शाप अब तुम्हारा सिर पर मेरे रहेगा
पालन में-मैं इसी के निस्तार जानता हूँ
मिथ्या न हो सकेंगे नारद वचन तुम्हारे
लेना पड़ेगा मुझको अवतार जानता हूँ।

अच्छा नारद जी, अब सावधान हो जाओ। मोह को दूर करो और विवेक तथा वैराग्य-ज्ञान को जगाओ।

[भगवान की कृपा से नारद का क्रोध शान्त होना]

नारद : (चौंककर) हैं! यह क्या! मैंने क्या किया! मेरे मन में ऐसे विचार क्यों उत्पन्न हुए! मेरे हृदय में, क्रोध की अग्नि क्यों भड़क उठी?

(सोचकर)

भगवान, मैं भूल गया, मुझसे बड़ा अपराध हुआ। मुझे क्षमा कीजिए। मेरा शाप निष्फल कर दीजिए–

न समझा हर जगह व्यापक तुम्हारी ही तो माया है।
तुम्हारा रूप ही सृष्टि के कण-कण में समाया है।।
मेरा मन घोर पापी है जो यों अभिमान में आया।
किया जो कुछ विचारा, कह गया जो ध्यान मे आया।।

विष्णु : नारद जी! तुम कोई चिन्ता न करो। जो कुछ हुआ है मेरी ही इच्छा से हुआ है।

नारद : **महाराज यह मैंने मोह के वश, तुम पर जो दोष लगाया है।**
यह पाप क्षमा कर दो भगवन, चरणों में शीश नवाया है।

विष्णु : **तुम क्यों संकोच करो नारद, यह सब मेरी ही माया है।**
जा कर शंकर का जाप करो, क्यों कुशल ध्यान बिसराया है।।

[नारद का प्रणाम करके प्रस्थान]

जंगल का दृश्य

[कुशध्वज ऋषि की कन्या वेदवती वैरागनी वेश में विष्णु भगवान की पति भक्ति करते और लकड़ियाँ चुनते दिखाई दे रही है]

गाना वेदवती

तर्ज : बहरे कव्वाली

समाया हर समय नजरों में वह भगवान रहता है।
उसी की है लगन मन में उसी का ध्यान रहता है।।

1. बनूँ मैं चेरी चरणों की यही आशा, यही इच्छा,
मरण हो उसके चरणों में यही अरमान रहता है।।
समाया.....

2. जुदाई हर घड़ी की अब मुझे बेचैन रखती है।
विरह में रात दिन ही मौत का सामान रहता है।।
समाया.....

3. दया कर अब तो हे भगवान! आखिर सब्र की हद है।
कुशल अब क्या रही, दिल हर घड़ी हैरान रहता है।
समाया.....

अहा! जब से मेरे पिता कुशध्वज ऋषि ने प्रण किया है कि मेरे पति विष्णु भगवान होंगे तब से मैं भी उन्हीं के ध्यान में जीवन बिता रही हूँ। सारे संसार से मुँह मोड़कर उन्हीं के चरणों में लौ लगा रही हूँ, परन्तु प्यारे ने अब तक कृपा नहीं की। निराशा के अन्धकार में आशा की ज्योति नहीं डाली।

कौन जाने कब तलक स्वामी मिलेंगे आनकर,
और निज सेवा में लेंगे जानकर पहचान कर।
कब तलक यूँ ही फिरूँगी ठोकरें खाती हुई,
शोक और सन्ताप में जीवन को भरमाती हुई।।

[रावण का प्रवेश]

रावण : (वेदवती को देखकर) अहा!
निर्जन वन में शोभती ऐसे सुन्दर नार।
जैसे मोती कीच में चमकत है हर बार।।
नहीं-नहीं यह तो इससे भी अधिक सुंदर है।
इस निर्जन स्थान में त्यों कामिनि का वास।
ज्यों अँधियारी रैन में चन्द्र देव का हास।

वेदवती : क्या विचार रहे हो महात्मन?

रावण : (अपने ध्यान में) सुन्दर मुख, विशाल नेत्र, घुँघराले बाल, चौड़ी छाती, मस्तानी चाल और मन को लुभाने वाला अलौकिक

रूप, बड़ी ढिठाई के साथ चित्त पर प्रभाव डाल रहा है। इतने आकर्षण एक साथ मिलकर दिल चुराने की चेष्टा कर रहे हैं। निस्सन्देह यदि शारीरिक और मानसिक बल पर विजय पाने वाली कोई शक्ति हैं। तो केवल चन्द्र मुख की शोभा। यदि ज्ञानी का ज्ञान, योगी का ध्यान और मानो का मान तोड़ने वाला कोई वीर है तो केवल यह रूप।

जहाँ चल जाएँ तीखे वार इन नैनों के तीरों के।
नहीं कुछ काम दे सकते वहाँ हथियार वीरों के।।
नजर कैसे न हो संसार की इस देव बाला पर।
निछावर चन्द्र, तारागण हैं जब इस मुख की शोभा पर।।

वेदवती : ज्ञानी पुरुष! विचारों की उलझन छोड़िए और अपना तात्पर्य प्रकट कीजिए।

रावण : ओहो! भूल गया, बड़ी चूक हुई! हाँ देवी, तुम कौन हो?

वेदवती : मैं? कुशध्वज की कन्या, मार्ग से भटकती हुई अनाथ बालिका, संसार की बिसराई हुई दीन जोगिन।

रावण : क्या अभी तक तुम्हारा पाणिग्रहण नहीं हुआ।

वेदवती : हो चुका।

सदा से आज तक जिसका कि सब वेदों ने गुण गया।
जो विष्णु विश्व का और लोक का आधार कहलाया।।
जिसे चौदह भुवन और तीन युग भगवान कहते हैं।
उसी को बस मेरा जीवन, मेरा पति प्राण कहते हैं।

रावण : कल्पना! झूठी कल्पना! मृगतृष्णा के पीछे दौड़ने वाली मृगी! क्या धूप को मुट्ठी में बन्द करने का इरादा कर रही हो। भोली बाला! क्या उस कल्पित आकार को प्रेम करके आशाओं का स्वप्न देख रही हो?

यह कसौटी पूरी होगी किस तरह विश्वास की।
आस है कागज के फूलों से तुझे सुबास की।।
तुझको तड़पाती रहेगी सर्वदा आशा तेरी।
हो नहीं सकती पूरी यह कभी इच्छा तेरी।।

वेदवती : इच्छा पूरी हो या न हो परन्तु मैं अपने विचार को नहीं छोड़

सकती। एक बार जिसको अपना पति मान लिया है उससे मुख कदापि नहीं मोड़ सकती।

यह गाढ़ा रंग है जो चढ़ गया हृदय के दर्पण पर।
यही सच्ची कामना है पार जो उतरेगी साधन पर॥
मरूँ इस ध्यान में बेशक मरण इक बार होता है।
सती नारी का जीवन में परण इक बार होती है॥

रावण : निस्सन्देह, तू अपने ध्यान में मग्न हो रही है, अन्धे विश्वास के कारण जीवन का तत्व खो रही है; परन्तु देख संसार के सुख भी बार-बार नहीं मिला करते; भोग के साधन नित्य इकट्ठे नहीं हुआ करते। जब यौवन की यह झलक चली जाएगी तो इस दिन की याद करके बहुत पछताएगी।

यह शोभा चन्द्र मुख की, यह जवानी और यह जीवन।
यह रंगत, यह चमक, यह रूप, यह जादू भरी चितवन॥
पड़ा है धूल में जो मनहरण अनमोल मोती है।
है सुन्दर फूल तू पैरों तले पामाल होती है॥

वेदवती : कामी! असार संसार के सुखों में फँसाकर मुझे सन्मार्ग से विचलित करना चाहता है, नाशवान कामनाओं का रंग चढ़ाकर मेरे हृदय पर वासना का मैल चढ़ाता है।

नहीं समझा है अब तक किस कदर है मान अबला का।
परण ये प्राण से प्यारा हमेशा जान अबला का॥

रावण : सुन्दरी! होश कर, आँखें खोल, तेरे ज्ञान पर काहे का पर्दा पड़ा है? क्या तुझे दिखाई नहीं देता कि तेरे सामने लंकेश रावण खड़ा है।

तेरी कोमल जबाँ से शब्द जो कड़वे निकलते हैं।
ये तीखे बाण हैं जो प्रेम की गर्दन पै चलते हैं॥

वेदवती : **समय आया है ज्ञानी पाप के रास्ते पे चलते हैं।**
अनोखी बात है जो बज्र भी मुट्ठी में गलते हैं॥
मिले जो राज दुनिया का वचन पर वार दूँगी मैं।
तेरी सोने की लंका इक परण पर वार दूँगी मैं॥

रावण : समझा! मतिमन्द अभागिन बाला! मैं अब तेरा तात्पर्य समझा।

तू अपनी कुबुद्धि से लाचार है, जो रावण का कहना मानने से तुझे इन्कार है। मूर्ख! क्या मेरे क्रोध की प्रचण्ड अग्नि में कूदकर अपने आपको स्वाहा करना चाहती है? जो कार्य मैं अपनी इच्छा से नहीं करना चाहता था उसे ही करने के लिए मुझे विवश करती है।

क्रोध को मेरे समझकर खेलती है खेल तू।
बोलकर कड़वे वचन अग्नि पे डाले तेल तू॥
ऐंठकर रावण से जग में कौन रहने पाएगा।
देखता हूँ कौन अब तुझको बचाने आएगा॥

[रावण पकड़ने के लिए आगे बढ़ता है, वेदवती पीछे हटती है]

वेदवती : शर्म कर हिये के अन्धे शर्म कर।

गाना (काफी भैरवी ताल छप)

तर्ज : **अरी बेवफा तू सच बता, तुझे राम से क्या बैर है**

या

मुझे धर्म वेद से ईश्वर सदा इस तरह का प्यार दे

रावण दुखी को मत दुखा खुद ही मैं बेकरार हूँ।
जीवन की आस कुछ नहीं अपना ही आप भार हूँ॥

1. छेड़कर न सितम ढा–शक्ति को अपनी मत जला।
बच के खड़ा हो बेहया, शोला हूँ मैं शरार हूँ॥
जीवन की.....

2. सीने में मेरे प्रेम की, अग्नि महान जल रही।
आशाएँ भस्म हो चुकीं, बाकी बचा गुबार है॥
जीवन की.....

3. दुखिया को जो सताएगा, अपनी कुशल गँवाएगा।
बचके कहाँ जाएगा, विष की बुझी कटार हूँ।
जीवन की.....

रावण : बस–बस अब आगे मत बोल।

बहुत कुछ सुन चुका हूँ बन्द कर अपनी कहानी को।
इसी अभिमान मे खो देगी आखिर जिंदगानी को॥

वेदवती : (हँसकर) जिन्दगानी! क्या जिन्दगानी का मोह दिखाकर ही अपने वश में लाना चाहता है? क्या मृत्यु से डरा कर ही अपनी वीरता का सिक्का जमाना चाहता है! जा, ओ चाण्डाल! यहाँ से अभी चला जा; यदि कुछ लाज है तो मुझे अपनी सूरत न दिखा।

देखना पापी का मुँह भी एक भारी पाप है।
इसलिए ही मेरे मन में घोर पश्चाताप है।।
मन दुखाकर दीन का क्या हाथ तेरे आएगा।
याद रख तुझको तेरा यह पाप ही खा जाएगा।।

रावण : ओह! इतनी ढिठाई? इतना अभिमान! देवताओं के महाराज रावण का यहाँ तक अपमान।

जमाने भर की शक्ति जिसके आ चरणों में झुकती है।
तमाशा है उसी योद्धा पर अबला नार हँसती है।।

वेदवती : **जिसे अबला समझता है वह इक बलवान शक्ति है।**
जला कर भस्म कर देगी यह वह ज्वाला दहकती है।।

रावण : बस, अब नहीं सुना जाता है! तेरे कटीले शब्दों का अन्त हुआ चाहता है, देख रावण का क्रोध क्या करके दिखाता है।

जो हुआ अच्छा हुआ, वह ध्यान ही बेकार है।
देख मेरा हाथ अब, तेरे गले का हार है।

[गर्दन पकड़ लेता है]

वेदवती : नहीं ऐसी बातों से भी तुझे कुछ हासिल नहीं होगा। दुष्ट! मेरा शरीर तेरे स्पर्श के काबिल नहीं (गर्दन छुड़ाकर) हाय अन्यायी। मेरी काया ही भ्रष्ट बना दी। तेरे छूने से यह शरीर ही अशुद्ध हो गया। अब यह मेरे इष्टदेव की भेंट नहीं हो सकता, इसलिए इसे त्याग कर नया रूप धारण करूँगी और उसी से तेरी मृत्यु का कारण बनूँगी।

बना है सामने मेरे जो तू विकराल की सूरत।
जनकपुर से उठूँगी बनके तेरे काल की मूरत।।

[वेदवती के शरीर से ज्वाला प्रकट होना और रावण का डरकर चले जाना]

(पर्दा गिरना)

कैलाश पर्वत की तलहटी

[रावण अपने विमान में मारीच सहित बैठा हुआ जा रहा है; कैलाश के पास आकर विमान रुक जाता है, रावण को क्रोध आता है]

रावण : हैं! चलते-चलते अचानक विमान क्यों रुक गया?

हुआ है किसका साहस जो मरे पत्थर से टकराकर।
पड़ा है कौन मृत्यु के भँवर में सामने आ कर॥
अभी तक क्या कोई संसार में ऐसा भी योद्धा है।
कि जिसने मार्ग में चलते मेरे वाहन को रोका है॥

मारीच : महाराज! आपको तो वृथा ही इतना रोष है। मेरे विचार में यह केवल वायु का दोष है।

रावण : वायु! वायु में क्या शक्ति है जो मेरी आज्ञा का उल्लंघन कर सके? उसमें इतना साहस कहाँ, जो मेरी इच्छा के प्रतिकूल आकाश मण्डल में गमन कर सके।

उसके दिल पर है मेरी शक्ति का भय छाया हुआ।
मुद्दतों से मेरे पैरों का है ठुकराया हुआ॥

मारीच : तो फिर इन्द्र की चाल होगी।

रावण : इन्द्र की चाल!

इन्द्र जैसे नीच का मुझसे कोई नाता नहीं।
वह तो मेरे सेवकों में भी गिना जाता नहीं॥

मारीच : तो फिर मेघ ने ही रास्ते में अड़कर अपने अपमान का बदला उतारा होगा।

रावण : मेघ! वही मेघ जो मेरी सेवा बजाता है? पानी छिड़क-छिड़क कर लंका की गलियों को ठण्डी बनाता है। क्या कहते हो मारीच?

ऐसे कायर भी अगर रोकेंगे मेरी राह को।
कौन फिर संसार में मानेगा ऐसी जाह को॥

[नन्दी का प्रवेश]

नन्दी : लंकेश!

रावण : क्यों, कौन है?

नन्दी : मैं हूँ शिव महाराज का अनुचर, नन्दी।

रावण : नन्दी! कहो क्या कहते हो?

नन्दी : महाराज! इस राड़ को अधिक न बढ़ाइए। यदि इस ओर से नहीं तो दूसरी ओर से निकल जाइए।

रावण : क्यों निकल जाऊँ? क्या मैं चोर हूँ जो छिपकर दूसरी ओर से निकल जाऊँ?

उठाकर फेंक दूँ जो सामने पर्वत भी आ जाए।
समन्दर खुश्क हो जाए जो मेरा नाम सुन पाये॥
गिरा डालूँ यदि हो लोहे की दीवार भी आगे।
मिटा डालूँ अगर हो मौत का आकार भी आगे॥

नन्दी : दानवेश! कैलाश पर्वत शिवजी महाराज का निवास स्थान है। इसके ऊपर से किसी प्राणी का गुजर जाना एक प्रकार का अपमान है।

रावण : अपमान! कैसा अपमान? किसका अपमान? क्या शिव भी कोई महान शक्ति है, जो उसे अपने अपमान का इतना ध्यान है।

मुँडाकार मूँड, योगी की जमाकर शान बैठा है।
कोई राजा है मानो या कोई भगवान बैठा है॥
न समझी शान मेरी और न देखा दबदबा मेरा।
भला है खेल कोई रोक लेना रास्ता मेरा॥

मारीच : लंकेश! कहाँ ध्यान है? महादेव की महिमा का तो वेदों में भी बखान है।

रावण : होगा, मैं इसकी परवाह करने वाला नहीं। दानवेश ऐसे-ऐसे कपटी धूर्तों से डरने वाला नहीं।

नहीं हूँ ग्रास भोजन का मुझे हर कोई खा लेगा।
बताशा भी नहीं जो पाएगा सो मुँह में डालेगा॥
भयंकर काल हूँ विकराल हूँ मैं विषधर काला हूँ।
जलाकर भस्म कर दूँगा मैं वह प्रचण्ड ज्वाला हूँ॥

नन्दी : अच्छा तो जाइए! जिस ओर से जी चाहे उसी ओर से चले जाइए।

रावण : क्यों नहीं! अभी कैलाश को उठाकर समुद्र में डाल देता हूँ और मैदान साफ करके अपना रास्ता निकाल लेता हूँ।

आ बचाए जो इसे शक्ति कहाँ आकाश की।
फेंक देता हूँ हिलाकर अब जड़ें कैलाश की॥

[क्रोध में उठाने का प्रयत्न करता है परन्तु असफल रहता है]

रावण : हे संसार को अधीन करने वाले अपार बल! आज तू कहाँ सो गया! हे देवताओं को परास्त करने वाली बलवान भुजाओ! आज तुम्हें क्या हो गया?

बढ़ाऊँ मैं यदि साहस तो हृदय काँप जाता है।
लगाऊँ जब हाथ कैलाश को तो काँप जाता है॥
न जाने हो गया बलहीन दिल बलवान क्यों मेरा।
कराया इस जगह पर आन कर अपमान क्यों मेरा॥

नन्दी : क्यों महाराज! क्या बात है? अब कैलाश के उठाने में कैसा पश्चाताप है।

कहाँ है जोर वह जिससे उठाई थी जमीं सिर पर।
कहाँ है तेज वह जिस पर बघारी शेखियाँ बढ़कर॥

रावण : ठहरो! एक बार फिर बल लगाने दो! (जोर लगाकर थक जाना)। अफसोस।

आ गया तन पर पसीना और यह सरका नहीं।
सच कहा है भाग्य का लिखा कोई समझा नहीं॥

नन्दी : बस! थक गए! कहाँ है वह शक्ति? कहाँ गया वह अभिमान?

रावण : अभिमान चूर हो गया! मन का सारा अहंकार दूर हो गया।

हुआ है ज्ञात शंकर की महा महिमा अनोखी है।
अजब लीला तुम्हारी नाथ हमने आज देखी है॥
किया अभिमान जो मैंने यह फल उसका ही पाता हूँ।
दया हो नाथ! अब तो शीश चरणों में झुकाता हूँ॥

[कैलाश की चोटी पर शिवजी महाराज बैठे हुए दिखाई देना]

शिवजी : क्यों लंकेश! अपनी शक्ति को भली प्रकार आजमा लिया? अब तो अपने अभिमान का फल पा लिया।

रावण : भोलानाथ! मैं अहंकारवश। आपकी महिमा को ध्यान में न

लाया, अन्त में अपने किए का फल पाया। हे नाथ! मुझ पर कृपा कीजिए और मेरे विमान को मार्ग दे दीजिए। जय हो! कैलाशपति की जय हो।

शिवजी : अच्छा जा, जिस ओर से चाहे चला जा! मैं तेरी दीनता पर बहुत प्रसन्न हूँ और मैं तुझे यह चन्द्रहास नामक तलवार देता हूँ। यदि तू नित्य इसका पूजन करता रहेगा तो यह तेरी सब प्रकार से रक्षा करेगी, किन्तु यदि एक भी दिन भूल गया तो यह मेरे पास वापस चली आएगी और वही तेरी अन्तिम घड़ी समझी जाएगी।

रावण : उपकार नाथ! महा उपकार!
आज से मैं सदा आपका दास रहूँगा और आपके वचनों का पालन करूँगा।

[रावण का विमान पर बैठकर चले जाना]

(पर्दा गिरना)

रावण-दरबार

[रावण, मन्त्री, मेघनाद, विभीषण, तथा अन्य दरबारी बैठे हैं]

रावण : **कहाँ है स्वर्ग की पदवी मेरे दरबार के आगे।**
कहाँ गोलोक की महिमा मेरे विस्तार के आगे।।
हुआ है आज लंका का जगत में वह शिखर ऊँचा।
न कर सकता है मेरे सामने बैकुंठ सिर ऊँचा।।
ब्रह्मलोक से लेकर पाताल तक बैकुण्ठ से लेकर मृत्युलोक तक सब मेरी जयध्वनि से गुंजार रहे हैं। देवता और गन्धर्व, दानव और दिग्पाल, सब मेरी जय-जयकार पुकार रहे हैं। बड़े-बड़े राजा और महाराजा, बड़े-बड़े ज्ञानी और योगेश्वरों का सुख मेरी इच्छा पर निर्भर हो रहा है। इन्द्रलोक मेरे वैभव को देखकर डाह की पीड़ा से जर-जर हो रहा है। संसार के धनी लालसा की ललचाई हुई नजरों से मेरे भण्डार की ओर ताक रहे हैं। दुनिया के अभिमानी पल्ला पसार कर दया की भीख माँग रहे है।

सुसज्जित स्वर्ग से बढ़कर मेरा दरबार रहता है।
जगत की वस्तुओं से पूर्ण यह भण्डार रहता है।।
जो चाहूँ मैं, वही करने से पहले सामने आये।
यदि उँगली उठा दूँ सिर जमाने भर का झुक जाए।।

मन्त्री : यथार्थ है महाराज! यथार्थ है।
यहाँ की शान एकदम निराली है जमाने से।
जगत पामाल होता है जरा सा सब हिलाने से।।

रावण : निस्सन्देह! अच्छा इस शान को और भी बढ़ाओ, तुरन्त अप्सराओं को बुलाओ और नाच रंग का प्रबन्ध कराओ।
मेरा ही रंग जम जाए रसीली तान के अन्दर।
मेरा ही नाम गूंजे अप्सरा के गान के अन्दर।।
मेरे यशगान में मदमस्त कुल दरबार हो जाए।
ध्वनि यह घूंघरूँ की बस मेरी झंकार हो जाए।।

मन्त्री : जैसी आज्ञा महाराज! द्वारपाल! अभी जाओ और गानेवालियों को हाजिर करो।
[द्वारपाल का जाना और अप्सराओं सहित आना]
रावण, मन्त्री, मेघनाद सभी साकी के नशे में चूर हो जाते हैं।

रावण : यह वही लालपरी है जिसे कहते हैं सुरा।
देवताओं को भी जिसका नहीं मिलता है मजा।।
लोग जिस जाम को बदनाम किए देते हैं।
हम उसी जाम को होंठों से सिए लेते हैं।।

मन्त्री : लोग दुनिया के जिसे नीच नशा कहते हैं।
हम उसी जाम को दुखों की दवा कहते हैं।।

मेघनाद : पान मदिरा के बिना लोग वृथा जीते हैं।
पाप करते हैं, इसे जो भी नहीं पीते हैं।।

गाना (अप्सरा)

भर भर पिलादे साकिया फस्ले बहार है।
बागे जहाँ में आज गुलों पर निखार है।।
1. मस्ती का साज छेड़ के मदहोश बना दे।
आँखों में नाचता हुआ साकी खुमार है।।
भर भर.....

2. तेरी नजर में ऐश की दुनिया छुपी हुई।
मेरी नजर में सोज का आलम हजार है।।
भर भर.....

3. परदे से ला निकाल के मस्ताना परी को।
जिसकी अदा पै आज 'कुशल' दिल निसार है।
भर भर.....

रावण : वैसे तो समस्त लोक ही मेरी आज्ञा का पालन करते हैं; सारे राजे-महाराजे मेरी अधीनता का दम भरते है। देवता और दिग्पालों को मैंने अपने कारागर में डाल रखा है, दानव और गन्धर्वों का कचूमर निकाल रखा है। परन्तु उनको निकम्मा बैठाने में नीति का अपमान है और फिर राजकोष की भी हानि है। इसलिए मेघनाद तुम अभी जाओ और सारे बन्दियों के अलग-अलग काम बताओ और यदि न करें तो हम तक सूचना पहुँचाओ।

मेघनाद : जैसी आज्ञा महाराज!

रावण : हाँ, जरा ठहरो! ऋषि-मुनियों से भी कर हासिल करो और उसे राजकोष में जमा करो। साधु, सन्त, महात्मा और धर्मात्मा भी खाली न जाएँ, सब मेरे ही नाम की माला फिराएँ।
दिशाओं में मेरी ही कीर्ति और यश की चर्चा हो।
मेरा ही नाम हर मन्दिर में गूँजे और पूजा हो।।

मेघनाद : बहुत अच्छा पिता जी! आपकी आज्ञा सिर चढ़ाता हूँ और यह समस्त संसार को पहुँचाता हूँ।
हर इक मगरूर को लंका का मैं सेवक बना दूँगा।
हर इक दिल पर तुम्हारे नाम का सिक्का बिठा दूँगा।।

रावण : शाबाश!
सुना दो बस हर एक व्यक्ति को यह ऐलान रावण का।
फिरा दो हर तरफ संसार में फरमान रावण का।।
दबाओ हर तरफ उसको दबे जो न दबाने से।
जिसे चाहो मिटा डालो उसे फौरन जमाने से।।

मेघनाद : ऐसा ही होगा पिता जी!

[सिर झुका कर मेघनाद का जाना]

(पर्दा गिरना)

[रावण के कारगार में सारे देवता बन्द हैं]

इन्द्र : शोक महाशोक!

कहाँ मैं स्वर्ग का स्वामी कहाँ रावण की सेवकाई।
कहाँ सुरलोक का शासन कहाँ बन्धन की कठिनाई।।
विधाता! दोष क्या मेरा जो यह संकट उठाता हूँ।
महापापी महा क्रोधी का जल भर भर के लाता हूँ।।

सूर्य : अफसोस!

अन्धेरा हो गया है हाय अब संसार में मेरे।
नहीं है अब मेरा प्रकाश भी अधिकार में मेरे।।
करूँ क्या नित्य रावण नीच की सेवा बजाता हूँ।
प्रतिदिन उठके प्रातःकाल उसको सिर झुकाता हूँ।।

पवन : हाय! हाय!

किया है बाँधकर जंजीर में बेकार रावण ने।
मेरी स्वाधीनता भी छीन ली बदकार रावण ने।।
दिशाओं में फिरा करता था उधम को मचाता मैं।
परन्तु आज लंका में फिरूँ, झाड़ू लगाता मैं।।

कुबेर : ओह!

कभी अभिमान था परलोक का मैं कोषधारी हूँ।
मगर अब द्वार पर रावण के छोटा सा भिखारी हूँ।।
जिसे संसार सुख और सम्पदा का नाथ कहता है।
वही अब कौड़ी-कौड़ी के लिए मोहताज रहता है।

[सबका सम्मिलित गाना]

करेगा तेरा यह नाश रावण, जो पाप इतना कमा रहा है;
सताया जाएगा तू भी जग में, जो हमको नाहक सता रहा है।
रहेंगे तेरे न यह सदा दिन, गुजर रही है घड़ी घड़ी छिन;
तुझे भी घेरेगा शोक एक दिन, जो दिल हमारा दुखा रहा है।
सताया.....

न कोई अपराध था हमारा, न मन में तेरा बुरा विचारा।
न राह में तेरी शूल डारा, क्यों क्रोध इतना दिखा रहा है।
सताया.....

न होगी तेरी यह हुक्मरानी, रहेगी बाकी ही बस कहानी।
यह पाप बनकर आकाशवानी, ध्वनि यह तुझको सुना रहा है।

[कोतवाल का आना]

कोतवाल : (डाँटकर) अरे अभिमानियो! अब भाग्य को दोष देना बिल्कुल बेकार हैं। क्या तुम नहीं जानते कि यह रावण की सरकार है। राजाज्ञा का इसी प्रकार पालन करते हो कि आलसियों की तरह पड़े-पड़े पेट भरते हो।

इन्द्र : मूर्ख! तुझे स्वाधीनता पाकर इतना साहस हो रहा है। जरा अन्दर आकर तो देख कि हमारा दम घुटा जा रहा है।

पवन : गर्मी इतनी है कि साँस लेना भी दुर्लभ है।

कोतवाल : तो हम क्या करें? अपने-अपने कर्मों का फल भोग रहे हो।

कुबेर : **अरे दुष्ट! हम पर इतना क्यों रोष है?**
जरा बता तो सही कि हमारा क्या दोष है?

कोतवाल : मैं तुम्हारी कोई भी निरर्थक बात नहीं सुनना चाहता हूँ।
इन्द्र! दिखला तूने कितना काम किया है?
बे माता! हाजिर कर तूने कितना दाना दला है?
सूर्य! क्या तूने राजमहल में ठीक प्रकाश नहीं किया?
पवन! क्या तूने अभी तक लंका की गलियों को साफ नहीं किया?

[देवता चुप रहते है]

कुछ नहीं, सबने धोखा दिया है। जो काम बतलाया था, एक ने भी पूरा नहीं किया है।

(हन्टर मारना)

देवता : रहने दे अन्यायी! इस अन्याय को रहने दे। क्या तू नहीं जानता कि तुझे भी इस पाप का फल भोगना पड़ेगा?

(रावण का प्रवेश)

रावण : कोतवाल! कारागार का निरीक्षण कराओ और प्रत्येक बन्दी का किया हुआ काम अलग-अलग दिखलाओ।

कोतवाल : महाराज! यद्यपि सारे कैदी महादुष्ट और आलसी हैं। परन्तु हम उतने ही सतर्क और साहसी हैं। पवन समय पर झाड़ू लगाता

है। वरुण अमृत की वर्षा करता है। बे माता से दाना दलवाया जाता है, इन्द्र से जल भरवाया जाता हैं। सूर्य और चन्द्र नगरी को प्रकाश देते हैं, कुबेर और यम 'घोड़ों की लीद' उठाते हैं।

रावण : हाँ! इन अभिमानियों को कभी खाली न बैठने दिया जाए, हर एक से हमारी आज्ञानुसार कठिन काम लिया जाए। अच्छा हम जाते हैं, फिर किसी समय कारागार का निरीक्षण किया जाएगा और यदि सारा कार्य ठीक न मिला तो तुम्हें भी कठोर दण्ड दिया जाएगा।

कोतवाल : जैसी आज्ञा अन्नदाता।

[रावण का प्रस्थान]

कोतवाल : अच्छा अब सारे बन्दी सावधान हो जाएँ और अपने-अपने कर्त्तव्य पालन में जी जान से लग जाएँ।

गाना (इन्द्र)

तर्ज : वो दिल कहाँ से लाऊँ तेरी याद जो भुला दे।
मुझे याद आने वाले कोई रास्ता बता दे।।
(फिल्म–भरोसा, गाना लता)

मंजूर क्या है तुझको ओ आसमाँ बता दे।
दुनिया से क्यों मिटाया मेरा निशाँ बता दे।।

1. रक्षा का भार सिर पर जब लिया था तूने।
अब क्या हुई है आखिर तेरी जुबाँ बता दे।।
मंजूर.....

2. क्या पाप कर्म मैंने अपराध क्या किया था।
क्यों पड़ रही है मुझपर ये मुश्किलें बता दे।।
मंजूर.....

अन्याय तेरा मुझ पर कब तक बना रहेगा?
कब तक भरूँगा यों ही मैं सिसकियाँ बता दे?
मंजूर.....

(पर्दा गिरना)

[जंगल में ऋषि मुनि कीर्तन कर रहे हैं]

**ऋषि मुनि: जय रघुनन्दन जय सिया राम
जानकी बल्लभ जय सुखधाम**

[मेघनाद का सेना सहित आना।]

मेघनाद : बस-बस, चुप हो जाओ। यह क्या बकवास है? न हमारा भय हैं न रावण की आज्ञा का पास है।

हो गई है घोषणा यह विश्व के विस्तार में।
दास लंका का रहे रहना जिसे संसार में।।
अब सिवा रावण किसी की रट लगाना छोड़ दो।
और के आगे जगत में सिर झुकाना छोड़ दो।।

ऋषि मुनि: मूर्ख! हम भगवान को छोड़कर और किसी के आगे सिर नहीं झुका सकते। त्यागी पुरुष किसी की आज्ञा मानने को विवश नहीं किए जा सकते।

यह आज्ञा प्रेमियों पर गृहस्थ के हर बार चलती है।
गृहस्थी के लिए ही हुक्म और सरकार चलती है।।
वनों में बैठकर करते हैं हम धर्म का पालन।
न हम से हो सकेगा ऐसे दुष्टकर्म का पालन।।

मेघनाद : करना पड़ेगा! महाराज रावण की आज्ञा का पालन तुमको अवश्य करना पड़ेगा। सबसे पहले हमें राज कर दो! फिर रावण का नाम लो।

ऋषि मुनि: राज कर! कैसा राज कर? किसका राज कर? क्या हम खेती करते हैं या व्यापार चलाते हैं, जो आप हमसे राज कर चाहते हैं।

मेघनाद : चुप रहो। मेरे पास ऐसी बातें सुनने का समय नहीं, वृथा बकवाद से बाज आओ, और शीघ्र राज कर लाओ। नहीं तो कठोर दण्ड पाओगे और फाँसी पर लटका दिए जाओगे।

ऋषि मुनि: **भाई! हमारे पास तो देने के लिए कुछ भी नहीं।**
हमें तो अन्न भी मिलता नहीं निर्वाह करने को।
कहाँ से लाएँ इक पैसा नहीं है दण्ड भरने को।

मेघनाद : तो वैसे ही आडम्बर रचाए बैठे हो? सारे वन में शोर मचा रखा है। हाहाकार से आकाश सिर पर उठा रखा है।

ऋषि मुनि: भाई! हम तो भगवान का भजन कर रहे हैं। वह पवित्र नाम लेकर अपने पापों का दमन कर रहे हैं। जाओ हमें वृथा न सताओ।

मेघनाद : एक बार कह दिया कि जल्दी राज कर लाओ नहीं तो रावण के राज्य से निकल जाओ।

ऋषि मुनि: निकल कर कहाँ जाएँ? और जब दमड़ी भी न हो तो राज कर कहाँ से चुकाएँ?

मेघनाद : लाओ–लाओ! यदि तुम्हारे पास और कुछ नहीं तो अपना रक्त ही लाओ।

ऋषि मुनि: रक्त! क्या राज कर में रक्त भी लिया जाता है?

मेघनाद : (सैनिकों से) देखते क्या हो! प्रत्येक की बाँह में चीरा लगाओ और रक्त से घड़ा भरकर राज कर वसूल करो।

[सैनिकों का ऋषियों से रक्त लेना]

ऋषि मुनि: ले जाओ! हे दुराचारियो! ऋषियों का रक्त भी ले जाओ। परन्तु याद रखो कि यह रक्त ही भयंकर रूप धरेगा और काल बनकर तुम सबको मारेगा।

मेघनाद : ओह! देखा जाएगा।

[मेघनाद का जाना और ऋषियों का फिर कीर्तन करना।]

(पर्दा गिरना)

रावण दरबार

रावण : लोकपालों की मर्यादा भंग हो गई, अहंकारियों का सिर नीचा कर दिया गया, देवता भिखारियों की गिनती में आ गए, संसार के छत्रधारी रावण के नाम से घबरा गए। परन्तु अब! हाँ मुझे बहुत कुछ करना है।

स्वर्ग को भी अब विजय करके दिखाना है मुझे।
देवपुर के द्वार तब सीढ़ी लगाना है मुझे।।
सम्पदा गो लोक की पृथ्वी पे लानी है मुझे।
अब असम्भव को भी सम्भव कर दिखाना है मुझे।।
आग में धुआँ न हो और मेघ में गर्जन न हो।
है मेरी इच्छा कि दानव वंश का मर्दन न हो।।

मन्त्री : अवश्य! ऐसा ही होना चाहिए महाराज!

रावण : ब्रह्मा का निश्‍चिंत वेदपाठ; विष्णु का शेष-शय्या पर शयन

और सुरपति का विशाल वैभव, अब मुझे बिल्कुल नहीं सुहाता है। अब यही देखना है कि इन्हें नष्ट होने से कौन बचाता है।

कोप दृष्टि से मेरी बचने न कोई पाएगा।
आएगा जो सामने बस यही कुचला जाएगा॥
देवता, गन्धर्व, दानव और किन्नर कौन है।
मैं ही हूँ लोकों का स्वामी मुझसे बढ़कर कौन है॥

(मेघनाद का प्रवेश)

मेघनाद : (प्रणाम करके) पिता जी! आपकी आज्ञा सारे विश्व में सुना दी गई है। बड़े-बड़े अभिमानियों की गर्दन झुका दी गई है। अब सारे प्रतापी और पराक्रमी हमारे नाम से घबराते हैं; ऋषि मुनि आपके नाम की ही माला फिराते हैं।

रावण : शाबाश! मुझे तेरे जैसे सुपुत्र की आवश्यकता है। परन्तु हाँ! इस घड़े में क्या लाए हो?

मेघनाद : महाराज! इसमें ऋषि मुनियों का रक्त है जो उनसे राज कर के रूप में वसूल किया गया है परन्तु चलती बार उन्होंने एक कठोर शाप दिया है।

रावण : वह क्या?

मेघनाद : यही कि यह रूप धारण करेगा और विकराल काल बनकर तुम सबको मारेगा।

रावण : रूप धरेगा? झूठ! बिल्कुल झूठ! क्या प्रकृति के नियम के विरुद्ध रक्त से भी जीव उत्पन्न हो सकता है? नहीं, कदापि नहीं! ले जाओ और इसे मिथिला पुरी की सीमा में गाड़ आओ।

मेघनाद : जो आज्ञा!

[मेघनाद का जाना]

(पर्दा गिरना)

अगला दृश्य

(पृथ्वी का गो रूप में आना)

गाना

तर्ज : **अरी बेवफा तू सच बता मुझे राम से.....।**

दीनों की हाहाकार पर भगवान आना चाहिए;
फिर बढ़ गया अन्याय जल्दी से मिटाना चाहिए।

1. तुमने दिया था क्या वचन, पापों का करता हूँ हनन;
भगवान वह अपना परण, कुछ तो निभाना चाहिए।
दीनों की.....

2. संकट सहा जाता नहीं, मुख से कहा जाता नहीं;
चुप भी रहा जाता नहीं, स्वामी बचाना चाहिए।
दीनों की.....

3. अब पाप भारी हो गया, जीवन दुस्वारी हो गया;
यह घावकारी हो गया, मरहम लगानी चाहिए।
दीनों की.....

हाय हाय! अब तो त्रेताकाल ही कलयुग के समान हो गया, नीति और धर्म का जीवन कठोर और महान हो गया। गौ और ब्राह्मण सताए जाने लगे। साधु और महात्मा कष्ट उठाने लगे। स्थान-स्थान पर मदिरा और मांस का सेवन होने लगा अब लाओ और अनाथों का मन बिलख-बिलख रोने लगा।

अधर्मी हो गई दुनिया सुनाया भी नहीं जाता।
पड़ा है भार पापों का उठाया भी नहीं जाता।।

हे ब्रह्मा, विष्णु, महेश, अग्नि और कुबेर आदि देवताओं, मेरी रक्षा करो। मैं महान दुख पा रही हूँ।

मिटाओ अब मेरा संकट उबारो आके निर्बल को।
नहीं तो जा रही हूँ हाय मैं धसती रसातल को।

[सभी देवताओं का आना]

ब्रह्मा : हे पृथ्वी! मन में धीरज धरो! इस प्रकार हाहाकार न करो हम सब तुम्हारे हित के लिए विष्णु भगवान से प्रार्थना करते हैं,

वे अवश्य तुम्हारा संकट दूर करेंगे और भूमि का भार हरेंगे।

पृथ्वी : धन्य हो देवताओ, तुम धन्य हो।

देवता : (ब्रह्मा से) हे नाथ! यह दीन पृथ्वी आपकी शरण में आई है। इसका संकट दूर कीजिए और शीघ्र ही भूमि का भार हर लीजिए।

पृथ्वी : सुनो! हे भगवान! गो रूप पृथ्वी की पुकार सुनो! राक्षस मेरे ऊपर घोर अत्याचार करने लगे हैं; सन्त और महात्मा उनके दुराचारों से डरने लगे हैं। अधर्म का भार बढ़ता जा रहा है। न्याय और अन्याय का मैल चढ़ता जा रहा है।

अधर्मी दुष्ट और पापी जनों की मैं सताई हूँ।
दुखी होकर शरण में आपकी भगवान आई हूँ।।

गाना

तर्ज : वो दिल कहाँ से लाऊँ तेरी याद जो भुला दे।

आओ हे नाथ! अब तो संकट मिटाने आओ।
हर बार की तरह फिर, दर्शन दिखाने आओ।।
आओ हे नाथ.....

1. अब पाप पापियों का सीमा से बढ़ चला है।
फिर धर्म बाण लेकर इसको घटाने आओ।
आओ.....

2. दीनों के नाश पर अब पापी तुले हुए हैं।
मिटना ही चाहता है जीवन बचाने आओ।
आओ.....

3. होने लगी है खण्डित मर्यादा वेद की फिर।
गौओं को लग गए हैं, जालिम सताने, आओ।।
आओ.....

[विष्णु भगवान की आकाशवाणी]

दोहा : ऐ देवताओ मत फ्रिक करो अवतार मनुष्य का धरूँगा।
और आ करके उस पृथ्वी पर उस खल रावण को मारूँगा।

पृथ्वी : धन्य हो नाथ! धन्य हो।

[सबका मिलकर विष्णु भगवान की जय बोलना]

दूसरा दिन

रामजन्म

पात्र

1. दशरथ राजा
2. मन्त्री सुमन्त
3. गुरु वशिष्ठ
4. श्रृंगी ऋषि
5. अग्निदेव
6. तीनों रानियाँ (कौशल्या, सुमित्रा व कैकई)
7. विष्णु भगवान
8. दासी
9. मारीच
10. सुबाहु
11. विश्वामित्र
12. द्वारपाल
13. राम-लक्ष्मण-भरत-शत्रुघ्न
14. ताड़का
15. राजा जनक
16. दूत

दशरथ दरबार

दशरथ : विधाता! मेरे पास तेरे दिए हुए हाथों का राजदरबार है। धन, दौलत और रत्नों से भरा हुआ अतुल भण्डार है। प्रत्येक छोटा बड़ा मेरी आज्ञा का पालन करता है। जिसको देखो वही मेरे सुख साधन के लिए मरता है। परन्तु इतना होते हुए भी मेरे मन को शान्ति नहीं हैं। राज्य भोग, सुख और वैभव ये सभी मेरे हृदय को बैचेन बना रहे हैं।

जो नहीं सन्तान तो इच्छा नहीं धन मान की।
भोगने वाला नहीं तो सम्पदा किस काम की।।
आँख है मौजूद लेकिन आँख का तारा नहीं।
दिल ही बेकार है जब दिल का कोई प्यारा नहीं।।

मन्त्री : महाराज! आज आप इतने व्याकुल क्यों हो। ऐसी क्या चिन्ता है कि नेत्र डबडबा रहे हैं?

दशरथ : मन्त्री जी! क्या बताऊँ! सन्तानहीन होने की चिन्ता चिंगारी के समान मन को जला रही है। वृद्धावस्था की यह निराशा हृदय में क्लेश रूपी अग्नि सुलगा रही है। आप जानते हैं कि मेरा चौथापन आ गया है। जीवन का भरोसा नहीं। न मालूम आयु का दीपक कब बुझ जाए? मैं सोच रहा हूँ कि क्या मेरे प्राणों के साथ सूर्यवंश भी समाप्त हो जाएगा। क्या मेरे मिटते ही दिलीप, भागीरथ और हरीशचन्द्र का नाम भी मिट जाएगा?

मन्त्री : महाराज! इतने अधीर न होइए; चिन्ता को छोड़िए और इसी समय महामुनि वशिष्ठ जी से इसका उपाय पूछिए। मुझे पूर्ण विश्वास है कि वे अवश्य कोई ऐसा उपाय बतलाएँगे जिससे आप के सब क्लेश दूर हो जाएँगे।

दशरथ : हाँ ठीक है! भगवान के भण्डार में किसी वस्तु की कोई कमी नहीं है। गुरुदेव पूर्ण पंडित और महाज्ञानी हैं। हो सकता है उनकी कृपा से मेरा संकट दूर हो जाए।

यह इच्छा लेके अब गुरुदेव की सेवा में जाता हूँ।
जो चिन्ता है मेरे दिल में उन्हें जा कर सुनाता हूँ।।

[राजा दशरथ और मन्त्री जी का गुरुदेव वशिष्ठ के पास जाना]

(पर्दा गिरना)

[गुरु वशिष्ठ का आश्रम]

दशरथ : गुरु जी के चरणों में यह सेवक प्रणाम करता है।

वशिष्ठ : चिरंजीव रहो राजन्! आशाएँ पूर्ण हों। कहो केसे पधारे?

दशरथ : महाराज! दशरथ को बड़े क्लेश ने दबाया है। अब रघुवंश का अन्त होने आया है। कुछ दिन में मुझे संसार ऐसा भूल जायेगा, मानो यहाँ कभी आया ही नहीं था। प्रभो! तीन विवाह करके वेद विरुद्ध कार्य भी कर चुका हूँ परन्तु मेरी इच्छा पूरी नहीं हुई।

(गाना) (तर्ज : बहरे तबील)

क्या कहूँ ए गुरु जी मैं अपनी व्यथा,
मुझे औलाद का गम सताता रहा।
हर तरह से हुई ना उम्मीदी मुझे,
अब जमाना जवानी का जाता रहा।

1. जो जवानी थी ढल-ढल के जाने लगी
अब अवस्था बुढ़ापे की आने वाली।
ना उम्मीदी मुझे मुँह दिखाने लगी,
यही फिक्र रात दिन मुझको खाता रहा।....

2. यदि हो जाता घर में मेरे एक पिशर,
तो उजड़ता ना यूँ मेरा आबाद घर।
किसी तरह से करूँ जिन्दगी को बसर,
मुझे सारी उमर ये गम जलाता रहा।....

3. अब तो आखिरी दिन निकट आता दिखे,
और दशरथ निपूता कहलाता दिखे।
राज गैरों के हाथों में जाता दिखे,
जिसपे खून और पसीना बहाता रहा।

4. क्या जिगर जब के लख्ते जिगर ही नहीं
क्या नजर जब कि नूरे नजर ही नहीं।

क्या शजर है वह जिसपे शरम ही नहीं
बेपिसर का जहाँ में क्या नाता रहा।
शोक! इस राज्य के अब गैर ही मालिक होंगे
ईश्वर तेरी लीला
चाँद चढ़े, सूरज ढ़ले, दीपक जलें हजार।
जिस घर में बालक नहीं वह घर निपट अंधियार।

वशिष्ठ जी : हे राजन! संसार में सुख के बाद दुख और दुख के बाद सुख आया करते है। घबराने की कोई बात नहीं है। भगवान की बाहें बहुत लम्बी है। वे तुम पर अवश्य कृपया करेंगे।

मेरा मन कह रहा है पूर्ण यह आशा दिली होगी।
वह दिन आने ही वाला है कली मन की खिली होगी।।

दशरथ : महाराज! प्रतीक्षा करते-करते चौथापन आ गया परन्तु इच्छापूर्ण होने का कोई ढंग दिखाई नहीं पड़ता। कृपा करके अब कोई ऐसा उपाय बतलाइये जिससे इस सेवक की चिन्ता मिट जाये।

(दोहा)

कम से कम एक पुत्र ही हो-जिसे रघुवंश बढ़े अपना।
पित्तरों को भी तर्पण पहुँचे-आगे का नाम चले अपना।

गाना (बहरे कव्वाली)

मैं इस संसार से स्वामी! यो ही निष्काम जाऊँगा।
सदा के वास्ते रघुवंश को, जग से मिटाऊँगा।।

1. मिलेगा यश कभी मुझको न इस संसार में स्वामी।
गया परलोक तो फिर भी कलंकित होके जाऊँगा।।
मैं....

2. दिया रघुवंश के घर में कभी जलने न पाएगा।
मैं इस फूले-फले घर बार को निर्जन बनाऊँगा।।
मैं....

3. मिटेगा नाम दुनिया से भागीरथ, अज, हरिश्चन्द्र का।
मैं सारी कीर्ति को ही कुशल कुल की मिटाऊँगा।।
मैं....

वशिष्ठ : न घबराओ राजन्! तुम बिल्कुल न घबराओ।

निराशा में डूबकर अपने मन को इतना अधीर न बनाओ।

दशरथ : बतलाइये! महामुनि! ऐसा उपाय शीघ्र बतलाइये।

वशिष्ठजी : हे राजन सुनो! भगवान तुम पर अवश्य कृपा करेंगे और पुत्र रत्न से तुम्हारी गोद भरेंगे। संसार तुम्हारे पुत्रों की कीर्ति को गाएगा। उनके साथ तुम्हारा यश भी अमर हो जाएगा। परन्तु एक काम करो कि किसी प्रकार शृंगी ऋषि को बुलाओ और उनसे पुत्रेष्टि यज्ञ करवाओ। यही हमारा वचन हैं।

दशरथ : जो आज्ञा महाराज!
मन्त्री जी आप जाइए और शृंगी को बुलवाइये।

दशरथ : जैसी आज्ञा महाराज!
(शृंगी-ऋषि एक वृक्ष पर उल्टे लटके हुए तपस्या कर रहे हैं।)

(सुमन्त जी आते हैं।)

सुमन्त : ऋषि जी प्रणाम!

ऋषि शृंगी: आयुष्मान हो! कहो सुमन्त जी किस प्रकार आना हुआ।

सुमन्त : ऋषि जी! महाराज दशरथ ने आपको याद किया है।

(दोनों का प्रस्थान)

[दशरथ का दरबार]

दशरथ : (खड़े होकर) ऋषि राज के चरणों में दशरथ का प्रणाम।

दोहा

बहुत दिनों से ऋषि जी लगी हुई थी आस।
दर्शन करके आपके मिटा सकल दुख त्रास।।

चौबाला

मिटा सकल दुख त्रास मुनि जी धन धन भाग्य हमारे।
दशरथ का घर हुआ पवित्र जब से आप पधारे।।
दो कर जोड़ नमस्ते करता चरणों पड़ूँ तुम्हारे।
हुई बहुत तकलीफ आपको कष्ट उठाए भारे।।

ऋषि शृंगी: चिरंजीव रहो राजन्! कहो आज किस कारण याद किया?
क्यों इतनी तकलीफ की, क्या है असल मुराद।
किस कारण हमको किया, राजन तुमने याद।।

राजन् तुमने याद किया, क्या अटका काम तुम्हारा।
विपत पड़ी तुम पर भारी, यह कह अनुमान हमारा।।
हम संन्यासी वनवासी, क्या देवें तुम्हें सहारा।
मेरे लायक काम जो होवे, कीजे जरा इशारा।।
पहले वो काम करूँगा
पीछे मैं आराम करूँगा
आप जल्द बताइए और मेरा सन्देह मिटाइए।

गाना दशरथ

(तर्ज : तेरे पूजन को भगवान बना मन मन्दिर वाली शान)

ऐ मुनिराज महाराज आज मम काज सँवारो जी।
काज सँवारो जी.....
मेरी पड़ी भँवर में नाव दया कर पार उतारो जी।

1. हो रहा हूँ दुखिया अति भारी, चहुँ ओर छा रही अंधियारी।
मेरी राखो जग में लाज राज का यत्न विचारो जी।
ऐ मुनि.....
2. चहुँ ओर से निराश होकर, शरण पड़ा हूँ उदास होकर।
मेरा डूबा जात जहान, आज तुम इसे उबारो जी।
ऐ मुनि.....
3. लगी जिगर में चोट है भारी, ली है केवल ओट तुम्हारी।
हूँ दया का अब मोहताज, ताज की ओर निहारो जी।
ऐ मुनि.....
4. कर कर हारा यत्न बहुतेरे, दया करो अब हाल पे मेरे।
अब आप के हाथ इलाज मेरा यह कष्ट निवारो जी।
ऐ मुनि.....

ऋषि शृंगी: राजन्! यह कैसी बात करते हो, तुम्हारे ये उल्टे-सीधे फिकरे मेरी समझ में नहीं आते। ये पहेलियाँ किसी और समय के लिए रखो, व्यर्थ समय खोने का क्या लाभ? इतने देर से बात कर रहे हो, परन्तु सत्य कहता हूँ कि मेरी समझ में कुछ नहीं आया। आखिर और दाना हो, जरा तबियत को ठीक करो और चित्त को टिकाओ। मैं जानता हूँ कि आप पर कोई भारी

मुसीबत है लेकिन यही परीक्षा की घड़ी है। जो ऐसे में डगमगाएगा। वह दुनिया में कभी सफलता नहीं पाएगा। इसलिए सोच समझकर कोई बात करो।

(गाना) (बहरे तबील)

दशरथ : ऐ ऋषि जी गई उमर सारी गुजर,
आज तक मेरे घर में पिशर न हुआ।
यही रहती है चिन्ता मुझे रात दिन,
है जिगर मगर लख्ते जिगर न हुआ।

1. कोई इसके बराबर बीमारी नहीं,
पेश चलती मगर कुछ हमारी नहीं।
हाय विधाता ने बिगड़ी सँवारी नहीं,
मेरी आहों का कुछ भी असर न हुआ।।

2. राज का कोई वारिस व वाली नहीं,
कोई मुझसा जमाने में खाली नहीं।
कोई दशरथ से बढ़कर सवाली नहीं,
ध्यान दयालु का लेकिन इधर न हुआ।।

3. हर तरह से मुसीबत ने घेरा किया,
मेरे घर में नहूसत ने डेरा किया।
मैंने अपना यत्न तो बहुतेरा किया,
एक दिन दूर मेरा फिकर न हुआ।।

4. यज्ञ पूर्ण ऋषि जी हमारा करो,
आप तकलीफ इतनी गँवारा करो।
मेरे जीने का कोई सहारा करो,
गम मुझे आज तक इस कदर न हुआ।।

5. यज्ञ का सारा सामान तैयार है,
आपका ही हुक्म फक्त दरकार है।
अगर ईश्वर हमारा मददगार है,
कौन-सा काम है जो कि सर न हुआ।।

6. इस बुढ़ापे का कोई सहारा नहीं,
ऐसी हालत में जीना गवारा नहीं।

भूलूँ अहसान हरगिज तुम्हारा नहीं,
यो तो मुनाफिर कभी पेशतर न हुआ।।

7. हो रहा आज गुल मेरे कुल का दिया,
मिल गया खाक में सब लिया और दिया।
जो न करना था 'यशवन्त सिंह' ने किया,
वह भी मेरे लिये कारगर न हुआ।।

न मैं संसार का हूँ और न यह संसार ही मेरा।
निरर्थक है जगत में हे प्रभु आकार ही मेरा।।
करेगा कौन चिन्ता लाश तक मेरी उठाने की।
चिता भी राह देखेगी उसे अग्नि लगाने की।।

हे प्रभु! क्या कहूँ! मैं तीन विवाह करके वेद शास्त्रों के विरुद्ध कार्य भी कर चुका हूँ। परन्तु मेरी अभिलाषा पूरी नहीं हुई और आज तक एक सन्तान न हुई। हे महात्मन! मेरा संकट आपके बिना दूर नहीं हो सकता, मैं आपसे दया की भीख मांगता हूँ। मुझ पर इतनी कृपा कीजिये कि मेरे वंश के लिये पुत्रेष्टि यज्ञ करा दीजिये।

वशिष्ठ जी : ऋषिराज! राजा दशरथ संतान हीन होने के कारण महादुखी है। रघुवंश की कीर्ति नष्ट होने जा रही है। इतनी कृपा कीजिये कि पुत्रेष्ट यज्ञ कराकर सूर्यवंश को नष्ट होने से बचा लीजिये।

शृंगी जी : वशिष्ठ जी! मुझे आपकी आज्ञा स्वीकार है।
हे राजन धैर्य रक्खो।

(गाना शृंगी जी) (बहरे तबील)

यूँ न आहे भरो धीर दिल में धरो,
यज्ञ पूर्ण मैं राजन् तुम्हारा करूँ।
आगे जो कुछ प्रारब्ध होवे तेरी,
जो है अपना यत्न आज सारा करूँ।

1. उस दयालु का भंडार भरपूर है,
अगर करने लगे उससे क्या दूर है।
अगर ईश्वर को यह बात मंजूर है,
तो मैं इस काम से क्यों किनारा करूँ।।

2. यज्ञ आरम्भ जल्दी से करवाइये,
जो सामान सारा ही मगवाइये।
और बेदी यहाँ ऐसी बनवाइये,
वेद मन्त्र में बैठा उचारा करूँ।।

3. यज्ञ में जो हमारे मददगार हो,
वेदपाठी हो, पंडित हो होशियार हो।
वह विधि करने को तैयार हो,
जैसा-जैसा मैं उनसे इशारा करूँ।।

4. इस तरफ वेद वाणी से गूजें गगन,
इक तरफ हो हवन से सुगन्धित पवन।
यज्ञ पूर्ण हुआ जिस घड़ी निर-विघ्न,
कुछ चिकित्सा का भी चमत्कारा करूँ।।

5. यज्ञ का सारा सामान तैयार है,
विद्वानों का हर तौर पर मान करो।
कोई 'यशवन्त सिंह' पर भी अहसाँ करो,
यह ताकीद तुमको दुबारा करूँ।।

दशरथ : यज्ञ का कुल सामान तो पहले से ही तैयार था। केवल आपका ही इंतजार था। बहुत से विद्वान और पंडित भी मैंने बुलाए हुए है, इनके अलावा और भी ऋषि-मुनि आये हुए हैं, वे भी मेरे मेहमान है। आप मंडप में पधार कर यज्ञ आरम्भ कीजिये। आपकी आज्ञा अनुसार ही पुण्य दान होगा। जिससे आशा है कि मेरा भी कल्याण होगा।

[दशरथ का सबके साथ मंडप में जाकर यज्ञ करना]

और

अग्नि देवता का प्रकट होना

अग्नि देवता : (प्रसाद देकर)

राजन महा प्रसन्नता मन में भई है आज।
करूणा से गुरुदेव की पूरे हो सब काज।।
राज-रानियों को अभी दीजो चरू खिलाए।
देता हूँ तुमको वचन मन वांछित फल पाएँ।।

(अग्नि देव का अन्तर्धान होना, दशरथ का चरू लेकर महल में जाना तीनों रानियों को बराबर देना)

कौशल्या का महल

(श्री भगवान का प्राकट्य और बाललीला का आनन्द)

कौशल्या : कृपा करो! हे भगवान कृपा करो!

करो भरपूर मेरी गोद अब संकट हरो स्वामी।
बहुत कुछ हो चुकी बेचैन बस करुणा करो स्वामी।।

विष्णु : देख माता! आज तेरी आशाओं की पूर्ति का दिन है। सावधान हो और देख।

कौशल्या : देखूँ! किस प्रकार देखूँ! हे नाथ! इन धुँधली आँखों से मैं आपकी अनुपम छवि किस प्रकार देखूँ?

नहीं आता किसी के ध्यान में विस्तार माया का।
रचा है आपने अद्‌भुत प्रभो संसार माया का।।
तुम ही बस जानते हो नाथ केवल अपने भेदों को।
सुना है नेति-नेति कहते आखिरकार वेदों को।।

हे अनंत भगवान! मैं आपकी स्तुति किस प्रकार करूँ। आप दया और गुणों के समुन्दर हैं। माया से रचे हुए अनेक ब्रह्माण्ड आपके रोम-रोम में रमे हुए हैं। आपने जो मेरे गर्भ में वास किया है, यह बड़े आश्चर्य की बात है। इसको सुनकर बड़े-बड़े धीर पुरुषों की बुद्धि भी स्थिर नहीं रह सकेगी। (कृपा करके मुझे अपनी बाललीला दिखलाइए)

विष्णु भगवान : कौशल्या माता सुनो अब एक सत्य विचार।

(दोहा)

वचनों के कारण किया धारण यह अवतार।
जो पूर्व जन्म में बीता है सम्भव है तुमको ध्यान नहीं।
तुम सतरूपा कहलाती थी जिसका अब तुमको ज्ञान नहीं।।
थे स्वयभूं मनु तेजस्वी राव बलवान जो तुम्हारे स्वामी थे।
वे न्यायशाली कहलाते थे और जनता के अति प्यारे थे।।
संसार असार समझ कर ही संसार को पल में छोड़ चले।
बन खण्ड में जा कर तप किया संसार से मुँह मोड़ चले।।

जब हुई तपस्या पूर्ण तो मैं दर्शन देने तुमको आया।
माँगो-माँगो क्या इच्छा है ले लो जो कुछ मन को भाया।।

(दोहा)

हाथ जोड़ विनती करी तुमने हे भगवान्।
पुत्र हमें एक दीजिए गुण में आप समान।।
वचनों के कारण दिया दर्शन यह इकबार।
अब बालक बन के करूँ लीला अपरंपार।।

सुनो माता! आज हम तुम्हें पूर्व जन्म का एक वृतान्त याद दिलाते हैं। तुम और तुम्हारे स्वामी शम्भु मनु ने कठोर तपस्या की। जब हमने साक्षात दर्शन दिए और वरदान माँगने को कहा तो तुमने मेरे जैसा एक पुत्र माँगा और मेरी बाललीला देखने की इच्छा प्रकट की। हे माता! मैं अपने जैसा पुत्र कहाँ से ढूँढकर लाता। इसलिए मैंने मन में विचार किया कि क्यों न मैं स्वयं आपकी कोख से जन्म लूँ। सो आज उन वचनों को पूरा करने के लिए हम तुम्हारे गर्भ से उत्पन्न हो रहे हैं। तुम किसी प्रकार का संशय न करो।

(अर्न्तधान होना)

[बालक के रोने की आवाज आना]

(पर्दा गिरना)

(दशरथ दरबार)

[बाँदी आकर पुत्रों के जन्म का समाचार देती है]

दासी : विधाता ने तुम्हें राजन खुशी का दिन दिखाया है।
मुकद्दर बाद मुद्दत के तुम्हारा रंग लाया है।।
मिटे हैं कष्ट सब मन के हुई है पूरी आशाएँ।
महा आनन्द तीनों राज-महलों में समाया है।।
हुए हैं चार सुत पैदा अनोखी शुभ घड़ी आई।
नगर को आज इस उत्साह ने सुरपुर बनाया है।।
फले-फूले रहें आनन्द से सुकुमार दुनिया में।
कुशल ने हर्ष और आनन्द में यह राग गाया है।।

दशरथ : अहा देव! तुम बड़े न्यायशाली हो, तुम्हारी बाँहें बहुत लंबी हैं, तुम्हारे भण्डार में किसी वस्तु की कमी नहीं। तुम्हारी कृपा से आज मैं भी संसार में बसने योग्य हो गया। आज मेरे महल में भी प्रकाश दिखाई पड़ने लगा। तुम धन्य हो। तुम धन्य हो!

मन्त्री : निस्सन्देह महाराज! आज का दिन आपके लिए, हमारे लिए और समस्त प्रजा के लिए बड़ा ही शुभ दिन है।

दशरथ : मन्त्री जी! ब्राह्मणों को धन और वस्त्र आदि का दान कराओ, नगर में आनन्द के रंग जमाओ, प्रत्येक गली और कूचे में पताका और वन्दववार बँधवाओ। दीन भिखारी जो भी आए, मुँह माँगी मुराद पाए। राज्य के समस्त कर्मचारियों को उन्नति दी जाए और घर-घर में रोशनी की जाए।

सुनी तुमने ही आखिरकार यह फरियाद सेवक की।
जगत में रह गई बाकी प्रभो अब याद सेवक की।।

मन्त्री : महाराज! आपकी आज्ञा का यथार्थ रूप से पालन किया जाएगा।

दशरथ : (वशिष्ठ से) गुरुदेव! यह सब आपकी कृपा का फल है जो भगवान ने मुझे चार पुत्र दिए हैं। आपके आर्शीर्वाद से मैं संसार में बस गया और सूर्य कुल का नाम रह गया।

वशिष्ठ : राजन्! उसकी माया अपरंपार है।

गाना

जाओ महलों में महाराज अपने दिल की तपस बुझा लो।

1. सुन ली ईश्वर ने फरियाद, मन की पूरी हुई मुराद।
करके पूर्ण कुल मर्याद, दिल के अरमाँ सभी निकालो।
जाओ.....

2. दिल के धुल गए सारे दाग, कुल का रोशन हुआ चिराग।
पल में खिल गया दिल का बाग, मिल-मिल कुल आनन्द मना लो।
जाओ.....

3. करो विसर्जन अब दरबार, जाइए महलों में सरकार।
करके पुत्रों का दीदार, अपना सीना सर्द बना लो।
जाओ.....

4. पिछले दुख सब जाओ भूल, आपकी हो गई दुआ कबूल।
जो-जो विधि वेद अनुकूल, जा के संस्कार करवा लो।
जाओ.....

5. उसकी कुदरत के कुर्बान, कर दिये कुछ से कुछ सामान।
हो रहा क्यों 'यशवन्त' हैरान, अपनी करनी का फल पालो।
जाओ.....

(दशरथ : गाना)

अब मैं जाता हूँ महलों में बाँदी आई मुझे बुलाने।

1. होवे बर्खास्त दरबार, सवारी हो जल्दी तैयार!
करके पुत्रों का दीदार, तबियत होगी आज ठिकाने।
अब मैं.....

2. जिनकी खातिर था बैचेन, तड़पता था निश दिन रैन।
शीतल आज हुए हैं नैन, भूल गये दुखड़े सभी पुराने।
अब मैं.....

3. मुझ पर ईश्वर हुए दयाल, मैं प्रजा को करूँ निहाल।
सबको करूँगा मालामाल, कर दूँ खाली आज खजाने।
अब मैं.....

4. पूरा करूँगा सब अरमान, आई आज जान में जान।
तेरा श्रृंगी जी अहसान, कैसे दशरथ भला न माने।
अब मैं.....

5. जैसे किया मुझे आबाद ईश्वर दे सबको औलाद।
दे 'यशवन्त' मुबारकवाद, यह दिन बार-बार नहीं आने।
अब मैं.....

गुरुदेव! अब इतनी कृपा और कीजिए कि शास्त्र के अनुसार इनका नामकरण संस्कार करा दीजिए।

(महलों में जाकर वशिष्ठ जी द्वारा नामकरण संस्कार)

वशिष्ठ जी : हे राजन्! तुम बड़े भाग्यशाली हो। भगवान ने तुम्हें अलौकिक पुत्र-रत्न दिए हैं। इनके नाम भी अनेक और उपमा रहित हैं। परन्तु फिर भी मैं अपनी बुद्धि अनुसार विचार कर कहता हूँ। ये जो आनन्द के समुद्र और सृष्टि के प्रत्येक परमाणु में रमण

करने वाले हैं उनका नाम राम होना उचित है। ये जो जगत का पोषण और भरण करने वाले हैं इनका नाम भरत होना चाहिए। और जिनको स्मरण करने से ही शत्रुओं का नाश होता है, वे शत्रुघ्न तथा जो अच्छे लक्षणों के स्थान और राम के प्यारे हैं, उनका नाम लक्ष्मण प्रसिद्ध होने योग्य है।

दशरथ : धन्य हो प्रभो।

गाना (बहरे तवील)

तेरी कुदरत के कुरबान मालिक मेरे,
भेद तेरा किसी ने पाया नहीं।
कौन सी है दशा कौन सी है जगह,
तेरा जलवा जहाँ नजर आया नहीं।

1. भेद तेरे तू ही जाने परमात्मा,
हम मनुष्यों से जाता बताया नहीं।
ताकत इतनी कहाँ जो करें हम बयाँ
और जुबाँ से भी जाता सुनाया नहीं।

2. तेरे दर का सवाली न खाली रहा,
कोई निर-आस तुमने लौटाया नहीं।
ध्यान जिसने किया दान उसको दिया,
तुमने भक्तों को अपने भुलाया नहीं।

3. एक रक्षक तू ही सारे संसार का,
कष्ट किस-किसके तुमने मिटाया नहीं।
जिसने केवल तुम्हारा सहारा लिया,
कौन है जिसको तुमने उठाया नहीं।

4. तेरे भण्डार में कुछ कमी ही नहीं,
कोई हमसे पदार्थ छिपाया नहीं।
तुमने इतना दिया मुझको परमात्मा,
जाता 'यशवन्त' से गिनाया नहीं।

[दशरथ और वशिष्ठ जी का जाना]

(बधाई वाली स्त्रियों का आना और गाना)

आई है कैसी बहार अजी देखो-देखो।

1. रेशम की डोरियों में झूले पड़े हैं, झूले हैं राजकुमार
अजी देखो.....
2. आशा विधाता ने की है मन की पूरी, जीवें सदा सुकुमार
अजी देखो.....
3. महल अटारी फूल सजावें, गावें बधाई नित द्वार
अजी देखो.....

(राक्षसों का उत्पात)

मारीच : **संसार मेरे हुक्म पे चलता है रात दिन।**
रहती है मौज बारह महीने व सात दिन॥

सुबाहु : **मेरी तो वीरता ही निराली जनाब है।**
आँख मिलाए कुशल हमसे, क्या ताब है॥

मारीच : संसार का कोई मूर्ख राजा घर बैठकर ही अपनी आज्ञा चलाता है और कोई अपनी सीमा में आतंक जमाता है, परन्तु हमारी सरकार भू-मण्डल के सभी भागों पर चलती है और हमारा नाम सुनते ही बड़े-बड़े वीरों की छाती दहलती है। हमारे सामने आते ही शेरों की काया धड़कती है और काल की नस फड़कती है।

सुबाहु : क्यों नहीं! आज संसार में हम जैसा कोई वीर नहीं; जो हमारे पराक्रम से न डरता हो ऐसा कोई धीर नहीं।

(मारीच सुबाहु व अन्य राक्षसों का मदिरा पीना और आकर विश्वामित्र को सताना)

विश्वामित्र: दुराचारियो! इतना अन्याय! इतना पाप! साधुओं को भी तंग करने लगे; ऋषियों और मुनियों के यज्ञ भी भंग करने लगे। अब इन दुष्टों का नाश करना चाहिए। यों तो जगदीश्वर की कृपा और योग बल की शक्ति से इनको मैं भी नष्ट कर सकता हूँ परन्तु क्रोधित होने से मेरा आत्मबल क्षीण होता है। इसलिए यही उचित है कि महाराज दशरथ के पास जाकर निर्गुण ब्रह्म का अवतार भगवान राम और लक्ष्मण को माँग लाऊँ। उनके शुभ दर्शन से मैं भी कृतार्थ हूँगा और ये दुष्ट राक्षस भी सहज में ही नष्ट हो जाएँगे।

अभी जाकर रघुकुल का मैं द्वार खटखटाता हूँ।
अभी जाकर महाराज को दुख अपना सुनाता हूँ॥
मिटेगी मन की चिन्ता और जन उद्धार भी होगा।
हनन दुष्टों का होगा धर्म उपकार भी होगा॥

[प्रस्थान करना]

(पर्दा गिरना)

दशरथ-दरबार

दशरथ : तू ही रक्षक तू ही पालक, तू ही करतार दुनिया का।
तेरे आधार पर चलता है सब व्यवहार दुनिया का॥
सदा से तू ही है संकट मोचनहार दुनिया का।
किया है आज तक तूने बस उपकार दुनिया का॥
तू ही दुख दर्द नाशक है, तू ही दीनों का पालक है।
तू ही आस निर्बल की तू ही प्राणों का रक्षक है॥

मन्त्री : सत्य विचार है महाराज!
वही बन्धु सखा स्वामी, उसी का सच्चा नाता है।
जगत को जो भी मिलता है, उसी के घर से आता है॥

दशरथ : मन्त्री जी! क्या राज्य कार्य ठीक से चल रहा है। मुझे आज कुछ विशेष चिन्ता हो रही है।

मन्त्री : बिल्कुल ठीक महाराज! चिन्ता की क्या बात है।
कर्म सभी शुभ होते है और कोई बुरा काम नहीं।
राज्य में आपके संकट का जरा भी नाम नहीं॥
महाराज! समस्त प्रजा बड़े आनन्द से दिन बिता रही है। राज्य को शुभ कर्मों और नीति पालन को देखकर सतयुग की याद आ रही है। प्रत्येक के साथ न्याय का व्यवहार किया जाता है।

गाना

अनोखा सपना देखा रात

दशरथ : मुझे भ्रम है मम प्रजा पर पड़ा कोई उत्पात।
अनोखा.....

1. एक जगह पर बन के भीतर गौवे चुगने जात।
उसी जगह पर एक सिंह ने आन लगाई घात।।
अनोखा.....

2. जब गौवें उस वन में पहुँची ले बछड़ों को साथ।
सिंह उछल कर सारी गौवें पकड़ी हाथों हाथ।।
अनोखा.....

3. गौवे देत दुहाई बछड़े अलग खड़े कुरलात।
लेकिन पंजे से जालिम के नहीं रिहाई पात।।
अनोखा.....

4. एक तरफ बछड़े रोते हैं, एक तरफ को मात।
रहा गया ना देख के मुझसे, यूँ गौवों का घात।।
अनोखा.....

5. चला छुड़ाने समझ के उनको दुखिया और अनाथ।
खुल गई आँख उसी दम इतने में हो गई प्रभात।
अनोखा.....

6. जब से मैंने देखा है यह सपना वाहियात।
तब से ही 'यशवन्त सिंह' मर्म कंपित सगरा गात।
अनोखा.....

मन्त्री जी का गाना (तर्ज वही)

अय राजन् क्या सुपने की बात।
ऐसे सुपने सारी दुनिया देखत है दिन रात।।
अय राजन.....

1. सुपने में कई राजा हो गए ठाट-बाट के साथ।
आँख खुली जब वही अवस्था रौंवे मल-मल हाथ।।
अय राजन.....

2. राजा कंगला, कंगला राजा सुपने में हो जाता।
सुपने में पल में हो जाते सब उल्टे हालात।।
अय राजन.....

3. सुपने में धन दौलत पाया, देख-देख गरभात।
पल में पड़ी न फूटी कौड़ी यों ही मन भटकात।।
अय राजन.....

4. सुपने में इन्सान पै पड़ती नई-नई आफात।
पल में रोना पल में हँसना यह उसकी औकात।।
अय राजन.....

5. दिल को मत दलगीर करो तुम सुनो अय पृथ्वीनाथ।
सुपना है 'यशवन्त सिंह' कुल दुनिया में विख्यात।।
अय राजन.....

द्वारपाल (आकर)

दुनिया में महाराज का सदा बड़े इकबाल।
सदा समागम हर्ष का जनता रहे निहाल।।
देवयोग से आए हैं विश्वामित्र कृपाल।
द्वारे पर आसन जमा बैठ गए महिपाल।।
कुछ बिगड़े आते नजर चेहरे के आसार।
क्रोधित से लगते प्रभो! नेत्र हुए अंगार।।
आज अनोखी है दशा कुछ वरणी न जाए।
आज्ञा हो जो दास को लावै अभी बुलाए।।

दशरथ : यदि महर्षि विश्वामित्र जी पधारे हैं तो मन्त्री जी! आप शीघ्र जाइए और उन्हें आदर सहित ले आइए।

मन्त्री : जैसी आज्ञा महाराज।
(मन्त्री जी का जाना और विश्वामित्र सहित आना)

दशरथ : (खड़े होकर) ऋषिराज के चरणों में सादर प्रणाम।

विश्वामित्र: चिरंजीव रहो! कल्याण हो।

दशरथ : हे ऋषिराज! आपने बड़ी कृपा की जो इस समय दास को दर्शन दिए। जरूर अयोध्या का कोई शुभ कर्म उदय हो गया है जो आपने अपने चरणों से इसे पवित्र बनाया है। लेकिन प्रभु! क्षमा करना आपके चेहरे पर क्रोध कैसा है। सेवक के लिए कोई सेवा बतलाइए।

गाना

(**तर्ज** : मेरी उमर गुजर गई गोकुल में,
तुम आए ना कान्हा चितवन में)
अय राजऋषि! क्या कारण है? क्यों अकुलाए से आए हो?

क्यों रंगत है फीकी मुख की, क्यों क्रोधित हो गरमाए हो?

1. किस शोख ने शोक दिया स्वामी, किस दुख से व्याकुल हो स्वामी।
किस बात की चिन्ता है मन में, क्यों शील भाव बिसराए हो।
अय राजऋषि.....

2. मैं दास सदा से चरणों का, हूँ पक्का अपने परणों का।
किस दुष्ट ने तुमको कष्ट दिया, क्या इच्छा लेकर आए हो।
अय राजऋषि.....

3. क्या दुष्टाचार बढ़ा स्वामी, क्या राज में आ गई है खामी।
भरते हो लंबे सांस प्रभो, क्यों चिंतित हो घबराए हो।
अय राजऋषि.....

विश्वामित्र: हे राजऋषि या ब्रह्मऋषि या ज्ञानी धूल रमाए है।
तुम राज के मद में फूले हो, तुम माया में भरमाए हो।।

1. घन गर्जन है सन्तापों का, तूफान चढ़ा है पापों का।
तुम महलों में सोने वाले हो, तुम वैभव में हर्षाए हो।।.....

2. क्या घोर भयंकर रजनी है, क्या सन्त जनों पर बीती है।
तुमको तो चिन्ता अपनी है, तुम जनता को बिसराए हो।।.....

दशरथ : नहीं ऋषिराज! आप निराश न हो। दशरथ अपना कर्तव्य नहीं भूला है।
न कुछ मन में करो चिन्ता, न दम ठण्डे भरो स्वामी।
खड़ा है दास चरणों में इसे आज्ञा करो स्वामी।

विश्वामित्र : हे रघुवंशी! राजा दशरथ! फरियाद है, फरियाद है।
कि आपके होते हुए हमारी जिन्दगी बर्बाद है।।
अय महाराज दशरथ दुहाई तेरी,
हम फकीरों का यहाँ अब गुजारा नहीं।
कष्ट मिलता हमें रात दिन इस कदर,
कि हमारे से जाता सहारा नहीं।।

1. कोई अपराध न हमने किसी का किया, त्याग बस्ती को जंगल में डेरा किया।
इक किनारे पे जाके बसेरा किया—रहना वहाँ भी हमारा गँवारा नहीं! ....

2. किसी प्राणी तक को सताते नहीं, रहते जंगल में बस्ती में आते नहीं।
उस जगह भी मगर रहने पाते नहीं, कोई रक्षक रहा अब हमारा नहीं।.....

3. राक्षस आकर हमें अब तंग करने लगे, यज्ञ ऋषियों का वे भंग करने लगे।
मुफ्त में छेड़ हम संग करने लगे, हमने उनका कभी कुछ बिगाड़ा नहीं।।.....

4. वेद जंगल में बैठे उचारा करें, खाए फल फूल अपना गुजारा करें।
फिर भी नाहक दुष्ट हमको मारा करें, खेत बाबा का उनके उजाड़ा नहीं।....

5. क्षत्रिय वंश का अंश जाता रहा, इसलिए हमको हर एक सताता रहा।
आपको ऐशो आराम सुहाता रहा, मगर कर्तव्य अपना विचारा नही।।.....

6. उस महानीच मारीच का हो बुरा, हर तरफ उसने रखी है आफत मचा।
जो वहाँ इस घड़ी है जुल्म हो रहा, देखा जाता 'यशवन्त' से नजारा नहीं।।.....

राजन् आपके गंगा पार इलाके में राक्षसों ने यह आफत मचाई है कि दुहाई है, दुहाई है। आप जानते हैं कि हम संन्यासी लोग वनों में जाकर जीवन बिताते हैं निर्जन स्थान और पर्वतों की कन्दराओं में जाकर यज्ञ और हवन करते हैं। परन्तु मारीच और सुबाहु आदि राक्षस हमें वहाँ भी सताते हैं। हमारा किया कराया सब भ्रष्ट कर देते हैं। नहीं करते हैं पापी ध्यान, जप, तप और पूजा की, हमारे सामने आकर हैं करते पान मदिरा की। हवन के कुंड में दुर्गन्ध तक डाल जाते हैं, जहाँ हम यज्ञ करते हैं वहाँ ऊधम मचाते हैं।

सुनाएँ कहाँ तक तुमको राजन! हम दुष्टों के सताए हैं।
दुखी होकर हम तेरे दरबार में फरियाद लाए हैं।।

दशा बिगड़ी है सन्तन की, करो रक्षा ऋषि जन की।
मिटाओ पीर अब मन की, कुशल अरदास लाए हैं।।

दशरथ गाना (बहरे तबील)

ऐ ऋषि जी सुनाई ये क्या दास्तां
राक्षसों को रहा भय हमारा नहीं।
क्षत्रिय वंश का अंश जाता रहा, लफ्ज जाता ये मुझसे सहारा नहीं।

1. खून सुनते ही मेरा उबलने लगा, और कलेजा भी हाथों उछलने लगा।
   हाथ ऋषियों पे दुष्टों का चलने लगा, राज का भय जरा भी विचारा नहीं।।.....
2. मेरी प्रजा पे यूँ सितमरानी करे, यूँ कहो कि हमारी ही हानि करे।
   खाक फिर हम यहाँ हुक्मरानी करें, शीश धड़ से जो उनका उतारा नहीं।।.....
3. लग गए करने इतनी जबरदस्तियाँ, लूटने लग गए जंगल बस्तियाँ।
   है उसी वक्त तक उनकी खरमस्तियाँ, जब तलक देखा मेरा दुधारा नहीं।।.....
4. देर क्यों है बस चढ़ाई करूँ, पापियों की पलक में सफाई करूँ।
   बेईमानों की ऐसी मंजाई करूँ, नाम लेंगे इधर का दुबारा नहीं।।.....
5. मेरी प्रजा का है मेरा जाना जिस्म है, रघुवंश की आदि से यह रसम।
   मुझे 'यशवन्त सिंह' तेरे सर की कसम, मैंने चुन चुन के उनको जो मारा नहीं।।.....

बस ऋषि राज! अब नहीं सहा जाता। अन्यायियों का पाप अब नहीं सुना जाता। मैं प्रतिज्ञा करता हूँ कि आपके हित के लिए हर उचित काम करूँगा। उन दुष्टों का अन्त करके ही आराम करूँगा।

मेरा कर्तव्य है पहला ऋषि की आन की रक्षा।
करूँगा प्राण देकर भी तुम्हारे मान की रक्षा।।

विश्वामित्र: धन्य हो राजन! संसार को तुम जैसे ही धर्मज्ञ राजाओं की जरूरत है परन्तु इस कार्य के लिए तुम्हारा कष्ट उठाना आवश्यक नहीं। हमारे हित के लिए केवल इतना कीजिए कि राम, लक्ष्मण को हमारे संग कर दीजिए। इनके द्वारा ही हमारा सब कार्य सिद्ध हो जाएगा और तुम्हारा यश संसार में अमर पदवी पा जाएगा।

करेंगे हर तरह दोनों यही उद्धार दीनों का।
करो इस भाँति करना है यदि उपकार दीनों का।।

(राम-लक्ष्मण का नाम सुनते ही दशरथ का चिन्ता में पड़ जाना)

विश्वामित्र: बोले राजन! अब क्या कहते हो? क्या राम लक्ष्मण को देने में कोई संकोच है?

[दशरथ चुप रहते हैं]

विश्वामित्र: क्यों चुप क्यों हो गए? क्या रघुकुल ने भी अपना कर्तव्य पालन छोड़ दिया है? क्या सूर्य वंश के सूर्य ने भी प्रजा की रक्षा से मुँह मोड़ लिया, आखिर क्या कारण है? तुम बोलते भी क्यों नहीं?

दशरथ : महाराज! [फिर चुप हो जाना]

विश्वामित्र: कहो! क्या बात है? हम विनती कर रहे हैं और तुम टाल रहे हो। हम प्रार्थना करते जाते हैं और तुम कानों पर टाल रहे हो, ठीक है, हमारा कुछ जोर नहीं है, हम दबाव नहीं दे सकते।

तुम्हें चिन्ता ही क्या है मार दुख की सन्त जन में हो।
बला से मांस और मदिरा हमारे यज्ञ हवन में हो।।
तुम्हें आराम प्यारा है तुम्हें है मोह माया का।
सुनो फिर कौन से कानों से तुम दुख दर्द जनता का।।

दशरथ : ऋषिराज! यह आप क्या कहने लगे? कृपा करके जरा विचार तो कर लीजिए, इन बालकों की अवस्था देखकर आज्ञा दीजिए।

कुछ कीजिए स्वामी दया, बालक हैं, ये अनजान हैं।
इस वृद्ध का है आसरा, इस देह के ये प्राण हैं।।
चलता हूँ सेवा के लिए जो चाहो आज्ञा कीजिए।
इनको क्षमा कर दीजिए, मेरे प्राण भी लीजिए।।

महाराज! क्षमा कीजिए! राम लक्ष्मण अभी साधारण बालक हैं। जब उन भयंकर राक्षसों को देखेंगे तो डर जाएँगे। भला उस घोर संग्राम में कैसे विजय पाएँगे। कृपा करके ऐसा न कीजिए और सेवक को ही साथ चलने की आज्ञा दीजिए।

नहीं होगा किसी कारण प्रभो! इनकार आज्ञा से।
करूँगा प्राण भी बलिदान, मैं सन्तों की सेवा में।।
करो उपकार इतना, मत कहो ऐसे वचन स्वामी।
करूँगा किस तरह मैं, शोक पुत्रों का सहन स्वामी।।

विश्वामित्र: हाँ! प्रतीत हुआ कि तुम निपट संसारियों जैसी कायरता करते हो जो मोह के फन्दे में फँसकर कर्तव्य से नीचे गिरते हो। राजन् तुम राम लक्ष्मण को साधारण बालक समझते हो और उन्हें अपना पुत्र करके मानते हो। परन्तु यह नहीं जानते कि निर्गुण ब्रह्म ने दुष्टों का नाश करने के लिए सगुण रूप धारण किया है। सन्तों को सुख देने के लिए रघुकुल का नाम प्रकाशित किया है। उनके गुणों का बखान करना ऐसा है जैसे सूर्य को मुट्ठी में छिपाना, समुंदर का आचमन करना। जिस प्रकार आत्मा अपनी इच्छा से देह धारण करती है उसी प्रकार सर्वव्यापी ब्रह्म अपनी सबल इच्छा से धर्म रक्षा के लिए सगुण अवतार लिया करते हैं।

जिन्हें कहते हो तुम बालक, बड़े अद्भुत बालक हैं।
समझते हो जिन्हें तुम पुत्र वे सृष्टि के पालक हैं।।
बँधा है उनकी आज्ञा में सकाल व्यवहार दुनिया का।
उन्हीं के आसरे चलता है कारोबार दुनिया का।।

दशरथ : ऋषिराज! आपका हितकारी उपदेश ममता के मार्ग में निष्फल होता है। इसलिए मोह का पराक्रम दृढ़ और निश्चल होता है।

गाना

(तर्ज : मेरे बालपन का यार सुदामा घर पे आया)

टेक : मेरे जीवन का आधार-स्वामी दोनों राजदुलारे।
दोनों राजदुलारे स्वामी दोनों.....
बिना इनके नहीं कुछ भाता, मुझको लगते इतने प्यारे।

1. वन की देखी नहीं है रीत, दोनों हो जाएँ भयभीत।
यह क्या करते हो अनुरीत, सेवक शीश चरण पर वारे।।
मेरे.....

2. विनती सुनो मेरी एक बार, दोनों कोमल हैं राजकुमार।
वन के राक्षस हैं बदकार पापी, दुष्ट, महा हत्यारे।।
मेरे.....

3. दोनों पुत्र हैं दोनों नैन, इन बिन तड़पूँगा दिन-रैन।
घर में बैठ करूँ मैं चैन, वन में फिरे ये मारे-मारे।।
मेरे.....

4. स्वामी कह दीजै इकबार, सन्मुख खड़ा है आज्ञाकार।
मैं हूँ चलने को तैयार, खो दूँ संकट और दुख सारे।।
मेरे.....

विश्वामित्र: (क्रोधित होकर) फिर वही बात! फिर वही कायरता! राजन! क्या सूर्यवंश की रीति इसी प्रकार निभाते हो। क्या ममता और मोह में फँसकर ही संसार में यश पाना चाहते हो। क्या महाराज दलीप के गौरव और भागीरथ की मर्यादा का यही पालन है? क्या हरिश्चन्द्र के सत्य और रघु के यश यही उदाहरण हैं? इसी निर्बल हृदय से प्रजा की रक्षा का भार उठाया है? क्या साधु सेवा और धर्म पालन का झूठा ही आडम्बर रचाया है? बस-बस रहने दो।

देख ली अब क्षत्रियों के मन में है कितनी दया।
कितना कुल अभिमान है और कितना साहस वीरता।।
है भली बस दूर से ही यह कहानी दूर की।
ढोल की आवाज है केवल सुहानी दूर की।।

दशरथ : क्षमा! ऋषिराज क्षमा!

विश्वामित्र: बस राजन! अब सतयुग बीत गया। धर्म रक्षा और सन्त सेवा का समय अब कहाँ। सोचो! राजा शिवि ने एक पक्षी की रक्षा के लिए अपना माँस तोल दिया था। राजा दलीप ने एक दिन गऊ को बचाने के लिए सिंह का आहार बनना स्वीकार कर लिया था। परन्तु अब यह समय गया बीता हुआ, अब तो नाम के राजा रह गए हैं, उनमें दया और परोपकार ढूँढ़ना अपने आपको धोखा देना है। अच्छा आनन्द से रहो, हमारा भी परमात्मा रक्षक है। ये हाथी घोड़े, पलटन और रिसाले हमारे किसी काम के नहीं हैं। हमारा जो तात्पर्य था वह निष्फल हो गया। अच्छा कल्याण हो! हम जाते हैं।

वशिष्ठ : (रोककर) ठहरिए महात्मन! जरा और ठहरिए। राजा मोह के वश में होकर अपना कर्तव्य भूल रहे हैं, इन्हें एक बार फिर सोच लेने दीजिए। (दशरथ से) राजन! यह समय मोह में पड़ने का नहीं है। यह अवसर चिन्ता में उलझने का नहीं है। महर्षि विश्वामित्र को अपने द्वार से निराश न जाने दीजिए। जिस प्रकार हो सके, इनकी इच्छा को पूरी कीजिए। जो संसार के क्लेशों को दूर करने वाले हैं, उन्हें क्लेश कैसे हो सकता है। ऋषि जी का काम सिद्ध करने से दोनों राजकुमारों की परीक्षा भी हो जाएगी। अन्यथा मेरी भी बदनामी होगी। लोग कहेंगे कि वशिष्ठ की विद्या की खामी है। इसलिए इनके भेजने में किसी प्रकार का ऐतराज न करें और मामूली सी बात के लिए विश्वामित्र जी को नाराज न करें।

छुड़ा देते हैं प्राणी से जो माया मोह दुनिया का।
बिछाते हो उन्हीं के वास्ते क्यों जाल ममता का॥
मनोरथ सन्त जन का और इनका नाम होने दो।
हुआ है जिस लिए अवतार वह भी काम होने दो॥
राजन! तुम्हें तो धर्म को भुलाना न चाहिए।
सन्तों को खाली हाथ तो जाना न चाहिए॥

गाना (**तर्ज** : थियेटर ताल दादरा)

(**तर्ज** : किसको सुनाऊँ कैसे बताऊँ दुखड़ा.....)

दशरथ : कैसा गजब है जिद बे सबब है, आफत में आई है जान!
बातें तुम्हारी, बेढब हैं सारी, काँपे जमीं आसमान।
1. या तो मैं पागल हुआ या सबने पी ली भंग, भला ये बच्चे किस तरह करेंगे उनसे जंग।
क्या ये उमर है, कैसा जबर है, अकल है मेरी हैरान। कैसा.....
2. भला गुरु जी किस तरह आवे मुझे यकीन, यो मरजी है आपकी लो मेरा सुख छीन।
होगा ये कल को मेरी अक्ल को रोएगा सारा जहान्। कैसा.....
[वशिष्ठ का दशरथ को फिर समझाना और दशरथ का राम लक्ष्मण को सौंपना]

दशरथ : अच्छा गुरुदेव! आपकी और ऋषि जी की आज्ञा को सिर पर धरता हूँ। धर्म की रक्षा के लिए मोह और ममता वश करता हूँ। (राम-लक्ष्मण से) जाओ बेटा! अब कुछ समय के लिए ऋषि जी के संग चले जाओ और सच्चे मन से इनका मनोरथ पूरा करो।
गाना (तर्ज : ऐ हनुमान पवन सुत प्यार आ दर्श दिखाइयो जी)
पुत्रो जाओ ऋषि के साथ, सेवा में नित रहियो रे।
1. आज्ञा पालन कीजियो, हो ना इन्हें सन्ताप। आज तलक तो हम रहे, अब है ये माँ और ये बाप।
क्रोध कर जाएँ तो सहियो रे। सेवा में नित.....
2. बेटा इनसे सीखना देश जाति का प्रेम, विद्या, शिक्षा, योग्यता, कर्म, धर्म और नेम।।
वीरता, बुद्धि बढ़ाइयो रे। सेवा में नित.....
3. अब तुम इनके सेवक हो, ऋषि तुम्हारे नाथ।
तन-मन से सेवा करना, दिन हो चाहे रात।।
कुल का मान बढ़ाइयो रे। सेवा में नित.....

विश्वामित्र: निश्चिन्त रहो राजन! कल्याण हो! आशाएँ पूरी हों। कोई संकोच न करो और चिन्ता रहित होकर अटल राज करो।

गाना (बहरे कव्वाली)

आनन्द रहो, चिरकाल जियो, संसार उजागर नाम रहे।
घर में, कुल में, जनता जन में, सुख शान्ति रहे आराम रहे।

1. यह आशीर्वाद हमारा है, जग में कल्याण तुम्हारा है।
ममता, दया, व्यापे न तुम्हें, मद लोभ न मन में काम रहे।।
2. चिन्ता छोड़ो, भ्रम दूर करो, ममता और मोह का नाम न लो।
वह जंगल फिर क्या जंगल है? जिस जंगल में श्री राम रहे।।
3. जब दुष्ट इन्हें दुख पहुँचाएँ, फिर दुष्ट दलन क्यों कहलाए।
जब शोक इन्हें ही व्याप गया, फिर कुशल कहाँ सुख-धाम रहे।।

दशरथ : (राम-लक्ष्मण को सौंपते हुए)
(दोहा) मुनिवर इतना विश्वास करें मुझे नहीं सन्ताप।
दोनों पुत्रों के हुए अब संरक्षक प्रभु आप।।
जैसे बनें बनाइए, है तुमको अधिकार,
साथ तुम्हारे कर दिए, दोनों राजकुमार।
काम बने जो आपका दीजो जल्द लौटाए,
जैसे इनको ले चले दीजो यहाँ पहुँचाए।।
तुम्हे अर्पण उम्र भर की जो मेरी कमाई है,
बड़ी मुश्किल से ईश्वर ने शक्ल इनकी दिखाई है।
लिया है हाथ में जो हाथ इसका मान भी रखना,
दया करके रक्षा का प्रभो ध्यान भी रखना।
राम बिन एक पल भी मेरा कटना नहीं आसां,
धर्म पे मोह छोड़ दिया है क्षत्रियपन की आन।।
इनकी रक्षा, शिक्षा का है भार आपके कंधों पर,
होगा भार अयोध्या का आगे इनके कंधों पर।।

विश्वामित्र: आओ बेटा! अब मेरे साथ आओ।

राम : चलिए प्रभु!
नमस्कार गुरुदेव मम, पूज्य पिता प्रणाम।
जाता हूँ तन मन सहित, आज ऋषि के काम।।

[विश्वामित्र का दोनों को लेकर जाना]

(पर्दा गिरना)

जंगल

[विश्वामित्र का राम-लक्ष्मण सहित प्रवेश]

राम : मुनिराज! यह कौन-सा स्थान है?

विश्वामित्र: बेटा! यह भयंकर वन राक्षसों का निवास स्थान है, यहीं ताड़का नाम की प्रसिद्ध राक्षसी रहती है जिसके द्वारा ऋषि समाज बड़ा कष्ट सहता है।

राम : उसका क्या वृतान्त है प्रभो?

विश्वामित्र: हे राम! सुकेतु यक्ष एक परम भक्त था। उसने ब्रह्म जी का तप करके एक सन्तान का वरदान पाया और उसके घर में ताड़का का जन्म हुआ। कन्या के योग्य होने पर सुकेतु यक्ष ने उसका विवाह जम्भासुर से कर दिया और कालान्तर में उसको मारीच नाम का एक पुत्र उत्पन्न हुआ। कुछ समय पश्चात अगस्त्य मुनि ने सुकेतु यक्ष के किसी दुराचार पर क्रोधित होकर उसे भस्म कर दिया। इस पर यह दुष्ट ताड़का अपने पुत्र मारीच सहित मुनि को मारने दौड़ी। तब मुनि ने शाप दिया कि तुम दोनों राक्षस हो जाओ। उसी समय से यह पापिनी अपने पुत्र सहित इसी वन में निवास करती है।

राम : सत्य है महाराज! ऋषियों को सताने का ऐसा ही फल होता है।

विश्वामित्र: अच्छा अब सावधान हो जाओ। देखो नाम लेते ही वह हत्यारी पत्थर बरसात और घोर शब्द करती इसी ओर चली आ रही है। पहले इसे ठिकाने लगाओ।

राम : परन्तु भगवन्! स्त्री को मारना तो अधर्म है।

विश्वामित्र: नहीं! जो स्त्री गौ, ब्राह्मण और सन्तों के लिए दुखदायी है, उसको मारने में दोष नहीं, बल्कि बड़ाई है।

राम : तो फिर चिन्ता क्या है? उसे आने दीजिए और अपना पराक्रम दिखाने दीजिए।

ताड़का : (ललकारती हुई) आहार! आहार! भूखी का आहार!

राम : बस वहीं ठहर दुष्टनी! यदि आगे कदम बढ़ाया तो समझ कि तेरा काल आया।

ताड़का : अरे मूर्खो! तुम तो मेरा आहार हो, आज तुम्हें भोजन बनाऊँगी

और अपनी प्रचण्ड क्षुधा मिटाऊँगी

राम : बस मिटा चुकी, अब परलोक यात्रा के लिए तैयार हो जा।

(ताड़का वध)

विश्वामित्र: धन्य है बेटा, एक ही बाण में दुष्टा को यमपुर पहुँचाया।

(आश्रम की ओर जाना)

(विश्वामित्र का आश्रम)

विश्वामित्र: लो बेटा! पहले कुछ कन्द मूल फल खाओ। फिर तुम्हें विद्या सिखाएँगे।

राम : प्रभो! खान-पान की चिन्ता छोड़कर पहले विद्या ही सिखाइए।

विश्वामित्र: अच्छा तो देखो! यह योग आसन है (करके दिखाना) यह प्राणायाम करने की विधि है। (विधि समझाना) और यह बला अतिबला नामक विद्या है, जिसका महान प्रभाव है। जिसके पास यह विद्या है उसे भूख प्यास नहीं सताती, निद्रा नहीं आती, बल्कि आत्मा में बल और शरीर में शक्ति आती है।

राम : धन्य हो, प्रभो! धन्य हो! अच्छा अब हमें कुछ शस्त्र विद्या भी सिखाइए।

विश्वामित्र: बहुत अच्छा (सिखाते हुए) देखो यह सीधा बाण, यह पवन बाण, यह अग्नि बाण और यह दलन बाण है। युद्ध में इनसे बड़ा यश मिलता है।

राम : धन्य हो प्रभो!

विश्वामित्र: अच्छा बेटा! अब तुम्हें महादेव जी के दिए हुए बाण देते हैं। (देना) इनका पराक्रम बहुत बड़ा है। ये तुम्हारी अनेक प्रकार से रक्षा करेंगे। इन विद्याओं का निरन्तर अभ्यास करते रहना।

राम : (बाण लेकर) अनुग्रह महाराज! महा अनुग्रह! अच्छा अब आप निश्चिन्त होकर यज्ञ कीजिए और रक्षा का सारा भार हम पर छोड़ दीजिए। हमारे होते आपके यज्ञ में कोई बाधा न होगी। बाण तान कर खड़े हो जाना।

(विश्वामित्र का यज्ञ करना)

(मारीच-सुबाहु का आना)

लक्ष्मण : भ्राता जी! वह देखो, फिर शब्द सुनाई पड़ रहा है। प्रतीत होता

हैं कि उस राक्षसी के पक्षपाती आ पहुँचे हैं।

राम : आने दो! हम भी उन्हीं की प्रतीक्षा में बैठे हैं।

मारीच : (आकर) एक औरत को मारकर उछल रहा रण बीच।
बच कर जाएगा कहाँ आ पहुँचा मारीच।

(चौबाला)

आ पहुँचा मारीच सम्भल कर आगे कदम बढ़ाना।
खबर नहीं शायद तुझको जाने मुझे जमाना।।
नामुमकिन है आज तुम्हारा यहाँ से जिंदा जाना।
मिल-जुल लो जिससे मिलना खा लो जो कुछ खाना।।

दोहा : कजा है सिर पर छाई, हिमाकत तभी समाई,
जहन्नुम तुझे पहुँचाऊँ।
लूँ बदला 'यशवन्त सिंह मैं तब मारीच कहाऊँ।।

राम : (दोहा) **क्यों ज्यादा बक बक करे रख जबान को बन्द।**
माँ तो तीर चला चुकी अब आए फरजंद।।

चौबाला

अब आए फरजंद बहुत कुछ शेखी जतलाता है।
बेईमान बद जुबान क्यों सिर पर चढ़ता आता है।।
हट पीछे मरदूद मुफ्त क्यों बदबू फैलाता है।
अब भी आजा बाज जान की खैर अगर चाहता है।।

दोहा

जमाने भर के गुंडे चला जा ठण्डे-ठण्डे,
आजा अगर बदला लेना।
कल को फिर 'यशवन्त सिंह' को नाहक दोष ना देना।।

मारीच : होश कर और देख, हैं काल तेरे सामने।
आ गया मारीच बनकर काल तेरे सामने।।

राम : देख मेरे हाथ में बिन फल वाला बाण है।
वास्तव में यह तुम्हारी मौत का सामान है।।

मारीच : एक औरत को मारकर इतना अकड़ता है।

राम : क्यों मियान से निकल पड़ता है। उसने अपनी करनी का फल पा लिया।

मारीच : तो तू भी अपनी माँ के पास जिन्दा जा लिया।

राम : सुनकर तेरी निर्लज्ज बातें मैं जी को जी में जला बैठा।
तू भाग जाएगा फौरन ही अगर मैं तीर चला बैठा।।

मारीच : भूल जाएगा एक घड़ी में चलाना तीर का।
पड़ गया जो हाथ पूरा इस मारीच वीर का।।

राम : जो हाल हुआ तेरी मैया का तेरा भी वही हाल होगा।
मेरा बाण उड़ा दे पर्वत को फिर तेरे जैसों को क्या होगा।।

[राम का पवन बाण मारना और मारीच का उड़ जाना]

सुबाहु : जरा जुबान की लपालपी छोड़ दे।

लक्ष्मण : अगर जान की खैर चाहता है तो अब भी हाथ जोड़ दे।

सुबाहु : तेरे सिर पर कजा ही सवार है,
खैर चाहता है तो पीठ जल्दी दिखा।
गर्दन मरोड़ू अंग अंग तोड़ूँ
पल में रुला दूँ भुला दूँ हवा।
तेरे दिल में समाया तकब्बुर यह क्या,
अरे ओ बदजबान अभी खींचूं कमान।
तेरी रूह इस जिस्म से फरार है। तेरे सिर.....

गाना (**तर्ज**-बेवफा तू कैसा यार है)

लक्ष्मण : तू तो जीने से दीखता बेजार है,
क्यों बातें बनाता है अरे बेहया।।
ऐसा निचोड़ू जिंदा न छोड़ू, ढूँढ़े न पाएगा तेरा पता.....
अभी कर दूँगा सारा मजा किरकिरा,
बाज आजा शैतान खींच लूँगा जुबान।
क्यों कजा का हुआ तलबगार है, तू तो जीने.....

सुबाहु : पल में तुम्हारी माताएँ बेचारी,
रोएँगी दोनों की लाशों पर आ।
कौन पूछे मरम उनके फूटे फूटे करम,
कोई देगा ना उनको दिलासा जरा।
यह बुड्ढा तो मतलब का यार है, तेरे सिर.....

लक्ष्मण : माता तुम्हारी रूलती बेचारी,

उसकी तो मिट्टी ठिकाने लगा।
बेहया तो हुआ, ना खालक क्यों हुआ,
अरे बेशर्म, क्या यही था धर्म
तेरी मैया तो कुत्तों का शिकार है, तू तो जीने.....

सुबाहु : बस बस मैं अब सुन चुका बहुत तेरी बकवास।
अब ज्यादा बोला अगर तो लूँगा जबान तराश।

लक्ष्मण : खबरदार हो वार हमारा ना जावेगा खाली।
यूँ ना कहना धोखे से लक्ष्मण ने जान निकाली।।
(लक्ष्मण का बाण चलाना सुबाहु का मरना)

विश्वामित्र: धन्य है बेटा! धन्य है! अच्छा पराक्रम दिखाया। एक ही बाण में मारीच को कई योजन पर गिराया और सुबाहु को यम के द्वार पहुँचाया।

राम : ऋषिराज! यह सब आपके चरणों का प्रताप है।
[आश्रम में वापिस आना, विश्वामित्र का लेट जाना]
(राम-लक्ष्मण द्वारा चरण दबाना)

विश्वामित्र: चिरंजीव रहो पुत्र। जगत में तुम्हारी कीर्ति फैले।
[राजा जनक द्वारा सीता स्वयंवर की तैयारी करना]

राजा जनक : मन्त्री जी! सीता स्वयंवर की सूचना सभी राजे महाराजों को पत्रिका द्वारा भेज दो। एक पत्रिका ऋषि विश्वामित्र को भी अवश्य भेज देना।

मन्त्री : जैसी आज्ञा महाराज!
[जनक के दूत का विश्वामित्र के आश्रम पर जाना]

दूत : (प्रणाम करके और पत्रिका देकर) लीजिए महाराज! मिथिला पुरी के राजा जनक के यहाँ आपके नाम यह संदेश आया है। (चले जाना)

राम : मुनिराज! इस पत्र में क्या वृतान्त लिखा है।

विश्वामित्र: बेटा! मिथिला पुरी के राजा जनक ने अपनी पुत्री सीता का स्वयंवर रचाया है और हमें भी उसमें शामिल होने के लिए बुलाया है। और भी दूर-दूर के राजकुमार आएँगे। वे सभी अपनी वीरता का जौहर दिखाएँगे।

राजा जनक के यहाँ एक बहुत बड़ी कमान है और जनक का प्रण है कि जो भी क्षत्री उस कमान पर चिल्ला चढ़ाएगा, वही सीता को वरेगा।

राम : तब तो बड़ा ही रोचक दृश्य होगा महाराज!

विश्वामित्र: हाँ-हाँ! बड़े समारोह का समागम होगा।

राम : यदि कुछ हर्ज न हो तो हमें भी साथ चलने की अनुमति दीजिए गुरु जी!

विश्वामित्र: हाँ-हाँ! बड़ी खुशी से तैयारी कीजिए। आप जैसे राजकुमारों के लिए ही तो यह स्वयंवर रचाया गया है। हमें तो केवल देखने के लिए बुलाया है।

राम : उपकार प्रभो!

[सब का विश्राम करना]

अगले दिन मिथिला पुरी के लिए प्रस्थान

तीसरा-दिन

सीता स्वयंवर

पात्र

1. राम-लक्ष्मण और विश्वामित्र
2. अहिल्या
3. गंगा जी के पण्डे
4. राजा जनक, रानी
5. सीता जी की सखियाँ
6. अनेक राजा
7. रावण आर बाणासुर
8. परशुराम
9. सीता जी की माता सुनैना
10. राजा दशरथ की बारात

    भरत-शत्रुघ्न

अहिल्या उद्धार

[वन में शिला रूप अहिल्या का पड़े हुए दिखाई देना]

राम : हे ऋषि जी! यह वन तो कुछ अनोखा ही प्रतीत होता है। न पशु विचरते हुए दिखाई देते हैं, न पक्षी ही बोलते हुए दिखाई देते हैं। इसका क्या कारण है मुनि राज?

विश्वामित्र: इसका कारण! वह देखो, सामने पड़ी हुई पत्थर की शिला है।

राम : पत्थर की शिला! इसका क्या वृतान्त है प्रभो?

विश्वामित्र: यह शिला किसी समय अहिल्या नामक बड़ी सुन्दर और कोमल स्त्री थी तथा महर्षि गौतम बड़े कर्मकांडी और धर्म परायण इसके पति थे। एक बार जब कि गौतम ऋषि अर्द्धरात्रि के समय गंगा स्नान हो चले गए तो इन्द्र इसके रूप पर मोहित होकर गौतम ऋषि का रूप बना कर उनके घर चला आया और इसके साथ व्यभिचार किया। कुछ समय पश्चात् गौतम भी लौट आए। इस स्त्री ने इन्द्र को छिपाकर ऋषि से झूठ बोला, इस पर ऋषि ने क्रोधित होकर शाप दिया कि जा तू पत्थर की हो जा। यह शाप सुनकर अहिल्या बहुत डरी और अनेक प्रकार से विनती करने लगी; तब ऋषि ने दया करके यह वरदान दिया कि जब सूर्य वंश में रामावतार होगा तो उनके चरणों की रज से तेरा उद्धार होगा।

राम : बड़ा ही विचित्र कथा है महाराज!

विश्वामित्र: हाँ! परन्तु राम! अब कृपा करके इस अभागिन का पाप हरो और चरण रज देकर इसे भव सागर से पार करो।

दोहा

सुनो राम! यह पापिनी अधर्म अहिल्या नार,
बिन रज हो सकती नहीं भवसागर के पार

गाना

(तर्ज लावनी)

यह दीन बेचारी दुखियारी कर्मों की मारी नारी है।
पापों ने इसको घेरा है, दुखिया पर संकट भारी है।।

अब केवल आस तुम्हारी है तुम ही इसका उद्धार करो।
उपकार की यह अभिलाषी है रघुकुल भूषण उपकार करो।
तुम दुख भंजन कहलाते हो इसका भी दुख हरना होगा।
तुम पार उतारण हारे हो इसको भी पार करना होगा॥
संकोच तजो, आगे को बढ़ो, चरणों को राम छुवाओ तुम।
राम का चरण दुवाना और अहिल्या का उद्धार होना॥

(गंगा जी का दृश्य)

[विश्वामित्र का राम-लक्ष्मण सहित प्रवेश]

राम : हे ऋषि राज! यह धारा जो सामने बह रही है, यह किस नाम से प्रसिद्ध है।

विश्वामित्र: बेटा! इसे तरण-तारिणी गंगा कहते हैं। इसकी कथा बड़ी विचित्र है।

राम : वह किस प्रकार है प्रभो?

विश्वामित्र: हे राम! तुम्हारे उच्च कुल में सगर नाम का एक राजा त्रिलोकी में प्रसिद्ध हुए हैं। उनके दो सुन्दर रानियाँ थीं। एक का नाम केशिनी और दूसरी का सुमति था। कुछ समय पश्चात् राजा दोनों रानियों को लेकर वन में चले गए और भृगु मुनि के आश्रम के निकट रहकर तपस्या की तथा उनकी सेवा करने लगे। अन्त में मुनि ने प्रसन्न होकर आशीर्वाद दिया कि केशिनी से एक और सुमति से साठ हजार पुत्रों की उत्पत्ति होगी। यह आशीर्वाद पाकर राजा अयोध्या चले गए। शुभ अवसर आने पर केशिनी के गर्भ में असमंजस नामक पुत्र उत्पन्न हुआ और सुमति के गर्भ से एक तुंबी हुई जिसमें से साठ हजार पुत्र पैदा हुए। राजा सगर निन्यानवे यज्ञ संपूर्ण कर चुके थे। जब सौवाँ यज्ञ करने लगे तो इन्द्र बड़ा भयभीत हुआ और अश्वमेघ यज्ञ का घोड़ा कपिल मुनि के आश्रम में छुपा दिया। राजा की आज्ञा से उनके साठ हजार पुत्र घोड़ा ढूँढ़ने निकले और खोजते हुए कपिल मुनि के आश्रम में जा पहुँचे। घोड़ा तो मिल गया लेकिन समाधि भंग हो जाने से मुनि जी को बड़ा क्रोध आया और शाप देकर उन सबको भस्म कर

दिया। अन्त में यह सोचकर कि उनका उद्धार केवल गंगा जी के पवित्र जल से ही हो सकता है। राजा सगर ने गंगा जी का तप किया और वे इसी अवस्था में देवलोक सिधार गए। इसके पश्चात् राजा के पुत्र अंशुमान ने भी तप किया किन्तु वे भी सफल न हो सके। अंशुमान के पुत्र राजा दलीप और फिर राजा दलीप के पुत्र भगीरथ हुए। भगीरथ ने अन्न जल त्याग कर गंगा जी की घोर तपस्या की। अन्त में गंगा जी ने प्रसन्न होकर आना तो स्वीकार कर लिया किन्तु कहा कि मेरी जलधारा को शिवजी महाराज के अतिरिक्त कोई नहीं रोक सकता। इसलिए पहले उनको प्रसन्न करो। तब राजा ने शिवजी की आराधना करके उनको भी प्रसन्न किया और गंगा जी मृत्युलोक में आ गईं। शिवजी महाराज ने एक वर्ष तक गंगा जी को अपनी जटा में धारण किए रखा। इसके पश्चात् इसकी एक धारा आकाश को चली गई जिसका नाम मन्दाकिनी हुआ। दूसरी पाताल को गई जो प्रभावती के नाम से प्रसिद्ध हुई और तीसरी को भगीरथ जी ले आए, जिसको गंगा कहते हैं। इसी पवित्र धारा से सगर के पुत्रों का कल्याण हुआ।

राम : धन्य हो प्रभो! (गंगा जी में स्नान करना)

[गंगा जी के अनेक पंडों का उनको अपना यजमान बताकर झगड़ना]

अन्त में पूर्ण वंशावली सुनाने वाले पंडे को ही सही पंडा मानने पर सहमति।

(एक पंडे द्वारा राम जी वंशावली सुनाना)

महाराज आपके वंश में सबसे पहले राजा अव्यक्त हुए जिनका पुत्र ब्रह्मा और ब्रह्मा का पुत्र मारीच तथा मारीच का पुत्र कश्यप हुआ। कश्यप के यहाँ सूर्य का जन्म हुआ जिनके नाम पर आपके कुल को सूर्य वंश कहते हैं। राजा सूर्य के यहाँ राजा मनु और मनु के यहाँ राजा अव्यस्त का जन्म हुआ। राज व्यस्त के पुत्र इक्ष्वाकु और राजा अक्ष्वाकु के राजा कक्षी हुए। राजा कक्षी के घर राजा बाँड और राजा बाँड के घर में

राजा अणिरन्य उत्पन्न हुए। फिर राजा अमरस्त और अमरस्त के राजा पृथु हुए। पृथु के त्रिशंकर, त्रिशंकर के धारीमार और धारीमार के राजा जानाशु हुए। इसके पश्चात् जानाशु के मान्धाता, मान्धाता के सुसिन्धु और सुसिन्धु के दो पुत्र हुए। ध्रुव सिन्धु और प्रसिनजित। ध्रुव सिन्धु के राजा अस्त और अस्त के राजा भरत तथा भरत के राजा सगर पैदा हुए। उन्होंने सौ अश्वमेघ यज्ञ किए और जिनके साठ हजार पुत्र कपिल मुनि के कोप से जलकर भस्म हो गए। इनके दो पुत्र असमंजस और अंशुमान हुए। अंशुमान के राजा दलीप और दलीप के भागीरथ हुए जो गंगा जी को मृत्युलोक में लाए। इन्हीं भागीरथ के पुत्र का नाम काकस्त और काकस्त के पुत्र का नाम रघु था। इनके नाम पर आपके वंश को रघुवंश कहते हैं। राजा रघु के यहाँ राजा कल्माखपाद, कल्माखपाद के राजा शंखन, शंखन के सुदर्शन और सुदर्शन के राजा शीघरक पैदा हुए फिर राजा शीघरक के राजा मरू, मरू के प्रशश्र और प्रशश्र के अमरीक तथा अमरीक के यहाँ नीकस्य ने जन्म लिया। इन्हीं नीकस्य की सन्तान राजा जजात थे। राजा जजात के राजा नाभाग, राजा नाभाग के राजा यज्ञ और राजा यज्ञ के पुत्र ही आपके पिता दशरथ हैं।

(पूजा संपन्न कर राम-लक्ष्मण और विश्वामित्र आगे जाते है।)

स्थान मिथिला पुरी

राजा जनक : (मन्त्री से) देखो जो मेहमान आए हैं, उनके आराम का पूरा-पूरा ध्यान रखा जाए। किसी भी अतिथि को कोई शिकायत का मौका न दिया जाए।

मन्त्री : जैसी आज्ञा महाराज!

(द्वारपाल का आना)

द्वारपाल : महाराज! मुनि विश्वामित्र जी दो राजकुमारों सहित पधारे हैं।

[राजा जनक मिलने जाते हैं]

जनक : (प्रणाम करके) महाराज आपने बड़ा अनुग्रह किया जो ऐसे अवसर पर दर्शन दिए। आपके साथ किस बड़भागी के दुलारे

हैं जो आज जनक पुरी पधारे हैं।

विश्वामित्र: राजन! ये अयोध्या नरेश महाराज दशरथ के सुकुमार हमारे साथ हैं। इनका नाम राम और लक्ष्मण इनके छोटे भ्राता हैं।

राम-लक्ष्मण : महाराज जनक को हमारा नमस्कार है।

जनक : चिंरजीव रहो पुत्रो।

विश्वामित्र: राजन्! यह आपकी बड़ाई है जो आपने इन दोनों राजकुमारों के प्रति ऐसी आवभगत दिखाई है।

जनक : बड़े सौभाग्य की बात है महाराज कि दोनों राजकुमारों के दर्शन हो गए। किसी प्रकार का कष्ट न उठाना, यदि किसी वस्तु की आवश्यकता हो तो तुरन्त सूचना देना।

राम : नहीं महाराज! हम बड़े सुख में हैं। किसी प्रकार का कष्ट नहीं। आपका प्रबन्ध सराहनीय है।

जनक : अच्छा महाराज! तो आज्ञा दीजिए, अब दूसरे अतिथियों से भी मिलने जाना है।

विश्वामित्र: अच्छा राजन! आनन्द रहे।

(राम लक्ष्मण का जनक का जाना)

(नगर की शोभा देखना)

लक्ष्मण : भ्राता जी! मिथिला पुरी भी एक मशहूर नगरी हैं।

राम : हाँ! मगर इससे तुम्हारा क्या प्रयोजन है?

लक्ष्मण : यही कि आज इस नगरी की सैर से ही दिल बहलाएँ।

राम : बहुत अच्छा चलो तो, मुनिवर की आज्ञा लेकर तुम्हें आज मिथिला पुरी दिखला लाएँ! (मुनि जी से) गुरुदेव! लक्ष्मण जनकपुरी की शोभा देखना चाहता है लेकिन आपके डर से कुछ नहीं कहता। यदि आपकी आज्ञा हो तो हम दोनों जनक पुरी की सैर कर लें।

विश्वामित्र: बहुत अच्छा बेटा! लौटते समय पूजा के लिए जनकवाटिका से कुछ पुष्प लेते आना।

लक्ष्मण : जैसी आज्ञा गुरुदेव!

[राम लक्ष्मण का जनकपुरी का बाजार देखकर]

(अन्त में जनक वाटिका में आना)

राम : अहा! जिधर देखो उधर ही टहनियों पर फल आए हैं।
खिली पड़ती हैं कलियाँ, डालियों ने सिर झुकाए हैं॥
वाह-वाह! वाटिका क्या है! सुरलोक की फुलवारी है। जिधर देखो उधर ही छटा ही न्यारी है।
सरोवर ताल निर्मल है किलोले हंस करते हैं।
मधुर वाणी से पक्षी बोल रस कानों में भरते हैं॥

लक्ष्मण : क्यों न हों!
स्वर्ग से बढ़कर न क्यों भूमि पे फिर वह धाम हो।
धन्य हो वह बाग जिसमें राम को आराम हो॥

राम : देखो लक्ष्मण! पौधे किस प्रकार मस्त होकर झूम रहे हैं और भौंरे गुंजार-गुंजार कर फूलों का मुँह चूम रहे हैं।
शोभा लटक रही कहीं फूलों की डार में।
सुंदर कमल खिले हैं कहीं जल की धार में॥

लक्ष्मण : निस्सन्देह भ्राता जी! बनाने वाले ने वाटिका में कोई कमी नहीं छोड़ी हैं।

राम : और जरा इधर तो देखो।
जूही, चंपा, चमेली क्या नई शोभा दिखाती हैं।
गले में डाल कर बाहें नहीं फूली समाती हैं॥

लक्ष्मण : परन्तु भ्राता जी! सुनिए तो सही! कैसे मधुर संगीत की ध्वनि आ रही है मानो इन्द्र के दरबार में उर्वशी गा रही है।

राम : प्रतीत होता है देवी पूजन के लिए कुछ स्त्रियाँ आ रही हैं। आओ एक ओर हो जाएँ और उन्हें निकल जाने दें। (दोनों का एक ओर खड़े हो जाना।)

[सीता जी का सखियों सहित आना]

गाना (बहरे कव्वाली) [ना आया आज तक.....]
चलो मन्दिर में माता के विनय अपनी सुनाने को।
श्रद्धा प्रेम से चरणों में उनके सिर झुकाने को॥
1. सकल संसार के क्षण में जो संकट नाश करती है।
उसी के सामने जाती हैं अब इच्छा जताने को॥
चलो.....

2. श्रद्धा से भेंट है उसकी सदा जीवन सदा तन मन।
हृदय के भाव रूपी पुष्प हैं उस पर चढ़ाने को।।
चलो.....

3. सुनाएँगे उसे दुख-दर्द अपना और मरम अपना।
करेंगे प्रार्थना उससे कुशल संकट मिटाने को।।
चलो.....

पहली सखी : कहो सखी! क्या बात है? इतनी प्रसन्न कैसे हो रही हो।

नई सखी : क्या बताऊँ बहिन!
यहाँ की सैर करने दो सुकुमार आए है—अनोखा रूप है, सुन्दर हैं कोमल हैं सुहाए हैं।

दूसरी सखी : अरी! कहीं ये वही राजकुमार तो नहीं जो मुनि विश्वामित्र के साथ आए हैं और सकल नर-नार को भाए हैं।
सुना है रूप उन दोनों का है बस योग्य दर्शन के।
लखे जो मोहिनी सूरत बड़े ही भाग्य उस जन के।।

वही सखी: हाँ-हाँ सचमुच यही बात है। चलो मैं तुम्हें अभी दिखा देती हूँ।

दूसरी सखी : वह देखो, रसाल के वृक्षों के नीचे, चंपा के कुंज के पास।

सीता जी : (राम को देखकर) अच्छा विधाता! कैसा अलौकिक रूप है। कैसी मनोहर मूर्ति है। एक बार नारद जी ने मुझे वचन दिया था कि मुझे प्रथम बार इसी पुष्प वाटिका में अपने पति के दर्शन होंगे। क्या वह वचन आज सत्य हो रहा है?
उदय क्या आज ही होगा मेरा सौभाग्य का तारा,
मिला है। आज क्या इस वाटिका में प्राण आधारा

लक्ष्मण : (सीता जी को देखकर) देखिए! भ्राता जी! यह फुलवारी में कौन सुकुमारी है?

राम : भाई ऐसा प्रतीत होता है कि यह जनक दुलारी है जिसके लिए कल स्वयंवर की तैयारी है। सीता जी त्रिपुर सुन्दरी है। यानी साक्षात वसुंधरा पुत्री है और वसुधा महान सौन्दर्य से दीप्त है। अद्‌भुत सौन्दर्य है।
[इसी के रूप में ने जादू सा सब वृक्षों पर डाला है,

इसी के तेज का इस बाग के अन्दर उजाला है।]

मैं जनक नंदिनी श्री सीता जी की किससे उपमा दूँ। मानो ब्रह्मा ने अपनी सारी निपुणता को मूर्ति मानकर संसार को प्रकट करके दिखा दिया है। सखियाँ इसे गौरी पूजन के लिए ले आई हैं। ये फुलवारी में प्रकाश करती फिर रही हैं।

लक्ष्मण : भ्राता जी! पहली बार मैं आपके मुख से सुन्दर रूप का वर्णन सुन रहा हूँ। इसका क्या कारण है?

राम : ये कारण तो सब विधाता जाने। किन्तु हे भाई! सुनो! मेरे मंगलदायक दाहिने अंग फड़क रहे हैं। रघुवंशियों का यह जन्मगत स्वभाव है कि उनका मन कभी कुमार्ग पर पैर नहीं रखता। मुझे तो अपने मन पर पूरा विश्वास है जिससे स्वप्न में भी पराई स्त्री पर नजर नहीं डाली।

बे ठिकाने यह नजर आजन्म जा सकती नहीं,
ध्यान में मेरे पराई नार आ सकती नहीं
क्या कहूँ लीला विधाता की कही जाती नहीं,
चोट वह दिल पे पड़ी है जो सही जाती नहीं।

लक्ष्मण : ऐसा क्यों हो रहा है प्रभो?

राम : नहीं कह सकता कि यह रूप का आकर्षण है या मेरी आँखों का दोष है। क्योंकि मैं जितना दमन करता हूँ उतना ही मन इसकी ओर खिंचा जाता है, दिल को जितना समझाता हूँ उतना ही अधिकार से बाहर हुआ जाता है।

[गाना : बहरे कव्वाली]

सुनाऊँ किस तरह क्या क्या मेरे दिल पे गुजरती है।
वह ज्योति चन्द्र मुख की हाय इन आँखों में फिरती है।।

1. भरमता है उसी की और दिल भौंरा बनकर।
उसी के प्रेम रस का आत्मा बस पान करती है।
सुनाऊँ.....

2. निहारे हर घड़ी इस रूप को इच्छा है आँखों की।
यह प्यासी दृष्टि से नहीं पल भर को भरती है।
सुनाऊँ.....

(पार्वती मन्दिर)

सखी : (सीता जी से) समय बहुत हो गया है। अब मन की उलझन को छोड़ो और पार्वती जी का पूजन करो।

सीता जी : (पार्वती के सम्मुख होकर)
सुनो! हे माता पार्वती! आज सीता की पुकार सुनो। दयालु हृदय के पट खोल कर सुनो। हे माता! तेरा भण्डार अटल है। तेरे द्वार से कोई भिखारी निराश नहीं जाता। तू ही जगत की कामनाओं को पूरी करने वाली है।

(गाना)

तर्ज : **वो दिल कहाँ से लाऊँ तेरी याद जो भुला दे**

आसरा तेरे सिवा कोई माता नहीं संसार में।
आस ले कर आई है दासी तेरे दरबार में।।
आसरा तेरे सिवा.....

1. या तो दे शक्ति बढ़ा बस मेरे चित चोर की।
या कमी कर दे दया करके धनुष के भार की।।
आसरा तेरे सिवा.....

2. है पसारा सामने पल्ला तेरे भिक्षा मिले।
कुछ कमी आती नहीं माता तेरे भण्डार में।।
आसरा तेरे सिवा.....

3. जानती हर मन की है तू कामना सारी कुशल।
क्या कहूँ फिर अपनी इच्छा आपसे हर बार में।।
आसरा तेरे सिवा.....

हे गिरिराज किशोरी! यदि मैंने अपने जीवन में कोई पुण्य कर्म किया है तो उसका केवल यही फल दीजिए कि राम को धनुष तोड़ने की शक्ति प्रदान कीजिए।

पार्वती : सीता! निराश न हो, तेरी मनोकामना अवश्य पूरी होगी।

सीता जी : धन्य हैं, माता! धन्य हैं।

[सखियों सहित सीता जी का जाना]

(पर्दा गिरना)

सीता स्वयंवर

[दरबार सजा है। मंच पर विश्वामित्र राम-लक्ष्मण सहित बैठे है। एक तरफ सीता जी सखियों सहित बैठी हैं। सबके बीच धनुष रखा है]

जनक : राव जी! हमारी प्रतिज्ञा सबको सुना दी जाए।

भाट : जैसी आज्ञा महाराज!

गाना (लावनी)

अब कान लगा बलवान सुनो, है राजा जनक का एक परण।
नहीं होगा कदापि मिथ्या कथन, है शूरवीर का सत्य वचन।।
है बीच सभा शिव धनुष पड़ा, जो वीर करे इसका भंजन।
सम्मान बढ़े और सिया मिले, राजा के हो प्रण का पालन।।

हे राजसभा में पधारे हुए शूरवीरो! अब महाराज जनक की प्रतिज्ञा सुनो। आप लोगों के सामने जो 'शम्भु चाप' पड़ा है, वह उठने में भी भारी और पराक्रम में बहुत बड़ा है। जो वीर इस धनुष को उठाएगा, वही सीता का पति कहलाएगा। इसलिए अब आओ और अपना-अपना पराक्रम दिखाओ।

[अनेक राजाओं का प्रयत्न करना परन्तु असफल हो जाना]

राजा 1. लगाया जोर जब मैंने मिटा दूँगा सभी खटका,
धनुष ढूँढ़ा न पाएगा दिया जब हाथ का झटका।

राजा 2. यह धनुष बोदा है इसका तोड़ना क्या बात है,
तोड़ डाले सैंकड़ों इसकी तो क्या औकात है।।

राजा 3. बस बैठ जाओ कर लिया मैदान सर बहुत,
शक्ति नहीं शरीर में और शोरो शर बहुत।
अब हाथ पड़ गया है जो मुझसे जवान का,
देखो कि दम में चढ़ता है चिल्ला कमान का।।

रावण : (आकर) वाह! वाह!

शंकर का चाप और ये दो दिन के छोकरे।
शक्ति कहाँ यह कीड़ी की पत्थर में खो करे।।
लोकों में आज फैला हुआ जिसका नाम है।
इसको उठा के तोड़ना रावण का काम है।।

(सोचकर) परन्तु नहीं, यह चाप मेरे पूज्य देव शिवजी महाराज का चाप है, इसका तोड़ना तो अलग, निरादर से छूना भी महापाप है। ओहो! जनक ने यह कैसा विचित्र जाल फैलाया है कि शिव का धनुष तोड़ना ही सीता के विवाह का प्रतिबन्ध बनाया है। कितनी गहरी चाल है कि रावण अपने गुरु के चाप को कदापि नहीं तोड़ेगा। इसलिए सीता के साथ विवाह का सम्बन्ध भी नहीं जोड़ सकता। ठीक है, कपटी की कपट चाल सफल हो गई और रावण की सारी योजना निष्फल हो गई। अब चले, अपने दूसरे कामों में तो विलंब न करूँ।

वक्त आएगा तो यह भी देखा भाला जाएगा।
इस कपट का भी कभी बदला चुकाया जाएगा।

भाट : महाराज बाणासुर जी! अब आप भी अपनी शक्ति आजमाइए।

बाणासुर : नहीं-नहीं! यह मेरे गुरु का चाप है इसलिए इसको तोड़ना महापाप है।

ना डालूँगा मैं इस पर भूल कर दृष्टि निरादर की।
मेरे तो वास्ते वस्तु है यह सत्कार आदर की।।

जनक : (क्रोध से) लज्जा करो, लज्जा करो, हे छाती उभार कर चलने वाले कायरो! लज्जा करो! हे वीरता के नाम को कलंकित करने वाले डरपोको! लज्जा करो! आज भली प्रकार प्रकट हो गया कि वीरता संसार से विदा हो गई। क्षत्रियपन की लाज हवा हो गई। आजकल के राजकुमारों से किसी बात की आशा रखना भूल है। इन रंगे हुए गीदड़ों को सिंह समझना बुद्धि के पतिकूल है।

गाना (बहरे तबील)

हाय अफसोस! दुनिया में कोई बशर, अब बहादुर मुझे नजर आता नहीं।
होता मालूम पहले से मुझको अगर, मैं कभी भी स्वयंवर रचाता नहीं।।

1. क्षत्रिय वंश का हो गया खात्मा, ना तो योद्धा रहे और न धर्मात्मा।

लाज रखेगा तू ही अब परमात्मा, और बिगड़ी को कोई बनाता नहीं।।

2. रह गए बहादुर फकत नाम के, देखने के मगर न किसी काम के।
हैं ये दुनिया में जिंदा सुबह शाम के, मेरा अनुभव कभी खाली जाता नहीं।।

3. मैंने यों ही किया इस कदर धन सरफ, है निदामत अगर हो जाऊँ मुनहरफ।
अरे चिल्ला चढ़ाना रहा एक तरफ, कोई इसको जगह से हिलाता नहीं।

4. शोक! सीता उमर भर कुवाँरी रही-आरजू दिल की दिल में हमारी रही।
बात बेशक बिगड़ आज सारी गई, मगर बट्टा जुबाँ को लगाता नहीं।।

5. जो किया था प्रण अब निभाना पड़ा, साथ अफसोस के यह बताना पड़ा।
मुझे सीता को घर में बिठाना पड़ा, इन गँवारों से मैं भी ब्याहता नहीं।।

6. जाओ घर में ही जोर आजमाई करो, यूँ ही 'यशवन्त सिंह' से लड़ाई करो।
हीजड़ों पर तो बेशक चढ़ाई करो, मर्द तो तुमको खातिर में लाता नहीं।।

लक्ष्मण गाना (बहरे तबील)

कुछ करो होश से बात राजा जनक,
ऐसी बातें बनाना मुनासिब नहीं।
इस तरह से हलक करनी हर एक की
सब को कायर, बताना मुनासिब नहीं।।

1. क्षत्रिय वंश का हो गया खात्मा, यह जुबाँ पर भी लाना मुनासिब नहीं।
कर लिया फैसला घर में ही बैठकर, ऐसी शेखी जताना मुनासिब नहीं।।

2. अगर इनसे नहीं उठ सकता यह धनुष, ऐसी आफत मचाना मुनासिब नहीं।
एक लकड़ी से हाँको हो सब को, तुम्हें ऐसी त्यौरी चढ़ाना मुनासिब नहीं।।
3. यूँ बुला करके घर पर किसी शख्श को, हतक उसकी कराना मुनासिब नहीं।
बन्द रखो जुबाँ अब जरा मेहरबाँ और ज्यादा चिल्लाना मुनासिब नहीं।।.....
4. मैं बहा देता नदियाँ अभी खून की, ज्यादा गुस्सा दिलाना मुनासिब नहीं।
क्या करूँ बड़े भाई की आज्ञा बिना, हाथ मुझको उठाना मुनासिब नहीं।।..
चीज क्या है यह बोदा पुराना धनुष,
इस कदर तनतनाना मुनासिब नहीं।
तोड़ूँ जब तक न 'यशवन्त सिंह' मैं इसे,
मुँह किसी को दिखाना मुनासिब नहीं।।

अय राजा! जबान को सँभालो और ऐसे अपशब्द मुँह से न निकालो। यूँ घर पर बुलाकर किसी का अपमान करना कहाँ की समझदारी है, बल्कि आला दर्जे की खुदपसंदी है। सबको एक लकड़ी से हाँकना सख्त नादानी है। यदि कुछ राजाओं ने धनुष का चिल्ला नहीं चढ़ाया तो आपने सबको ही कायर ठहराया। सोचते हो ना विचारते हो, जो दिल में आता है वह मुँह से निकालते हो। इस अपमान का बदला तो मैं अभी चुका देता और एक पल में खून की नदियाँ बहा देता। किन्तु क्या करूँ, बड़े भाई की आज्ञा न मिलने से लक्ष्मण मजबूर है। जब तक सूर्यवंशी खानदान का एक बच्चा भी दुनिया में बहाल है, क्षत्रिय वंश पर धब्बा लगाने की किसकी मजाल है, फिर यहाँ तो रघुवंश के दो-दो धनुषधारी विराजमान हैं, वहाँ ऐसे कड़वे वचन कहना विष के समान है। खैर जो कुछ कहा सो कहा, अब आइंदा के लिए जबान को लगाम दीजिए, और जरा मुँह

सम्भाल कर कलाम कीजिए, अन्यथा घड़ी में घड़ियाल हो जाएगा और यह स्वयंवर का मैदान बहादुरों के खून से लाल हो जाएगा।

धनुष, बोदा धनुष, कुछ भी नहीं है वीर के आगे।
उड़ा दूँ पर्वतों तक को जो आए तीर के आगे।।

विश्वामित्र: गाना (बहरे तबील)

बेटा लक्ष्मण तुम्हें थोड़ी सी बात पर,
ऐसी तेजी में आना मुनासिब नहीं।
रामचन्द्र की मौजदूगी में तुम्हें,
इस कदर जोश लाना मुनासिब नहीं।

1. कुछ तहम्मुल से भी काम लो हर जगह,
यह लकड़पन दिखाना मुनासिब नहीं।
तुम बहादुर हो बेशक मगर इस समय,
हाथ हरगिज उठाना मुनासिब नहीं।।

2. देखने को स्वयंवर तुम आए हुए,
यहाँ लड़ना लड़ाना मुनासिब नहीं।
है यह अवसर खुशी का जनक के लिए,
तुम्हें झगड़ा बढ़ाना मुनासिब नहीं।

3. जनक ने तो तुम्हें कुछ कहा भी नहीं,
यूँ ही करना बहाना मुनासिब नहीं।
खैर कह भी दिया तो भी क्या हो गया,
इनके कहने पे जाना मुनासिब नहीं।

4. यह तुम्हारे बुजुर्गों के मानिन्द है
सामने आँख उठाना मुनासिब नहीं।
इस वक्त तो ये खुद ही दुखी हो रहे,
और ज्यादा दुखाना मुनासिब नहीं।
काम ऐसा करो यश तुम्हारा बढ़े,
गौरव अपना घटाना मुनासिब नहीं।
कहना 'यशवन्त सिंह' का है आखिर यही,
शोर नाहक मचाना मुनासिब नहीं।।

शान्त! बेटा लक्ष्मण शान्त! क्रोध को थूक डालो, राजा के सम्मुख ऐसे कटु वचन न निकालो। जनक जी ने जो कुछ भी कहा है, कायरों के लिए कहा है। देखो उनकी कामनाओं का फूल मुरझा गया है, उनकी आशाओं पर पानी फिरा जा रहा है, फिर क्रोध आना स्वाभाविक ही है। जब तुम्हारे बड़े भ्राता राम यहाँ पर मौजूद हैं तो फिर जैसी वो आज्ञा देवे, आपको वैसा ही करना चाहिए। इसमें ही कुल की बड़ाई है।

लक्ष्मण : (राम से) सुनो! हे रघुकुल मणि, मेरी एक प्रार्थना सुनो।

गाना (तर्ज लावनी)

(दोहा)

हाथ जोड़ विनती करूँ, चरण नवाऊँ शीश।
राजा ने अनुचित वचन, आज कहे जगदीश॥

जिस सभा में आप पधारे हो और खड़ा हो सेवक आज्ञा में।
फिर कौन भला कह सकता है ये वचन कटीले दुनिया में॥
हे नाथ हूँ सेवक चरणों का कहने को यों सकुचाता हूँ।
पर वचन है बिल्कुल सत्य मेरे मैं कसम आपकी खाता हूँ॥
ब्रह्माण्ड उठा लूँ ऐसे में संभव ये मुझको पाता है।
जिस तरह खेलने को बालक साधारण गेंद उठाता है॥
रखा है फिर क्या स्वामी! इस बोदे धनुष बिचारे में।
मूली की तरह तोड़ डालूँ पर्वत को एक इशारे में॥

गाना (बहरे तबील–ताल चंचल)

दीजिए अब हुक्म अय भ्राता मुझे, ज्यादा सुनने सुनाने की ताकत नहीं।
जिस धनुष का यह अभिमानी इतना है, क्या मुझमें चिल्ला चढ़ाने की ताकत नहीं॥

1. जा रही क्षत्रिय वंश की आन है, हो रहा सारा मंडल ही बेजान है।
सिर झुकाए हुए हर एक हैरान है, टुक जवाँ तक हिलाने की ताकत नहीं॥

2. शब्द राजा जनक के गजब ढा रहे, क्षत्रिय बैठे खूने जिगर पी रहे।

वाकई ये किसी काम के ना रहे, गोया उठकर भी जाने की ताकत नहीं।।

3. बैठे मुर्दों की सूरत बनाए हुए, सारी इज्जतो हुरमत गँवाए हुए। आन और शान अपनी मिटाए हुए, जान तक भी बचाने की ताकत नहीं।।

4. बन रहे तीर राजा जनक के वचन, किस तरह से सहूँ मैं भला यह सखुन।
आज होगा जरूरी यहाँ पर विघ्न, अब तबियत ठिकाने की ताकत नहीं।

5. यहाँ नदी खून की आती बहती नजर, खौफ होता न मुझको तुम्हारा अगर।
जाने दे दूँगा 'यशवन्त सिंह' मैं मगर, ऐसे नखरे उठाने की ताकत नहीं।।

पत्ती है एक फूल की, तिनके से कमजोर।
ये राजा करने लगे, फिर क्यों इतना शोर।।

भ्राता जी! राजा जनक ने बड़ी अनुचित बात कही है जो मुझसे नहीं सही गई है। आप देखते हो कि राजा जनक कैसे कैंची की तरह जुबान चला रहे हैं और हर एक की इज्जत और हुरमत की खाक में मिला रहे हैं। मगर यहाँ आए हुए सभी राजा सिर नीचे करके राजा जनक की चुभने वाली प्रत्येक बात को सुनकर भी अनसुनी कर रहे हैं। इनका यह व्यवहार किसी का गुलाम होने का संकेत जैसा है। इनमें अपनी जुबान तक हिलाने की ताकत नहीं है। धिक्कार है इन सब पर; कौमी आन पर मरने वाले और आन के बदले जान गँवाने वाले किस बेहयाई से क्षत्रिय कुल को धब्बा लगा रहे हैं और शर्म के मारे सिर नीचा किए गालियाँ खा रहे हैं। जनक की बदजुबानी बहुत बढ़ती जा रही है, यह समझो कि मौत इनके सिर पर छा रही है। सूर्यवंशी तलवार अब जरूर मैदान में आएगी। और इस बदजुबानी का मजा चखाएगी। लक्ष्मण में बिल्कुल बर्दाश्त नहीं और ऐसे शब्द सुनने की ताकत नहीं।

मैं अभिमान त्याग कर और आपके चरणों की सौगन्ध खाकर कहता हूँ कि यदि आपकी आज्ञा पाऊँ तो इस धनुष को कमल की डण्डी के समान उठाऊँ। बाहू के झटके से बड़े-बड़े पर्वतों को हिला दूँ, आकाश और रसातल का पल्ला मिला दूँ, और फिर बाद में जनक का सिर धड़ से दूर उड़ा दूँ।

तोड़ डालूँ इस तरह जिससे जगत भयभीत है।
वीर मंडल कह उठे लक्ष्मण, तुम्हारी जीत है।।

राम : (प्यार से) ठीक है भाई! मैं तुम्हारे पराक्रम को भली प्रकार जानता हूँ परन्तु इस समय क्रोधित नहीं होना चाहिए। आवेश में आकर अपनी गंभीरता को नहीं खोना चाहिए। राजा जनक हमारे बड़े हैं और इस समय तो बेचारे महान निराशा में खड़े हैं। सोचो, समझो और ध्यान से मेरी बात सुनो।

अच्छा नहीं है लक्ष्मण! झगड़ा तुम्हें बढ़ाना।
भाता नहीं किसी का हमको मर्म दुखाना।।
सीखा है आज तक जो हमने बनो की बना ठिकाना।
अनुचित है इक घड़ी में सारा ही भूल जाना।।

[रामचन्द्र का गाना]

बतर्ज : दिए दुख यह कलक ने सारे.....

लड़ना अच्छा नहीं भाई, टुक लक्ष्मण करो समाई।

1. बे मौका तेजी करना, और बिना बात ही लड़ना।
   नहीं इसमें कोई बड़ाई, टुक लक्ष्मण करो.....।
2. जो करोगे तुम नादानी, तो कुल की होगी हानी।
   दुनियां मे होत हँसाई, टुक लक्ष्मण करो.....।
3. जिस बात को मुँह से बोलो, पहले मुँह में ही तोलो।
   है इसमें ही दानाई, टुक लक्ष्मण करो.....।
4. गर पिता जी सुन पावेंगे, हम तुमको धमकावेंगे।
   हो दोनों की रुसवाई, टुक लक्ष्मण करो.....।
5. तुम कुछ तो सोचो लक्ष्मण, नहीं जनक हमारे दुश्मन।
   क्यों इनसे करो लड़ाई, टुक लक्ष्मण करो.....।

6. कायर उनको बतलाया, जिन चिल्ला नहीं चढ़ाया।
कर चुके जोर आजमाई, टुक लक्ष्मण करो.....।
7. जो कायर तुम्हें बतावे, फिर राम चुप रह जावे।
मैं खुद ही करूँ सफाई, टुक लक्ष्मण करो.....।
8. नहीं खुशी से हम आए हैं, मुनि विश्वामित्र लाए हैं।
रहो इनके ही अनुयायी, टुक लक्ष्मण करो.....।
9. तुम कर लो, वह प्रतिज्ञा जो गुरु जी देवें आज्ञा।
है काम वही सुखदाई, टुक लक्ष्मणा करो.....।
10. यह काम करो अय भ्राता यशवन्त रहे गुण गाता।
अच्छी नहीं है मूर्खताई, टुक लक्ष्मण करो.....।

लक्ष्मण : जैसी आज्ञा भ्राता जी!

विश्वामित्र: (मन ही मन) तमाम राजा अपना जोर लगा चुके। किन्तु कोई भी इस धनुष का चिल्ला न चढ़ा सका। उधर राजा जनक निराश होते जा रहे हैं। इधर लक्ष्मण का क्रोध बढ़ रहा है। ऐसा न हो कि लक्ष्मण स्वयंवर को भी युद्ध भूमि बना दें। इसलिए अब स्वयंवर का फैसला करना ही उचित है।

(प्रकट में)

1. सब जोर लगा कर हारे हैं, बैठे मन मार विचारे हैं। इस इंतजार में सारे है, कुछ तुम ही बल दिखलाओगे।
2. यह धनुष यद्यपि भारी है, पर तुमको क्या दुश्वारी है। निश्चय ही विजय तुम्हारी है तुम सीता को परनाओगे।
3. अब उठो न ज्यादा शाम करो, इस काम को तुम अंजाम करो। रघुकुल का रोशन नाम करो, दशरथ का यश फैलाओगे।
4. इनसे तो बल ना पैदा हुआ, सबका खून सफेद हुआ।
अब जनक भी ना उम्मीद हुआ, तुम इसकी धीर बन्धाओगे।।
5. सारी नगरी हैरान हुई, यह कमान आफत जान हुई।
सबकी यशवन्त पहचान हुई, अब ज्यादा क्या आजमाओगे।।

हे राम! देखो! सभा के शान्त वायुमंडल को देखो! निराशा में बदलती हुई राजा जनक की आशा को देखो। बेटा! अब तुम ही अपना पराक्रम दिखाओ और इन लोगों का सन्ताप मिटाओ।

गाना (दादरा कालिंगडा)

राम उठो मत देर करो तुम ही यह धनुष उठाओगे।
और किसी की नहीं है ताकत चिल्ला तुम्हीं चढ़ाओगे।

राम : **गुरु जी आपकी आज्ञा सिर माथे मंजूर।**
अब तक तो चुपका रहा था मैं भी मजबूर॥
आशीर्वाद है आपका अगर राम के साथ।
मुश्किल यह कुछ भी नहीं है मामूली बात॥
लेकर तेरा आसरा चला यह करने काज।
हे ईश्वर! मेरी राखियो आज भरी सभा में लाज॥

(धनुष की ओर चलना)

लक्ष्मण की चेतावनी : हे दिग्पाल, कच्छप, शेष, वाराह, पृथ्वी की धारणा किए रहो, धीरज रखियो, डोलियो मत। भ्राता रामचन्द्र शिवजी का धनुष तोड़ना चाहते हैं। मेरी आज्ञा सुन सावधान हो जाओ। मैं भी पृथ्वी को चरणों से दबा लेता हूँ।
सिहों गुफाओं में, दिग्गज दिशाओं में घन में नीर।
धरो-धरो धरणि धीर-कर्मठ, वरुण, गिरि समीर॥

सीता जी की माँ सुनायना का आश्चर्य : रावण व बाणासुर ने जिस धनुष को छुआ तक नहीं और सब राजा घमंड करके हार गए, ऋषि विश्वामित्र क्यों इस राजकुमार को उसी धनुष को उठाकर चिल्ला चढ़ाने के लिए कह रहे हैं। हंस के बच्चे भी कहीं मन्द्राचल पर्वत उठा सकते हैं? धनुष को तोड़ने के लिए मुनि विश्वामित्र का राम जी को आज्ञा देना और राम को उसे तोड़ने के लिए आगे बढ़ना केवल एक हठ है। गुरु विश्वामित्र को कोई समझाता भी तो नहीं।

राम : (धनुष के पास जाकर)
यदि प्यासा आदमी पानी के बिना शरीर छोड़ दे तो उसके मर जाने पर अमृत का तालाब भी क्या करेगा। सारी खेती सूख जाने पर वर्षा किस काम की। समय बीत जाने पर फिर पछताने से क्या लाभ।

[धनुष उठा कर]

लीजिए ये वही धनुष है जिससे प्रत्येक वीर भय खाता है। लो देखो!

अब इसका चिल्ला चढ़ता है।
उठाने के लिए जिसके विवश हर सूर होता है।
उसी का देखिए अब किस तरह से चूर होता है।।

[धनुष का तोड़ना]

सर्व उपस्थितगण : जय हो! जय हो! श्री दशरथ कुमार की जय हो!!!

[सीता जी का जयमाला पहनाने का यत्न करना]

लेकिन श्री राम के ऊँचे मस्तक पर उनका हाथ पहुँचने में असफल होना।

लक्ष्मण : इस समय भ्राता राम का मस्तक इतना ऊँचा हो गया है कि माता सीता को जयमाला पहनाने में कठिनाई हो रही है। भ्राता राम जाने कौन-सी लीला दिखा रहे हैं। अब मुझे भी कोई युक्ति करनी चाहिए ताकि माता सीता जयमाला आसानी से पहना सकें।

(जाकर श्री राम के चरण पकड़ लेना)

श्री राम का झुककर लक्ष्मण को उठाना और राम के झुकते ही सीता जी का जयमाला पहनाना।

विश्वामित्र: धन्य हो बेटा! तुमने रघुकुल का नाम उज्ज्वल कर दिखाया है जो देखते ही देखते धनुष को कई टुकड़े बनाया है।

राम : मुनिवर! यह सब आपका ही आशीर्वाद है।

जनक : धन्य है! उस पिता को जिसने ऐसा पुत्र रत्न पाया है। उस वीर माता को भी धन्य है जिसने अपनी कोख से ऐसा कर्मवीर जाया। विधाता तुम धन्य हो, तुमने मेरी शंकाओं को मिटा दिया, डूबती नैया को किनारे लगा दिया।

[परशुराम का प्रवेश]

परशुराम : (क्रोध और आश्चर्य से) हैं! क्या कारण हुआ?

काँप उठे दिग्पाल एकदम पड़ गए पृथ्वी में बल।
रुक गए हिलते समन्दर, हो गए चंचल अचल।।
वृक्ष डोले, गूँज उठा जंगल, उधर काँपी मही।
शोर वह फैला पहाड़ों तक की मेखें हिल गईं।।

आ गया मुख पर पसीना और आतुर मन हुआ।
क्या अकारण आज शम्भू चाप का भंजन हुआ।।

जनक : दर्शन देकर आपने किया बड़ा उपकार, शीश नवाऊँ चरणों में करूँ विनय हर बार।
दया दृष्टि से हो गए पूर्ण हमारे काम, स्वामी को सीता करो हाथ जोड़ प्रणाम।।

सीता : (सिर झुकाकर) ऋषि जी प्रणाम।

परशुराम : दूर रहे तुमसे सदा द्वेष भाव और राग।
शोक न व्यापे जगत में होवे अटल सुहाग।।

विश्वामित्र: (गले मिलकर) राम-लखन आगे बढ़ो इन्हें नवाओ शीश।
सुखदाता संकट हरण, ऋषियों का आशीष।।

राम-लक्ष्मण : महात्मन! प्रणाम!

परशुराम : (सिर पर हाथ रखकर)
राम लखन दोनों जियो, सदा प्राप्त जय होय।
नाम रहे उज्ज्वल सदा जग में निर्भय होय।।

जनक : आइए महाराज! आसन ग्रहण कीजिए।

परशुराम : कहो जनक! आज नगर के गली, कूचे, महल अटारी क्यों सँवारे है। देश-देश के राजा मिथिला पुरी में किसलिए पधारे हैं।

जनक : महाराज! सेवक ने सीता का स्वयंवर रचाया था। इसलिए इन सबको न्यौता भेजकर बुलाया था। अब आपकी कृपा से.....
(चुप हो जाना)

परशुराम : यह तो ठीक है। परन्तु मेरे गुरु का धनुष किसने तोड़ा है? शंकर की पवित्र कमान पर किसने हाथ लगाया है। शीघ्र ही उसको मेरे सामने लाओ और अधिक देर न लगाओ, नहीं तो सबको जान से मारूँगा और एक-एक को मौत के घाट उतारूँगा। शायद परशुराम को भूल गए और इसलिए इतना फूल गए। इतना साहस! इतनी निडरता? यह ढिठाई! इस कदर अन्याय! ऐसा पाप क्यों; सामने पड़ा मेरे खण्डित शम्भु चाप क्यों? सच बता दे कौन है शत्रु मेरा दरबार में, अन्यथा यह

राज अब छोड़ूँ नहीं संसार में।

राम : महाराज! इतना क्रोध न कीजिए। शम्भु चाप का तोड़ने वाला आपका कोई सेवक ही होगा।

परशुराम : सेवक! कौन सेवक! किसका सेवक! शम्भु चाप का तोड़ने वाला और मेरा सेवक।

मान का बैरी है वह पुतला है अभिमान का।
जिसने तोड़ा है धनुष शत्रु है मेरी जान का।।

लक्ष्मण : ओहो मुनिराज! रहने दीजिए। क्यों गेंद की नाई उछल रहे हो और बिना बात म्यान से निकल रहे हो। वह कमान बिल्कुल गली सड़ी थी और न जाने कब से बेकार पड़ी थी, जिसके लिए आप इतना तिलमिला रहे हो और कैंची की तरह जुबान चला रहे हो। अगर कुछ मतलब है तो बता दीजिए। वरना चुपके से अपनी राह लीजिए।

हजारों तोड़ डाली धुनकियाँ ऐसी लड़कपन में।
कभी देखा नहीं था, क्रोध ऐसा आपके मन में।।

परशुराम : (क्रोधित होकर) अरे मूढ़ बालक! तुझे इतना अभिमान और शंकर की पवित्र कमान का इतना अपमान। ओ शोख चश्म गुस्ताख! क्यों चिर-चिर करता है, शायद तू मेरे कहरो गजब से नहीं डरता है। क्यों मुझे नाहक गुस्सा दिला रहा है और अपनी मौत को बुला रहा है। बड़े-बड़े बहादुर मेरे नाम की दुहाई देते हैं और मेरे सामने से भागते नजर आते हैं। देख मैं बाल ब्रह्मचारी हूँ बड़ा तेजवान और बलवान हूँ। मेरा फरसा दुष्टों की होम की बेदी है। मैंने कई बार पृथ्वी क्षत्रियहीन करके ब्राह्मणों को दान दे दी है। तुझे बालक जान कर तरस खाता हूँ, इसलिए शस्त्र नहीं चलाता हूँ। मगर बकरे की माँ कब तक खैर मनाएगी और तेरी जान मेरे हाथ से ही जाएगी।

महा यमराज का फन्दा मेरे फरशे की धारा है।
इसी फरसे से मैंने सहस्त्रबाहु को पछाड़ा है।।

(फरशा दिखाना)

लक्ष्मण : ओहो! तब तो आप बड़े ही बलवान हैं और अपने मुख से

अपनी बड़ाई करने हैं परम सुजान हैं। परन्तु महाराज! हम भी मोम की डली नहीं हैं। जो अग्नि देखते ही पिघल जाएँगे, ओस की बूँद भी नहीं जो धूप पड़ते ही ढल जाएँगे।

कुल्हाड़े ऐसे ऐसे तो हजारों बार देखे हैं।
छुरी के घाव देखे हैं, तबर के वार देखे हैं॥
बड़े योद्धा बड़े बलवान और बलकार देखे हैं।
जो मरने से नहीं डरते वही सरदार देखे हैं॥
भला इन धमकियों का हम पर क्या असर होगा।
डरेगा वही फरशे से जिसे मरने का डर होगा॥

परशुराम : अरे मूर्ख! मैं तुझे बालक जानकर ही बचा जाता हूँ। तेरी छोटी अवस्था पर तरस खाता हूँ।

तेरी निर्लज्ज बातों पर मैं जी को जी में जला बैठा।
नहीं जीता बचेगा तू जो मैं फरसा चला बैठा॥

लक्ष्मण : क्यों नहीं! आप निस्सन्देह ऐसे ही हैं, परन्तु महाराज! मैंने भी आपको ब्राह्मण जान कर अब तक कुछ नहीं कहा है, नहीं तो मुझे भी कई बार क्रोध आ चुका है। हमारे शास्त्रों में गौ व ब्राह्मण का मारना महापाप है, इसलिए मुझे पश्चाताप है।

कायरों के मारने में वीर की कब शान है।
दुख न देगा दीन को क्षत्रिय की जो सन्तान है॥

परशुराम : (भड़क कर) ओह! इतना निडर! इतना अन्यायी! ऐसे कटु वचन कहते हुए तनिक भी लज्जा न आई। अच्छा मूर्ख! अब सम्भल! सीधा यम के द्वार चल। (फरशा उठा कर) देखो! समाज के बैठने वालो अब मुझे दोष न देना, मैंने अब तक बड़ी शान्ति से काम लिया है। बार-बार अपने क्रोध को थाम लिया है। परन्तु यह निडर बालक बड़ा ही निर्भीक है। साँप का बच्चा, जहर में बुझा हुआ जहरी नाग है।

जितना मैं सीधा चला उतना यह टेढ़ा हो गया।
जिस कदर नर्मी बढ़ी, दूना बखेड़ा हो गया॥
अब नहीं छोड़ूँगा, मैं जीता इसे संसार में।
क्रोध की एक धार आई और इसकी धार में॥

राम : क्यों बच्चे से नाहक लड़ाई करो, ब्राह्मण हो कुछ तो समाई करो।

परशुराम : यह बच्चा नहीं जहर की बेल है, समझ रखा इसने मुझे खेल है।

राम : किया है गुनाह मैं गुनाहगार हूँ, सजा दो मुझे मैं सजावार हूँ।

लक्ष्मण : क्यों निकले पड़े हो इस कदर म्यान से, मैं हूँ खूब वाफिक तेरी शान से।

परशुराम : यह करता है खुद मौत की जुस्तजु, जरा कर तू इसको मेरे रूबरू।

लक्ष्मण : तो लक्ष्मण भी कोई तमाशा नहीं, जो डालोगे मुँह में बताशा नहीं।

परशुराम : जरा ठहर तुझको अभी बताता हूँ मैं, मजा सरकशी का चखाता हूँ मैं।

लक्ष्मण : वह गीदड़ सी भभकी दिखा और को, ये फीके मजे हैं, चखा और को।

परशुराम : शरारत तेरी साफ बतला रही, तेरी मौत सिर पर है मंडरा रही।

राम : महाराज! लक्ष्मण तो नादान है, तुम्हें भी हुआ आज खफकान है।

परशुराम : वह देखो मुझे दाँत दिखला रहा, शरारत से अब भी है पेश आ रहा।

राम : वह कहने से मेरे नरम हो गया, तुम्हें उस पर नाहक ही भरम हो गया।

परशुराम : खूब! इसी का नाम नरमी है। वह देखो, मुझे बातों-बातों में उड़ा रहा है और मेरी नकल करके मुझे और भी चिढ़ा रहा है।

लक्ष्मण : (राम से आँखें बचा कर) सामने से चला जा वरना कच्चे को चबा जाऊँगा।

परशुराम : (राम से) तुम इसको मेरी आँखों के सामने से दूर ले जाओ वरना बुरी दुर्गत बनाऊँगा।

लक्ष्मण : तुम अपनी आँखें बन्द कर लो, मैं खुद ही नजर नहीं आऊँगा।

परशुराम : तू मुझे मत दिखाई दे, बल्कि भलाई इसी में है तेरी आवाज

भी मुझे न सुनाई दे।

लक्ष्मण : इसका इलाज तो बिल्कुल आसान है, कानों में अंगुलियाँ दे लो, बस तुम्हारे लिए चारों तरफ सुनसान है।

परशुराम : तू बड़ा शरीर है।

लक्ष्मण : आदमियों की तरह बात कर वर्ना इधर मेरे हाथ में तीर है।

परशुराम : (फरसा उठाकर) ओ बदजुबान, बेबाक शैतान! अभी देखता हूँ तेरा तीर कमान।

राम : महाराज इनकी बातों पर न जाइए और क्रोध को त्यागिए।

लक्ष्मण : बस भाईसाहब! अब सहन की अवधि हो चुकी, लक्ष्मण के कानों को ऐसी बातें सुनने की आदत नहीं, आपने वृथा ही महाराज-महाराज कहकर इतना दिमाग आसमान पर चढ़ा दिया और आपकी नर्मी ने इनका हौसला इस कदर बढ़ा दिया, अब मुझे अवश्य तलवार संभालनी पड़ेगी और इनकी यह हवा दिमाग से निकालनी पड़ेगी। (परशुराम से) आप बड़ी खुशी से शस्त्र संभालिए और अपने दिल के अरमान निकालिए।

गाना परशुराम (बहरे तबील)

तेरी बातों से होता है जाहिर मुझे, कि तेरी मौत में कुछ कसर ही नहीं।

क्यों उछलता है इतना मेरे सामने, मेरी ताकत की तुझको खबर ही नहीं।

1. आज तक तो कोई पृथ्वी पर मुझे, आया ऐसा बहादुर नजर ही नहीं।

   एक दफा जो मेरे सामने आ गया, हो सका वह कभी जाँ बर ही नहीं।।

2. रहम खाता हूँ बच्चा समझ कर तुझे, हुआ तेरे पे मुतलक असर ही नहीं।

   है उसी वक्त तेरी खर मस्तियाँ, जब तलक मैं उठाता तवर ही नहीं।।

3. जा चला जा इसी में है तेरी बेहतरी, वरना गर्दन पे होगा ये सर ही नहीं।

जिस घड़ी मैंने फरसा हिला भी दिया, यह रहेगी तेरी करों फर ही नहीं।।

4. क्यों कजा को बुलाता अरे छोकरे, अभी लड़ने की तेरी उम्र ही नहीं।
तेरी पहली खता माफ कर दी मगर, अब करूँगा कभी दर गुजर ही नहीं।।

अरे कमबख्त! तेरे सिर पर यह क्या हवा समाई है। मालूम होता है कि तेरी मौत ही तुझको मेरे सामने लाई है। बड़े-बड़े शूरवीर मेरी बहादुरी का सिक्का मानते हैं। और मेरी ताकत को अच्छी तरह जानते हैं। बहुत से क्षत्रिय मेरे हाथ से मारे गए और मौत के घाट उतारे गए। जो सामने आया, वह कदापि जीवित न जाने पाया। जब ऐसे-ऐसे योद्धा मेरे मुकाबले की ताब न ला सके और मेरे सामने गर्दन न हिला सके तो तेरे जैसे बच्चों की क्या बिसात है, बल्कि यह तो मेरे लिए तुच्छ सी बात है। अभी जरा फरसा हिला दूँ तो तेरे जैसे हजारों को भूमि पर सुला दूँ। मगर क्योंकि तेरा कुछ कसूर नहीं इसलिए मुझे तेरी जान लेना मंजूर नहीं। जिसने मेरे गुरु का धनुष तोड़ा है, उसे कदापि जिंदा नहीं छोड़ूँगा, बल्कि इस धनुष की नाई उसे भी बीच में से तोड़ूँगा। हाँ अगर तू भी बाज नहीं आएगा तो कदापि जिंदा न जाने पाएगा।

गाना लक्ष्मण (बहरे तबील)

ऐसी गीदड़ सी धमकी दिखा और को,
तेरी धमकी का लक्ष्मण को डर ही नहीं।
लाख शेखी जिता लाख बातें बना
खौफ का मेरे दिल में गुजर ही नहीं।

1. और होंगे जिन्होंने तेरे सामने, खौफ खाया उठाया था सिर ही नहीं।
तुझे बुजदिल ही मिलते रहे आज तक, कोई आया बहादुर नजर ही नहीं।।

2. चाहे कम दिल हूँ, कमसिन हूँ, कमजोर हूँ, ऐसी बातों का तो जिक्र ही नहीं।

भाग जाऊँ तेरे सामने से अगर, तो मैं दशरथ पिता का पिशर ही नहीं।

3. आजमाऊँ न जब तक कि ताकत तेरी, मुझे आएगा हरगिज सबर ही नहीं।
आज या तू नहीं और या मैं नहीं, एक की मौत में कुछ कसर ही नहीं।।

4. मेरी मौजूदगी में श्री राम को, पहुँचा सकता कोई भी जरर ही नहीं।
ऐसी मुँह से निकाली अगर बात फिर, तो समझ तेरी बाकी उम्र ही नहीं।।

5. छोड़ दे अब जवानी जमा खर्च को, किसलिए तू उठाता तबर ही नहीं।
तू बहादुर बना फिर चाहे जिस कदर, मगर लक्ष्मण का मतलक फिकर ही नहीं।

6. राम नरमी से तुझको बहुत कह रहे,
हुआ तुझ पर जरा भी असर ही नहीं।
सच कहता था यशवन्त सिंह बे शुबाह,
तू है हैवान मुतलक बशर ही नहीं।

ये गीदड़ भभकियाँ किसी और को दिखाओ और किसी बुजदिल के आगे अपनी शेखी जताओ मरे सामने तुम्हारी शेखी नहीं चलेगी और इस पानी में तुम्हारी दाल नहीं गलेगी। वास्तव मे आज तक तुम्हें किसी से वास्ता नहीं पड़ा और कोई बुजदिल ही होगा जो तुम्हारे सामने नहीं अड़ा। इसलिए तुम्हारा हौंसला इतना बढ़ गया और मामूली सा दिमाग आसमान पर चढ़ गया। इस पर भ्राता राम की नरमी ने और भी काम बिगाड़ दिया और फिजूल तारीफ करके तुम्हें फाड़ दिया। अगर पहले से ही यथायोग्य आदर भाव करते तो आप यह सारी चर्ब जवानी भूल जाते और आपके हाथ पाँव तत्काल ही फूल जाते। अच्छा कुछ मुजायका नहीं आज आपको अपनी ताकत आजमाने का मौका मिल जाएगा, इधर

मेरी भी मुद्दत का अरमान निकल जाएगा, परन्तु पहले वार करने से लक्ष्मण लाचार है, इसलिए नहीं कि तू ब्राह्मण कुमार है, क्योंकि गुण-कर्मानुसार तेरे ब्राह्मण होने से मुझे कतई इन्कार है बल्कि इसलिए कि तू हमारे गुरु विश्वामित्र जी का करीबी रिश्तेदार है।

परशुराम : (दाँत पीसकर) अरे धूर्त! साक्षात शरारत की मूर्त! अब तू इतनी जबान चलाने लगा कि मेरी इज्जत भी खाक में मिलाने लगा। वही बात हुई कि–

रंज की जब गुफ्तगू होने लगी।
आप से तुम, तुम से तू होने लगी।

(फरसा उठाकर) खबरदार! होशियार हो जा और मरने के लिए तैयार हो जा। राम तेरा भाई बड़ा कठोर और कराला है। शरीर का गोरा और अन्दर से काला है। इसके मरने में अब बिल्कुल कलाम नहीं, अगर एक ही वार में इसकी हड्डियाँ सूरमा न बना दूँ तो मैं भी परशुराम नहीं।

[रामचन्द्र (दोनों के मध्य होकर)]

राम : हे मुनिराज! बर्रे (भिरड़ या ततैया) और बालक का एक स्वभाव है। सन्त जन इन्हें कभी दोष नहीं लगाते। फिर लक्ष्मण ने तो आपका कुछ काम भी नहीं बिगाड़ा है, यह तो आप भी जानते हैं। आपका अपराधी तो मैं हूँ। अतः हे स्वामी! कृपा, क्रोध, वध और बन्धन, जो कुछ करना हो मुझे अपना दास जान कर मुझ पर कीजिए। जिस प्रकार से आपका क्रोध शीघ्र दूर हो, हे मुनिराज! कहो मैं वहीं उपाय करूँ। वैसे भी जब आपको इसके कसूरवार होने से खुद इन्कार है तो इससे आपकी फिजूल तकरार है।

परशुराम : मेरे क्या इखतियार है, यह खुद मौत का तलबगार है।

राम : भ्राता लक्ष्मण, तुम इनको अधिक न सताओ, जरा इधर को हो जाओ।

(परशुराम से)

जरा क्रोध को त्यागिए और मुझसे बातचीत कीजिए।

परशुराम : पहले इसे मेरी आँखों से दूर कर दो और फौरन यहाँ से काफूर कर दो।

लक्ष्मण : इसका इलाज तो मैं पहले ही बता चुका हूँ।

परशुराम : देखो! वह फिर बोलता है और नाहक रस में विष घोलता है।

राम : नाथ! इतना क्रोध करके अपने मन को क्लेश न दीजिए। यह बालक है। इसे अज्ञानी समझ कर ही शान्ति कीजिए।

परशुराम : बस-बस सुन लिया। यह जो कुछ हो रहा है सब तेरे संकेत से हो रहा है। तुम दोनों ने एक प्रकार की मिली भगत गाँठी हैं, जितना यह क्रूर है उतना तू भी अपराधी है। तेरा ये भाई तेरी ही सलाह से कटु वचन बोलता है और तू छल से हाथ जोड़कर विनय करता है।

राम : (स्वयं से) ओहो! मुनि का स्वभाव गर्म होता जा रहा है। अब यदि इस पर पानी न डाला जाएगा तो फिर इसका शान्त करना कठिन हो जाएगा। (प्रकट) महाराज! यह आपने अच्छी रीति निकाली है कि अपराध तो इनका है ओर भली बुरी मुझे भी कह डाली है। सच कहा है–

नीम कड़वा है उसे कोई पशु खाता नहीं,
जल समुन्दर का है खारी काम में आता नहीं।
चन्द्रमा दोयज का हो तो ग्रहण में आता नहीं,
आग में है तेज कोई पास तक आता नहीं।
है तेरी आधीनता से ही ये सारे तुम्हारे हौंसले।
आप चढ़ते ही गए हम जिस कदर नीचे ढले।।

परशुराम : हाँ! अरे शठ! तू शिवजी का धनुष तोड़ कर उल्टा हमीं को ज्ञान सिखाता है। तुझे भी अभिमान हो गया है। अगर तू अपने आपको इतना बलवान समझता है तो मुझसे युद्ध करके मेरा सन्तोष कर, नहीं तो राम कहलाना छोड़ दे। अरे शिव द्रोही, छल त्याग कर मुझसे युद्ध कर! नहीं तो भाई सहित तुझे मार डालूँगा।

राम : हे मुनिवर! क्रोध छोड़िए! आपके हाथ में फरसा है, मेरा यह सिर आपके आगे है। जिस प्रकार से आपका क्रोध शान्त हो

जाए, हे स्वामी! वही कीजिए! मुझे अपना दास जानिए। कहिए फिर स्वामी और सेवक में युद्ध कैसा? हे ब्राह्मण श्रेष्ठ! क्रोध का त्याग कीजिए। धनुष, बाण व फरसा धारण किए देखकर और आपका वीरों जैसा वेष देखकर इस बालक ने आपकी बातों का उत्तर दिया, वास्तव में उसका भी कोई दोष नहीं है। धनुष धारण किए देखकर और वीर समझकर बालक को क्रोध आ गया। वह आपका नाम तो जानता था, परन्तु उसने आपको पहचाना नहीं। अपने वंश 'रघुवंश' के स्वभाव के अनुसार उसने आपकी बातों का उत्तर दिया। यदि आप मुनि की तरह आते तो हे स्वामी! यही बालक आपके चरणों की धूली सिर पर रखता। अनजाने की भूल को क्षमा कर दीजिए। ब्राह्मणों के हृदय में बहुत अधिक दया होनी चाहिए। हे नाथ! हमारी आपकी बराबरी कैसी? कहिए न! कहाँ चरण और कहाँ मस्तक। कहाँ मेरा छोटा नाम 'राम' और कहाँ आपका परशु सहित बड़ा नाम 'परशुराम'। हे देव! हमारे तो एक गुण धनुष और बाण है। और आपके परम पवित्र शम, तप, दम, शौच, क्षमा, सरसता, ज्ञान, विज्ञान और आस्तिकता के नौ गुण हैं। हम तो सब प्रकार से आपसे हारे हैं। हे विप्र! हमारे अपराधों को क्षमा कीजिए।

परशुराम : अच्छा तू मुझे निरा ब्राह्मण समझता है। मैं जैसा ब्राह्मण हूँ तुझे सुनाता हूँ। धनुष को स्रुवा, बाण को आहुति और मेरे क्रोध को अत्यन्त भयंकर अग्नि जान। मेरा प्रभाव तुझे मालूम नहीं है। इसी से तू ब्राह्मण के धोखे मेरा निरादर करके बोल रहा है। धनुष तोड़ डाला, इससे तेरा घमण्ड बहुत बढ़ गया है। ऐसा अहंकार है, मानो संसार को जीतकर खड़ा है।

राम : हे मुनि! सोच कर बोलिए! आपका क्रोध बहुत बड़ा है और मेरी भूल बहुत छोटी है। बोदा पुराना धनुष था, छूते ही टूट गया। फिर मैं किस कारण अभिमान करूँ। हे भृगुनाथ! यदि हम सचमुच ब्राह्मण कहकर आपका निरादर करते हैं तो फिर हमें यह बतलाओ कि फिर संसार में ऐसा कौन-सा योद्धा है

जिसके डर से हम अपना मस्तक नीचा कर लें। देवता, दैत्य, राजा या अन्य बहुत से योद्धा, वे चाहे बल में हमारे बराबर हों, चाहे अधिक बलवान हों, यदि रण में हमें कोई ललकारे तो हम उनसे खुशी से लड़ेंगे। चाहे काल भी क्यों न हो। क्षत्रिय का शरीर धारण करके जो युद्ध में डर गया, उस नीच ने अपने कुल पर कलंक लगा लिया। मैं स्वभाव से कहता हूँ, कुल की प्रशंसा करके नहीं कि रघुवंशी रण में काल से भी नहीं डरते। बस, ब्राह्मण वंश में ही ऐसी महिमा है कि जो आपसे डरता है वह निर्भय हो जाता है।

परशुराम : तो क्या यह वास्तव में तुम्हारा ही कसूर है?

राम : निस्सन्देह! आप जो दण्ड दें, मुझे मंजूर है।

परशुराम : मुझे सन्देह है कि यह धनुष तुमने उठाया है।

राम : तो आपने मेरे बल को कब आजमाया है।

परशुराम : हे राम! यह धनुष लो और इस पर चिल्ला चढ़ाकर दिखाओ जिससे मेरा सन्देह मिट जाए।

[राम का चिल्ला चढ़ाना]

परशुराम : (सहमकर) बस उतार लीजिए। मेरा इत्मिनान हो गया।

राम : मगर मेरा इत्मिनान तो नहीं हुआ।

परशुराम : तुम्हारा इत्मिनान कैसा?

राम : मेरा इत्मिनान ऐसा कि मेरा तीर जब कमान पर चढ़ जाता है तो बिना किसी की जान लिए वापिस नहीं आता।

परशुराम : तो यह किसी जान लेगा?

राम : यह आपकी जान लेगा, और किसकी!

परशुराम : ना महाराज! ऐसा न करना मैं मर जाऊँगा।

राम : यह तीर तो आपको ही सहना पड़ेगा लेकिन यकीन रखो दूसरा तीर नहीं चलाऊँगा।

परशुराम : मगर दूसरे की तो नौबत ही नहीं आएगी।

राम : क्या एक में ही जान निकल जाएगी।

परशुराम : वाह! जान निकलने की आपने अच्छी कही। आधी जान तो मेरी अब तक निकल चुकी।

लक्ष्मण : (ताने से) बस मिश्र जी हो चुके। जरा फरसा उठाओ तो। अपनी वीरता के जौहर तो दिखाओ।

परशुराम : लक्ष्मण जी! मुझे किसी तरह क्षमा दिलवाओ और मेरी जान बचाओ।

लक्ष्मण : तुम तो इतना उछलते थे।

परशुराम : मूर्खतावश मेरी जिह्वा से ऐसे शब्द निकलते थे।

लक्ष्मण : (लापरवाही से) मुझसे क्या कहते हो। मैं तो तुम्हारी नजरों से दूर हूँ, इसलिए किसी तरह की सिफारिश करने से मजबूर हूँ। मेरा बोलना तो नाहक विष घोलना है। श्री राम से आपकी बात है, और अब मामला उनके हाथ है। अब मेरा बोलना बिल्कुल बेकार है।

[राम से इशारा करना]

अब देखते क्या हो। तीर क्यों नहीं छोड़ते?

परशुराम : (हाथ जोड़कर) हे राम! मुझे जीवनदान दीजिए और मुझ पर अहसान कीजिए।

राम : शरण में आए हुए शत्रु पर वार करना क्षत्रिय का धर्म नहीं परन्तु आपको इस शर्त पर छोड़ता हूँ कि आगे से फिर कभी शस्त्र न उठाना और किसी क्षत्रिय से मुकाबला न करना।

परशुराम : (खुश होकर) मैं आपकी आज्ञा स्वीकार करता हूँ और इस बात का प्रण करता हूँ कि आगे से कभी शस्त्र को हाथ नहीं लगाऊँगा और इसी जगह से विन्ध्याचल पर्वत को चला जाऊँगा। आज से अपनी सारी जिन्दगी ईश्वर ध्यान में गुजारूँगा और सब पापों का प्रायश्चित करके सिर का बोझ उतारूँगा।

राम : अच्छा जाइए कृपा निधान।

परशुराम : धन्य हो! धन्य हो! दशरथ कुमार धन्य हो।

तुमने जग में रघुकुल दीपक रोशन करके दिखलाया है।
अभिमान, क्रोध मद को मन से भक्तों के शीघ्र मिटाया है।।

राम : **तुमने बल तेज ऋषि जन का संसार को ज्ञान कराया है।**
आनन्द सकल जग को तुमने निज धर्म के हित बिसराया है।।

परशुराम : **तुम जीव अपावन को स्वामी भव सिन्धु के पार लगाते हो।**
हो हितकारी तुम दीनों के और अशरण शरण कहाते हो।।

राम : तुम सदा ही अपनी वाणी में वेदों की महिमा गाते हो।
हो शिरोमणि तुम विप्रों में सत्कार जगत में पाते हो।।

परशुराम : ब्रह्मा तुमको ही गाते हैं शिव को आधार तुम्हारा है।
रज से उतरी गौतम नारी, गंगा चरणों की धारा है।।

राम : तुमसे जगत में भृगु के कुल का प्रभो,
उज्ज्वल आज सितारा है।
वे स्वर्गलोक पद पाते हैं जिनको आधार तुम्हारा हैं।।

[दोनों पर आकाश पुष्प वर्षा होना]

राजा जनक : (मन्त्री से) मन्त्री जी! परमात्मा की कृपा से आज हमारा प्रण पूरा हो गया है। अब इसी समय दूत को अयोध्या की तरफ रवाना कर दिया जाए, ताकि महाराज दशरथ को भी यह शुभ समाचार सुनने को मिल जाए।

मन्त्री : बहुत अच्छा महाराज!

जनक : (सर्व उपस्थित गणों से) स्वयंवर की शर्त पूरी हो चुकी है। अब आप लोग अपने-अपने राज्यों को लौट जाने का कष्ट करें।

सर्व उपस्थित गण : (ऊँचे स्वर में)

'बोलो सियापति रामचन्द्र की जय'

(कौशल्या का महल)

कौशल्या : स्वामी! राम और लक्ष्मण को गए इतने दिन हो गए, न मालूम कहाँ जाकर सो गए। मुझे उनके बगैर न दिन को चैन है, और न रात को आराम है। यहाँ तक कि खाना पीना भी हराम है।

दशरथ : प्रिय! तुम जानती हो कि राम-लक्ष्मण ब्रह्म ऋषि विश्वामित्र के साथ है। फिर दुख मनाने की क्या बात है। विश्वास रखो कि ऋषिराज के होते हुए तुम्हारे पुत्रों को कोई कष्ट नहीं हो सकता। वे सब प्रकार से समर्थ हैं।

कौशल्या : मैं कैसी माता हूँ कि पुत्र के विरह में जीवित रह रही हूँ।

दशरथ : प्रिय! इस प्रकार घबराने से काम नहीं चलेगा। सन्तोष करने से ही यह आपत्ति का समय टलेगा। तुम तो आप ही बुद्धिमान हो, सोचो और समझो।

गाना

तर्ज : **वो दिल कहाँ से लाऊँ, तेरी याद जो भुला दे**

इस शोक में प्यारी तुम्हें, सन्तोष होना चाहिए।
अपशगुन है इस तरह सुन, हर दम न रोना चाहिए।।
इस शोक.....

1. आँखों का जल, मन की अग्नि, शान्त कर सकता नहीं।
आँसू बहाकर रात दिन, मुखड़ा न धोना चाहिए।।
इस शोक.....

2. दुख मान लेने से कभी, दुख में कमी होती नहीं।
सन्तोष है दुख की दवा, इसको न खोना चाहिए।।
इस शोक.....

3. जिसने विरह की आग दी, ठण्डी करेगा बस वही।
भगवान के आगे बस कुशल, नम्र होना चाहिए।।
इस शोक.....

[सुमन्त का आना]

सुमन्त : महाराज मिथिलापुरी से एक दूत आपके नाम एक पत्र लेकर आया है।

दशरथ : अच्छा तो इसे पढ़कर सुनाओ।

[सुमन्त का पत्र को पढ़ना]

श्रीमान रघुकुल भूषण महाराज दशरथ प्रणाम! समाचार इस प्रकार है कि मैंने अपनी पुत्री सीता का स्वयंवर रचाया और न्योता भेजकर सब राजकुमारों को बुलाया। मेरा यह प्रण था कि जो वीर शम्भु चाप का चिल्ला चढ़ाएगा, वही सीता का पति कहलाएगा। सभी ने अपना-अपना जोर लगाया किन्तु चाप को कोई हिला भी नहीं पाया। इस पर मुझे बड़ी निराशा हुई और मैंने यह बात कह डाली कि संसार में क्षत्रियों की पामाली हो गई, पृथ्वी वीरों से खाली हो गई। इस पर आपके छोटे पुत्र लक्ष्मण को बड़ा क्रोध आया और उन्हें श्री राम ने समझाया। अन्त में गुरु जी की आज्ञा पाकर श्री राम ने धनुष उठाया और सब वीरों को दिखाकर चिल्ला चढ़ाया। अब राम

और सीता का शुभ विवाह रचाना है इसलिए आपको शीघ्र बारात समेत आने का निमन्त्रण दे रहा हूँ।

आपका सेवक
'राजा जनक'

दशरथ : भगवान! तुम बड़े दयावान हो। तुमने राम के शुभ विवाह का अवसर भी प्रदान कर दिया और हर प्रकार से मेरा कल्याण कर दिया।

(सारे महल में खुशी छा जाना)

[बारात सजाकर दशरथ मिथिला पुरी के लिए रवाना]

(जनक द्वारा स्वागत करना)

विश्वामित्र से भेंट

दशरथ : ऋषिराज! प्रणाम।

विश्वामित्र: आयुष्मान हो राजन।

(राम-लक्ष्मण का राजा दशरथ को प्रणाम करना)

विश्वामित्र: (राम-लक्ष्मण को आगे करके) राजन् लीजिए! आपके दोनों नेत्रों के तारे उपस्थित हैं। इनको गले लगाइए और विवाह का प्रबन्ध कीजिए। और मुझे अब आज्ञा दीजिए।

दशरथ : वाह-वाह ऋषिराज! आपने जाने का खूब अवसर निकाला हैं। अभी तक तो मैंने अपनी अमानत को भी नहीं सम्भाला हैं। अगर आपने यूँ ही जाना था तो मुझे काहे को बुलाया था। इस यज्ञ के आप ही जिम्मेवार हैं। हम तो केवल पहरेदार हैं।

विश्वामित्र: राजन्! आपका कहना मैं स्वीकार करता हूँ। और विवाह सम्पन्न होने तक ठहरने का इकरार करता हूँ।

(अग्निहोत्र और फेरों का दृश्य)

राज पुरोहित : आज का सकल समाज भगवान से प्रार्थना करता है कि वर-वधू आनन्द से जीवन बिताएँ; संसार की बाधाएँ इनके मार्ग में न आएँ। दोनों सदैव अनुरागी हों विश्व में यश और कीर्ति के भागी हों! बोलो मंगल करण सच्चिदानन्द भगवान की जय सबका जय घोष करना।

(सीता जी की विदाई)

गाना : सीता जी (जनक के गले लगकर) बहरे तवील

ऐ पिता जी तुम्हारी दुलारी सुता,
　　　　आज रो रो के तुम से जुदा हो रही।
आओ मिल लो ऐ मेरे प्यारे पिता,
　　　　आज सीता यहाँ से विदा हो रही।

1. इस प्रकार चन्द घंटों की मेहमान हूँ, हर तरफ देखती हूँ परेशान हूँ।
   पेश चलती नहीं कोई हैरान हूँ, आज किस्मत को अपनी खड़ी रो रही।।....
2. आज सबने ही दिल से बिसारा मुझे, कोई आता नजर न सहारा मुझे।
   बेगुनाह किसलिये आज मारा मुझे, जान रो-रो के बेटी तेरी खो रही।।....
3. हर तरफ जिसकी दिल जोई मंजूर थी, तेरी आँखों का जो ऐ पिता नूर थी।
   जो नजर से न होती कभी दूर थी, आज तुमको न उसकी जरा मोह रही।.....
4. हाय यह घर मुझे अब बेगाना हुआ,
   　　　　आबोदाना यहाँ से रवाना हुआ।
   बैरी 'यशवन्त सिंह' सब जमाना हुआ, मेरी किस्मत न जाने कहाँ सो गई।

राजा जनक का गाना (फिल्मः बाबुल की....)

बाबुल की दुआएँ लेती जा-जा तुझको सुखी संसार मिले।
माईके की कभी न याद आवे-ससुराल में इतना प्यार मिले।
　　　　　　　　　　　　　　　　बाबुल की....

1. नाजो से तुझे पाला मैंने, कलियों की तरह फूलों की तरह।
   बचपन में झुलाया है तुझको, बाँहों ने मेरी झूलों की तरह।।
   मेरे बाग की ऐ नाजुक डाली, तुझे हर पल नई बहार मिले।
2. जिस घर से बंधे हैं भाग्य तेरे उस घर में सदा तेरा राज रहे।
   होंठों पे हँसी की धूप खिले माथे पे खुशी का ताज रहे।।
   कभी जिसकी ज्योत न हो फीकी तुझे ऐसा रूप श्रृंगार मिले।

3. बीते तेरे जीवन की घड़ियाँ, आराम की ठण्डी छाँव में।
काँटा भी न चुभने पाए कभी, मेरी लाड़ली तेरे पाँव में।।
उस दीवार से भी दुख दूर रहे जिस दीवार से तेरी दीवार मिले।

प्रजा का गाना

महलों का राजा मिला कि रानी बेटी राज करेगी।
खुशी खुशी कर दो विदा, कि रानी बेटी राज करेगी।

1. गलियों गलियों धूम मचेगी काँधे काँधे डोली चलेगी।
डोली में डोलेगा जिया कि रानी.....

सीता जी की माता का गाना (बहरे तवील)

मेरी बेटी न ज्यादा रूला अब मुझे,
मेरी आँखों का पानी खत्म हो गया।
तेरा सुनके रुदन ऐ मेरी लाडली,
आज मेरा कलेजा भस्म हो गया।

2. बेटी तो है धन ही पराया
पास अपने कोई कब रख पाया। भारी करना न अपना जिया कि.....

1. क्या करूँ मेरी बेटी मैं मजबूर हूँ हर तरफ से मैं शर्मसार हूँ।
हो गई आज तेरी गुनहगार हूँ, हाय मुझको भी ऐसा भरम हो गया।.....

2. किस तरह चीर कर दिल दिखाऊँ तुझे, किस तरह हाल अपना बताऊँ तुझे।
मेरी बेटी ये निश्चय दिलाऊँ तुझे, आज आराम मुझ पै कसम हो गया।.....

3. मेरी आँखों का सीता तू नूर है, कब जुदाई मुझे तेरी मंजूर है।
क्या करूँ सारी दुनिया का दस्तूर है, क्या मेरे से अनोखा सितम हो गया।.....

4. दुख सुख अपना किसे अब सुनाऊँगी मैं, बेटी कहकर किसे अब बुलाऊँगी मैं।
भेद दिल का किसे अब बताऊँगी मैं, एक हाथ आज मेरा कलम हो गया।.....

5. रख तसल्ली, न ज्यादा मुझे अब रुला, मैं तुझे बहुत जल्दी ही लूँगी बुला।
देखकर रंजोगम में तुझे मुबतिला, मुझे मुश्किल उठाना कदम हो गया।....

पंडित सत्यानन्द : (जनक से) राजन! अब बहुत देर हो रही है, इधर सीता भी आपको देख-देखकर रो रही है। इसलिए अब अधिक विलम्ब न कीजिए और बारात को आगे बढ़ाने दीजिए।

जनक : (दशरथ के आगे हाथ जोड़कर भड़भड़ाई आवाज से) महाराज! सीता बिल्कुल नादान है। यदि आपकी इच्छा के विरुद्ध कोई कार्य कर बैठे तो क्षमा कर देना और किसी प्रकार का विचार दिल में न लाना, आखिर बच्चा है समझते-समझते समझ जाएगी।

दशरथ : (जनक का हाथ पकड़कर) सीता के बारे में आप किसी प्रकार का ख्याल न करें और बिल्कुल मलाल न करें। जहाँ राम दिल का सरूर है, वहीं सीता आँखों का नूर है। सीता पहले और राम पीछे।

(सभी की भावपूर्ण विदाई)

[अयोध्या पहुँचना]

[राजा दशरथ सुमन्त ओर गुरु वशिष्ठ सहित बैठे है]

दशरथ : गुरु जी! आज जब मैंने खुद को दर्पण में देखा तो पाया कि मेरे बाल काफी सफेद हो गए हैं। ये जवानी के अन्त और बुढ़ापे के आगमन का संदेश है।

अन्त होना चाहते हैं अब मेरे जीवन के दिन।
कह रहा है मुझसे बुढ़ापा काल की धड़ियों को गिन।।
बुझ गया दीपक तो फिर होगी कहाँ से रोशनी।
क्या भरोसा स्वप्न जैसी है जगत की जिन्दगी।।

मानव जीवन क्षणमात्र का है, ढलती हुई छाया है, नदी के किनारे का वृक्ष है, जो न जाने जल का वेग आ जाने से कब गिर पड़े। (रेत की दीवार है, कौन कह सकता है कि भूचाल की टक्कर से कब उखड़ पड़े।)

इक झकोला है पवन का बुलबुला जल धार का।
टिमटिमाता सा दिया है, जीव इस संसार का।।
काल की गोदी में जो कुछ दिन जिया तो क्या हुआ।
रह गया तो बात क्या और चल दिया तो क्या हुआ।।

वशिष्ठ जी : राजन! आज विचारों की उलझनों में क्यों पड़ रहे हो। सब प्रकार से सुख शान्ति होते हुए भी इतनी निराशाजनक बातें किसलिए कर रहे हो।

दशरथ : गुरु जी! मैं सोच रहा हूँ कि—

गाना (बतर्ज कव्वाली)

मुझे अब राज से करना किनारा ही मुनासिब है।
जो है इरशाद वेदों का विचारा ही मुनासिब है।।

1. करूँ मैं याद ईश्वर की यही वेदों की आज्ञा है।
यह बाकी जिन्दगी अब यों गुजारा ही मुनासिब है।
2. उमर के चार हिस्सों में कदम चौथे है मेरा,
मुझे अब इन झमेलों को बिसारा ही मुनासिब है।
3. कुँवर चारों जवाँ हैं हर तरफ लायक व फायक है,
यह सारा बोझ उनके सिर पै डारा ही मुनासिब है।
4. मगर मेरी समझ में रामचन्द्र को फजीलत है,
यह शाही ताज उनके सिर पै धारा ही मुनासिब है।
5. वह चारों में बड़ा है, इसलिए भी हक है उसका ही,
जो हो हकदार, हक उसका न मारा ही मुनासिब है।
6. और तो सब फरायज से सुबक दोष हो गया हूँ मैं,
मगर ये फर्ज भी सिर से उतारा ही मुनासिब है।
7. कहो मेरे वजीरो! क्या तुम्हारी राय है इसमें,
तुम्हें भी तो जबाँ से कुछ उचारा ही मुनासिब है।
8. बुला लो राम चन्द्र को जरा तुम पास अब मेरे,
वहाँ 'यशवन्त सिंह' जाना तुम्हारा ही मुनासिब है।

उपस्थित गण! जिस अभिप्राय के लिए यह दरबार लगाया है और आप लोगों को विशेषत: बुलाया है, मैं आप सभी के सामने अपने दिल की बात कहूँ। मैंने आज तक अपने तन मन

और धन से प्रजा की सेवा की है। जो कुछ मैंने किया है, वह मेरा कर्तव्य है। आप और उन्नति करें। इन सब के लिए किसी पर कोई अहसान नहीं है। यह सब ईश्वर की कृपा से हुआ है।

अब मेरी चौथी और अन्तिम अवस्था आ गई और आप जानते हैं कि वेदों और शास्त्रों की इस बारे में क्या व्यवस्था है। प्रत्येक जीव को इस संसार से जाना है। यूँ तो तृष्णाएँ किसी की भी पूरी नहीं होतीं लेकिन मुझे उस परमात्मा ने सभी कुछ दिया है। अब मैं अपनी इच्छा जिसको पूर्ण किए चाहता हूँ यानि अब राज्य भी अपने उत्तराधिकारी को देना चाहता हूँ। हमारी संमति में रामचन्द्र को युवराज बनाया जाए। वह योग्य और चारों भाइयों में सबसे बड़ा है। यदि किसी दरबारी को मेरे निर्णय से सहमति न हो तो उसे अपने विचार निर्भय होकर बताने चाहिए।

सुमन्त : ऐसे पवित्र कार्य में विलंब न कीजिए। कोई शुभमुहुर्त देखकर इसकी घोषणा कर दीजिए।

वशिष्ठ जी : (विचार कर) वह विचार बड़ा ही सुन्दर है। सारी प्रजा आपसे सहमत है। इसके लिए कल का दिन ही उत्तम है। इसलिए तीर्थों का जल मंगवाओ और फल, फूल, चन्दन, केशर आदि एकत्र कराओ।

दशरथ : (मन्त्री से) आप शीघ्र ही सारा प्रबन्ध करा दो। राजमहल और दरबारों को सजवा दो। नगर में मुनादी करवा दो कि सारी प्रजा आनन्द मंगल गाए और अपने-अपने घरों को सजाए। प्रत्येक घर में दीपावली की जाए। ब्राह्मणों और भिखारियों को दान दिया जाए।

सुमन्त : जैसी आज्ञा महाराज!

(राम के राजतिलक की घोषणा)

चौथा दिन

राम वनवास

पात्र

1. राम-सीता जी
2. लक्ष्मण
3. दशरथ
4. मन्त्री सुमन्त
5. मन्थरा
6. कैकेयी
7. कौशल्या
8. सुमित्रा
9. वशिष्ठ
10. नगरवासी
11. राजा गुह
12. केवट
13. ऋषि बाल्मीकि
14. मुनादी वाला

[राम को राजतिलक होते देखकर देवताओं में बैचेनी और सरस्वती से विनती]

देवता : हे माता सरस्वती! तुम देख रही हो कि अयोध्या में आनन्द मंगल गाए जा रहे हैं। राम के राजतिलक के उत्सव मनाए जा रहे हैं। किन्तु यह मंगल हमारे अमंगल का कारण है। राम का राजतिलक, हमारे शोक का आगमन है, यदि राम राज-काज में फँस जाएँगे तो दुष्ट राक्षस और भी उत्पात मचाएँगे और साधु महात्माओं को दिन काटने दुर्लभ हो जाएँगे।

सरस्वती : (स्वयं) बड़ा ही टेढ़ा प्रश्न है! अब इस समस्या का सुलझना असम्भव है।

देवता : हे माता! संकोच को छोड़कर शीघ्र ही कोई ऐसा उपाय करो जिसमे राम राज्य को छोड़कर वनों में चले जाएँ और राक्षसों को मारकर सन्तों का कष्ट मिटाएँ।

सरस्वती : क्या करूँ, क्या न करूँ? यदि राम बन को जाएँगे तो सारे अयोध्यावासी पाले की मारी हुई लता के समान मुरझा जाएँगे। और यदि राम को राजमुकुट पहनाया जाएगा तो ऋषि समाज महान कष्ट पाएगा।

देवता : माता सरस्वती! तुम इसका संकोच न करो; राम को न राज्य में सुख है और न वनवास में दुख। प्रजावासी अपने मोह के लिए ही दुख पाते हैं। नहीं तो भगवान किसी के बन्धन में आते हैं। उनको तो संसार की शान्ति में शान्ति हैं।

सरस्वती : अच्छा तो इसका कोई सहज उपाय बताओ।

देवता : हे माता! तुम कैकई की दासी मन्थरा के कण्ठ में बैठ जाओ जिससे वह कैकई को उल्टे मार्ग पर चलने के लिए विवश करे, यदि कैकई पर यह जादू चल जाएगा तो हमारा काम अवश्य बन जाएगा।

सरस्वती : हाँ! ठीक विचार है, मैं इसी समय जाती हूँ और अपनी माया का जाल फैलाती हूँ। निस्सन्देह इसी में लोक कल्याण है।

[सरस्वती का जाना, पर्दा गिरना]

मनादी वाला : राजा दशरथ की आज्ञा है सुन लो करके ध्यान।

सब अपने घर बार सजाओ, गाओ मंगल गान।
कल को राम बनेंगे राजा यह शुभ अवसर आया, मुनिराज ने सोच-समझकर यही लग्न बताया।

[मन्थरा का नगर की शोभा देखते हुए आना]

मन्थरा : क्यों भाई! आज क्या उत्सव है? नगर को क्यों सजाया जा रहा है?

नगरवासी : मन्थरा! सुनो कल राम का राजतिलक होने वाला है। इसलिए नगर को सजाया गया है।

मन्थरा : हूँ! यह बात है।

[गम्भीर विचार करती हुई कैकई के पास जाना]

कैकई : दासी! आज तो तूने बड़ी देर लगाई। सच बता, नगर से क्या-क्या समाचार लाई है।

[मन्थरा चुप रहती है और लम्बे-लम्बे साँस भरती है]

कैकई : मन्थरा! आज तो तेरा मन कुछ उदास सा प्रतीत होता है।

[मन्थरा फिर भी चुप रहती है]

कैकई : अरी चंचला! आज तेरी फर-फर चलने वाली जुबान को क्या हो गया? क्या तुझे साँप सूंघ गया?

[मन्थरा का फिर भी चुप रहना]

कैकई : अरी कुछ तो बतला! आखिर क्या बात है? राम, लक्ष्मण, भरत और शत्रुघ्न तो कुशल से है? राजदरबार में तो शान्ति है। आज तू मौन क्यों हो रही है।

मन्थरा : मौन न रहूँ तो क्या करूँ रानी जी? तुम्हारे सर्वनाश को देखकर मेरे मन को बड़ा दुख होता है। आज तुमने नगरी की शोभा नहीं देखी है। क्या तुम्हें घर-घर में बधाई नहीं सुनाई पड़ रही है। अफसोस!

कमर बाँधी है राजा ने तुम्हारे ही मिटाने पर।
खुलेगा भेद सारा कुछ समय बीत जाने पर॥

कैकई : क्यों! ऐसा क्या समाचार है?

मन्थरा : क्या तुम्हें मालूम नहीं कि कल राम को राजा बनाया जा रहा है?

कैकई : (खुश होकर) राजा! मन्थरा क्या तू सच कह रही है? क्या वास्तव में कल राम को सिंहासन पर बैठाया जाएगा?

मन्थरा : हाँ, बिल्कुल सच कहती हूँ।

कैकई : तब तो बड़ी प्रसन्नता की बात है। सचमुच मेरी आशाओं का कमल खिलने वाला है, मन्थरा! याद रख कि तुझे भी भरपूर पुरस्कार मिलने वाला है। (हार देकर) ले यह ले हार! सम्भाल, और फिर दूँगी। तुझे तो बधाई देनी चाहिए थी।

मन्थरा : बधाई तो जिनके लिए है, उन्हीं के लिए है। तुम्हारा अधिकार तो देखते आँखों मिटाया जा रहा है जो भरत को ननिहाल भेज कर राम को सिंहासन पर बिठाया जा रहा है। हाय! हाय!

लुट रहा है घर तेरा और तू हुई है बेखबर।
क्या यों ही बैठेगी तू आँखों पे पट्टी बाँध कर॥

कैकई : अरी निर्भाग! तू क्या बोलने लगी? ऐसे अवसर पर तो तुझे आनन्द मंगल गाना चाहिए। भारी उत्सव मनाना चाहिए।

मन्थरा : जब तक तुम्हें अपने हित-अनहित की पहचान नहीं, तभी तक ऐसी बातें सुनाती हो। जब तक आगा-पीछा नहीं देख सकती, तभी तक मन्थरा को दोष लगाती हो। रानी! मैंने संसार देखा है, मुझे दुनिया के हर ऊँच-नीच का अनुभव है। मैं इस बधाई का रहस्य जानती हूँ मुझे राम के राजतिलक में कोई गहरा भेद दिखाई दे रहा है।

क्या खबर तुमको छिपा है क्या सुनहरी झोल में।
देख लेंगी आप खुद क्या है ढोल की इस पोल में॥

कैकई : चुप पापिन! यदि घर में भेद डालने वाली बातें कहेंगी तो तेरी जिह्वा तालू से निकलवा दूँगी। यदि राम को दोष लगाएगी तो तुझे जीते जी अग्नि में जलवा दूँगी।

खुशी हो राम की तो राजधन, दरबार और घर वारूँ।
भरत जैसे हजारों लाल अपने राम पर मैं वारूँ॥

मन्थरा : क्यों न हो! जब किसी की अशुभ घड़ी आती है तो उसकी बुद्धि ऐसी ही हो जाती है। मैं तुम्हारे हित की कहती हूँ और तुम मुझे पापिन बताती हो। मैं तुम्हारा अगत बताती हूँ और तुम मुझे गालियाँ

सुनाती हो। लो जाने दो, मुझे तो कुछ मिलने से रहा। मैं तो दासी की दासी ही रहूँगी। फिर तुम जानो और तुम्हारा काम।

गाना

तर्ज : **पीलो जिला ढेला ताल तलवाड़ा जाओ महलों में महाराज.....**

कल को हो जाए मालूम आज की रात गुजर जाने दें।
आज की.....2

1. बेशक तेरा दिल है पाक, अपना समझ उसे तू लाख,
मेरी कटवा दीजो नाक, तुम को जो पास अगर आने दे।
कल को.....
2. रानी तू है भोली भाली, अपने हुस्न पर मतवाली,
तू तो रह गई बिल्कुल खाली सो रही बाँह सिरहाने दे।
कल को.....
3. जब तक नहीं था कुछ अख्तयार, तब तक था फरमाबर्दार,
जिस दिन होगा खुद मुख्त्यार, तुझे जो रोटी भी खाने दे।
कल को.....
4. उड़ाना तुम महलों में काग, फूटें उधर भरत के भाग,
अब तो अपनी जिद को त्याग, उसको मत पर फैलाने दे।
कल को.....
5. रानी नहीं बात ये फर्जी, मेरी इसमें क्या खुदगर्जी,
अब भी मान ले मेरी अर्जी, अपनी हठधर्मी जाने दे।
कल को.....
6. अब भी कर ले कोई इलाज, लेकिन मत जाने दे राज,
कुछ जिद अगर करे महाराज, बेशक मरे तो मर जाने दे।
कल को.....

कैकई : मन्थरा! आज तो तू कुछ अनोखी बातें कर रही है। मेरी समझ में तेरा तात्पर्य बिल्कुल नहीं आया।

मन्थरा : आ जाएगा! जब तू रानी से दासी बन जाएगी तब सारा तात्पर्य समझ में आ जाएगा। भोली रानी! आप राजा को क्या समझती हैं? तेरे साथ घोर अन्याय होने वाला हैं। राजा ने एक भारी षड्यंत्र रच डाला है।

कैकई : अरी मन्थरा! अब तो तू यहाँ तक बढ़ने लगी कि राम के साथ महाराज पर भी सन्देह करने लगी। सच बता आज तूने कैसा जाल फैलाने का निश्चय किया है। अरी मूर्ख! क्या बुद्धि को बिल्कुल ही बेच डाला है।

गाना सम्मलित (कैकई-मन्थरा) लावनी

कैकई : कुब्जा!! कुटनी! पापिन! क्यों घर में आग लगाती है।
क्यों सूरज पर मिट्टी डाले? अमृत में जहर मिलाती है।।
दुष्टा! इतना तो समझ जरा, किस कुल का भोजन खाती है।
उस कुल को ही ऐ दुर्भागिन! तू नष्ट कराना चाहती है।।

मन्थरा : भोली रानी नादान न बन, बातों पे मेरी कान लगा।
अग्नि के अन्दर पाँव न रख, छाती में अपनी न बाण लगा।।
दुश्मन हो अपनी चालों में, अफसोस तुझे फिर होश न हो।
यह प्यार नहीं है धोखा है, रानी! रानी! मदहोश न हो।।

कैकई : क्या कहती है निर्लज्ज बता, महाराज को मन से प्यारी हूँ।
उनके कारण ही सुख वैभव और राज भोग अधिकारी हूँ।
जिस राम को दोष लगाती है वह इन नैनों का तारा है।
इक जान है वह सौ जानों की, प्राणों से मुझको प्यारा है।।

मन्थरा : अच्छा जो प्यारा है तो सही, प्यारे का अपने प्यार भी देख।
यह तेल जो तूने देखा है, रानी अब इसकी धार भी देख।
बस मैं तो इतना कहती हूँ फिर मुझको दोष नहीं देना।
बूढ़ी मन्थरा निर्दोष हुई अब करना हो सो कर लेना।।

कैकई : दासी! कैसी बातें कहती कुछ समझ नहीं कुछ ज्ञान नहीं,
वन में बैठी ऐसी मूर्ख तू क्यों? अनहित-हित की पहचान नहीं,
पति पुत्र से ही जब प्रेम नहीं तो फिर जग में क्या रखा है,
उनके सुख में नारी का सुख, उनके दम से ही दुनिया है।

मन्थरा : हाँ दुनिया है, यह दुनिया है, यह स्वार्थ की सारी दुनिया है।
है स्वार्थ के भाई, पुत्र-पति सबके मन स्वार्थ की माया है।।
जो स्वामी नहीं तो कुछ भी नहीं सारी ममता मुँह देखी है।
इस स्वार्थ की अन्धी दुनिया में क्यों स्वार्थहीन तू बैठी है।।

कैकई : अच्छा मन्थरा! आगे को आ! बतला इसमें क्या हानि है?
जो भरत है सोई राम भी है, दोनों में कौन लासानी है।।

इक आँख की दोनों पुतली हैं, एक दिल की दोनों आशा है।
इक घर के दीपक है दोनों, एक वृक्ष की दोनों शाखा हैं।।

मन्थरा : रानी जो होनी है होगी, होनी होकर टल जाएगी,
लेकिन तू मेरी बातों पर सिर पीट पीट पछताएगी।
यह राम जो तेरा प्यारा है और कुशल लाड़ला बेटा है,
वो ही तुझको गाली देगा जो तुमको माता कहता है।

कैकई : हाँ मन्थरा! यह बात तो कुछ मन को लगती है। स्वार्थ के वश होकर यह दुनिया नित नए रंग बदलती है।

मन्थरा : यही तो मेरा तात्पर्य है। राज्य मिलने से पहले जो राम की दशा है। वह बाद में कदापि न रहेगी। देख लेना, तू सम्मान के बदले अपमान का कष्ट सहेगी।

कैकई : परन्तु इसमें महाराज का क्या धोखा है?

मन्थरा : यदि धोखा नहीं तो भरत की अनुपस्थिति में ही राम को राजा क्यों बनाया जा रहा है। ऐसे महान कार्य के लिए कल का दिन ही क्यों नियत किया जा रहा है?

कैकई : हाँ ठीक है! किन्तु इस समस्या को सुलझाना भी तो आसान नहीं।

गाना

तर्ज : इकली घेर लई मधुबन में.....
बाँदी बता कोई तदबीर, अब मैं कैसे यत्न बनाऊँ।
कैसे यत्न.....

1. मुझको नहीं था बिल्कुल ख्याल, बेशक, हो जाती पायमाल,
तूने कर दिया नमक हलाल, तेरा नहीं अहसान भुलाऊँ।
बाँदी बता.....

2. गर तू नहीं कराती याद, मैं तो हो जाती बर्बाद,
तेरी हमदर्दी की दाद देती हुई सदा गुण गाऊँ।
बाँदी बता.....

3. हो जाती सारी उमर खराब, हो गया था बरबाद शबाब!
क्या-क्या सहती कष्ट अजाब, अब भी सम्भली शुक्र मनाऊँ।
बाँदी बता.....

4. यह भी खैर हुई ऐ प्यारी, हो गई खबर वक्त पे सारी।
तूने खूब करी होशियारी, ले ये हार तुझे पहनाऊँ।
बाँदी बता.....

5. लेकिन इतना और बता दे, करना बहाना कुछ सिखला दे।
ऐसी कोई नेक सलाह दे, जिससे कामयाब हो जाऊँ।
बाँदी बता.....

6. गर ये मेरा बन गया काम, तुझको दूँगी खूब इनाम,
बैठी पलंग पर कर आराम, तुझसे कुछ काम नहीं कराऊँ।
बाँदी बता.....

7. तेरी सच्ची जान निसार, जिस दिन भरत हुआ मुख्तयार,
सबकी करूँ तुझे सरदार, भरत के सिर की सौगन्ध खाऊँ।
बाँदी बता.....

मन्थरा का गाना

तर्ज : पहले जैसी

इसका फिक्र करो ना भूल, ऐसी युक्ति बतला दूँगी।

1. जब तक जीवित ताबेदार, तुम क्यों फिक्र करो सरकार,
तुम पर कर दूँ जान निसार, ऐसे फन्दे फैला दूँगी।
इसका.....

2. रहता काम यही दिन रात, यह तो मामूली सी बात,
देखो अब बाँदी के हाथ, सब कुछ करना सिखला दूँगी।
इसका.....

3. ऐसा आया याद बहाना, कुछ भी पड़े न जोर लगाना,
जो कुछ कहूँ सो करती जाना, बल्कि करके दिखला दूँगी।
इसका.....

4. ले अब इधर को कर ले ध्यान, सुन ले खोल के अपने कान,
कर ले बस इतना सामान, बाकी मैं खुद बतला दूँगी।
इसका.....

5. राजा देख तेरा ये हाल, मुझसे पूछेंगे, तत्काल,
फिर मैं लूँगी आप सँभाल, बातों में ही फुसला दूँगी।
इसका.....

मन्थरा : (कान में समझाना) रानी जी! है न आसान

कैकई : जरा जल्दी बता। जो तू कहेगी मैं वही करूँगी।

मन्थरा : अच्छा तो सुन! जिस समय राजा इन्द्र की ओर से शम्बरासुर के साथ युद्ध करने गए थे तो रथ का पहिया टूट जाने पर तुमने अपने हाथों का सहारा देकर महाराज की रक्षा की थी और उन्होंने तुम्हें दो वरदान देने की जबान दी थी।

कैकई : हाँ ठीक है! वह सारा संवाद मुझे याद है।

मन्थरा : तो बस, आज अपने उन्हीं वरदानों को माँग लो। एक में भरत को राज्य और दूसरे में राम को चौदह वर्ष का वनवास।

कैकई : किन्तु राम को वनवास भेजने से क्या लाभ है?

मन्थरा : रानी! तू बहुत भोली है। ये राजनीति की बात है। इसमें बड़ी सावधानी से काम करना चाहिए। ऐसा न हो कि राम यहाँ रहे और भरत के राज्य में विघ्न डाले।

कैकई : हाँ! यह भी ठीक है।

मन्थरा : परन्तु इतना ध्यान रखना कि राजा की चिकनी चुपड़ी बातों में न आना इन वरदानों को छोड़कर किसी और बात पर न रीझ जाना।

कैकई : नहीं! कदापि नहीं।

जान से जाऊँ मगर छोड़ूँ नहीं इक बार हठ।
देख लेना किस तरह से होगी पूर्ण नार हठ॥

मन्थरा : बस तो फिर तेरी जीत है।

कैकई : अच्छा अब मैं कोप भवन में जाती हूँ और त्रियाचरित्र का जाल फैलाती हूँ। हथेली पर सरसों जमाती हूँ।

(जाना)

[कोप भवन]

(कैकई काले वस्त्रों में पड़ी हैं, राजा दशरथ आते हैं।)

दशरथ : (आश्चर्य से) हैं! यह कौन है! मैले वस्त्र पहने! आभूषण बिखराए, बाल बखेरे किस दशा में लौलिन है? ओह परमात्मा! यह कोप भवन में जाने का कौन-सा दिन है? (कैकई को देखकर) ओह प्यारी तुम हो। बतलाओ, इस शोक जनक अवस्था का कारण। इस दुखमय दशा की वजह?

गाना (बतर्ज : कव्वाली)

यह क्या कारण है महलों में बिछा है फर्श मातम का।
मेरी प्यारी बताओ तो, है क्या बाइस तेरे गम का।।

1. पड़ी मुँह सिर लपेटे ले रही हो साँस क्यों ठण्डे।
पता लगता नहीं मुझको तेरी इस चश्म पुरनम का।
यह.....

2. सताया जिस किसी ने नाम उसका तू बता मुझको।
मेरा खंजर बता तो आज किस कम्बख्त पर चमका।
यह.....

3. किसी ने बात कोई नामुनासिब हो कही तुम से,
करूँ तन से जुदा सिर आज ही मैं ऐसे जालिम का।
यह.....

4. इशारा तुम करो मुझको, बशर तो चीज ही क्या है।
अभी 'यशवन्त सिंह' तख्ता पलट दूँ सारे आलम का।
यह.....

[कैकई चुप रहती है]

दशरथ : रानी क्या तुम्हें ज्ञात नहीं कि कल सुबह राम को राजतिलक होने वाला है। घर-घर में बधाई गाई जा रही है। नगर की शोभा बढ़ाई जा रही है। फिर तुम मंगल में अमंगल क्यों मना रही हो। ऐसे अवसर पर यह दशा? क्यों?

[कैकई फिर भी शान्त रहती है]

दशरथ : हे प्यारी! बोलती क्यों नहीं? क्या तुम नहीं जानती कि मेरे प्राण, मेरा धन, मेरा कुटुम्ब सब तुम्हारे ऊपर बलिहार है, फिर स्पष्ट बताओ कि क्या स्वीकार है।

गाना (बहरे तबील)

क्या मुसीबत पड़ी तुम पै ए प्रिया जी,
हाल क्या है मुझको सुना तो सही।
मैं सिरहाने खड़ा हूँ बड़ी देर से, जरा गर्दन को ऊपर उठा तो सही।

1. मेरी प्यारी तुम्हारी दशा क्या हुई, होश अपने ठिकाने पे ला तो सही।

छोड़ कर अर्श को क्यों पड़ी फर्श पर, पास मेरे ऐ प्यारी तू आ तो सही।।.....

2. क्या सताया दुखाया किसी ने तुझे, नाम उसका मुझे भी बता तो सही।
करूँ टुकड़े अभी चैन आए तभी, तू जबाँ को जरा सा हिला तो सही।।.....

3. हो गया आन की आन में रोग क्या, नब्ज अपनी मुझे तू दिखा तो सही।
आ उठाऊँ पलंग पर बिठाऊँ तुझे, हाथ अपना इधर को बढ़ा तो सही।.....

4. हो गई नाराज मुझसे क्यों इस कदर, जरा मुँह पर से आँचल उठा तो सही।
जो कहो सो करूँ तेरी विपदा हरूँ, बात को पर ठिकाने लगा तो सही।।.....

5. रोग हो तो बुलाऊँ अभी वैद्य को, कोई निश्चय मुझे भी दिला तो सही।
भेज देता हूँ 'यशवन्त सिंह को अभी, टुक तबियत को अपनी टिका तो सही।।.....

कैकई का गाना (बहरे तबील)

मुझे नसीबों जली की न पूछो व्यथा,
जाओ आनन्द अपना मनाओ बलम।
ना जीऊँ ना मरूँ यों ही आहें भरूँ, दोष किस पे धरूँ मेरे फूटे करम।

1. कर दिया मुझको बर्बाद बस आपने, मेरे जीने का न कुछ रहा है धरम।
आज रानी से बाँदी हुई कैकई, कौन पूछे भला मेरे दिल का मरम।।.....

2. दे दिया राम को राज आज आपने, भरत को कर दिया बेनवा एक दम।
क्या नहीं भरत बेटा रहा आपका, ऐसा करते हुए भी न आई शरम।।....

3. मेरी मौजूदगी में मेरे भरत का, कर दिया आपने बेखता सिर कलम।
वह भी आखिर किसी का है लख्तेजिगर, हाय ऐसा जुल्म हाय ऐसा जुल्म।।
4. भरत मारा फिरे दर बदर इस तरह, रामचन्द्र बने राज का मुन्तजिम।
किस तरह से यह देखूँ मैं 'यशवन्त सिंह' हा सितम! हा सितम! हा सितम! हा सितम।

दशरथ : प्राण प्रिय! यह आपका कैसा विचित्र वार्तालाप है! मेरी समझ में अब तक कुछ नहीं आया। तुम स्पष्ट शब्दों में अपने दुख का कारण बताओ। मैं कहता हूँ कि मैं तेरे लिए सब कुछ करने के लिए तैयार हूँ।

कैकेयी : **क्या कहूँ, कैसे कहूँ, कहने से क्या परिणाम है।**
है सरल सुनना, मगर करना कठिन सा काम है।।

दशरथ : क्या कहा? कठिन काम है! प्यारी! क्या तुम्हारा कहा करना मेरे लिए कठिन काम है?
क्या है संसार में जो तुमसे अधिक प्यारा हो।
प्राण भी बलिदान कर दूँ यदि तेरा इशारा हो।।

कैकेयी : हाँ! दिखाने की बात पर तो सभी अकड़ जाते हैं। आकाश-पाताल एक बार दिखाते हैं, परन्तु समय पड़ने पर पीछे हटते नजर आते हैं।
बड़ा अन्तर है राजन बात कहने और करने में।
यह कह देते हैं मरता हूँ, मगर मुश्किल है मरने में।।

दशरथ : अच्छा! तो आज क्या मैं मिथ्याभाषी भी हो गया? रानी तुम क्या कहने लगीं? क्या अपने वचनों से फिर कर माथे पर कलंक का टीका लगाऊँगा। झूठ बोलकर रघुकुल की मर्यादा को मिटाऊँगा। रानी ऐसे कटु वचन कहकर मेरे मन को आघात न पहुँचाओ। रानी सुनो! बाणों से बिंधा हुआ तथा फरसे से काटा हुआ वन भी अंकुरित हो जाता हैं, किन्तु कटु वचन कहकर वाणी से किया हुआ घाव नहीं भरता।

सुनी जाती नहीं प्यारी! ये मुझसे सिसकियाँ तेरी।
वही करने को हूँ तैयार जो कह दे जुबाँ तेरी।।

मेरी प्यारी रानी! क्या तबियत खराब है? तो अभी राजवैद्य को बुलाता हूँ। तुम हुक्म तो करो। कहो तो देवराज इन्द्र के पास जाकर स्वर्ग से संजीवनी बूटी ही ले आऊँ।

कैकेयी : मुझ अभागिन को और अधिक तंग न करो। मैं जीऊँ या मरूँ, तुम्हें क्या? आप कौशल्या के महलों में जाओ और अपना आनन्द मनाओ।

दशरथ : पागल न बनो कैकेयी! तुम तो जानती हो कि मैं तुमसे अधिक प्यार करता हूँ। कौशल्या बड़ी रानी है। परन्तु मेरी सबसे प्रिय रानी तो तुम ही हो।

कैकेयी : (मुँह बनाकर) हाँ, हाँ! अब तक मैं भी इसी धोखे में थी। मैं भी यही समझती थी, इसी भ्रम में मस्त थी कि महाराज मुझे सबसे अधिक चाहते हैं। परन्तु आज मेरा वह भ्रम टूट चुका हैं। मैं जान चुकी हूँ कि कल भी मेरी हैसियत बाँदी की थी और आज भी कौशल्या की दासी हूँ।

दशरथ : बस, बस! ऐसे निराधार आरोप न लगाओ। यह दशरथ इन आरोपों को सहन नहीं कर पाएगा। मेरे तो प्राण ही निकल जाएँगे।

कैकेयी : यदि मेरा इतना सा कहने पर ही आपकी जान निकली जा रही है तो आज कैकेयी का भाग्य फूट गया। फिर तो आप कौशल्या के पास चले जाइए जो कल राजमाता बनने वाली है।

दशरथ : (हँसते हुए) तो यह बात है। बड़ी भोली और नादान है मेरी कैकेयी। क्या कल तुम राजमाता नहीं बनोगी? क्या राम तुम्हारा बेटा नहीं रहा?

कैकेयी : बस महाराज! नादान तो मैं हूँ परन्तु अब मुझे सब ज्ञात हो चुका है कि तुम मुझे कितना प्यार करते हो। तुम वास्तव में प्रेमी हो या साँसारिक व्यवहार करते हो? राम को राजगद्दी दे दी और मुझे बतलाया तक नहीं। कल राम का अभिषेक होना

है और भरत अभी तक ननिहाल में पड़ा है। उसे बुलाया तक नहीं। शायद कौशल्या को डर था कि भरत कोई बाधा न डाल दे। अगर ऐसा ही था तो मुझे भी भरत के साथ मेरे भाई के यहाँ भेज देते और हमारे पीछे शान से यह उत्सव मनाते।

समय आने पर खुलती है परीक्षा प्रेम होने की।
कसौटी पर ही होती है परख बैमल सोने की।।

दशरथ : तो यह बात है! (गंभीर स्वर से) विश्वास करो कैकेयी! आज अचानक ही दरबार में यह फैसला हो गया और कुलगुरु वशिष्ठ ने कल का ही मुहूर्त निकाल दिया। फिर कई वर्षों तक कोई शुभ मुहूर्त नहीं निकल रहा था। तुम्हारी तरह कौशल्या को भी इस बात का पता बाद में चला है। मेरे इस वचन को तुम सत्य मानो। आज की महारानी और कल की राजमाता कैकेयी।

कैकेयी : (हँसकर) मैं तो सदैव ही सत्य मानती रही हूँ और आज भी मान लूँगी। लेकिन मेरे मन को विश्वास कैसे हो कि राजन के दिल में कैकेयी के लिए भी कुछ स्थान है।

दशरथ : तो परख लो! मेरे प्रेम को अपनी परीक्षा रूपी कसौटी पर परख लो।

सभी तन मन और धन अपना तेरे एक प्रेम पर वारा।
छिपा लूँ जिसके देने से है क्या संसार में प्यारा।।
तेरी जग में किसी वस्तु से समता हो नहीं सकती।
तेरे आगे तो प्राणों की भी ममता हो नहीं सकती।।

कैकेयी : महाराज! यदि आपको याद हो, देवासुर संग्राम की रणभूमि में आपने दो वचन दिए थे। आपने आज तक वे दोनों वचन पूरे नहीं किए हैं।

दशरथ : (सहम कर) कैकेयी यह झूठा दोष मत लगाओ। मुझे दोनों वचन अच्छी तरह याद हैं। परन्तु तुमने जब कुछ माँगा ही नहीं, तो देता कैसे? तुम माँग कर तो देखो। क्या माँगती हो? कहो तो सूर्य और चन्द्रमा भी तुम्हारे कदमों में रख दूँ।

कैकेयी : महाराज! मैं इतनी बड़ी नहीं हूँ। मैं तो छोटी-छोटी वस्तुएँ ही

मागूँगी। हाँ! यदि आपको अपने वचनों का पास हो जाएगा, तो मुझे अवश्य विश्वास हो जाएगा, कि जो माँगूगी वह आप मुझको दोगे।

मालूम है, है राम पर, हित आज तुम्हारा।
है राम प्राण आपके, आँखों का सितारा।।
चिन्ता यदि है आपको, कुछ मेरे काम की।
खा जाओ मेरे सामने, सौगन्ध राम की।।

दशरथ : (आवेश में) इसकी आवश्यकता नहीं कैकेयी। हम रघुवंशी जो वचन एक बार दे देते हैं उसका पालन अवश्य करते हैं। जान लो कैकेयी कि–

रघुकुल रीति सदा चली आई,
प्राण जाए पर वचन न जाई

फिर भी तुम्हारे सन्तोष के लिए ईश्वर को साक्षी मानकर मैं राम और लक्ष्मण की शपथ खाता हूँ कि तुम जो भी दो वस्तुओं को माँगेगी उन्हें मैं तुम्हें इसी समय दूँगा।

तजे आकाश तारागण, तजे सूरज दिशा अपनी!
तजे गंभीरता सागर, तजे ठण्डक हवा अपनी।।
हिमालय का बने रजकण, कहे मोती जो पत्थर को,
अनल हो चाँद से पैदा बहे गंगा भी उत्तर को।
हिरण खेलें महासागर में, जल की मछलियाँ थल में,
न फूलों में सुगन्ध हो, न शीतलता रहे जल में।।
दिशाएँ देखती हैं, देखते हैं महल ये सारे।
यही आकाश, पर्वत साक्षी है चाँद और तारे।।
कहा इक बार जो अन्तिम मेरा वही वचन होगा।
कसम है राम की दशरथ नहीं मिथ्या वचन होगा।।

दशरथ रघुवंशी यह कहता है जो भी रानी तू चाहेगी, पलभर की देर नहीं होगी, वह इसी समय तू पाएगी।

कह दे, कह दे, जल्दी कह दे क्या दो चीजें माँगती है।
मैं दूँगा, दूँगा, अभी दूँगा, बतला प्यारी क्या चाहती है।।

कैकेयी : (खड़ी होकर) धन्य हो महाराज! वीरों की यही शान है,

क्षत्रियों की वही पहचान है। सुनिए! जिस समय आप इन्द्र की ओर से शम्बरासुर से युद्ध कर रहे थे तो आपने मुझे दो वर देने को कहा था।

दशरथ : कहा था! हमें खूब याद है।

कैकेयी : तो वही मेरी धरोहर वापिस कीजिए।

दशरथ : हाँ-हाँ! कहो, कहो! क्या चाहती हो। जल्दी बोलो। उसके लिए इतना आडम्बर रचाने की क्या आवश्यकता थी? यह तो तुम्हारा अधिकार है।

कैकेयी : (दोहा) **आज मुझे मंजूर है लेने को वरदान।**
विचलित हो जाना नहीं रखना एक जबान।।

पहला वर मुझे नाथ यह दो–यह राज अयोध्या मेरे भरत ही को दो।

कल राजतिलक हर्गिज कोई न हो–भरत आ जाने पर तिलक भरत का ही हो।।

पहला वर यह आपको क्या है स्वीकार।
इसकी हाँ कह दीजिए, दूजे पर करूँ विचार।।

दशरथ : (प्रसन्नता से)
मुझको तो दोनों है समान, तू भी यह बात जानती है।
गद्दी मैं भरत को देता हूँ, अब कह क्या माँगती है।।

कैकेयी : दूसरा वचन मेरा सुन लो, सुनकर तुम विचलित मत होना।
रघुवंशी क्षत्रिय कहलाते हो, सत्य से विचलित तुम मत होना।।
राम कौशल्या का बेटा है जो, वह अयोध्या छोड़ बनवासी हो।
चौदह वर्ष रहे बन ही में, और पर्ण कुटी का वासी हो।।
अयोध्या की तो बात ही क्या, वह किसी नगर में जाए नहीं।
न तो दे कुछ समाचार अपना, उसे यहाँ की खबर भी जाए नहीं।।
बस ये ही दो वरदान मेरे जो कुछ था साफ उचारा है।
पूरा कर दो तो अच्छा है, इसमें उपकार तुम्हारा है।।
बार-बार होती नहीं राजाओं की आन।
सच्चे वीरों का कुशल हो जग में सम्मान।।

दशरथ : अरी कुल्टा! तूने भरत के लिए राज्य माँगा, मैंने हँसते हुए दे

दिया लेकिन राम के लिए बनवास तूने क्यों माँगा हैं। राम यदि यहाँ रहता तो तेरा क्या बिगड़ जाता। तू....तू....कुछ तो सोच। क्या राम तेरा बेटा नहीं रहा। क्या अन्तर है राम और भरत में। दोनों ही मेरी आँखों के तारे हैं। दोनों मुझे प्राणों से प्यारे हैं, दोनों ही समान रूप से दुलारे हैं। आखिर दोनों ही तो हमारे पुत्र हैं।

कैकेयी : (व्यंग्य से) महाराज बेकार की बातें न बनाओ। सीधे-सीधे ना कर दो और अपने वचन से फिर जाओ। कहते हैं, दोनों बेटे समान हैं। मेरा भरत जब घर से बाहर था तब तो राम को राज्य दे दिया। परन्तु अब जब राम के जाने की बारी आई तो छाती पर साँप लौटने लगा। (दशरथ से) क्यों महाराज! होश क्यों जाते रहे। सुनते ही कलेजे में बाण सा क्यों लग गया? क्या रघुकुल की मर्यादा झूठी हो गई। क्या हरिश्चन्द्र और दलीप की याद मिट गई? कोई जिन्दगीभर की जुदाई तो नहीं माँगी। चौदह वर्ष की ही तो बात है।

नहीं शक्ति थी जो वरदान देने दिलाने की।
पड़ी थी क्या तुम्हें फिर राम की सौगन्ध खाने की।।
बहाने ढूँढ़ते फिरते हो क्यों इक बार 'हाँ' कहकर।
बनाते हो वचन झूठा, मुकरते हो जबाँ देकर।।

दशरथ : धिक्कार है। दुर्बुद्धि, मलीन आत्मा स्त्री, तुझे धिक्कार है। ओ नागिन आखिर तूने डस ही लिया। अपनी औलाद की भी सगी नहीं हुई। हे पत्थर दिल! यह बात कहते समय तेरा कलेजा फट क्यों नही गया। यह दशरथ तो अपनी जुबान से नहीं फिरेगा, पर तू एक बार और सोच ले। राम के वनवास के स्थान पर इस दशरथ के प्राण माँग ले। कौशल्या की मौत माँग ले। पर मेरे राम को बख्श दे।

कैकेयी : हाँ! धिक्कार है! वचन पूरा करने का समय आया तो धिक्कार है। वरदान देने को कहा तो धिक्कार है महाराज।

कलेजा चाहिए पूरा वचन करके दिखाने में।
नहीं जब मन में साहस है तो क्या शेखी जताने में।।

दशरथ : कुल्टा! आज तूने इतना भयंकर रूप क्यों धारण कर लिया है? सच ही कहा है कि दुष्टा पत्नी, शठ मित्र, उत्तर देने वाला नौकर और घर में सर्प का वास, यह सब मृत्यु के समान है। इसमें कोई संशय नहीं।

कैकेयी : बस–बस! देख लिया आपका साहस। ज्ञात हो गई आपकी प्रतिज्ञा। थोड़ा–सा काम पड़ने पर ही ठण्डे–ठण्डे सांस भरने लगे। जब कोई उपाय न सूझा तो स्त्रियों को ही दोष देने लगे।

दशरथ : रानी! क्या तू वास्तव में ऐसी कठोर बन गई? क्या तेरा हृदय ऐसा अन्यायी हो गया? नही–नहीं मुझे पूरा विश्वास है कि तूने कुछ हंसी की है। कोई गंभीर दिल्लगी की है। प्यारी तू मेरी अर्धांगिनी है। मेरे सुख दुख की साथी है। तू यह भी जानती है कि आज्ञाकारी पुत्र, अनुगामनी स्त्री और प्राप्त धन से यदि सन्तोष हो तो यही स्वर्ग है।

माँगता हूँ भीख बस इतना कहा मंजूर कर।
प्राण तक ले ले मगर तू राम को मत दूर कर॥

कैकेयी : नहीं! कदापि नहीं!

दो वर जो मैंने माँगे हैं अब उनको बदल सकती नहीं।
पड़ गई रेख जब पत्थर में धोने से निकल सकती नहीं॥

या तो राम तपस्वी का दोष बनाकर वनों को जाएँगे या राजा दशरथ मुझे अपने हाथों से चिता में जलाएँगे।

दशरथ : आह! ऐ दूध पीकर जहर उगलने वाली नागिन! आखिर राम ने तेरा क्या बिगाड़ा है? अरी कुल्टा, वह तो तुझे सबसे अधिक प्यारा है। निर्भागिन! इस कष्ट को मैं कैसे सहूँगा। राम के बिना कैसे जीवित रह सकूँगा। जैसे एक ही सुन्दर पुष्पवान वृक्ष से, संपूर्ण वन सुगन्धित हो जाता है, उसी प्रकार एक सुपुत्र से कुल सुशोभित रहता है।

दशरथ का गाना (काफी भैरवी ताल छप)

वतर्ज : मुझे धर्म वेद से ईश्वर सदा इस तरह का प्यार दे
अरी बेवफा तू सच बता, तुझे राम से क्या बैर है।
क्या भरत बेटा लाडला और राम कोई गैर है।।

1. जहाँ राम दिल का सरूर है, वहाँ भरत आखों का नूर है।
हाँ इतनी बात जरूर है कि वह मुस्त हक बिलगैर है।।
अरी.....
2. मुझे दोनों एक समान हैं, दशरथ के दोनों प्राण हैं।
मैं जिस्म हूँ वो जान है, नहीं चैन उनके बगैर है।।
अरी.....
3. क्यों गम के आँसू बहा रही, क्यों मुफ्त जी को जला रही।
क्यों ऐसी बातें बना रही, कोई सर ना जिसका पैर है।
अरी.....
4. देकर दगा मत प्राण ले, मेरी इस तरह मत जान ले।
हठ छोड़ कहना मान ले, इसमें ही सबकी खैर है।।
अरी.....
5. कुल नष्ट सब हो जाएगा, क्या हाथ तेरे आएगा।
तुझे खुद न जीना भाएगा, क्यों खा रही खुद जहर है।
अरी.....

कैकेयी : बस रहने दीजिए। राम भी सीधे है, कौशल्या भी सीधी है और आप भी सीधे हैं परन्तु जो कुछ कह चुकी हूँ, उसे वापिस नहीं लौटा सकती। आप कुछ भी कहें परन्तु मैं आपकी चाल में नहीं आ सकती।

सुन चुकी हूँ बहुत राजन बहाने आपके।
है कपट मन में, वचन लेकिन सुहाने आपके।।

मैंने आपकी शान और रघुकुल की आन को देख लिया है। आज क्षत्रियों का अभिमान उनका सत्य और धर्म को भी देख लिया है। अब आपके पास यही रास्ता है कि आप अपने वचनों से फिर जाओ। परन्तु इतना ध्यान रखना कि आपने राम और लक्ष्मण की सौगन्ध खाई है। वह भी एक बार नहीं तीन बार। यदि उनको कुछ हो जाए तब मुझसे न कहना। हाँ, मैं अपनी माँग को वापिस नहीं ले सकती।

कैकेयी का गाना (तर्ज : पहले जैसी)

क्यों मुफ्त मगज खपा रहे जो तुमको ये मंजूर है।
अपनी कसम को तोड़ दो किसने किया मजबूर है।।

1. क्या मुझको आप बना रहे, क्या सब्जसाज दिखा रहे।
क्यो जान मेरी खा रहे, सीना तो कर दिया चूर है।।
क्यों मुफ्त.....

2. कल मरते आज मरें सभी, दुनिया से कूच करें सभी।
बेशक कुएँ में पड़ें सभी, इसमें क्या मेरा कसूर है।
क्यों मुफ्त.....

3. सूरज इधर से उधर चढ़े, चूल्हे में तेरा कुल पड़े।
पर कैकेयी न कभी मुड़े, तिरिया का हठ मशहूर है।
क्यों मुफ्त.....

4. मुझको न जब कुछ सुख रहा, तेरे कुल से क्या मतलब रहा।
इंसाफ क्या है वाह रे वाह, यह भी कोई दस्तूर है।
क्यों मुफ्त.....

5. यहाँ से भरत को टालकर, करके बहाना निकाल कर।
उसको विदा ननिहाल कर, आँखों से कर दिया दूर है।।
क्यों मुफ्त.....

दशरथ : प्यारी! जरा बुद्धि से काम लो। आज तुझको ये क्या हो गया है कि ऐसी बातें करने लगी है। मेरे लिए चारों पुत्र एक समान हैं। फिर मैंने केवल अपनी सम्मति से यह कार्य नहीं किया है। बल्कि राजदरबार के सभी कर्मचारी और ऋषि, मुनियों की भी यही सलाह है। राम तो अपनी माता कौशल्या से भी आपको ज्यादा प्रेम करता है। और सुनो! जिस प्रकार सिंह दूसरे का मारा हुआ शिकार नहीं खाता, उसी प्रकार भरत भी तेरे द्वारा प्राप्त किए राज्य को स्वीकार नहीं करेगा। हाँ! कुल नष्ट अवश्य ही हो जाएगा। क्योंकि उधर राम वनों को जाएगा तो मेरा स्वर्गवास हो जाएगा। भरत भी इस सदमे को सहन नहीं कर सकेगा। लक्ष्मण वैसे ही राम को जान जीता है। इस समाचार के साथ कौशल्या व सीता की मृत्यु निश्चित है। शत्रुघ्न फिर भला कैसे जिंदा रह सकता है। सुमित्रा के जिंदा रहने का क्या सहारा रह जाएगा। फिर तुम अकेली ही अपने मनमाने मंगल गाना। रानी देखो! जैसे एक सूखा जलता वृक्ष

पूरे वन को जलाकर राख कर देता है, उसी प्रकार एक दुर्बुद्धि इन्सान वंश का नाश कर देता है।

कैकेयी : आप क्यों वृथा जान खा रहे हैं और बेकार बहाने बना रहे हैं। तुम्हारी नीयत में तो पहले ही खलल था, इसलिए बहाना बनाकर भरत को पहले ही ननिहाल भेज दिया। उसे क्या मालूम था कि अमृत के धोखे में जहर पिलाया जा रहा है। और मेरी जड़ों पर कुल्हाड़ा चलाया जा रहा है। राज्यसभा के कर्मचारी भी यदि आपके विरुद्ध बोलते तो भी उनका भी आप भरत जैसा हाल बनाते। खैर मुझे उससे क्या? चूल्हे में पड़ी तुम्हारी राज्यसभा। यहाँ तो दो शब्दों की बात है। या तो अपने वचनों को निभाओ या साफ इन्कार कर दो। बाकी रहे ये डरावे कि कुल का नाश हो जावेगा, सो इन बातों की मुझे लेशमात्र भी परवाह नहीं। तुम्हारी और तुम्हारे कुल का तो क्या मुझे अपनी जिन्दगी की चाह नहीं। जब मैं कष्ट के दिन काटूँगी। तो तुम्हारे कुल को क्या शहद लगाकर चाटूँगी। और फिर जब जिस कुल में आप जैसे वायदा खिलाफी हों, बेहतर है कि ऐसे कुल दुनिया से जल्दी साफ हों। वही कुल संसार में फलते-फूलते हैं, जो अपनी प्रतिज्ञा को नहीं भूलते। न कि आप जैसे कृतघ्न जिन्हें अपनी जबान का पास, न धर्म का होश। शास्त्रों में कृतघ्नता से अधिक कोई पाप नहीं और इसके लिए कोई प्रायश्चित और पश्चाताप नहीं। यदि आपको अपनी जुबान का कुछ पास है तो भरत को राजतिलक और राम को वनवास हो।

दशरथ : परमेश्वर के वास्ते जरा अपनी तबियत को बहाल कर, और नहीं तो मेरे बुढ़ापे की ओर ही ख्याल कर। मेरे दिल को महान दुख हो रहा है। बस! राम को मेरी आँखों के आगे ही रहने दो।

दशरथ का गाना

(टोडी आसावारी ताल धमसार)

(**बतर्ज** : मेरे निकसे जात प्राण....)

नहीं है अच्छा यह व्यवहार।
तेरे ये जिद कल को देवे तुझको ही धिक्कार।
नहीं है.....

1. राम गमन वन को करे तो हो कैसे सन्तोष।
प्राण पखेरू उड़ चले और लुटे अवध निर्दोष।।
मिटे सब जनता का आधार। नहीं है.....

2. रिस को त्यागो, क्रोध तजो और साजो मंगल साज।
निश्चय ही जब तू कह दे, दूँ भरत को राज।।
मेरे दोनों प्राण आधार। नहीं है.....

3. जल बिन मछली रह सके और कुशल पति बिन नार।
पर राम बिना जीवन मेरा है, एक घड़ी दुश्वार।।
लागे सूना सब संसार। नहीं है.....

कैकेयी : **यदि हृदय आपका दुखता है तो एक उपाय सुझाती हूँ।
बूढ़ी आँखों के आगे ही राम रहे वह उपाय बताती हूँ।।
अवधेश बात घर में ही है कुछ पंचों में अपमान नहीं।
तुम अपने मुख से यह कह दो, दूँगा पिछला वरदान नहीं।।**

दशरथ : **ओ नीच बुद्धि वाली नारी, ऊँचे से हमें गिराती है।
जो सत्य हमारा जीवन है, उससे तू हमें डराती है।।
हम सूर्यवंश की चादर में, कालिमा नहीं आने देंगे।
सुनती हो! सर्वस गँवा देंगे, पर वचन नहीं जाने देंगे।।
क्या उलझन है, वरदान न दें, तो धर्म हमारा जाता है।
उस ओर राम वन जाता है, तो प्राण सिधारा जाता है।।
बस! अब कर्तव्य तराजू में, दशरथ का जीवन तुलता है।
उस ओर धर्म का बाट धरा, इस ओर प्राण का सौदा है।।
बेटे का प्यार! दूर हो जा, दशरथ इस समय धर्म पर है।
ओह मोह! तुरन्त पलायन हो, मेरा उत्थान कर्म पर है।।
ममता! गर्क हो जा दिल में, दिल ठण्डा हो जा पहलू में।
ओ बूढ़ी आँखों की आशा, जा तू भी सो जा पहलू में।।
रानी-रानी क्या कहती हो, मेरे तो प्राण धर्म पर हैं।
मैं क्या, तू क्या, सन्तानें क्या, सब कुछ बलिदान धर्म पर है।।**

सतवादी था नृप हरिश्चन्द्र जिसने सत तजा न संकट में।
जिसकी सच्चाई का चिराग, जगमगा रहा है मरघट में॥
दूसरे महाराज शिवि थे, जो नहीं सोचते थे अपना।
रक्षा पर एक कबूतर की, खुद माँस तोलते हैं अपना॥
तीसरे हुए श्रीयुत दधीचि जी जो सुयश दान कर लेते हैं।
जब आकर इन्द्र माँगता है हड्डी अपनी दे देते हैं॥

कैकेयी : दोहा : कहने को तो सत्य का है पूरा आवेश।
फिर हाँ कहते समय देरी क्या अवधेश॥
मैं तुमसे हरिश्चन्द्र जैसा मरघट का वास न माँग रही।
ना मैं तुमसे शिवि दधीचि जैसा हड्डी या माँस माँग रही॥
मैं माँग रही अपना कर्जा, जो देना तुमको वाजिब है।
तुम हरिश्चन्द्र के कुल मे हो, तो दे दो यही मुनासिब हैं॥

दशरथ : मेरा कुछ नहीं बिगड़ता है तू जो मुझको ललकार रही।
रानी तू अपने पावों में, है आप कुल्हाड़ी मार रही॥
तू आज नहीं है आपे में, जिस दिन आपे में आएगी।
उस दिन अपनी ही करनी पर, सिर धुनकर पछताएगी॥
अरी दुष्टा! क्या मैंने तुझे दो वरदान इसलिए दिए थे कि तू अवसर पाकर उनका दुरुपयोग करे। क्या तेरे मन में इतना खोट है। सच है कि हर चीज उचित स्थान और योग्य हाथों में कदर पाती है। अफसोस मेरी कम समझी और सादापन ने मेरा काम तमाम और सारे कुल को गुमनाम कर दिया। ओ जालिम! तू आज तक मुझको अमृत के धोखे में विष पिलाती रही और इसी दिन के लिए अपनी मक्कारी के जाल मुझ पर फैलाती रही। हाय-हाय! मैं राम जैसे आज्ञाकारी पुत्र को कैसे बिना कसूर के घर से निकाल कर वन में भेज दूँ। परमेश्वर को क्या मुँह दिखाऊँगा। इससे अच्छा तो मेरी मृत्यु ही क्यों न हो जाए। वैसे भी अब मुझे जिन्दगी की और चाह नहीं है। सायंकाल से तेरा इन्तजार करते-करते प्रात:काल होने को आया, परन्तु इस समय तक अपना मुँह नहीं दिखाया।
हे परमेश्वर! सिवाय तेरे दुनिया में न कोई मेरा सहायक रहा। और

न मैं किसी को मुँह दिखाने लायक रहा। अब तू जल्दी मुझे इस दुनिया से उठा ले और अपनी आनन्दमय गोद में बिठा ले।

ऐ मौत! मेरी प्यारी मौत!

आ! आ!

अब अधिक देर न लगा।

हाँ-हाँ मैंने देख लिया है, तू आ गई।

ले मैं तेरे स्वागत के लिए आता हूँ।

[महाराज दशरथ का मूर्छित होकर गिर जाना]

कैकेयी : वाह महाराज! क्या इसी विरते पर इतना जोश दिखाते थे। जबान के ही घोड़े दौड़ाते थे। याद कीजिए! जरा अपने पूर्वजों की ओर भी ध्यान दीजिए।

गाना कैकेयी (लावनी)

दोहा : **हरिश्चन्द्र ने किस तरह रखा कुल का मान।**
राजा शिव ने आन पर कैसे त्यागे प्राण॥
क्या सागर दधीचि भागीरथ का मान बस यही राजन है।
क्या यही सूर्यकुल की नीति और मर्यादा का पालन है॥
मेरे दोनों वरदानों का जो देना तुमको भारी है।
कह दो ये हमने कहा नहीं, क्या कहने में दुश्वारी है॥
पर काम नहीं यूँ चल सकता, बातों में ही बहकाते हो।
वचनों को अपने भूल गए, कुल मान-मान चिल्लाते हो॥
हाँ याद रहे यह भी राजन, जो कुशल वीर कहलाते हैं।
प्राणों को देकर वादों पर, वे अपना वचन निभाते है॥

दशरथ : आह! दुष्टा! बस शान्त हो जा, जोशीले को अधिक जोश न दिला। याद रख तू मुझे नहीं उजाड़ती है, अपने पैरों पर भी आप ही कुल्हाड़ी मारती है। खैर! तू जाने और तेरा काम।
आज अर्पण है तुझे सुख सम्पदा और मान भी।
ले यदि लेना ही है, वरदान भी और प्राण भी॥

[मूर्छित होकर गिर जाना]

कैकेयी : महाराज! इतने व्याकुल क्यों हुए जाते हो! क्या शूरवीर कहलाकर एक साधारण सी बात से घबराते हो॥

जो दानी सत्यवादी हैं न संकट में झिझकते हैं।
वचन का पास है जिनको वे कब रोते बिलखते हैं।।

दशरथ : (होश में आकर) हे नाशकारिणी! अब और न सता। अभागे दशरथ में अब और कष्ट सहने की शक्ति नहीं रही। मेरे दुखी हृदय को और दुखी न बना। याद रख! यह सुहावनी अयोध्या भी बसेगी, संसार में राम का यश भी फैलेगा। भरत लक्ष्मण और शत्रुघ्न सब अपने कर्तव्य का पालन करेंगे। मेरा शोक भी प्राणों के साथ समाप्त हो जाएगा। परन्तु तेरा यह कलंक और कुल घातिनी नाम सदैव के लिए इतिहास में लिखा जाएगा। तेरा जीवन घृणा की दृष्टि से देखा जाएगा। मैं जानता हूँ कि जिस प्रकार सिंह दूसरे का मारा हुआ शिकार नहीं खाता है। उसी प्रकार भरत भी तेरे द्वारा प्राप्त किया हुआ राज्य नहीं चाहेगा। हाय राम-हाय राम (गिर पड़ना)

दासी : महारानी जी! मन्त्री सुमन्त जी आना चाहते हैं।

कैकेयी : आने दो।

(सुमन्त का प्रवेश)

सुमंत : हैं। अन्धेरी रात में जगमगाने वाले शीशमहल की यह दशा। आँखों को चकाचौंध करने वाले राजभवन की यह अवस्था! विधाता खैर तो है।

छा रही है इक निराशा भी भरे घर बार पर।
दे रहे अवगुन दिखाई भवन के आकार पर।।
शोक में डूबा हुआ आता नजर सारा महल।
हे प्रभु! इक रात में ही हो गया कैसा बदल।।

(अन्दर आकर) सूर्य उदय होने वाला है और राजभवन में धीमा-धीमा दीपक टिमटिमा रहा है। चारों ओर निराशा का अन्धकार छा रहा है (दशरथ को देखकर) ओहो! ये तो महाराज भी पृथ्वी पर पड़े हुए बिलबिला रहे हैं और राम ही राम की रट लगा रहे हैं।

सिरपेंच कहीं और ताज कहीं बिखरे माला के दाने हैं।
कुछ होश नहीं तन का इनको और गम की चादर ताने हैं।।

आभूषण सब बिसराए हैं और शोक का है श्रृंगार किए।
आँखों में छलकते हैं आँसू ये क्या अपशगुन करतार किए।।

(कैकेयी से) महारानी जी! क्या मैं महाराज की इस दशा का कारण जान सकता हूँ।

कैकेयी : मन्त्री जी! आप पहले राम को यहाँ भेज दीजिए। फिर सब ज्ञात हो जाएगा।

सुमन्त : जैसी आज्ञा (चले जाना) राम को भिजवाना।

दशरथ : हे सूर्यवंश के गुरु सूर्य! आज उदय न होना अयोध्या पुरी की दुर्दशा देखकर आपको बड़ा ही दुख होगा। हे आकाश में चमकने वाले तारो! अपनी आँखें बन्द कर लो। आज तुम दशरथ की निराशा को न देख सकोगे।

पवन के सामने एक बुझता सा दिया हूँ मैं।
प्रलय की आग में अब आप ही गिरने चला हूँ मैं।।
मेरी विनती है तुम मत देखना दशरथ अवस्था को।
निकल आएँगे आँसू देखकर लुटती अयोध्या को।।

[राम का आना]

राम : (प्रणाम करके) पिता जी! आपका आज्ञाकारी पुत्र राम आपकी सेवा में उपस्थित है। पिता जी! आप इतने बैचेन क्यों हैं। आज यह आपकी कैसी दशा है।

कभी आँसू निकलते हैं, कभी आहें निकलती हैं।
कभी कुछ होंठ हिलते हैं, कभी आँखें उबलती हैं।।
हुए व्याकुल बिसारी सारी सुध-बुध आज निज तन की।
बताओ शोक क्या तुमको जो ऐसी दुर्दशा मन की।।

(कुछ रुककर)

बोलते भी नहीं! कोई महान दुख है ये तो मुझे देखते ही गले से लगा लेते थे और संसार के सारे दुख भुला देते थे। माता जी! आप ही इसका कारण बताओ और मन की शंका मिटाओ।

कैकई : बेटा राम! यदि तुम मुझसे ही पूछते हो, सुनो! महाराज के दुख का कारण केवल तुम हो।

राम : (चौंककर) हैं! क्या कहा! पिता जी के दुख का कारण मैं हूँ!

कैकई : हाँ राम! वास्तव में महाराज के दुख का कारण केवल तुम हो।

राम : जो पुत्र अपने पिता के दुख का कारण हो तो उस पुत्र को धिक्कार है। कृपा करके मुझे समझाओ कि मैं कैसे इनके दुख का कारण हो गया। आप निस्संकोच साफ-साफ खोलकर पिता जी के दुख का कारण मुझे बताओ ताकि उसका निवारण हो सके।

कैकई : बेटा! महाराज ने मुझे दो वरदान देने को कहा था। मुझे जो कुछ अच्छा लगा, वही मैंने माँगा। उसे सुनकर राजा संकोच में पड़ गए हैं क्योंकि एक तरफ तो तुम्हारे लिए उनका प्यार और दूसरी तरफ उनकी प्रतिज्ञा। राजा धर्म संकट में पड़ गए हैं। बेटा एक वरदान में तुम्हारे बदले भरत को राज्य और दूसरे में.....

राम : हाँ-हाँ! कहो-कहो। महाराज ने बड़ा उत्तम काम किया। बिल्कुल निस्संकोच होकर कहो।

कैकई : हाँ! दूसरे में तुम्हारे लिए चौदह वर्ष का वनवास।

राम : अहो भाग्य! यह तो बहुत अच्छी बात है। सुनो–

हे माता! संसार में, यों तो पुत्र अनेक।
सेवक जो माँ-बाप का, पुत्र वही बस एक।।

माता-पिता को सन्तुष्ट करने वाला पुत्र, हे जननी सारे संसार में दुर्लभ है। वन में ऋषि मुनि मिलेंगे और प्राणप्रिय भरत राज्य पावेंगे। यदि ऐसे काम के लिए भी मैं वन को न जाऊँ तो मूर्खों के समाज में सबसे पहले मेरी गिनती करनी चाहिए। और हे माता! सुनो! जो आदमी अमृत छोड़कर जहर माँग लेते हैं, तुम मन में विचार करके देखो, वे भी ऐसा मौका पाकर कभी नहीं चूकेंगे। इसलिए मुझे विश्वास नहीं होता कि इस छोटी सी बात के लिए पिता जी को इतना कष्ट हो। पिता जी तो बड़े धीरज वाले हैं।

ये अहोभाग्य मेरे माता! जो राज भरत जी पाते हैं।
ऐसे अवसर तो जीवन में कभी-कभी ही आते हैं।।

हम पुत्र हैं सच्चे क्षत्रिय के अपने सद्धर्म पर निश्चल है।
दुख हमको एक यही माता क्यों पिता हमारे व्याकुल हैं।।
वन गमन करूँ निज इच्छा से इसका तो तनिक हिरास नहीं।
इस बात के कारण दुख इतना इसलिए मुझे विश्वास नहीं।।
राजा तो धीरज वाले हैं फिर उनको इतनी बेजारी।
निश्चय यह कुशल हुआ मन को अपराध हुआ मुझसे भारी।।
बार-बार सौगन्ध है तुमको मेरी मात।
ठीक ठीक हमसे कहो जो कुछ गुजरी बात।।

कैकई : बेटा मैं सच कहती हूँ कि इसके अतिरिक्त और कोई बात नहीं है। जब से वनवास का नाम सुना हैं, तभी से तुम्हारे प्रेम के कारण व्याकुल हो रहे हैं।

राम : तो क्या मैं पिता जी से स्वयं बातें कर सकता हूँ।

कैकई : नहीं बेटा! इन्हें अधिक कष्ट पहुँचाना ठीक नहीं। बस तुम अपने पिता के वचनों को निभाओ। शीघ्र वनों को प्रस्थान करो।

राम : जैसी आज्ञा माता जी।

दशरथ : हाय राम! हाय राम!

राम : पिता जी प्रणाम!

दशरथ : कौन! राम! राम, जो मेरी आँखों की ठण्डक दिल का आराम है। बेटा! तुम फिर कभी इस अभागे की सूरत नहीं देखोगे। तुम क्या कहोगे? अपने हाथों से पाला; अपनी आँखों में रखा और अब आप ही वनों को भेज रहा हूँ। अफसोस! बेटा मैं कैसे जीऊँगा?

तेरी छाया मेरी माया, तेरा दर्शन मेरा जीवन, तेरी ही ज्योति आँखों में, तेरा यौवन मेरा तन मन। दिखाई कुछ नहीं देता मुझे, तुझ बिन जगत भर में, तेरे इस चन्द्र मुख से ही उजाला है मेरे घर में।

राम : पिता जी शान्त! शोक और सन्ताप को दूर कीजिए। प्रसन्न मुख होकर आज्ञा दीजिए। मैं आपके वचनों का पालन करने में बड़ा सुखी हूँ।

दशरथ : अहा परमात्मा।
बुरी दृष्टि से देखे चाहे सब संसार जीवन को, गिरे आकाश से बिजली जला दे राज व धन को। महीनों चाहे हो जाएँ मुझे अन्न जल के दर्शन को, परन्तु राम मुझको छोड़कर जाए नहीं वन को।

कैकई : जब तक तुम इनके पास बैठे रहोगे, इन्हें सन्तोष नहीं आएगा। इसलिए शीघ्र जाकर अपनी माता कौशल्या से आज्ञा ले आओ और वनगमन करो।

राम : जैसी आज्ञा माता जी।

(कौशल्या का महल)

राम : (हाथ जोड़कर) माता जी प्रणाम!

कौशल्या : (माथा चूमकर) चिरंजीव रहो मेरे नौनिहाल। (आसन बताना) यहाँ बैठो मेरे लाल मैं अभी आती हूँ और तुम्हारे लिए कुछ खाने को लाती हूँ।

राम : बस माता जी! अब खाने पीने की क्षमा कीजिए और शीघ्र आज्ञा दीजिए।

कौशल्या : ना बेटा! अधिक देर न लगाऊँगी, मगर थोड़ा-सा आहार अवश्य कराऊँगी। क्योंकि आज तुम्हें राजतिलक की शुभ रस्म होनी है, इसलिए वहाँ निराहार जाना एक प्रकार की बदशगुनी है।

राम : हे माता! राजतिलक के लिए जो वचन निकलना था, वह कभी का निकल गया और मुझे अयोध्या के बजाए जंगल का राज्य मिला है।

कौशल्या : ये कैसे अशुभ वचन मुख से निकालते हो और वृथा मेरी जान को चिन्ता में डालते हो।

राम : माता जी! जो बात मैंने कहीं है, वह वास्तव में सही है।

कौशल्या : (सहम कर) आखिर ऐसी क्या बात हुई? यह क्या मामला है, जरा मुझे भी बताओ और सकल वृतान्त सुनाओ।

गाना (राम) (लावनी)

राज के बदले ऐ माता मुझे हो गया हुक्म फकीरी का।
खड़ा मुँतजिर ऐ माता मैं तेरे हुक्म आखिरी का।।

दिया भरत को राज पिता ने मुझे हुक्म वन जाने का।
चौदह साल रहूँ मैं वन में हुक्म नहीं यहाँ आने का।।
हुक्म नहीं अब रहा मुझे इस घर का खाना खाने का।
नहीं किसी का दोष ऐ माता, बदला रंग जमाने का।।
राज पाट का गम नहीं मुझको, न कुछ फिक्र अमीरी का।
राज.....

कौशल्या : बैठी थी मैं खुशी में इन बातों का शान गुमान नहीं।
सुनकर तेरी बातें बेटा मेरी रही बदन में जान नहीं।।
तूने की तैयारी वन की कौशल्या की खैर नहीं।
प्राण त्याग दूँ अभी, रहूँगी जिंदा तेरे बगैर नहीं।।
दे-दे राज खुशी से उसको मुझको उससे बैर नहीं।
वह भी बेटा तू भी बेटा भरत मुझे कोई गैर नहीं।।
बिना राज के बेटा मेरी घटती कोई शान नहीं।
सुनकर.....

राम : हुक्म पिता का साथ जान के जब तक दम में दम माता।
ठाट-बाट और राजपाट का मुझको कुछ नहीं गम माता।।
वचन पिता का पूरा कर दूँ दीजे आप हुक्म माता।
रघुवंश की आन न जाए सिर हो चाहे कलम माता।।
और नहीं कुछ फिक्र, फिक्र है फक्त पिता की पीरी का।
राज.....

कौशल्या : मिला भरत को राज मुझे इसका नहीं मुतलक गम बेटा।
मेरे वास्ते भरत राम दोनों ही हैं इक समान बेटा।।
नहीं किसी का कुछ भी बिगड़ा फूटे मेरे कर्म बेटा।
जाने से पहले तू कर जा सिर को मेरे कलम बेटा।।
तुझ बिन मेरे लाल मेरा जिन्दा रहना आसान नहीं।।
सुनकर.....

राम : चन्द रोज की बात है, थोड़े दिन तक करो सबर माता।
रोने धोने का नहीं मौका, दिल पर करो जबर माता।।
प्रारब्ध के चक्कर से, सब होते हैं जेर जबर माता।
क्या जाने क्या होगा, कल को कल की किसे खबर माता।।

नहीं किसी पर गिला फैसला हुआ अमर तकदीरी का।
राज.....

कौशल्या : मेरे दिल की मैं ही जानूँ और को नहीं खबर बेटा।
तुझको करके दूर नजर से कैसे करूँ सबर बेटा।।
बेशक दे दे राज भरत को मेरा नहीं जबर बेटा।
माँ बेटा एक जगह बैठ कर लेंगे यों ही गुजर बेटा।।
तू हो मेरे पास मुझे कुछ चाहिए और सामान नहीं।
सुनकर.....

राम : चौदह साल जमाना क्या है, जल्द खत्म हो जाएगा।
एक एक दिन घटते-घटते, आखिर कम हो जाएगा।।
ईश्वर आज्ञा के आगे सब का सिर खम हो जाएगा।
एक रोज सब अदना आला, एक ही सम हो जाएगा।।
नहीं रहेगा भेदभाव कुछ शाही और वजीरी का।
राज.....

कौशल्या : चौदह साल सदी का हिस्सा कहने को मामूली है,
लेकिन मुझको तो ऐ बेटा एक एक दिन भी सूल है।
तुम तो हो खुद विद्वान कुछ बात न तुमसे भूली है,
हुक्म पिता का मनोगे तो मेरा हुक्म अदूली है।
मेरा हक उनसे ज्यादा क्या तू मेरी सन्तान नहीं।
सुनकर.....

रामचन्द्र : ऐसे मौके जिन्दगी में बार-बार नहीं आते हैं।
दुख सुख में जो रहे एक सम वहीं मनुष्य कहलाते हैं।।
रंज मुसीबत गर्दिश और गम इन्सानों पर ही आते हैं।
वक्त मुसीबत धीर पुरुष नहीं पीछे, कदम हटाते हैं।।
नहीं मुझे अफसोस जरा, नहीं कारण कुछ दिलगीरी का।
राज.....

कौशल्या : ऐ बेटा क्या मैंने तुझको इसलिए ही पाला था।
यही कष्ट दिलाने को क्या तूने होश सम्भाला था।।
इसलिए क्या अपने को सौ-सौ विपदा में डाला था।
खूब बुढ़ापे में की सेवा, करना यही उजाला था।।

क्या समझाऊँ ज्यादा तुमको तू कोई नादान नहीं।।

सुनकर.....

कौशल्या : यह तो तुम अच्छी तरह जानते हो कि सन्तान पर पिता की अपेक्षा माँ का अधिक हक है।

राम : बेशक! इसमें क्या शक है।

कौशल्या : तो स्वामी जी की अपेक्षा तुम पर मेरा ज्यादा हक है।

राम : ठीक है माता जी।

कौशल्या : तो मेरा हुक्म है कि तुम वन न जाओ।

राम : माता जी! महाराज की आज्ञा मेरे और आपके लिए शिरोधार्य है। इसलिए अब वन जाना अनिवार्य है। मेरा मोह छोड़कर मुझे वन जाने की आज्ञा दीजिए।

कौशल्या का गाना (बहरे कव्वाली)

निकाले जिस घड़ी तूने अयोध्या से कदम बेटा।
निकल जाएगा फौरन ही तेरा माता का दम बेटा।।

1. भला किसके सहारे मैं जिन्दगी के दिन गुजारूँगी,
न यूँ बर्बाद कर मुझको तुझे मेरी कसम बेटा।
2. किया था परवरिश तुझको कि देगा सुख बुढ़ापे में,
न कर तगे जुदाई से मेरे सिर को कलम बेटा।
3. सहूँ मैं किस तरह सदमा भला तेरी जुदाई का,
करूँ कैसे सब्र हाय सितम बेटा-सितम बेटा।
4. मेरी सारी उम्मीदों पर न फेरो एक दम पानी,
तू कुछ तो ख्याल कर मेरा न कर इतना जुल्म बेटा।
5. सफाई हो गई एकदम बस सारी मुहब्बत की।
हुआ क्यों संगदिल ऐसा करो कुछ तो रहम बेटा।।
6. उम्र भर की कमाई लुट गई, 'यशवन्त सिंह' मेरी।
पड़ी तकदीर चक्कर में हमारी एक दम बेटा।।

गाना रामचन्द्र (बहरे कव्वाली)

इजाजत दो मुझे मैं चूमता तेरे कदम माता।
मुझे मुश्किल यहाँ पर ठहरना अब एकदम माता।।

1. जुदाई आपकी मुझको अगर्चे सख्त मुश्किल है,
मगर मजबूत करता है मुझे मेरा धर्म माता।

2. बला से जान भी जाए मुझे परवाह नहीं मुतलक,
चली आई शुरू से ये रघुकुल की रसम माता।
3. न खिदमत कर सका मैं आपकी अफसोस इतना है,
सहे मेरी बदौलत आपने भी रंजोगम माता।।
4. पिता का दोष है कुछ और न माता पर गिला मेरा,
हमारे वास्ते यों ही था ईश्वर का हुक्म माता।।
5. खुशी में, रंज में, गम में मुसीबत और राहत में।
रहे ईश्वर की आज्ञा में सरे तसलीम खम माता।।
6. खड़ा है मुँतिजर 'यशवन्त सिंह' भी साथ जाने को।
खुशी से दो इजाजत अब करो किस्सा खत्म माता।।

राम : माता धैर्य से काम लो।

कौशल्या : बेटा किसके आश्रय? कोई सहारा भी हो।

राम : माता जी! जब वो दिन न रहे तो ये भी न रहेंगे।

कौशल्या : अच्छा बेटा! यदि महाराज ऐसा ही चाहते हैं तो मैं कैसे रोक सकती हूँ। किसी का कोई दोष नहीं है, मैं केवल भाग्य को कोसती हूँ। अच्छा जाओ और महाराज जी के वचनों का पालन करो।

[सीता जी का प्रवेश]

सीता जी : माता जी प्रणाम्! स्वामी जी को कैसी आज्ञा दे रही हो?

कौशल्या : क्या बताऊँ बेटी! कैसे बताऊँ? मेरी वाणी में इतनी शक्ति कहाँ जो तुम्हें यह समाचार सुनाऊँ।

सीता जी : प्राण नाथ! आप ही बताइए। आप ही मेरे मन की शंका मिटाइए।

राम : प्रिय! बात बहुत साधारण है। इनका दुखी होना तो व्यर्थ सा जान पड़ता है।

सीता : फिर भी! जरा मैं भी तो सुन लूँ।

राम : किसी समय माता कैकई ने महाराज से दो वरदान पाए थे। आज उन्होंने पहले वरदान में भरत के लिए सिंहासन और दूसरे वरदान में मेरे लिए चौदह साल के लिए वनवास माँग लिया। बस इतनी सी बात है।

सीता जी : नाथ! अब क्या होगा?

गाना रामचन्द्र

तर्ज : **पीलो या जिला ठेका ताल तलवाड़**

मैं तो हुक्म पिता का मान आज ही जाता हूँ जंगल को।

1. चौदह साल का है वनवास, आऊँ काट तुम्हारे पास।
तुमने होना नहीं उदास, रौनक देना इन महलन को।
मैं तो.....
2. कैकई समझो मात समान, उनका मत करना अपमान।
यही धर्मात्मा की पहचान, कायम रखना जरा अक्ल को।
मैं तो.....
3. रखना अपने मन में धीर, होना मत दिल में दिलगीर।
ऐसी कायम करो नजीर, दुनिया दे ना ताना कल को।।
मैं तो.....
4. इसमें किसी का नहीं कसूर, यही था ईश्वर को मंजूर।
किसकी ताकत करे गरूर, रोके उसके हुक्म अटल को।
मैं तो.....
5. देना नहीं भरत को दोष, वह तो है बिल्कुल निर्दोष।
रहना तुम बिल्कुल खामोश, दिलासा देना उस व्याकुल को।।
मैं तो.....
6. रुखसत करो न करो कोहराम, रोने धोने का नहीं काम।
ले 'यशंवत' ईश्वर का नाम, काटूँ मैं अपनी मंजिल को।
मैं तो.....

सीता जी का गाना

तर्ज : पहले जैसी

रहना नहीं यहाँ मंजूर आपके साथ चलूँगी वन में।

1. सुख में रही आपके साथ, दुख में कहाँ अकेले जात।
कैसे जिऊँगी तुम बिन नाथ, त्याग दूँ प्राण यहीं इक छन में।
रहना.....
2. अयोध्या वहीं जहाँ पर राम, यहाँ रहने का क्या परिणाम।
करो जो तुम वन में विश्राम, काम है क्या मेरा महलन में।
रहना.....

3. हो गया क्या मुझसे अपराध, करो न यों मुझको बरबाद।
निश दिन रहे आपकी याद, भर-भर आए नीर नैनन में।
रहना.....

4. किया था माता ने उपदेश, चाहे दुख हो चाहे क्लेश।
होवे घर चाहे परदेश, रहना स्वामी के चरणन में।
रहना.....

5. चलोगे जिस मार्ग पर आप, करती चलूँगी रस्ता साफ,
तुम्हारे चरणों का प्रताप, रहूँ मगन मैं अपने मन में।
रहना.....

6. विनती करो नाथ मंजूर, करो न निज चरणों से दूर,
मेरा क्या 'यशवन्त' कसूर, आ नहीं सकता फर्क प्रण में।
रहना नहीं यहाँ.....

राम : प्रिय तुम व्यर्थ हठ करती हो। मेरे साथ वनों में जाकर क्यों दुख भरती हो। जो मेरा और अपना भला चाहती हो तो मेरा वचन मान कर घर में रहो। जब-जब माताएँ मुझे याद करें, तब तुम कोमल वाणी से पुरानी कथाएँ सुना कर इन्हें समझाना और उनका दिल बहलाना। मैं भी पिता जी के वचनों को पूरा करके शीघ्र ही लौटूँगा।

सीता जी का गाना (बहरे तबील)

जो पिता का हुक्म है खुशी से करो,
दूँगी हरगिज मैं उसमें दखल ही नहीं।
साथ जाऊँगी मैं भी मगर आपके,
इस जगह अब रहूँ एक पल ही नहीं।

1. साया बन कर रहूँगी संग आपके, न ससुर घर रहूँ न रहूँ बाप के।
कष्ट देते हो बदले में किस पाप के, देखना चाहते जो मेरी शक्ल ही नहीं।
जो हुक्म है पिता का.....

2. किसलिए नाथ दिल से बिसारा मुझे, बे खता किसलिए आज मारा मुझे।

और सूझे न कोई सहारा मुझे, मेरी बिल्कुल ठिकाने अक्ल ही नहीं।

जो हुक्म है पिता का.....

3. बिन तुम्हारे अयोध्या बियावान है, क्या करेगा जिस्म जब नहीं जान है।
आपके साथ वन भी गुलिस्तान है, मुझे भाएँगे हरगिज महल ही नहीं।

जो हुक्म है पिता का.....

4. तुम पिता का वचन तो निभाने लगे, कौल अपना मगर क्यों भुलाने लगे।
मुझे उल्टी अक्ल क्यों सिखाने लगे, मैं करूँ इस पै हरगिज अमल ही नहीं।

जो हुक्म है पिता का.....

5. काम मेरा अयोध्या में अब क्या रहा, मुझसे जाएगा हरगिज न दुख ये सहा।
दो इजाजत मुझे भी ये मानो कहा, वरना सीता की समझो कुशल ही नहीं।

जो हुक्म है पिता का.....

6. खौफ तकलीफ का क्या दिखाते मुझे, रास्ते पर नरक के चलाते मुझे।
ऐसी कमजोर बुजदिल बताते मुझे, गोया मैं क्षत्रिय की जैसे नसल ही नहीं।

जो हुक्म है पिता का.....

राम : प्रिय! जैसे आम के बागों में रहने वाली कोयल वन में महा दुख पाती है, उसी प्रकार राजभवन को छोड़कर कोमल स्त्री भी पछताती है।

सीता : नाथ! जिस प्रकार जीव के बिना शरीर और जल के बिना सागर शोभाहीन होता है, उसी प्रकार पति के बिना स्त्री का जीवन दुखमय और मलीन होता है। यदि मैं आपके चरणों से दूर हो जाऊँगी। तो सच मानिए कि महान दुख पाऊँगी।

राम : प्यारी! तुम व्यर्थ महान कष्ट को निमन्त्रण दे रही हो।
कहीं है रास्ता टेढ़ा कहीं कंकर, कहीं पत्थर।
इधर ये तन महा कोमल, उधर जंगल महादुस्तर।।

सीता : कठिन यह रास्ता कैसा कहाँ कंकर कहाँ पत्थर।
जहाँ पर आपके चरणों के दर्शन का मिले अवसर।।

राम : ना ये आराम महलों के न ये बिस्तर बिछौना है।
ना ये सामान है सुख के नगन भूमि पे सोना है।।

सीता : मुझे स्वीकार बिन दर्शन नहीं महलों में सोना है।
तुम्हारी चरण सेवा ही मेरा बिस्तर बिछौना है।।

राम : प्रिय तुम इसके योग्य नहीं हो। वहाँ मनुष्य को खाने वाले राक्षस फिरते हैं। रीछ, बाघ, भेड़िए, सिंह और हाथी भयानक आवाज करते हैं। वन में भीषण सर्प, भयानक पक्षी और स्त्री पुरुषों को चुराने वाले राक्षसों के झुण्ड फिरते हैं। तुम्हारे वन जाने की बात सुनकर लोग मुझे बुराई देंगे। मान सरोवर के अमृत के समान जल में पली हुई हंसिनी कहीं खारे समुद्र में जी सकती है। क्या विष की वाटिका में सुन्दर संजीवनी बूटी शोभा पा सकती है।

सीता : प्राणनाथ! यदि आपको यह विश्वास है कि चौदह वर्ष के पश्चात भी आप मुझे जीवित पाएँगे तो अवश्य छोड़ जाइए, नहीं तो अपने साथ ले चलिए।
तुम्हें बाधा नहीं होगी सिया के साथ जाने में।
मेरा भी हाथ होगा आपका संकट बटाने में।।

कौशल्या। : बेटा! यह कदापि मानने वाली नहीं। जानकी अपने पतिव्रत धर्म का अवश्य पालन करेगी, इसलिए इसे भी साथ ले जाना उचित ही है।

राम : हाँ! मुझे भी विश्वास है कि ये अपनी हठ कभी नहीं छोड़ेगी। अच्छा प्रिय! जैसी तुम्हारी इच्छा।

सीता : उपकार! प्रभु जी महा उपकार! (कौशल्या के पैर पकड़कर) माता जी आशीर्वाद दीजिए और वनों में पति की सेवा करने की आज्ञा दीजिए।

कौशल्या : अवश्य जाओ बेटी! अपना पतिव्रत धर्म अवश्य निभाओ। यद्यपि मुझे इस समय महान क्लेश है, किन्तु धर्म मर्यादा के लिए तुम्हें आनन्द मन से विदा करती हूँ। विधाता तुम्हें कुशल से रखें।

[लक्ष्मण का प्रवेश]

लक्ष्मण : भ्राता जी! मुझे आपके वन जाने का समाचार मिल चुका है! क्या अकेले ही जाने का विचार है।

राम : नहीं भाई! जानकी भी साथ चलने को तैयार है।

लक्ष्मण : और यह सेवक?

राम : भाई! तुम अभी बालक हो। वन का कठिन जीवन किस प्रकार बिताओगे। राजभवन का सुख छोड़कर, अन्त में पछताओगे। मेरा कहना मानो और माता-पिता की सेवा में ही अपना कल्याण जानो।

लक्ष्मण : भ्राता जी! आपका उपदेश बड़ा ही हितकारी है, किन्तु आपके बिना लक्ष्मण को अयोध्या में रहना बहुत भारी है। हे नाथ! मेरे तो माता-पिता, बन्धु-सखा, स्वामी और रक्षक, सब आप हैं।

राम : प्यारे लक्ष्मण! तुमने यह भी विचारा है कि अयोध्या का क्या सहारा है। जिसके राज्य में प्रजा दुखी रहती है, वह राजा अवश्य ही नरक का भागी होता है। तुम राज कार्य में भाई भरत की सहायता करना।

लक्ष्मण का गाना

तर्ज : बहरे कव्वाली

कसम खाई है बस मैंने तुम्हारे साथ जाने की।
हटा सकती नहीं मुझको कोई ताकत जमाने की।।
कसम.....

1. मुबारक हो भरत को राजधानी इस अयोध्या की,
यहाँ तो धुन लगी है अब नई बस्ती बसाने की।
कसम.....

2. दिया है वह राज ईश्वर ने नहीं सीमा कोई जिसकी।
हुकुमत हाथ आई आज किस्मत से जमाने की।।
कसम.....

3. हमारी राजधानी में खलल कोई न आएगा।
न आएगी कभी नौबत किसी का दिल दुखाने की।।
कसम.....

4. पखेरू जंगलों में राम की प्रजा कहलाएँगे।
पड़ेगी कान में हरदम आवाज चहचहाने की।।
कसम.....

5. श्री रघुवीर की सेवा मिले तो और क्या चाहिए।
नहीं दिल में हवस बिल्कुल रही राजा कहाने की।।
कसम.....

6. अगर हो कष्ट भी वन में मुझे परवाह नहीं मुतलक।
मगर ताकत नहीं सदमा जुदाई का उठाने की।।
कसम.....

7. तुम्हारे साथ ही मैंने यहाँ का अन्न जल छोड़ा,
कसम है आपके बिन जो शक्ल देखूँ अयोध्या की।
कसम.....

राम : भाई तुम मेरा कहना मानो और वनों में जाकर व्यर्थ ही कष्ट उठाने की न ठानो।

(राम का गाना)

कठिन बनि को रहनो, रे लछमन कठिन बनि को रहनो।
रे भइया कठिन.....

1. पग में कोई काँटा लग जाए, धारा खून की बहती जाए।
संग में होके-सुख को खोते, कष्ट बड़ो ये सहना।
रे भैया कठिन.....

2. धूप पड़े और मौसम तपता, नंगे पैर चलनो पड़ता।
वन है निर्जन सूखे भोजन, जल खारी को पीनो।।
रे भैया कठिन.....

3. माल खजाना होये बगाना, महल अटारी का नहीं मिलना।
गम की घटा हो, शीश जटा हो, भैया दुख की रैना।।
रे भैया कठिन.....

4. संग चलो जो तुम भी वन को, कौन सुने जनता के दुख।
ये बेचारी, दुख की मारी, इसको पालन करनो।
रे भैया कठिन.....

लक्ष्मण : भ्राता जी! मैं आपकी आज्ञा पर प्राण तक देने को तैयार हूँ; परन्तु यह बात मानने से लाचार हूँ। यदि मैं जानता कि आपका वियोग किसी प्रकार भी सहन कर सकता हूँ तो इतनी हठ कभी नहीं करता और आपकी आज्ञा के बाहर एक पग भी नहीं रखता।

(राम के पाँव पकड़ लेना)

राम : हे भाई! जाकर माता सुमित्रा से विदा माँग आओ और जल्दी वन जाने के लिए तैयार हो जाओ।

[लक्ष्मण का सुमित्रा के पास जाना और विदाई उपदेश लेना]

लक्ष्मण : (सुमित्रा से) माता जी! लक्ष्मण चरणों में सिर झुकाता है और वन जाने की आज्ञा चाहता है।

सुमित्रा : हाँ बेटा! अवश्य जाओ! राम और जानकी की सेवा में मन लगाओ। याद रखना–

(गाना)

वही घर तेरा है, नगर तेरा, जहाँ जानकी, जहाँ राम है।
सदा इनके चरणों में मान है, सदा इनकी सेवा में नाम है।।

1. यही भ्राता माता गुरु तेरे, यही देवता यही देव हैं।
यही आस है यही आसरा, यही स्वर्ग का तेरे धाम है।।
वही घर.....

2. सदा राग-द्वेष और ईर्ष्या, मद, मोह, सबका त्याग कर।
रहे प्रीति चरणों में तेरी, भक्ति यही निष्काम है।।
वही घर.....

3. रहे ध्यान इस उपदेश का, न हो मन में मेरी भी ममता।
चले जाओ इनके ही संग बन, नहीं अब तेरा यहाँ काम है।
वही घर.....

लक्ष्मण : माता जी! आपके वचन सदा प्राणों के साथ रहेंगे। अच्छा प्रणाम!

कौशल्या : बेटा राम! विदा करने से पहले मुझे भी तुमसे कुछ कहना है। जरा इधर आओ और मेरी बातों पर ध्यान लगाओ।

गाना (बहरे तवील)

मेरे बेटा यह सुन ले नसीहत मेरी,
तू अकेला अयोध्या में आना नहीं।
पीठ देखी है तीनों की जाती दफा,
तू अकेला मुझे मुँह दिखाना नहीं।

1. कर रहा मजबूर मेरा धर्म, वरना करती यहाँ से रवाना नहीं। कोई लक्ष्मण को नेकी बदी हो गई, तो समझ ले मेरा कुछ ठिकाना नहीं। मेरे.....
2. हर तरह से ख्याल रखना मेरे लाल का, कोई तकलीफ इसे पहुँचाना नहीं।
मेरा नन्हा सा बच्चा है कोमल बदन, रामचन्द्र इसे तुम रुलाना नहीं। मेरे.....
3. जानकी जान के साथ हरदम रहे, दुख उठाने का इसका जमाना नहीं।
कोई अपराध हो जाए इससे अगर, ख्याल इसका तबियत में लाना नहीं। मेरे.....
4. जो करो काम तीनों सलाह से करो-भेद 'यशवन्त सिंह' से छिपाना नहीं।
भूल जाना कौशल्या को बेशक मगर-यह नसीहत मेरी तुम भुलाना नहीं। मेरे.....

राम : माता जी! आप निश्चिंत रहें! आपके वचनों का अवश्य पालन करूँगा।

कौशल्या : अच्छा! जीवित रहो, भगवान तुम्हारी रक्षा करे।
[माता कैकेयी व राजा दशरथ के पास जाना।]

कोप भवन

दशरथ : वियोग! तू कितना प्रबल है। तेरा प्रभाव कैसा निश्चल है। तेरा नाम सुनते ही मन में हलचल मच जाती है। आत्मा में

अशान्ति और विचारों में भागदौड़ पड़ जाती है।

वियोगी को भला संसार में कब चैन आता है।
विरह की आग में जलके वह परलोक जाता है॥

[राम, लक्ष्मण और सीता का प्रवेश]

राम : पिता जी! हमारा प्रणाम लीजिए और वन जाने की आज्ञा दीजिए।

दशरथ : (रोकर) आह! विधाता यह कौन से पाप का फल है। यह किस अन्याय का दण्ड है? क्या तूने मेरे भाग्य में तड़प-तड़प कर जान देना ही लिखा है।

राम : पिता जी! आप तो ज्ञानी और धैर्यवान हैं, धर्म और नीति में भी सुजान हैं, फिर सोचिए, इस प्रकार व्याकुल होने से क्या मिलेगा, फूट-फूटकर रोने से क्या लाभ होगा? मन को ठिकाने कीजिए और हमें वन जाने की उपयोगी शिक्षा दीजिए।

दशरथ : बेटा राम! सीता और लक्ष्मण भी तुम्हारे साथ क्यों आए हैं? क्या इनकी भी वन जाने की तैयारी है?

राम : पिता जी! मैंने इनको बहुत समझाया, परन्तु ये नहीं माने और अन्त में माताओं की आज्ञा से साथ लाना पड़ा।

दशरथ : हाय बेटा! तुम तो इनको भी लिए जाते हो। मुझे इस विपत्ति काल में किस पर छोड़ जाते हो। (लक्ष्मण से) मेरी आशाओं के खिले हुए फूल! क्या तुम भी इस भवन को उजाड़कर जाने वाले हो? (सीता से) बेटी सीता! क्या तेरी भी तैयारी है। क्या अभागे दशरथ को शान्ति देने के लिए यहाँ पर ठहरना भारी है?

राम : पिता जी! इस प्रकार रोने धोने से काम नहीं चलेगा। अब मन को शान्त कीजिए और हमें विदा कीजिए। हर्ष के समय आप शोक क्यों कर रहे हैं। प्रेमवश होकर अपने कर्तव्य का पालन न करने से जगत में यश जाता रहेगा और निन्दा होगी।

दशरथ : (कैकयी से) आह! हे कुल कलंकिनी! मुझे क्या मालूम था कि तू ऐसा अन्याय करेगी। सारे नगर को उजाड़ कर शमशान पर राज करेगी। तूने तो सर्वनाश कर डाला।

राम : महाराज! अब अधिक विलंब न कीजिए। वन जाने की आज्ञा दीजिए।

दशरथ : अच्छा बेटा! ईश्वर तुम्हान निगहवान है, परन्तु दशरथ अब कोई घड़ी का मेहमान है (सुमन्त से) हे सुमन्त! मेरी फुलवारी जा रही है। तुम एक सुन्दर रथ सजाओ और राम, लक्ष्मण और सीता को उसमें बिठाकर चौदह दिन की वन की सैर कराकर वापिस ले आना।

सुमंत : जैसी आज्ञा प्रभो!

कैकेयी : बेटा! अब तुम्हारे शरीर पर ये राजकीय वस्त्र शोभा नहीं देते। इसलिए लो ये भगवे वस्त्र पहन लो और वन की राह लो।

राम : लाइए माता जी!

[राम-लक्ष्मण व सीता का सम्मिलित गाना]

राम वनों को जाता! अरी माता!

1. ये ले री मैया अपने क्रीट और कुंडल।
   संग में लक्ष्मण भ्राता! अरी माता! राम.....
2. ये ले री मैया अपने वस्त्र आभूषण।
   तन में खाक रमाता। अरी माता! राम.....
3. ना चाहिए माता तेरे षट रस भोजन।
   कन्द मूल फल खाता। अरी माता! राम.....
4. ना चाहिए मैया तेरी महल अटारी।
   वन में कुटी बनाता। अरी माता! राम.....
5. रख दे री मैया सिर पर हाथों को अपने।
   चरणों में शीश नवाता। अरी माता! राम.....
6. जिंदा रहे तो री मैया आन मिलेंगे।
   ना तो काल सभी को खाता। अरी माता! राम.....

[प्रजावासियों का रुदन और साथ चलने की जिद करना]

राम : प्यारे नगरवासियो! तुम सब आनन्द से रहो। हम पिता जी के वचनों का पालन करने के लिए वनों को जा रहे हैं। हम आप से यही चाहते हैं कि तुम वैसे ही राज भक्त रहना और हमारे पिता जी व माताओं को शांति दिलाते रहना। आप लोग सब

वही उपाय करिएगा जिससे मेरे पिता जी और मेरी सब माताएँ मेरे विरह के दुख से दुखी न हों। हे परम चतुर पुरवासी सज्जनो! अपने परिवार को छोड़कर कहाँ जाते हो? वन में जाकर क्यों कष्ट उठाते हो?

लक्ष्मण : भाइयो! विधाता की करनी अटल जानकर मन को समझाओ और अपने-अपने घरों को लौट जाओ।

[मगर पुरवासी जिद करके साथ चलते है]

(सुमन्त का रथ लेकर आना)

सुमन्त : महाराज! इस रथ में बैठ जाइए।

राम : मन्त्री जी! वनों में रथ कहाँ से आएगा। हमें तो पैदल ही चलना है और इसी में आनन्द है।

सुमन्त : परन्तु महाराज की ऐसी ही आज्ञा है।

राम : यदि ऐसा है तो चलो। (तीनों का अयोध्या नगरी को प्रणाम करना)

नगरी मेरे पिता की सुख से बसो मुदाम।
हम तो वन को चल चुके कर तुझको प्रणाम॥

[चलते-चलते तमसा नदी के किनारा आना]

राम : अच्छा नगरवासियो! हम आपके इस प्रेम के लिए आभारी हैं। आप लोगों ने हमारा बड़ा सम्मान किया जो यहाँ तक हमारा साथ दिया। परन्तु अब देखो अब तमसा नदी का किनारा आ गया है इसलिए अपने-अपने घरों को लौट जाओ और राज प्रबन्ध में भरत का हाथ बँटाओ।

नगरवासी : हे नाथ! जल के बिना मछली और मणि के बिना सर्प रह सकता है, परन्तु हम आपके बिना नहीं रह सकते, बस इतनी कृपा कीजिए हमें भी साथ चलने की आज्ञा दीजिए। आपका वियोग किसी प्रकार से नहीं सह सकेंगे।

राम : अच्छा लो अब रात्रि हो गई है, सब लोग विश्राम करो।

नगरवासी : जैसी आज्ञा प्रभो! (सबका सो जाना)

[राम का उठना]

राम : (सुमन्त को जगाकर) हे सुमन्त जी! उठो! रथ तैयार करो,

प्रजा के लोगों को सोते छोड़ जाना ही उचित है, नहीं तो ये फिर हठ करेंगे और वनों में जाकर वृथा दुख भरेंगे।

सुमन्त : किन्तु नाथ! प्रातःकाल उठने पर इनको बड़ा दुख होगा।

राम : नहीं! सब समझ जाएँगे और निराश होकर अपने घरों को लौट जाएँगे। जरा यह तो विचारो कि इनके बिना इनके परिवारों की क्या दशा होगी।

सुमन्त : ठीक है महाराज! चलिए, रथ पर सवार हो जाइए।

राम : हे सुमन्त जी! रथ की खोज मारकर रथ को हाँकिए। और किसी उपाय से बात नहीं बनेगी।

[राम लक्ष्मण व सीता सहित सुमन्त का चला जाना]

(नगरवासियों का जागना और विलाप करना)

अन्त में विवश होकर वापिस अयोध्या लौट जाना।

शृङ्ग वीरपुर

(राम-लक्ष्मण का आना राजा गुह का प्रणाम करके भेंट करना)

राजा गुह : अहा! मेरे अहो भाग्य हैं जो रघुकुल भूषण श्री राम ने अपने चरण कमल से इस स्थान को पवित्र बनाया है।

राम : प्रिय मित्र! आज आपसे मिलकर मन को बड़ा आनन्द आया।

गुह : महाराज! अब नगर में चलकर कुछ देर विश्राम कीजिए और थोड़ा जलपान करके सेवक का सम्मान बढ़ाइए।

राम : प्यारे सखा! मुझे पिता की आज्ञा है कि चौदह वर्ष तक किसी नगर में न जाऊँ और वनों में रहकर ही तपस्वी का जीवन बिताऊँ।

गुह : (आश्चर्य से) ओहो बड़े आश्चर्य की बात है। महाराज के मन में यह क्या समाया जो आपको वनवासी बनाया?

लक्ष्मण : भाई! हमारी सौतेली माता कैकेयी ने महाराज से दो वरदान पाए। जिनमें एक में भरत को राज्य और दूसरे में हमारे लिए चौदह साल का वनवास।

गुह : ओहो! इतना अन्याय! माता होकर पुत्रों को वनवासी बनाया।

राम : नहीं भाई! यह सब विधाता की माया है। भाग्य के आगे सभी

ने सिर झुकाया है।

गुह : तो महाराज! कुछ चिन्ता न कीजिए। केवल मुझे आज्ञा दीजिए। आपकी सब प्रकार की सेवा करूँगा और जिस वस्तु की आवश्यकता होगी, वह यहीं लाऊँगा।

राम : नहीं भाई! आपको कष्ट करने की आवश्यकता नहीं; हमें सब प्रकार की सुविधा है। (लक्ष्मण से) भ्राता लक्ष्मण! जाकर बड़ का दूध ले आओ और जटा बढ़ाओ।

लक्ष्मण : जैसी आज्ञा प्रभो!

सुमन्त : (रोकर) दूध! बड़ का दूध! क्या जटा बढ़ाई जाएगी। क्या ताज पहनने वाले शीश पर मुनियों वाली जटा चढ़ाई जाएगी। क्या देख रहा हूँ प्रभो!

कहाँ पृथ्वी पर ये सोना, कहाँ वह उच्च सिंहासन।
कहाँ मखमल के वो गद्दे, कहाँ ये धूल में आसन॥
कभी जिस शीश पर मैंने, मुकुट की थी छटा देखी।
उसी सिर पर विराजी आज, मुनियों की जटा देखी॥

बस हो चुकी महाराज! अब कैकेयी की आज्ञा पूरी हो चुकी। यह वन का श्रृंगार अब नहीं देखा जाता। चलिए रथ तैयार है, अयोध्या को वापिस चलिए।

राम : क्या कहते हो सुमन्त जी?

सुमन्त : सुनिए प्रभो।

जब गमन किया तुमने वन को, महाराज के आँसू बहने लगे।
व्याकुल हो सिर पीट लिया, और रो-रो ऐसा कहने लगे॥
तुम जाकर इनके साथ सुमन्त, इनको बन खूब दिखा लाना।
गंगा स्नान करा देना फिर, उल्टा यहाँ फिरा लाना॥
अब हाथ जोड़ कर विनती है, इतनी करुणा हे नाथ करो।
बस साथ चलो वापिस मेरे, मत नगरी तात अनाथ करो॥
रघुकुल दीप बुझ जाएगा, जीना दुश्वार पिता को हो।
माता अन्धी हो रो-रोकर, जनता बरबाद सदा को हो॥

राम : (दोहा) **ज्ञानवान हो मन्त्री, सर्वगुणों की खान।**
सत बराबर तप नहीं, कहते वेद पुराण।

जिस सत्य पे अपना जीवन भी शिव हरिश्चन्द्र ने वारा है।
और रन्ति देव राजा बलि ने जिसको संकट में धारा है।।
यह अहो भाग्य है मेरा जो यह सत्य मिला आसानी से।
क्या मूर्ख बनकर छोड़ चलूँ मैं उसको ही नादानी से।।
अब लौट जाओ मानो कहना, कहना कर जोड़ पिता जी से।
यह कष्ट है चौदह वर्षों का काटूँ बस इसको राजी से।।
मैं छोड़ वनों को नगरी में विश्राम नहीं कर सकता हूँ।
जिससे अपयश हो जग में वह काम नहीं कर सकता हूँ।।

(दोहा) हितकारी हो मन्त्री तुम हो पिता समान।
लौट जाओ वापिस अभी वचन हमारा मान।।

सुमन्त : हे राम! जब महाराज पूछेंगे तो उनको मैं क्या उत्तर दूँगा। जब वो दुखी होंगे तो उन्हें किस प्रकार शान्त करूँगा।

राम : सुमन्त जी! आप जानते हैं कि शूरवीर ही संकट में नहीं घबराते हैं। आपत्ति आने पर भी पग पीछे नहीं हटाते हैं।

सुमन्त : अच्छा न सही। यदि आप अपनी प्रतिज्ञा से विवश हैं तो लक्ष्मण और जानकी जी को तो वनवास नहीं मिला है। उनको तो वन में रहने के लिए किसी ने नहीं कहा है। उनको ही वापिस भेज दीजिए। महाराज की शान्ति का कुछ तो उपाय कीजिए।

सीता : नहीं! मैं तो अपने पतिदेव के साथ रहूँगी।

लक्ष्मण : मैं तो श्री राम के साथ वन में ही रहूँगा। हाँ! सुमन्त जी तुम अयोध्या वापिस जाकर मेरी एक बात माता कैकेयी से कह देना।

कह देना माता कैकेयी से अब घी के चिराग जलाएगी।
काँटा था जो निकल गया अब भरत से राज कराएगी।।
जिस राज के राजा भरत लाल और कैकेयी शीलवन्ती माता।
उस राज का नाम तो लेते ही आँखों में खून उतर आता।।
तुम जाकर यूँ ही कह देना जो हमने वचन सुनाए हैं।
अब वापिस लौट नहीं सकते उस राज से हम भरपाए हैं।।

राम : प्यारे मन्त्री! लक्ष्मण की बातों पर ध्यान न देना। और मेरी ओर

से माता जी से कहना कि हमारे वियोग में आहें न भरें और इस दुख को शान्ति से सहन करें। चौदह वर्ष जल्दी ही बीत जाएँगे और हम अयोध्या लौट कर उनके दर्शन करेंगे।

सुमन्त : (सिर पीटकर) धिक्कार है! धिक्कार है! अभागे सुमन्त तुझे लाख बार धिक्कार है। कान सुन रहे हैं, हृदय मनन कर रहा है। बुद्धि सोच रही है, परन्तु उपाय, उपाय कुछ समझ में नहीं आता। क्या करूँ? हे विधाता! ऐसे विकट समय में क्या करूँ?

राम : सुमन्त जी! आप खुशी-खुशी अयोध्या लौट जाइए। आप जाकर पिता जी के चरण पकड़ कर करोड़ों नमस्कार के साथ हाथ जोड़कर विनती करिएगा कि वे मेरी किसी बात की चिन्ता न करें।

सुमन्त : जैसी आज्ञा प्रभो!

[प्रणाम करके चल देना] (स्वयं से)

अन्धेर! महा अन्धेर! भाग्य का बड़ा भयानक फेर।
आशा टूट गई! तकदीर फूट गई।
सारा प्रयत्न असफल रहा सारी चेष्टा बेकार गई।।

अभागे सुमन्त! राम वन को जा रहे है और तेरा पग अयोध्या की ओर दौड़ लगा रहे हैं। क्या कहेगा? जब महाराज पूछेंगे तो तू क्या कहेगा? दशरथ! बूढ़े और निराश दशरथ! आज तुम्हारे हृदय में अग्नि सुलग रही होगी। तुम्हारी आत्मा में दीमक लग रही होगी। आह! मैं क्या करूँगा? उस अग्नि को और भी भड़काऊँगा। उस दुखी मन को और भी दुखाऊँगा। दिल तड़प उठा है और जलने लगी छाती मेरी, हाय! इस घटना से पहले मौत आ जाती मेरी।

(गंगा का किनारा)

राम : अरे भाई केवट! शीघ्र अपनी नाव लाओ और हमें गंगा पार कराओ।

[केवट चुप रहता है]

राम : भाई! हमें देर हो रही है, अब और अधिक देर न लगाओ और

हमें गंगा के पार करो।

(केवट फिर भी चुप रहता है)

अरे भाई! क्या बात है? तुम जल्दी से नाव क्यों नहीं लाते हो।

केवट : महाराज! मैं सारा भेद जानता हूँ कि आपके चरणों की रज में जीव डालने की कला है। आपको नाव चढ़ाकर क्या मुझे अपना व्यवसाय खोना है। दाने-दाने को मोहताज होना है।

राम : अरे भाई! हम तुम्हारी रहस्य भरी बातें को कुछ भी नहीं समझे। अपना मतलब खोलकर बताओ।

केवट : सुनिए नाथ!

हे नाथ! नाव मैं कैसे बढ़ाऊँ, अचम्भा मुझको आता है।
है जड़ी आपके चरणों में जिस से पत्थर उड़ जाता है।।
चरण छूते ही जब शिला उड़ी फिर नाव तो मेरी काठ की है।
इस ओर जो आते जाते है इन मुसाफिरों के बाट की है।।
बालक हैं छोटे-छोटे क्या करके उन्हे खिलाऊँगा।
है कार सदा से ये मेरी बस यही इन्हें सिखलाऊँगा।।
बालक बच्चे पालता हूँ और काम न कोई जानता हूँ।
जो कहा प्रभु मेरा मानो तो मैं कहा आपका मानता हूँ।।
जब लो न चरण धो लूँ तब लो नैया में बैठा सकता नहीं।
मन का भ्रम जब तक दूर न हो, पार लगा मैं सकता नहीं।।

राम : ओहो! यह बात है। अच्छा भाई! तुम अपनी यह शंका भी मिटाओ।

राम का गाना

तर्ज : **सुनो जी रघुराई, कहूँ कर जोड़**

चरण धो रे भाई! करो भ्रम दूर।

1. तू जल लाकर मेरे पग धो ले, मेरे नहीं कोई कठिनाई।
   फिर जल्दी से पार उतारो, क्यों इतनी देर लगाई।।
   चरण.....
2. जान गए हम जो सोचा है, तुमने मन में चतुराई।
   इस निर्मल बुद्धि की जग में, नित नित होत बड़ाई।।
   चरण.....

3. गंगा जी के पार उतारो और लो अपनी उतराई।
सब संकोच दूर कर मन का, दो नैया उधर लगाई।।
चरण.....

[केवट का कठौती में जल लाकर चरण धोना और सबका आचमन करना]

केवट : बोलो अधम उबारन की जय! (राम से) आइए नाथ! अब नाव में आइए।

[तीनों का नाव में बैठना गंगा जी की स्तुति करना]

जय-जय गंगे मैया, मोरी पार लगाओ नैया।

1. तरण तारिणी माया उभारनी, लोग कहे कल्याण कारनी।
बेड़ा पार लगाओ। मोरी पार.....
2. जग जननी माई तेरे री रेत में, आवत गावत तेरी री खेत में।
झूलत सब ही माई। मोरी पार.....
3. ऋषि-मुनियों ने भी शोभा बरणी, सबके दिल का भय हरणी।
सभी को पास रखैया। मोरी.....
4. जो हरि गुण गावे शुभ मन से, बेड़ा पार माई तेरे भजन से।
होवत सबल सवैया। मोरी.....
5. हम सब लौट कुशल जो आऊँ, पुष्प, सुगन्धी धूप चढ़ाऊँ।
ऐसा वर दे मैया। मोरी.....

[सीता जी की स्तुति]

तर्ज : **तुम बिन हमरी कौन खबर लो गोवर्धन गिरधारी**

शरण हूँ तेरी गंगा मैया, नैया पार लगा दे। नैया पार लगा दे।
मैया नैया पार....

1. तरण-तारिणी पाप नाशिनी, जग में सदा कहाती हो।
भव सागर से दुष्ट जनों का बेड़ा पार लगाती हो।।
हमको भी अब कलिमल हरणी, निर्बल सबल बना दे।
मैया नैया पार....
2. प्राणनाथ और लक्ष्मण जी संग लौट कुशल से आऊँ।
चरण कमल में पुष्प, सुगन्धी, अक्षत, फूल, चढ़ाऊँ।।
वन जीवन में नित सुख पावे, ऐसा वर दे माता।
मैया नैया पार.....

[पार उतरना]

राम : (स्वयं से) अब क्या कीजे, पास एक कौड़ी नहीं, अब केवट का उतराई कहाँ से दें।

सीता : (मुद्रिका देकर) स्वामी! यह मुद्रिका केवट को उतराई में दे दीजिए।

राम : लो भाई! अब तुम अपनी उतराई लो (मुद्रिका देना)

केवट : हे नाथ! मुझे क्यों लज्जित करते हो। आज मैंने क्या नहीं पाया। मेरे जन्म जन्मान्तर के पापों का नाश हो गया। सारी दरिद्रता जलकर भस्म हो गई। हे प्रभो! मैं आपकी करुणा के अतिरिक्त और कुछ नहीं चाहता।

राम : प्यारे भाई तुम कोई संकोच न करो। जो कुछ हम दे रहे हैं, तुम उसे ही सब कुछ जानकर ग्रहण कर लो।

(राम का गाना)

केवट लो मजदूरी अपनी, जो बनती है दस्तूरी।
ज्यादा कुछ मेरे पास नहीं है, है मेरी मजबूरी॥
यह ले लो तुम एक अँगूठी, गंगा पार उतराई।
चीज है छोटी, कीमत मोटी, न करता चतुराई॥
काम के बदले दाम नहीं है, ये है उपहार हमारा।
याद रहेगा भक्त राज, हमको उपकार तुम्हारा॥
बड़े प्रेम से हमने थी ये, सीता के लिए बनवाई।
ले मेरे प्यार की अमर निशानी, इन्कार करो न भाई॥
केवट लो भाई, कुछ तो ले लो।

केवट : क्या देते हो स्वामी! मुझे नहीं तुमसे एक पैसा लेना।
हम तुम एक पेशा ठहरे फिर क्या देना और क्या लेना॥
मजदूर कहीं मजदूरों से मजदूरी लेते हैं भैया।
मल्लाह कहीं मल्लाहों से मल्लाही लेते हैं भैया॥
मजदूरी तो अपनी मैंने, हे नाथ! पेशतर पा ली है।
वह भी अपनी मन माँगी, जी भर के इतनी ले ली है॥
चुक गई मजदूरी जब मेरी तो रहा आप पर भार नहीं।
उद्धार हो गया जब मेरा तो कोड़ी रही उधार नहीं।

मेरा घर सुरसरी के तट तुम रहते जगमल विधि तट हो।
मैं गंगा का ही माँझी हूँ, तुम भव सागर के केवट हो॥
अपने को ऋणी समझते हो, तो तुम ऋण वहीं चुका देना।
मैंने गंगा से पार किया, तुम भव से पार लगा देना॥

राम : देते हैं वरदान तुम्हें वन कमल फूल मुस्काना।
हरे भरे हो इस जीवन में, मुक्ति के फल को पाना॥
भक्ति भाव का एक नमूना रे तेरी नेक कमाई।
तूने साबित कर दिखलाया, श्रद्धा की जोत जलाई॥
केवट कट गई दूरी तेरी, आशा हो गई पूरी,
अगले जन्म में संग संग होंगे, ना अब बात अधूरी।

[बाल्मीकि ऋषि का आश्रम]

राम : ऋषिवर प्रणाम!

बाल्मीकि : चिरंजीव रहो! पधारिए महाराज, पधारिए। हे रघुकुल भूषण। आपने वनों को कैसे सुशोभित किया?

राम : ऋषिराज! किसी समय हमारी माता कैकई ने महाराज से दो वरदान पाए थे। सो उन्होंने एक में छोटे भाई भरत को राज्य और दूसरे में मेरे लिए वनवास माँग लिया। ये छोटे भाई लक्ष्मण और ये प्रिय सीता जी भी साथ आए हैं। मैंने पिता जी की आज्ञा में अपना कल्याण जान कर सहर्ष स्वीकार कर लिया।

बाल्मीकि : हे नाथ! यदि आप ऐसा नहीं करते, तो संसार का कल्याण किस प्रकार होता। राजभोग और सम्पत्ति तो सांसारिक मनुष्यों को बाँध सकती है।

राम : मुनि जी! भ्रमण करते-करते बहुत समय बीत गया, अब कृपा करके कोई ऐसा स्थान बतला दीजिए जहाँ ऋषि जनों को कोई कष्ट न हो और मैं जानकी तथा लक्ष्मण सहित जाकर विश्राम करूँ।

बाल्मीकि : महाराज! आप तो सर्वव्यापी हैं। ऐसा कौन-सा स्थान है। जहाँ आपका वास नहीं। फिर भी आप मुझसे पूछते हैं तो सुनिए! जो मनुष्य आपकी कथा सुनते-सुनते तृप्त नहीं होते आप

उनके हृदय में वास करिए। जो अपने नेत्र रूपी चातक द्वारा आपके दर्शन रूपी मेघ की अभिलाषा करते हैं, आप उनके हृदय में वास कीजिए। जिनकी जिह्वा आपके गुणों का बखान करती नहीं थकती; आप उनके हृदय में वास कीजिए। जिनकी नासिका आपके पवित्र प्रसाद की सुगन्ध सूंघती रहती है, आप उनके हृदय में वास कीजिए। जिनका शीश देवता, गुरु और महात्माओं के चरणों में नम्रता से झुकता है आप उनके हृदय में वास कीजिए। जिनके चरण तीर्थों की यात्रा करते रहते हैं आप उनके हृदय में वास कीजिए। जो मनुष्य काम, क्रोध, लोभ, मोह, राग-द्वेष और दंभ को त्याग कर आपकी शरण में जाते हैं आप उनके हृदय में वास कीजिए। जो दूसरों के धन को पत्थर और दूसरे की स्त्री को माता समझते हैं आप उनके हृदय में वास कीजिए।

गाना

तर्ज : **बहरे कव्वाली (न आया आज तक.....)**

ओ कण-कण में रमने वाले, किस ठौर नहीं है वास तेरा।
तारों में जगी है जोत तेरी, फूलों की हँसी में हास तेरा।।
चलता है पवन के झोंके में, बहता है नदी के धारे में।
है आग में गर्मी तेरी ही, नभ धरणी बीच निवास तेरा।।
तारों में.....

रहने का ठिकाना बतलाऊँ, सूरज को दीपक दिखलाऊँ।
इक बूंद से सागर बन जाऊँ, उपहास मेरा उपहास तेरा।।
तारों में.....

प्राणों में कुशल आलोक जगा, साँसों में तेरा ही तार बँधा।
संसार उजागर तेरी कला, आकाश, रसातल वास तेरा।।
तारों में.....

राम : ऋषिवर! इन बातों को छोड़िए। केवल सांसारिक दृष्टि में कोई रहने का ठिकाना बतला दीजिए।

बाल्मीकि : अच्छा भगवन्! यदि यही इच्छा है तो आप चित्रकूट पर्वत पर निवास कीजिए। वहाँ का बन सुन्दर है, मन्दाकिनी का निर्मल

जल बहता है। हाथी, सिंह, हिरण सब स्वतंत्रता से विहार करते हैं और अनेक ऋषि आत्म-कल्याण की साधना में लीन रहते हैं। आपको वहाँ बड़ा आनन्द प्राप्त होगा।

राम : धन्य हो महाराज! अच्छा अब आज्ञा दीजिए।

बाल्मीकि : अच्छा भगवन्! आज मेरी भी साधना सफल हो गई। मैं कृतज्ञ हुआ।

(राम-लक्ष्मण, सीता का जाना)

पाँचवाँ दिन

दशरथ मरण

पात्र

1. दशरथ
2. सुमन्त
3. कौशल्या
4. गुरु वशिष्ठ
5. सुमित्रा
6. दूत
7. कैकई

(कोप भवन)

[दशरथ पड़े रो रहे हैं, तीनों रानियाँ, वशिष्ठ और दासी उपस्थित हैं।]

दशरथ : (कौशल्या से) प्रिय! मेरा अन्तिम समय निकट आ रहा है। प्यारे राम का वियोग मुझे शोक के आँसू रुला रहा है। अब मुझे केवल यही कहना है कि मैंने तुम्हारे साथ जो अन्याय किया है, तुम उसे क्षमा कर देना। मेरे अपराध को भुलाकर मेरी आत्मा को शान्ति देना।

तुम्हारे दिल में मैंने ही कपट का तीर झौंका हैं।
तुम्हारे लाल को मैंने ही प्यारी वन को भेजा है।।

कौशल्या : क्या कहने लगे प्राणनाथ! ऐसी बातें कहकर मुझे पाप की भागी न बनाओ। निराशा में डूबी हुई दशा को अधिक कष्ट न पहुँचाओ।

है मुझे आसान सह लेनी जुदाई राम की।
पर तुम्हारे बिन कोई सूरत नहीं आराम की।।

महाराज दशरथ का गाना

(**तर्ज** : टोडी, आसावारी ताल धमसार)

मेरे निकसे जात प्राण।
अन्त समय अब आ गया मेरा, बिल्कुल निश्चय जान।।
मेरे निकसे.....

1. ऐ प्यारी मैंने तुझको भी नाहक किया विरान।
मुझ पापी को बख्श दो लेकिन निर्बल दुखिया जान।।
मेरे.....

2. इस दुनिया में समझ मुझे, अब मिनटों का मेहमान।
वक्त आखिरी, मुझ दुखिया पर कर इतना अहसान।।
मेरे.....

3. कैसी वह मनहूस घड़ी थी दी जब तुझे जुबान।
ऐ जालिम कैकई मिटाया तूने मेरा नाम निशान।।
मेरे.....

4. दुनिया में नहीं होगा मुझसा, गुनहगार इन्सान।
हे ईश्वर मुझ अपराधी का हो कैसे कल्याण।।
मेरे.....

5. प्यारे राम अब मिलना तेरा मुझको कठिन महान।
मुझ पापी से मिलने में भी बेटा तेरी हान।।
मेरे.....

दासी : महाराज! मन्त्री जी वापिस आ गए हैं।

दशरथ : उन्हें शीघ्र अन्दर ले आओ।

[सुमन्त को अकेले देखकर]

दशरथ : (रोते हुए) सुमन्त जी! आप तो अकेले ही आ गए, क्या मेरी फुलवारी को वन में ही छोड़ आए हो? क्या मेरी हंसों की जोड़ी को साथ नहीं लाए।

सुमन्त : महाराज! आप तो विद्वान और ऊँच-नीच के जानने वाले हैं। क्या राम आपके वचनों को झूठा करके वापिस लौट आने वाले हैं?

दशरथ : (तड़पकर) हाय! हाय! अन्तिम आशा भी टूट गई। लेकिन तुमने उनको समझाया क्यों नहीं? उन्हें अपने कर्त्तव्य और धर्म का वास्ता देते और अयोध्या वापिस ले आते।

सुमन्त : भरपूर कोशिश की महाराज! श्री रामचन्द्र ने कहा, चौदह वर्षों तक वनों में रहना उनका कर्त्तव्य और धर्म है। वे अपने इस धर्म का पालन कर रहे हैं। मैं उन्हें धर्म का पालन करने दूँ। उन्हें उनके धर्म से डिगाने की चेष्टा न करूँ। महाराज! उनकी इस बात का मेरे पास कोई जबाव नहीं था।

दशरथ : तुम.....तुम उन्हें मेरा वास्ता देते। माताओं का वास्ता देते और जिद करके उन्हें वापिस अयोध्या ले आते।

सुमन्त : महाराज! हर प्रकार से समझाया, परन्तु वे नहीं माने। उनकी एक ही जिद थी कि वे आपके आदेश का पालन करेंगे और चौदह वर्ष बाद ही अयोध्या वापिस आएँगे।

दशरथ : तुम हठपूर्वक उन्हें वापिस ला सकते थे। तुम उम्र में भी बड़े हो, उन्हें वापिस लौटने का आदेश भी दे सकते थे।

सुमन्त : महाराज! वे दोनों राजकुमार हैं और सीता जी राजरानी! सुमन्त तो इस राज का छोटा-सा सेवक है। मैं अयोध्या के भावी राजा को आदेश कैसे दे सकता हूँ।

दशरथ : हाय मन्त्री! मन्त्री क्या सत्य ही गए वनों को राम?
रहा सहा भी आसरा जाता रहा तमाम।

गाना

देखो आँख पसार यार, दुनिया मतलब की है।

1. माता अपने बेटे को तो समझ रही है फूल, सौतेला बेटा चुभता है ऐसे जैसे सूल।
बात ये बड़े गजब की है, यार दुनिया मतलब.....
2. नारि हठीली यह कहती है हठ मेरी रह जाए।
पति का चाहे घर उजड़े या प्राण पै नौबत आए।
हाय! चाहत इस ढब की है, यार.....अच्छा यह बताओ कि मेरे राज दुलारों ने किस प्रकार वन गमन किया?

सुमन्त : महाराज! पहला पड़ाव तमसा नदी के किनारे हुआ। वहाँ से अयोध्यावासियों को लौटाया गया। इसके बाद श्रृंगवीर पुर में राजा गुह से भेंट हुई और राम ने बड़ का दूध मँगा कर जटा बढ़ाई। फिर गंगा जी तट पर पहुँच कर कुछ देर विश्राम किया और जानकी सहित दोनों भाई मुझे मूर्छित छोड़कर गंगा पार करके वनों को चले गए।

दशरथ : क्या उन्होंने चलती बार कुछ नहीं कहा?

सुमन्त : महाराज! राम का स्वर सदैव की भाँति गंभीर था, उनके मुख पर शान्ति की आभा झलक रही थी। उन्होंने मुझे अनेक प्रकार से समझा कर कहा कि-

तात चरणों में पिता जी के नमस्कार मेरा।
अरू नगरवासियों को आखिरी है प्यार मेरा।।
कहना उनसे न करें याद न जल नैन भरें।
होके सन्तुष्ट रहें बस यही उपकार करें।।

इसके अतिरिक्त उन्होंने यह भी कहा था कि माताओं से मेरा प्रणाम कहना और उन्हें हर समय यह कर समझाते रहना

कि–

वन में आराम से हैं लाल तुम्हारे माता।
चरण छुवेंगे लौटकर तत्काल तुम्हारे माता।।

दशरथ : प्यारे सुमन्त! उन्होंने भरत को तो याद नहीं किया होगा?

सुमन्त : किया था और उनके नाम यह सन्देश भी दिया था कि वे आनन्द से राज करें। हमारे ओर की कोई चिन्ता न करें। दीन और अनाथ की सहायता अपना कर्त्तव्य मानें और प्रजा के कल्याण में अपना कल्याण जानें।

कौशल्या : और मेरे लक्ष्मण का क्या हाल था?

सुमन्त : लक्ष्मण जी को कुछ क्रोध था, वे कहते थे कि जिस राज्य में न्याय नहीं, हम वहाँ लौटकर कदापि न जाएँगे। केवल राम के अनुराग में अपना जीवन बिताएँगे।

हमें हैं प्रेम रघुवर से, यह सब संसार मिथ्या हैं।
न हमको राज इच्छा है, न कुछ सुख की ही इच्छा है।।

दशरथ : हाँ! लक्ष्मण ने ठीक कहा है। निस्सन्देह मैं अन्यायी हूँ, पापी हूँ। मैंने न्याय का गला घोंटकर अन्याय का साथ दिया है। परन्तु बेटा लक्ष्मण। इस समय मैं मरने जा रहा हूँ, इसलिए तुम मेरे दोषों को भूल जाओ, मेरे पापों को मन में न लाना।

[सुनो ये आखिरी अरदास मरते ही लखन बेटा।
करो अपराध को मेरे बस अब मन में दमन बेटा]

सुमित्रा : सुमन्त जी! कुछ जानकी का भी तो वृतांत्त सुनाओ।

सुमन्त : वे श्री राम के चरणों में बहुत सुखी थी। उन्होंने केवल इतना कहा कि मेरा पतिव्रत धर्म जान के साथ है। इसलिए अयोध्या लौट जाना असम्भव सी बात है। अन्त में प्यारे राम ने गुरु जी के नाम यह संदेश दिया कि अब नगरी की रक्षा और माता–पिता की शान्ति का भार उन्हीं पर है। इसलिए जब तक भरत जी आएँ, गुरुदेव सब कार्य शक्तिपूर्वक चलाएँ और माता–पिता को समझाएँ।

दशरथ : बस! वर्षों की लीला अब समाप्त हो रही है। अभागे दशरथ की आत्मा परलोक यात्रा के लिए सावधान हो रही है।

गाना

(बतर्ज : तुझको रोहित कहाँ पाऊँ)

छोड़ मुझको किधर को पधारे–मुख दिखला जा ऐ राम प्यारे।

1. बेगुनाह तुमको घर से निकाला, कर लिया मैंने अपना मुँह काला।
   पाप प्रकट हुए आज सारे, मुख दिखला.....
2. आखिरी वक्त है राम आजा, चाँद सा मुखड़ा अपना दिखाजा।
   मिल सकूँगा न फिर ऐ प्यारे, मुख दिखला.....
3. लक्ष्मण मेरी आखिरी घड़ी है, मौत मुँह खोले सम्मुख खड़ी है।
   तू ही आजा ऐ आँखों के तारे, मुख दिखला.....
4. बेटी सीता ऐ मेरी दुलारी, फिरती होगी कहाँ मारी मारी।
   कष्ट तूने भी क्या क्या सहा रे, मुख दिखला.....
5. जो कुछ उम्मीद थी वह भी टूटी, हाय यक लख्त तकदीर फूटी।
   जा रहा हाथ खाली पसारे, मुख दिखला.....
6. रोना रोए क्या इस बेबसी का दोष 'यशवन्त सिंह' ना किसी का।
   आप मारे जड़ों पर कुल्हाड़े, मुख दिखला.....

कौशल्या : महाराज धैर्य करो। होनी बलवान है, विधाता की गति महान है।

दशरथ : हाँ प्रिय! आप सत्य कहती हैं। होनी बड़ी बलवान है। देखो न! क्या सोचा था और क्या हो गया। (गुरु वशिष्ठ से दर्द भरी आवाज में) लेकिन गुरु जी सबसे ज्यादा दुख की बात यह है कि आपने तो राजतिलक का बड़ा ही शुभ मुहूर्त निकाला था। फिर यह रंग में भंग कैसे हो गया। अब इस मुहूर्त के बिल्कुल विपरीत जो कुछ हुआ है, उससे तो ऐसा लगता है कि आने वाले समय में प्रजा के लोग ब्राह्मणों द्वारा बतलाए हुए शुभ मुहूर्त पर कैसे विश्वास करेंगे। फिर आपसे बड़ा विद्वान तो सारी अयोध्या में कोई दूसरा है भी नहीं।

वशिष्ठ : राजन! मुहूर्त में तो कोई दोष नहीं था। लेकिन पूर्व जन्मों के कर्म और इस जनम में मिले शाप हर इन्सान को भोगने ही पड़ते हैं। वह श्रवण कुमार वाली घटना आपको याद होगी।

कौशल्या : प्राणनाथ! यह क्या घटना है। कृपा करके मुझे भी सुनाओ।

दशरथ : प्रिय कौशल्या! जरा ध्यान से सुनो। गुरु जी ने आज वह घटना याद दिलाई है जिसे याद करके आज भी मेरा हृदय काँप जाता है। जब मैं अपने पूरे यौवन पर था, तब एक दिन दरबार में एक युवक जिसका नाम श्रवण कुमार था आया। उसने सभी से बहुत ही आदरपूर्वक प्रणाम किया। श्रवण कुमार अपने माता-पिता की सेवा करने के लिए सारी अयोध्या में जाना जाता था। उसने कहा--राजन! मैं आपसे एक आज्ञा लेने आया हूँ।

माता पिता मेरे चाहते हैं तीर्थ यात्रा को जाना।
कोई बड़ा यह काम नहीं बस इतना है मेरा कहना।।
कावड़ में उन्हें बिठाकर मैं कंधे पर स्वयं उठाऊँगा।
इसी तरह पूरे भारत की यात्रा उन्हें कराऊँगा।।
करेंगे वे पूजा देवों की मैं पूजा उनकी करता हूँ।
माता-पिता की सेवा में मैं जीना और मरना चाहता हूँ।।

मैंने उस नवयुवक से कहा कि आपकी यात्रा काफी लम्बी है। और कष्टदायक है। इसलिए तुम मुझसे एक रथ ले लो और साथ ही मार्ग व्यय के लिए कुछ धन भी ले लो। हमारी अयोध्या धन्य है जहाँ तुम जैसे पितृभक्त निवास करते हैं। तुम जैसे पितृभक्तों की मदद करके मुझे भी मानसिक शान्ति मिलेगी। लेकिन उसने दोनों चीजों को लेने के लिए मना कर दिया और केवल मेरा और गुरु जी का आशीर्वाद माँगा। और वह अपनी यात्रा के लिए रवाना हो गया। दुर्भाग्य से उसके पिता शान्तुन और माता दयावन्ती दोनों ही अन्धे थे।

उसके चले जाने के बाद कुछ दिन बीत जाने पर सरयू नदी के तट पर बसने वाले कुछ श्रेष्ठ पुरुष दरबार में आए और कहने लगे, महाराज! हम पर एक बहुत बड़ी मुसीबत आई है।

एक मानव भक्षी व्याघ्र सरयू नदी के तट पर आ गया है। वहाँ हर दिन वह सरयू का पानी पीने आता है। मौका मिलते ही किसी मनुष्य को मारकर खा जाता है। कई मनुष्यों को तो वह पहले ही मारकर खा चुका है। प्रिय! कुछ तो मैं उस समय पूरी जवानी पर था और कुछ उन व्यक्तियों को बहुत परेशानी में देखा, सो मैंने निश्चय किया कि क्यों न मैं स्वयं जाकर उस मानव भक्षी शेर का शिकार करूँ। कुछ सैनिकों को साथ लेकर मैं सुबह ही उस जंगल में पहुँच गया। सारा दिन मैं उस नरभक्षी को ढूँढ़ता रहा, लेकिन सफलता नहीं मिली अन्धेरा हो गया। मैं भी बहुत थक चुका था। मैं सरयू नदी के तट पर बैठकर उस शेर का इन्तजार करने लगा। इस उम्मीद के साथ कि वह इस समय पानी पीने आ सकता है, मैं बैठा रहा।

(दोहा)

इतने में कुछ देर पर एक शब्द हुआ गंभीर।
सुना ध्यान से तो ऐसा लगा जैसे बोल रहा है नीर॥
मैंने समझा मिल गया, खोया हुआ शिकार।
सम्भव है जा रहा है, वह सरयू के पार।
कौशल्ये, तुम्हें ज्ञान है कि मैं धनुर्वेद में शिक्षित हूँ॥
हो लक्ष्य बेध या शब्द बेध दोनों बेधों से परिचित हूँ।
मुझमें तब पूर्ण तरुणाई थी, था परिश्रमों में चढ़ा हुआ॥
आखेट खेलने का भी था उत्साह उन दिनों चढ़ा हुआ।
इसलिए शब्द पर ही मैंने कर लिया लक्ष्य निश्चय अपना॥
फिर उसी लक्ष्य पर उसी समय शर छोड़ दिया निर्भय अपना।
पहुँचा तो बाण लक्ष्य पर ही पर लक्ष्य न उसका जीवन था॥
घातक था जिस जीवन का वह, वह जीवन अपना जीवन था।
हाँ! ज्यों ज्यों याद आ रही है हो रहे रोंगटे खड़े प्रिय॥
क्यों गया शिकार खेलने मैं, क्यों मति पर पत्थर पड़े प्रिय।

(दोहा)

ठहरो कुछ विश्राम लूँ, अभी बहुत है बात।
नहीं सुनाना है उचित है, थोड़ी सी रात॥

शर के लगते ही हुआ करुणा का संचार।
किसी चोटिले मनुज की आई अति पुकार॥
घबराकर मैं उस ओर चला सोचा यह क्या भवितव्य हुआ।
मुझ हत भागी के हाथों से आहत इस समय मनुष्य हुआ॥
ज्यों-ज्यों मैं आगे बढ़ता था, त्यों, त्यों पुकार भी बढ़ती थी।
नभमण्डल के निर्मल पट पर, श्यामल मेघावली चढ़ती थी॥
अब साफ समझ आता था मुझको कोई सह रहा दुख भारी है।
हाय! माता पिता, पिता माता, यह बारंबार दोहरा रहा है॥

(दोहा)

पहुँचा तीर समान ही मैं भी जल के तीर।
काँप रहा था उस समय सरयू का भी नीर॥
अब मैं घायल के था समीप पर आपा मेरे पास न था।
मैं था शरीर, आँखें थीं सब कुछ था, होश हवास न था॥
ज्यों त्यों यह शब्द कहे मैंने हो कौन बताओ उत्तर दो।
हे निर्दोषी, दोषी हूँ मैं कुछ दण्ड अभी निश्चित कर दो॥
मैं अवधपुरी का दशरथ हूँ मेरा ही शर हत्यारा है।
पड़ कर शेर के धोखे में मैंने ही तुमको मारा है॥
कहकर यह उस घायल के बैठा मैं पास घाव सीचने को।
जिन हाथों से छोड़ा था शर उनसे ही उसे खींचने को॥

(दोहा)

निकली शर के साथ ही, एक रुधिर की धार।
गूँज उठी फिर पूर्ववत बन में करुण पुकार॥
कहकर-हा माता, हाय पिता! जब घायल ने खोली आँखें।
तब निश्चय जानो मेरी भी डबडबा उठी डोली आँखें॥
शायक का बदला लेने को आई इस तरह निकल आँखें।
रोई मेरी आँखों में आ उस दुर्बल की निर्बल आँखें॥

(दोहा)

मिले परस्पर इस तरह दो दर्दीले नैन।
दर्द मन्द ने तब कहे-दर्द भरे कुछ बैन॥

(श्रवण कुमार)

'दशरथ' तुम राजा दशरथ हो, हो गया धन्य दर्शन कर मैं।
यह शर नव जीवन है जिससे परलोक जाकर मर कर मैं।।
राजन शिकार के धोखे में हो गया शिकार अगर मेरा।
तो इसमें दोषी नहीं आप आ गया आखिरी वक्त मेरा।।
अवधेश्वर श्रवण नाम मेरा दो नैनों का तारा हूँ।
माँ बाप वृद्ध हैं अन्धे हैं उनका ही एक सहारा हूँ।।
बड़भागी हूँ जीवन बिता, माँ और बाप की सेवा में।
सरयू तट आकर आज मरा-माँ और बाप की सेवा में।।
ईश्वर से यही प्रार्थना है, ईश्वर से यही कामना है।
जाती मरने के साथ-साथ यह जीती हुई वासना है।।
जग पते जन्म जन्मान्तर भी अनुरक्ति माता-पिता की हो।
जब कभी जनम हो इस जग में तो भेंट जन्मदाता की हो।।
राजन जग से, जग के सुख से सेवक को नहीं प्रयोजन है।
मरने वाले का, मरने से पहले बस यह एक तुच्छ निवेदन है।।
अन्धे, बूढ़ों की देखभाल अब तुम अपने कंधों पर लेना।
आकर ज्यों मुझे सँभाला है त्यों उनकी भी सुधि जाकर लेना।।
इस लोटे में पानी भर कर ले जाकर उन्हें पिला देना।
होगी यह अन्तिम कृपा मुझ पर प्यासों की प्यास बुझा देना।।
अवधेश देश के लिए आज संदेश सुनाता हूँ अपना।
आदेश नहीं, उपदेश नहीं, उद्देश्य सुनाता हूँ मैं अपना।।
गर्वोक्ति समझना नहीं इन्हें, निर्मल मन की गुंजारे हैं।
माँ और बाप के सेवक की यह भाव भरी झंकारे हैं।।

दशरथ : बेटा श्रवण कुमार मैं आपके अन्धे माता-पिता की आपकी ही तरह सेवा करूँगा। उनको कोई कष्ट नहीं होने दूँगा। मैंने उस व्याकुल को ऐसी सांत्वना दी प्रिय! कौशल्या। श्रवण कुमार ने अपने माता-पिता के प्रति अपने मन का उदगार करते हुए ये वचन कहे। प्रिय! कौशल्या उसके ये वचन सारी मानवता को लिए एक आदर्श है। वह बोला-

गाना (श्रवण कुमार)

(दोहा)

माता मेरी हैं 'श्री' और पिता हैं 'ओम'।
माता पिता में लीन है, सेवक का रोम-रोम।।

(टेक)

मैं उनका धर्म पुत्र हूँ, वे धर्मात्मा मेरे।
मैं आत्मा उनकी हूँ, वे परमात्मा मेरे।।

1. माता प्रसन्नता है, पिता है मुझे प्रमोद, भण्डार है आनन्द का माता पिता की गोद।
   यह प्रेम, यह अनुराग, हृदय पर जमा मेरे। मैं आत्मा.....
2. मुझको तो महादेव वे और महामाई, माता-पिता के रूप में देते हैं दिखाई।
   कर देते हैं अपराध वो सब क्षमा मेरे। मैं आत्मा.....
3. देकर भी प्राण भार हरण हो नहीं सकता-माता पिता के ऋण से उऋण हो नहीं सकता।
   रग-रग में 'राधे श्याम' ये राम और रमा मेरे। मैं आत्मा.....

(दोहा)

प्राण कंठ तक आ गए देह हुई नाकाम।
लेना मात पिता मेरा अब अन्तिम बार प्रणाम।।
मातृ पितृ में लीन हो जीव गया परलोक।
कौशल्ये वह दृश्य था अति पवित्र आलोक।।

मैं जीवित था या मृत सा था, क्या था-यह नहीं समझता था।
शव पितृभक्त का सम्मुख था, सर मेरा उस पर रखा था।।
सरयू की लहरें कहती थी, हाय माता हाय पिता! हा पिता माता।
वृक्षों की डालें कहती थी, हाय माता पिता! पिता माता।।
कानों के भीतर उत्तर था, 'ओ श्रवण कुमार! श्रवण बेटा।
अंबर के ऊपर उत्तर था, 'ओ श्रवण कुमार! श्रवण बेटा।।
यह दशा रही कितने क्षण तक, कुछ ठीक नहीं कह सकता मैं।
सुधि आई तुच्छ निवेदन की, तो पानी लेकर उठ्ठा मैं।।

(दोहा)

अन्धी-अन्धे के निकट, पहुँचा ले जलपात्र।
बोला जाता था नहीं, काँप रहा था गात्र।
ज्यों त्यों धीरज धर कहा, लाया हूँ मैं नीर।
कहने में तो कह गया, पर पानी हुआ शरीर।।
वे बोली 'जल लाया बेटा' पर बड़ी देर से आया है।
कुछ तुझे कष्ट तो नहीं हुआ, क्यों इतना समय लगाया है।।
क्या सर्दी खाई है तूने, जो बोल हो रहा भारी है।
चिन्ता न हमें कुछ अपनी है, तू तो सब भाँति सुखारी है।।

(दोहा)

सोच रहा था खड़ा हुआ, मैं कैसे बोलूँ आय।
बिना कहे बनती नहीं, अब क्या करूँ उपाय।।
कुछ हो बोलेगा नहीं, झूठ अयोध्या नाथ।
रघुवंशी का सत्य है, सदा प्राण के साथ।।
हे महामते! हे महामती! मैं श्रवण नहीं हूँ, दशरथ हूँ।
वह बड़भागी परमारथ था मैं एक अज्ञात स्वारथ हूँ।।
सरयू तट पर मरा बाण से वह मेरे शिकार के धोखे में।
अपनी ही पाँव कुल्हाड़ी से कट गया काठ के बदले में।।

(दोहा)

काँप-काँप कर कह सका मैं इतनी ही बात।
उस अन्धें के हृदय में लगा तीव्र आघात।।
बोला, वह छाती फाड़ हाय! क्या जग में श्रवण कुमार नहीं।
जब प्राण नहीं तो देह नहीं, जब देह नहीं संसार नहीं।।
है नहीं सहारा अन्धे का, तो क्यों कर वह चल सकता है।
हो गया समाप्त तेल तो फिर, दीपक कैसे जल सकता है।
जल लाया, जल जाए यह जल, निर्जल ही प्राण तजेंगे हम।
जिस जगह है प्राण पुत्र पड़ा बस उसी जगह पहुँचेंगे हम।।
अब जल तो क्या, अमृत तलक आए तो अपने लिए गरल सा है।
हम अन्धों को तो बिना श्रवण के सूनी सम्पूर्ण अयोध्या है।।
दशरथ जल देता है! ला दे! मत दे! तू क्या दे सकता है।

जीवन में और मरण में भी, जल तो बेटा दे सकता है।।
जल देता है अँजलि में दे फल अभी मिलेगा आप तुझे।
आगे बढ़ कौशल के राजा देता है अन्धा शाप तुझे।।
जिस तरह बुढ़ापे में मरता यह अन्धा पुत्र चिन्तवन है।
त्यों ही वियोग में बेटे के मर जाए तू चौथेपन में।।

(दोहा)

इतना कहकर श्रवण का बार-बार ले नाम।
वह अन्धा भी चल दिया देह छोड़ सुरधाम।।
मैं हत्यारा सोचता था, मैं क्या करूँ उपाय।
लगी मुझे यह दूसरी हत्या विधना हाय।।

(दयावन्ती का शाप)

इतने में अन्धी भी बोली–क्या संग प्राण के नाथ चले।
जब नाथ चले तो प्राण चले संबंध प्राण के साथ चले।।
आँखें पहले ही पास न थी अन्धों की टेक श्रवण ही था।
क्यों न मरण हो इस जीवन का जब जीवन एक श्रवण ही था।।
हा श्रवण, श्रवण! है अन्धकार किसको टेर अन्धी मैया।
गोदी सुहाग सब सूना है, सूना संसार हुआ दहिया।।
है ब्रह्म जहाँ बस जीव प्रकृति शोभायमान है सभी वही।
वे गए वहाँ, तू गया जहाँ, मैं भी आती हूँ अभी वही।।
कानों को खोल ए अयोध्यापति सुन ले विलाप अब अन्धी का।
अभिशाप सुन चुका अन्धे का, कर ग्रहण शाप अब अन्धी का।।
जो हृदय फोड़ कर उठती है, वह आग न ठण्डी होती है।
मुर्दे के पास खड़ी होकर यह राँड निपूती कहती है।।
पति का शव कर्म विहीन पड़ा, हो नरपति यही हाल तेरा।
तेरा भी मिट्टी पड़ी रहे, जब आए अन्तकाल तेरा।।

(दोहा)

बस यह ही कहती हुई, सुत को पति को टेर।
अन्धी भी सुरपुर गई, लगी न जाते देर।।
आई मेरे हृदय में, बार-बार ये बात।
हत्या है यह तीसरी, हाय आज की रात।।

फिर सोचा होगा वही, जैसा है भवितव्य।
अपराधी को दण्ड भी, देगी प्रकृति अवश्य।।

कौशल्या : हे नाथ! थोड़ा धैर्य रखो मन को शान्त करो। सब कुछ ईश्वर की आज्ञा से होता है।

चाहे अनजाने में हो पर मैं स्वीकार दोष यह करता हूँ।
टूटी छाती के शापों को मस्तक पर अपने धरता हूँ।।
झूठा भी शाप अगर हो यह भी तो दशरथ को सच्चा हो।
उत्पन्न शाप ही के कारण मुझ पुत्रहीन के बच्चा हो।।
यह सोच धैर्य आया मुझे, लौटा कर अन्त क्रिया सब की।
पर आज वही आखेट कर्म देता है मुझे सजा तब की।।
वे रूहें, वे प्रेतात्माएँ अब मेरे आगे आती है।
कौशल्ये, कौशल्ये देखो, मुझको भी पास बुलाती है।।

कौशल्या : हे नाथ! यहाँ पर कोई नहीं है। आप शान्त हो जाइए।

गाना दशरथ

(**तर्ज :** देख लिया मैंने किस्मत का तमाशा देख लिया।)
(फिल्म : दीदार)

दुनिया में आज किसको मैं क्या बताऊँ क्या हूँ।
पिछला पहर निशा का, दिन का ढलाव सा हूँ।। (टेक)

1. वो भाग हूँ जो फूटा, तारा हूँ वह जो टूटा।
छाती पे मैं धरा की, एक भार सा धरा हूँ।
दुनिया.....

2. गद्दी से जो है उतरा, सब कुछ छिना हो जिसका।
राजा हूँ वह तो भूखों मरती हुई प्रजा हूँ।
दुनिया.....

3. उड़ता हुआ धुआँ हूँ, जाता हुआ समाँ हूँ।
इच्छाएँ मर गई सब, मैं उनकी अब चिता हूँ।।
दुनिया.....

4. है राधेश्याम बाकी, इतनी जिगर में गर्मी।
हैं राम अब भी मेरे, मैं अब भी राम का हूँ।।
दुनिया......

आह! प्यारी मैं चला, मेरा दम निकला। अच्छा मुझे विदा करो। बेटा राम मुझे क्षमा करना। प्यारे लक्ष्मण! क्षमा करना। जनक दुलारी सीता क्षमा करना।

कौशल्ये, कौशल्ये! देखो ये क्या है, देखो यह क्या है?
कुछ नहीं-कुछ नहीं-कुछ नहीं, बहम सा है।
हैं! बहम नहीं, फिर-फिर नजरों में आती है।
पहचान लिया यह वो ही है, वो ही आत्मा दिखलाती है।।
दासी तुम अपना काम करो, रानी तुम अपना काम करो।
हे रामचन्द्र चौदह वर्ष तुम बन में ही विश्राम करो।।
बादलो सदा की नाई तुम, चौमासे में छाते रहना।
सूरज! तुम महलों की छत पर यों ही आते जाते रहना।।
जुगनू की तरह ए दीप बता तू क्यों धोखा देकर जलता है।
तू जलता रह, दशरथ केवल, केवल दशरथ ही चलता है।।
सुरपुर में परमारथ चलता दुनिया में स्वारथ चलता है।
बस्ती में बाहर रथ चलता महलों में दशरथ चलता है।।
तुम रहो अभी चौदह वर्षों तुमको तो साधन करना है।
ए जीव नयन का एक बार फिर अन्तिम दर्शन करना है।।

'राम-राम कह राम कह'
निकल जाए ये प्राण।
हुआ दीप भी प्रात का उसी समय निर्वाण।

(प्राण त्याग देना)

कौशल्या : हाय प्राणनाथ! आप तो सचमुच ही परलोक सिधार गए। हाय विधाता! हमारे सिर पर आपत्ति का कैसा पहाड़ टूट पड़ा।

सुमित्रा : हाय प्राण नाथ! मैं लुट गई।

वशिष्ठ : देवियो! धैर्य करो। अधिक रुदन न करो। रोने से क्या फल मिलने वाला है? ऐसे समय में तो शान्ति से काम चलता है। अब जितना जल्दी हो सके, भरत जी को बुलाएँ और उनके आने तक मृतक देह को सुरक्षित रखने का प्रबन्ध करना चाहिए।

कौशल्या : महाराज! ये उपाय आप ही कर सकते हैं।

वशिष्ठ : अच्छा! मैं अभी दूत भेजकर भरत जी को बुलवाता हूँ और एक पात्र में तेलभर कर महाराज का मृतक शरीर रखवाता हूँ।

(द्वारपाल द्वारा दूत को बुलवाना)

दूत! तुम अभी जाकर भरत जी को बुला लाओ। तुम्हें वहाँ पर किसी घटना का जिक्र नहीं करना है।

दूत : जैसी आज्ञा। प्रभो।

(चले जाना)

[कैकयपुर में भरत का शयनगृह]

(भरत जी को स्वप्न में राम वन-गमन का दृश्य दिखाई दे रहा हैं)

भरत : (नींद से चौंककर) हैं! यह क्या? अवध के महलों में शोक का समागम। राजदरबार में अशान्ति का पहरा (सोचकर) नहीं, कुछ नहीं, स्वप्न की बात है, इसका क्या विश्वास है। (फिर सो जाना किन्तु कुछ देर बाद फिर चौकना) है, फिर वही दृश्य! फिर वही मन को अधीर कर देने वाली लीला। राम की वन की तैयारी। सीता का राजमहल का त्याग! यह क्या हो रहा है प्रभो! (फिर सो जाना और फिर उठना) नहीं सोने दिया! इस भयानक स्वप्न ने एक बार फिर नहीं सोने दिया।

गाना

(**तर्ज** : वो दिल कहाँ से लाऊँ तेरी याद.....)
क्या जानूँ क्या हुआ? दिल बैठा जा रहा है।
तारे से टूटते हैं, अन्धेरा छा रहा है।।
क्या.....

1. देखा वह स्वप्न मैंने जो आज तक न देखा।
मानो कोई अवध पर बिजली गिरा रहा है।।
क्या.....

2. घर बार सब उजड़ कर खण्डर बने हैं मानो।
सारा नगर खड़ा है आँसू बहा रहा है।।
क्या.....

3. तेरी गति विधाता! यह क्या हमें दिखाया।
जिसके विचार से ही मन तिलमिला रहा है।
क्या.....

[शत्रुघ्न का प्रवेश]

शत्रुघ्न : भ्राता जी! आज आप कुछ घबराए हुए से जान पड़ते हैं। क्या कोई नई घटना घट गई हैं।

भरत : क्या बताऊँ भाई! तुम देख ही रहे हो कि कुछ दिनों से मन अधीर सा रहता है चित्त चंचल सा हो रहा है और आज के स्वप्न ने तो सारा ही सन्तोष धूल में मिला दिया; हृदय को बिल्कुल ही पागल बना दिया। न जाने ये अधीरता क्या करके रहेगी?

शत्रुघ्न : भ्राता श्री! स्वप्न की बात तो बिल्कुल निर्मूल होती है। उस पर विश्वास करना एक प्रकार की भारी भूल होती है।

भरत : नहीं! यह स्वप्न, स्वप्न नहीं कहा जा सकता, मेरा वह असन्तोष खाली नहीं जा सकता।

(योद्धाजीत का प्रवेश)

योद्धाजीत : बेटा भरत! अयोध्या से एक दूत आया है और गुरु वशिष्ठ का कोई संदेश लाया है।

भरत : हाँ! मैं तो पहले ही कह रहा था कि कोई नया समाचार आने वाला है। अच्छा मामा जी। उस दूत को बुलवाओ। मैं उससे मिलना चाहता हूँ।

योद्धाजीत : बेटा भरत! वह द्वार पर खड़ा है। मैं उसे अभी बुलवाता हूँ।

[दूत का आना]

भरत : क्यों भाई! क्या संदेश लाए हो?

दूत : (प्रणाम करके) महाराज! आपको गुरुदेव ने बुलाया है।

भरत : अच्छी बात है। मैं अभी चलता हूँ। अयोध्या में सब प्रकार से कुशल तो है ना?

दूत : महाराज! गुरु जी का आदेश है कि आपको तुरन्त बुलाकर ले आऊँ; इसके अतिरिक्त और कुछ न बताऊँ।

भरत : अच्छा मामा जी! जल्दी रथ तैयार करा दीजिए और हमें जाने की आज्ञा दीजिए।

योद्धाजीत : हाँ बेटा! अवश्य जाना चाहिए। मैं अभी रथ तैयार करवा देता हूँ। आप जाने वाले वस्त्र पहन कर आओ।

(भरत-शत्रुघ्न का अयोध्या के लिए प्रस्थान)

अयोध्या पुरी

भरत : आह विधाता! नगरी की यह दुर्दशा! मुँडेरों पर कौवे बोल रहे हैं, बाजारों में सियार डोल रहे हैं। बाग, बगीचे और ताल शोभाहीन प्रतीत होते हैं। पशु चरना छोड़कर आलस्य में पड़े सोते हैं। जो कोई आता है, चुपचाप प्रणाम करके चला जाता है। मानो किसी के मुँह में जबान नहीं या किसी से हमारी जान पहचान नहीं। मेरा मन नगर की यह हालत देखकर अत्यन्त व्याकुल हैं।

भरत का गाना (बहरे कव्वाली)

अयोध्या पै हाय यह रंज के आसार कैसे हैं।
पड़े चारों तरफ ये राख के अंबार कैसे हैं।

1. शाही महलों पे चीलें आज क्यों मंडरा रहीं इतनी।
सभी छोटे बड़े यह रंज में शरसार कैसे हैं।
अयोध्या.....

2. यह सूर्यवंश। का झण्डा हुआ खम किसके मातम में।
नहीं कुछ समझ में आता यह बद अवतार कैसे है।
अयोध्या.....

3. नगर में हर तरफ मातम, बस मातम नजर आता।
पड़े सूने अयोध्या के सभी बाजार कैसे हैं।
अयोध्या.....

4. जहाँ हर वक्त मेले की तरह हज्जूम रहता था।
वहाँ पर आदमी बैठे हुए दो चार कैसे हैं।
अयोध्या.....

5. यहाँ से रंजो गम का नाम कोसों दूर रहता था।
नगर के लोग रोते आज बे अख्यतार कैसे हैं।।
अयोध्या.....

6. अजब हैरान हूँ मैं देखकर हालत तुम्हारी भी।
मिजाजे दुश्मना 'यशवन्त सिंह' सरदार कैसे हैं।।
अयोध्या.....

या

(तर्ज : बहरे कव्वाली)
दिशाएँ रो रही हैं कुल-नगर में शोक छाया है।
विधाता! आज क्या अपशगुन इन आँखों को दिखाया है।।
1. भवन सूने से लगते हैं गली बाजार निर्जन हैं।
रची है आज क्या रचना प्रभो यह कैसी माया है।।
दिशाएँ.....
2. निराशा गूँजती सुन पड़ रही है वायु मण्डल में।
हर इक वस्तु के अन्तर में विरह का रंग पाया है।।
दिशाएँ.....
3. जहाँ आनन्द का घर था कुशल है शोक का वासा।
न जाने आज क्या संसार ने पलटा सा खाया है।।
दिशाएँ.....

शत्रुघ्न : निस्सन्देह भ्राता श्री! चारों ओर अपशगुन ही होते जा रहे हैं, जो किसी भारी दुर्घटना का पता बता रहे हैं।

भरत : आह भाई! नगर के समस्त व्यवहार उल्टे दिखाई पड़ रहे हैं। मानो चारों ओर से अंगार झड़ रहे हैं।

**किसी के शोक में देखो सकल घर बार रोते हैं।
कहीं बच्चे बिलखते हैं कहीं परिवार रोते हैं।।
हुआ है शोक का संचार नगरी की हवाओं में।
निराशा छा रही है कुल अयोध्या की दिशाओं में।।**

शत्रुघ्न : चलो भ्राता श्री! महल में चलकर ही इसका कारण पूछें। यहाँ कोई नहीं बताएगा।

(दोनों का महल की तरफ जाना)

[कैकेयी का महल]

मन्थरा : रानी जी! सुना है भरत जी आ गए।

कैकेयी : आ गए तो अब तक कहाँ रहे। जा जरा जल्दी उन्हें मेरे पास बुला ला।

मन्थरा : (हाथ का इशारा करके) ऐ लो वह सामने ही आ रहे हैं। (कैकेयी का भरत-शत्रुघ्न को आते देखकर आरती का थाल सजाना)

कैकेयी : (दौड़कर भरत को गले लगाकर) बेटा तुमने बहुत दिन लगाए। कहो तुम्हारे नाना-मामा तो राजी हैं?

भरत : हाँ माता जी! सब प्रकार से कुशल हैं, मगर अब तक मुझको पिता जी के दर्शन नहीं हुए वे कहाँ हैं?

कैकेयी : बेटा धैर्य करो, सफर की थकान उतारो, धीरे-धीरे सब मालूम हो जाएगा।

भरत : मेरी थकान तो पिता जी के दर्शन करते ही दूर हो जाएगी।

कैकेयी : अच्छा! पहले कुछ खा पी लो, फिर धीरे-धीरे सब हाल बता दूँगी।

भरत : मैं पूछता हूँ कि पिता जी कहाँ हैं। भाई राम-लक्ष्मण जी कहाँ हैं? तुम कहती हो, धीरे-धीरे सब हाल बता दूँगी। इसमें क्या रहस्य छुपा है?

कैकेयी : कहती तो हूँ कि धीरे-धीरे सब हाल बता दूँगी।

भरत : आश्चर्य है कि जो बात तुम कहती हो वह उलझी हुई, जो प्रश्न करता हूँ उसका टेढ़ा ही उत्तर मिलता है, यह धीरे-धीरे मालूम नहीं किस बला का नाम हैं।

कैकेयी : बेटा! शोक कि तुम्हारे पिता स्वर्ग सिधार गए। अब तुम उनके दर्शन नहीं कर सकते।

भरत : क्या पिता जी स्वर्ग सिधार गए?

कैकेयी : हाँ बेटा!

भरत : शोक! मैं अन्तिम समय भी उनकी सेवा न कर सका। भाई राम व लक्ष्मण जी ही भाग्यवान हैं, जिनके हाथों में पिता जी ने प्राण त्यागे। अच्छा यह तो बताओ कि रोग क्या था?

कैकेयी : रोग तो कुछ भी नहीं था, बस 'हाय राम हाय लक्ष्मण' करते हुए प्राण त्याग दिए।

भरत : हैं-हैं! यह क्या कहा? भाई रामचन्द्र और लक्ष्मण जी भी यहाँ उपस्थित नहीं थे?

कैकई : हाँ बेटा! वे तो पहले ही वन को चले गए थे। उन्हीं की जुदाई में तो महाराज ने प्राण त्याग दिए। तुम्हें ही बिल्कुल याद तक नहीं किया।

भरत : (सिर पीटकर) हाय-हाय! ऐसा अनर्थ कि चार बेटों के होते हुए अन्तिम समय एक भी पास न हुआ। परन्तु हे माता! भ्राता रामचन्द्र ने ऐसा कौन सा अपराध किया था जो वन जाने पर विवश हुए। जरा स्पष्ट तो बताओ।

कैकई : बेटा! बात वास्तव में यों है कि महाराज ने रामचन्द्र को राजतिलक करने की तैयारी की थी। मुझे तो खबर तक भी न थी। भला हो बेचारी मन्थरा का जिसने मुझे कुल हाल से सूचित कर दिया। एक बार मैंने महाराज से दो वरदान पाए थे, अस्तु अवसर को उचित जानकर मैंने महाराज से दोनों वरदान माँग लिए। यदि मैं ऐसा न करती तो महाराज तुम्हारा हक छीन कर कौशल का राज्य राम को दे देते। एक वचन में तुम्हारे लिए राज्य और दूसरे में राम को चौदह वर्ष का वनवास।

भरत : हाय! सर्वनाश! (गिर पड़ना)

शत्रुघ्न : तो क्या! राम के वन जाते बार किसी ने भी उनका साथ न दिया? और वे अकेले चले गए।

कैकई : नहीं बेटा! लक्ष्मण और जानकी ने उनके साथ ही जाना स्वीकार किया और तीनों के जाते ही महाराज का स्वर्गवास हो गया।

भरत : (व्यंग से) माता जी! यह आपने बड़ा सुन्दर काम किया। धन्य हैं आपको।

कैकई : यही तो मैं भी सुनना चाहती थी बेटा। अच्छा अब महाराज की मृत्यु का दुख भूल जाओ क्योंकि मरना जीना तो विधाता के अधिकार में है। अब तुम निश्चिंत होकर राज का काम चलाओ।

भरत : बस-बस! मोह में अन्धी हो जाने वाली माता। अब तुमने मुझे कहीं का न छोड़ा, आज अच्छी तरह मेरा भाग्य फोड़ा।

कैकई : क्या राज्य का इस प्रकार आदर करते हो भरत?

भरत : जिस राज्य ने तुमको अन्धा बना दिया, जिस माया ने तेरी आँखों पर पट्टी बाँध दी। जिस मोह ने तुझे पागल कर डाला, क्या मैं भी उसी जाल में फँसकर तेरी तरह अपने कर्त्तव्य को भूल जाऊँ।

मुझे तो राज तेरा पापिनी! विष के बराबर है।
जिसे तू राज्य कहती है, वह कंकर और पत्थर है।।

कैकई : क्या मेरी भलाई का यही बदला देते हो भरत?

भरत : भलाई! इस अन्याय को भलाई कहती हो। इस पाप को अच्छाई जानती हो। मीन को जल को अलग करना भी भलाई है? जड़ को काटकर पत्तों को सींचना भी भलाई है?

पिलाया विष मुझे अच्छा किया है प्यार यह तूने।
उजाड़ा मुझको दुनिया से किया उपकार यह तूने।।
विरह का तीर छाती से किया है पार यह तूने।
लगाया घाव पर मेरे गरम अंगार यह तूने।।
मैं समझा, खूब समझा आज तेरी प्रीति नागिन की।
कहाँ सीखी है तूने हाय पापिन रीति नागिन की।।

कैकई : बेटा! तुम क्या कहने लगे। क्या यह नहीं समझते कि मैंने तुम्हारे लिए कितनी कठिनता से ये दोनों वरदान पाए है।

भरत : वरदान! ऐसे वरदान माँगने से पहले उस ईश्वर ने तुम्हारी जबान पर ताला क्यों नहीं लगाया।

गाना

(तर्ज : कौन बधावे धीर पिता जी; कौन बधावे धीर)

टेक : यह कैसा गुल खिलाया है, नगर सूना बनाया है।

1. दुर्भागिन, पापिन, भरत, मर जाता यह काश।
यह कैसी माया रची, कर डाला कुल नाश।।
पिता जी को मिटाया है, नगर सूना.....

2. पहले दिल में मार कर, मेरे तीखे बाण।
देकर मुझको राज फिर, करती है सम्मान।।
यह क्या जी में समाया है, नगर सूना.....

3\. लूट लिया एक आन में, नगरी का आराम।
माताएँ व्याकुल करीं, वन को भेजे राम।।
सिया को दुख दिखाया है, नगर सूना.....

4\. वन-भम्रण को चल दिए, जब वो मेरे प्राण।
राज काज पापिन तेरा, विष के मुझे समान।।
कुशल अब वन ही भाया है, नगर सूना.....

कैकई : तो क्या मेरी सारी चेष्टा निष्फल जाएगी?

मन्थरा : तो क्या मन्थरा भी अपने परिश्रम का कुछ पुरस्कार न पाएगी।

शत्रुघ्न : (मन्थरा की चोटी पकड़कर) ओ दुष्टा! चाण्डाली! तूने ही राम को वन भिजवाया है। तूने ही इस वंश का नाश कराया है।

मन्थरा : (रोती हुई) हाय भगवान! मैं मर गई। मैंने ऐसा क्या खोट किया है जो उसका ऐसा बदला मिल रहा है।

भरत : भाई! जाने दो। स्त्री को मारना ठीक नहीं।
हुआ है आज जो कुछ सब विधाता ने दिखाया है।
न कुछ दोष माता का न कुछ इसने बनाया है।।

कैकई : बेटा भरत! तुम तो ज्ञानवान और नीति में सुजान हो। होनी हो कर रहती है। विधाता की गति टाली नहीं जा सकती। जो कुछ हो चुका है। वह कदापि वापिस नहीं हो सकता; इसलिए मन में शान्ति करो और प्रजा के हित के लिए राज्य कार्य सम्भालो।

भरत : राज करूँ! राम को वनों में भेज कर राज करूँ। लक्ष्मण और जानकी को संकट में डालकर राज करूँ। यह तू कौन से मन से कह रही है। यह तेरी कौन सी आत्मा के भाव हैं। आह अभागिन! यदि तू माता कौशल्या के दिल से पूछती, यदि तुझे माता सुमित्रा के कलेजे की तड़प मालूम होती तो तुझे पता चल जाता कि सब दिल तेरे जैसे नहीं होते। आह! तूने अपनी ही सन्तान को धोखा दे दिया। तूने अपने ही सुहाग पर लात मारी, तूने अपनी ही आत्मा के साथ विश्वासघात किया, याद रख। जब तूने अपना कपट व्यवहार नहीं छोड़ा है तो भरत भी

अपनी रामभक्ति को कदापि न छोड़ेगा। ओ निर्दयी! यद्यपि मेरा दिल पवित्र है, मगर दुनिया का मुँह कौन पकड़ सकता है। जिसके सामने जाऊँगा। वह यही ताना देगा कि आ गया कैकई का बेटा। दुनिया में जब कोई पाप करेगा तो लोग यही कहेंगे कि इसने तो कैकई के बेटे भरत को भी मात कर दिया। ऋषि मुनि अलग धिक्कारेंगे, जो मिलेगा वही मेरे मुख पर थूकेगा। बात-बात पर लोग कहेंगे कि आखिर तो कैकई का बेटा है। माता कौशल्या को भी यही निश्चय होगा कि यह सब भरत की ही शरारत से हुआ है। अरे पापिन! इससे यही बेहतर था कि पैदा होते ही मुझे गला घोंट कर मार देती ताकि आज का दिन तो न देखना पड़ता। हाय-हाय! क्या करूँ, मुझको तो रामचन्द्र जी की नाराजगी का ख्याल है, वरना तेरे जैसी माता के साथ जो कुछ कर गुजरता, थोड़ा था।

शत्रुघ्न : (धाए मार कर) हाय पिता जी!
आपके मरते ही सारा जमाना शत्रु हो गया, भाई रामचन्द्र भी उपस्थित नहीं, अब कौन है जो हमारी धीर बँधावे।

भरत शत्रुघ्न का विलाप

(**बतर्ज** : तुम्हें रोती है दुनिया सारी)

हाय फूटी है किस्मत हमारी, रे हाय फूटी है किस्मत हमारी।

1. छोड़कर हमको किसके सहारे, ए पिता जी किधर को पधारे।
की अकेले किधर की तैयारी रे, हाय फूटी.....
2. मुँह दिखाने के लायक रहा न, हाय कोई सहायक रहा न।
बात विधना ने कैसी बिगाड़ी रे, हाय फूटी.....
3. फँसी ऐसी जान मुश्किल में, रह गया यह भी अरमान दिल में।
कर सके कुछ न खिदमत तुम्हारी रे, हाय फूटी.....
4. किया किसके सुपुर्द हाय हमको, चल दिए ऐ पिताजी अदम को।
कौन लेगा खबरिया हमारी रे, हाय फूटी.....
5. राम मेरी न बिल्कुल सलाह ली, हाय तुमने भी तो वन की राह ली।
आ गई आज किस्मत की हारी रे, हाय फूटी.....

6. हाय ईश्वर हमें भी उठा ले, ऐ पिता पास अपने बुला ले।
जिन्दगी से हमें मौत प्यारी रे, हाय फूटी.....

कैकई : (भरत के आँसू पोंछकर) बस कर मेरे लाल, अब अधिक न रो।

भरत : (कैकई का हाथ झटक कर) बस मेरे सामने से दूर हो जा।

कैकई : बेटा! क्या तुझे मेरे से भी मोह नहीं रहा?

भरत : खबरदार जो फिर मुझे बेटा कहा।

कैकई : क्या अब मेरा बेटा बनने से भी इन्कार है।

भरत : मुझे तेरा बेटा कहलाने में सख्त आर है।

कैकई : मेरी नेकी का बदला देने का समय आया तो अब यों भागेगा।

भरत : बदला तो तुझे तब मिलेगा जब भरत भी तेरी आँखों के सामने प्राण त्यागेगा।

कैकई : यह कैसा बेहूदा ख्याल है।

भरत : ताकि तुझे मालूम हो जाए कि माता कौशल्या के दिल पर रामचन्द्र की जुदाई का किस कदर मलाल है।

कैकई : बेटा! जरा मेरी तरफ देख कि मैंने तेरे लिए किस कदर खून पसीना एक किया है।

भरत : (दाँत पीसकर) मैं तुझे एक बार कह चुका हूँ कि मुझे बेटा कहकर कलंक का टीका न लगा।

शत्रुघ्न : हाय भगवान! अब इस संसार में हमारा कोई सहायक न रहा। पिता जी का हाथ सिर से उठ गया। भैया राम वनों को चले गए।

भरत : (शत्रुघ्न को गले लगा कर) प्यारे भाई! तुम्हारे लिए तो रामचन्द्र मैं, उपस्थित हूँ। रामचन्द्र अगर यहाँ नहीं हैं तो मेरे लिए नहीं है। तुम क्यों रोते हो? उठो भाई सब्र करो, चलो उस बेचारी, दुख और मुसीबत की मारी, महा दुखियारी माता कौशल्या और सुमित्रा जी की खबर लें।

(कौशल्या के महल की ओर जाना)

कौशल्या का महल

[कौशल्या पड़ी हुई आहें भर रही है और सुमित्रा उनकी दिलजोई कर रही है।]

कौशल्या का गाना

(**तर्ज** : गम दिए मुस्तकिल.....हाय हाय जमाना)

करके सूना भवन, जा बसाया है वन, हाय बेटा।
कर गए राज-दरबार सूना

1. छोड़कर देश तुम वन सिधारे, स्वर्गवासी हुए प्राण प्यारे।
किसका ले आसरा, कौन सुन ले व्यथा
भाग्य फूटा, कर गए.....

2. क्या कुशल आज जन जन विकल है, सूने घर सूना महल है।
हाय संकट पड़े, लोग रोवें खड़े,
सब्र छूटा, कर गए.....

भरत : (कौशल्या के पाँवों पर पड़कर) माता जी प्रणाम!

कौशल्या : अरे ये कौन है?

सुमित्रा : प्यारी बहन उठो, पहचानो तो सही कि कौन है?

कौशल्या : हाय कैसे उठूँ, उठा भी जाए?

सुमित्रा : जरा आँखें खोलो और पहचानो।

कौशल्या : (ठण्डी आहें भरकर) आह! आँखें होती तो रोना ही क्या था। अब आँखें किसकी लाऊँ?

देखने के थे जो साधन वह तो सारे चल दिए।
खाली गोलक रह गई, आँखों के तारे चल दिए।।

ऐ भाई! तू ही बता दे, कि कौन है?

भरत : (रोकर) माता जी! आपका महानीच, पापी और अधर्मा बेटा भरत।

कौशल्या : (जल्दी से उठकर) हैं, हैं, भरत।

भरत : हाँ माता जी, दुष्ट भरत।

कौशल्या : (गले लगकर) अच्छा मेरे लाल, चिरंजीव रहो, कहो बेटा कब आए।

भरत : (हिचकियाँ लेते हुए) चुप।

कौशल्या : बेटा चुप क्यों हो, कुछ मुँह से तो बोलो, क्या मुझसे रुष्ट हो?

भरत : चुप।

गाना कौशल्या (बहरे तबील)

(दोहा)

ऐ बेटा अब चैन से जाए सम्भालो राज।
तेरे मन की कामना पूरी हो गई आज॥
अब करो चैन से राज बेटा भरत,
रामचन्द्र तो वन में पहुँचा ही दिए।

तेरे मन की मुरादें सो पूरी हुई, तेरी माता न यह गुल खिला ही दिए।

1. तेरे दिल में न अब कोई खटका रहा, रामचन्द्र का काँटा न अटका रहा।
   अब खामोश हो के ठिठका रहा, मेरे सीने पे खंजर चला ही दिए।.....
2. यदि मेरी भी सूरत सुहाती नहीं, तो मुझे जिन्दगी खुद ही भाती नहीं।
   क्या करूँ मौत भी मेरी आती नहीं, मैंने अपने यत्न सब बना ही लिए।.....
3. रामचन्द्र ने वापस अब आना नहीं, और लक्ष्मण को हिस्सा बटाना नहीं।
   एक मैं हूँ सो मेरा ठिकाना नहीं, मौत ने आके डेरे लगा ही दिए।.....
4. रह गई जिंदा तो भी मरों से परे, खौफ मेरी तरफ का न हरगिज करे।
   जो यह चाहता है कौशल्या जल्दी मरे, जहर के घूँट बेशक पिला ही दिए।
5. न किसी की मदद के हो मोहताज तुम, बन गए हो अवध के महाराज तुम।
   जाओ बेटा खुशी से करो राज तुम, भेद 'यशवन्त सिंह' ने बता ही दिए।

भरत : ठीक है! माता जी! आपको मुझ पर अवश्य सन्देह होगा और होना भी चाहिए, परन्तु मैं आपको कैसे समझाऊँ, आपके मन को कैसे विश्वास दिलाऊँ बस केवल इतना चाहता हूँ कि–

जो पातक मित्र को होता है छल से विष पिलाने में।
गऊ को कष्ट देने में गुरु का घर जलाने में।।
जो पातक स्त्री, बालक के होता है खून बहाने में।
धर्मशाला, पिता और ब्राह्मण का धन चुराने में।।
मुझे वे पाप लग जाए, मुझे दुष्कर्म प्यारा हो।
यदि इस पाप में माता जरा मेरा इशारा हो।।

कौशल्या : बेटा! इसमें किसका दोष है। यह सब हमारे भाग्य की लीला है। हमारे कर्मों का फल है।

गाना भरत (बहरे तबील)

(दोहा)

ऐ माता मेरे बदन में मती लगावे आग।
पापन के पैदा हुआ फूटे मेरे भाग।।
तेरे चरणों की सौगन्ध माता मुझे,
इस शरारत का बिल्कुल पता ही नहीं।

यों ही इल्जाम दो तो तुम्हारी खुशी, वरना इसमें मेरी कुछ खता ही नहीं।

1. राम को भेज वन में करूँ राज मैं, मेरे दिल का तो यह मुद्दा ही नहीं।
   माता कैसे दिलाऊँ मैं तुमको यकीं, बिना ईश्वर के कोई गवाह ही नहीं।.....
2. यों ना घायल करो बोलियाँ मार कर, काट लो सर मुझे कुछ गिला ही नहीं।
   माता सिर है मेरा और खंजर तेरा, लेना इसमें किसी की सलाह ही नहीं।.....
3. राम मौजूद होते अगर इस जगह, मैं समझता पिता जी मरे ही नहीं।
   एक तेरा सहारा था केवल मुझे, हाय तुमको भी आती दया ही नहीं।....

4. त्यागता हूँ प्राण अब तेरे सामने, जिन्दगी की मुझे कोई चाह ही नहीं।
हाय एक दम मुसीबत पड़ी आन कर, कोई दुनिया में दर्दी रहा ही नहीं।.....

5. काला मुँह करके जाता वहीं से निकल, मैंने ननिहाल में यह सुना ही नहीं।
तेरे सिर की कसम यहाँ न रखता कदम, मुझको 'यशवन्त सिंह' ने कहा ही नहीं।

कौशल्या : (होश संभाल कर) ऐसी बातें क्यों करते हो भरत। बेटा मैं थोड़ा यूँ ही बहक गई थी। मैं जानती हूँ कि–

भरत निज राम भक्ति को कभी भी खो नहीं सकता।
मुझे सन्देह सपने में भी तुम पर हो नहीं सकता।।

भरत : माता जी! मैं कितना नीच हूँ। मैं कितना दुष्ट हूँ। मेरे कारण ही राम को वन जाना पड़ा। मेरे कारण ही पिता जी का स्वर्गवास हुआ और मेरे कारण ही आपने यह सन्ताप भोगा। हाय कैकई! तेरी कोख से जन्म लेते ही मेरा काल क्यों न आ गया।

कौशल्या : (भरत को छाती से लगा कर) बेटा भरत! राम के वियोग में मेरा धैर्य टूट गया इसलिए मेरे मुँह से तुम्हारे लिए कुछ कटु वचन निकल गए। वरना–

गए हैं राम वन को, हैं बेशक जुल्म बेटा।
लगा लूँ तुझको छाती से, भरत तू ही मेरा बेटा।।

[वशिष्ठ जी का प्रवेश]

वशिष्ठ : बेटा भरत! शोक छोड़ो, मन को शान्ति दो। और सबसे पहले महाराज के मृतक शरीर का दाह संस्कार करो।

भरत : आपका वचन यथार्थ है गुरुदेव! चलिए मैं अभी चलता हूँ।

(जाना)

[अयोध्या की राजसभा]

कौशल्या : बेटा भरत! राज्य कार्य में बाधा पड़ रही है, दिनों दिन शासन की व्यवस्था बिगड़ रही है, इसलिए अब मन को समझाओ

और उत्तम रीति से राज्य कार्य चलाओ।

भरत : माता जी यह कैसे हो सकता है? जिस राज्य पर भ्राता रामचन्द्र जी का अधिकार है, उसका मैं कैसे अधिकारी बन सकता हूँ।

बिछड़ कर प्राण से इस देह का जीवन कहाँ होगा।
करूँगा राज अपना राम का दर्शन जहाँ होगा।।

वशिष्ठ : भरत! अज्ञानता को छोड़ो, भ्रम में न पड़ो। होनी प्रबल है। परमात्मा का नियम अटल है; जो बीत गया उसे भूल जाओ और आगे जो कुछ करना है, उसमें मन लगाओ देखो–

मणि बिन नाग, चन्द्र बिन रजनी, बिन दीपक का घर जैसे।
कमल बिना ज्यों ताल है सूना, राजा बिना नगर ऐसे।।
जीवन-मरण लाभ और हानि, अटल है नियम विधाता का।
तजो शोक सन्ताप भरत, अब करो ध्यान कुछ जनता का।।

भरत : गुरुदेव! आपका उपदेश बड़ा उत्तम है किन्तु सुगन्धि निकल जाने पर पुष्प किस काम का रहता है, प्रकाश न रहने पर दीपक को दीपक कौन कहता है।

न भूषण जिस तरह कोढ़ी की शोभा को बढ़ाते हैं।
न जैसे भोग और आनन्द रोगी को सुहाते हैं।।
बिना जल मीन को जैसे न किंचित् चैन आता है।
यों ही बिन राम दर्शन के न मुझको राज्य भाता है।

वशिष्ठ : तुम्हारा यह वचन नीति के अनुसार है, भरत, परन्तु यह तो सोचो कि प्रजा को किसका आधार है।

उमड़ता ही रहेगा शोक का प्रवाह जनता का।
न होगा राज शासन के बिना निर्वाह जनता का।।

भरत : गुरु जी! एक तो मैं कैकेयी का पुत्र, दूसरे राम को वनवास का कारण और फिर पिता की मृत्यु का कलंकी। इतना कुछ होते हुए भी प्रजा मेरे राज्य में क्या सुख पाएगी, यदि मैं गद्दी पर बैठा तो पृथ्वी रसातल को चली जाएगी।

कौशल्या : किन्तु बेटा! राम तो अब वनों से वापस आने वाला नहीं।

सुमन्त : हाँ, यदि वे ऐसे होते तो हम लोग ही बहुत कुछ समझा लेते, ऊँच नीच का मार्ग दिखाकर मना लेते, किन्तु वे ऐसा कब

करते हैं? पिता आज्ञा को कैसे तोड़ सकते हैं?

भरत : मैं हाथ जोड़ूँगा, मै पैर पकडूँगा, मैं विनती करूँगा, चरणों में सिर धरूँगा, क्या उन्हें फिर भी दया न आएगी।

वे दयालु हैं दुखी देख न पाएँगे मुझे।
है यह विश्वास कि छाती से लगाएँगे मुझे।।

वशिष्ठ : परन्तु बेटा! राम परम दयालु ओर महा कृपालु होते हुए भी अपने वचनों पर अटल रहने वाले हैं, प्रत्येक दशा में पर्वत के समान निश्चल रहने वाले हैं।

मुझे विश्वास है उनका नहीं झूठा कथन होगा।
कहा इक बार जो मुख से वही अन्तिम वचन होगा।।

भरत : आप सत्य कहते हैं गुरुदेव! जिसके केवल राम ही हों, वह उनका वियोग कैसे सह सकता है? जिसका केवल एक ही सहारा हो, वह उनके बिना कैसे रह सकता है?

नहीं मेरे लिए जग में ठिकाना दूसरा कोई, जो छोड़ूँ राम चरणों को नहीं है आसरा कोई।

वशिष्ठ : बेटा भरत! तो तुम राम के पास जाए बिना नहीं मानोगे।

भरत : नहीं! जब तक प्राण है तब तक नहीं।

वशिष्ठ : अच्छा! तो चलने की तैयारी करो और सारा संकोच छोड़कर राम भक्ति के अधिकारी बनो। आज हमें निश्चित रूप से ज्ञात हो गया है कि तुम राम के परम भक्त हो।

कौशल्या : बेटा! तुम्हारा राम-प्रेम संसार में विख्यात रहेग। अगर तुम्हारा विचार इतना दृढ़ है तो हम भी साथ जाएँगी, और नहीं तो एक बार उनका मुखड़ा ही देख आएँगी।

भरत : माता जी! जैसी आपकी आज्ञा।

सुमन्त : नि:सन्देह विचार बड़ा सुन्दर है, सम्भव है अयोध्या के फिर भाग्य खुल जाएँ।

भरत : मन्त्री जी! अब इन बातों को छोड़कर शीघ्र बन चलने की तैयारी कीजिए।

सुमन्त : बहुत अच्छा! मैं अभी सारा प्रबन्ध किए देता हूँ।

[जाना-पर्दा गिरना]

शृंगवीरपुर

[निषादराज गुह कुछ सभासदों के साथ बैठे हैं, दूत आता है]

दूत आकर: महाराज की जय हो! एक आवश्यक समाचार लाया हूँ।

गुह : कहो! क्या सूचना है?

दूत : महाराज अयोध्या के नए राजा भरत असंख्य सेना लिए इसी ओर आ रहे हैं।

गुह : हैं! राजा भरत आ रहे हैं। क्या किसी शत्रु पर आक्रमण करने का विचार है।

दूत : यह कुछ नहीं कहा जा सकता महाराज।

गुह : (स्वयं) कुछ समझ में नहीं आता। ईश्वर ही जानता है कि भरत का क्या निश्चय है। कहीं उसे यह विचारा हो कि राम-लक्ष्मण को मारकर शान्ति से राज्य करूँ। आखिर कैकेयी का बेटा है। विष की बेल में विषैले फल ही लग सकते हैं। अग्नि से शीतल झोंके कैसे निकल सकते हैं?

मन्त्री : महाराज! वे तो अयोध्या के होने वाले सम्राट हैं।

गुह : हाँ-हाँ! यही तो मैं भी सोच रहा हूँ। कहीं वह अपने मार्ग को निष्कंटक बनाने के लिए प्रभु रामचन्द्र के विरुद्ध कोई षड्यन्त्र तो नहीं रचना चाहता।

सेनापति : हो सकता है कि उनका ऐसा ही विचार हो।

गुह : ठीक है! हमें अवश्य सावधान हो जाना चाहिए।

गाना

वीरो! हो जाओ तैयार।
सर सर सर सर चले सरोहो–भनक भनक तलवार।।
वीरो.....

1. धनुष बाण और बरछी भाले, छुरी कटीली धार।
नेजे और कटार सम्भालो, करो मार ही मार।
वीरो.....

2. घाट रोक दो, शीघ्र डुबो दो, नाव सहित पतवार।
राम हमारे कुशल देवता, दोनो के आधार।।
वीरो.....

दूत दूसरा : (आकर) महाराज! युद्ध का विचार छोड़िए। भरत जी का निश्चय लड़ाई करने का नहीं है। वे रामचन्द्र जी से भेंट करने जा रहे हैं।

गुह : सम्भव है तुम्हारा विचार ठीक हो, इसलिए पहले भरत जी से मिलकर उनका भाव ज्ञात कर लेना चाहिए।

मन्त्री : वह देखिए! भरत जी गुरु वशिष्ठ सहित इसी ओर आ रहे हैं।

गुह : (प्रणाम करके) महामुनि वशिष्ठ और महाराज भरत के चरणों में दास का प्रणाम स्वीकार हो।

भरत : गुरु जी! यह कौन महानुभाव हैं?

वशिष्ठ : बेटा! यह गुह नामक निषादराज शृंगबीरपुर का राजा और राम का प्यारा सखा है।

भरत : (गुह को गले लगाकर) आइए! निषादराज जी! आपसे मिलकर बड़ी प्रसन्नता हुई।

गुह : महाराज! मैं कुबुद्धि और कुजाति हूँ। सब प्रकार से पतित समझ जाता हूँ। आपका महा अनुग्रह है जो आपने अपने चरणों से इस भूमि को पवित्र बनाया। कहिए, इतनी सेना लेकर किस ओर का गमन है? यदि आज्ञा हो तो यह सेवक भी सेवा के लिए तैयार है।

भरत गाना

(तर्ज : जाओ महलों मे महाराज अपने दिल की तपस बुझा लो)

टेक : क्या पूछो हो महाराज हमारी, चिन्ता मन को भारी।

1. माता ने पाप कमाया, मेरा अधिकार मिटाया।
राजा ने प्राण गँवाया, और लुट गई अयोध्या सारी।।
क्या पूछो हो.....

2. श्री राम गए हैं बन को, संग में लेकर भैया लक्ष्मण को।
अब धीर नहीं है मन को, सीता माता-साथ सिधारी।।
क्या.....

3. कैसे हो दुख का वर्णन, महाराज ने त्यागा जीवन।
सन्तोष करे अब धारण, क्या कौशल्या-माता बिचारी।।
क्या.....

4. सेवा में उनकी जाकर, चरणों में शीश नवाकार।
लाऊँ वापस मैं लौटाकर, मन में कुशल यही अब धारी।।
क्या पूछो हो.....

गुह : निस्सन्देह महाराज! आपका विचार बड़ा पवित्र है।

भरत : अच्छा तो निषादराज जी! अब हम सभी के पार होने का प्रबन्ध कीजिए और यदि सम्भव हो तो आज ही गंगा पार करा दीजिए।

गुह : महाराज! आज विश्राम कीजिए। प्रात:काल सब प्रबन्ध हो जाएगा और यह सेवक भी आपके साथ जाएगा।

भरत : अच्छा, तो जैसी तुम्हारी इच्छा।

(पर्दा गिरना)

चित्रकूट पर्वत

(श्री रामचन्द्र जी, लक्ष्मण जी, और सीता जी अपनी कुटिया में बैठे हुए वन के प्राकृतिक दृश्यों को देख रहे हैं।)

सीता जी : नाथ आपको चित्रकूट का यह दृश्य कैसा लग रहा है?

गाना राम

(**तर्ज** : पायो जी मैंने राम रतन धन पायो)
लक्ष्मण! चित्रकूट मन भायो।
सुन्दर शोभा वन उपवन की देखत मन हर्षायो।।
लक्ष्मण.....

1. सरिता सर प्रति ताल मनोहर कमल सहस दल छायो।
मन्दाकिनी जल स्वच्छ सुधामय निर्मल परम सुहायो।।
लक्ष्मण.....

2. शीतल मन्द सुगंधित बहता पवन पुलकायो।
पक्षीगण मृदु बोल बोलते मन विरहत ललचायो।।
लक्ष्मण.....

3. फूलत फलत विटप बहुरंगे देखत कल्प लजायो।
पर्ण कुटी में तामस त्यागी योग-जाप मन लायो।।
लक्ष्मण....

4. कुंज-कुंज की शीतल छाया स्वर्ण मोद सरसायो।
शोभा अनुपम देख कुशल यह आज अवध बिसरायो।।

लक्ष्मण.....

लक्ष्मण : निस्सन्देह, भ्राता श्री! चित्रकूट तो बड़ा ही रमणीक स्थान है। पर्वत की हरियाली, नदी का प्रवाह और पक्षियों की मधुर ध्वनि कहती है कि शोभा की खान है।

राम : किन्तु ये पशु-पक्षी इस स्वर्ग को छोड़कर अकस्मात क्यों भागने लगे? इन पर ऐसी क्या आपत्ति आई है। जो ऐसे मनोहर स्थान को त्यागने लगे। जरा देखो तो सही क्या बात है?

लक्ष्मण : (एक वृक्ष पर चढ़कर) भ्राता श्री! कुछ दूरी पर बड़ी धूल छा रही है मानो घटा घिरी आ रही है। और वह देखो! सूर्यवंशी झंडा वायुमण्डल में लहरा रहा है। ऐसा प्रतीत होता है कि भरत सेना सहित आ रहा है।

राम : यदि भरत है तो फिर किस बात का डर है। उसे आने दो। अवध छोड़ते समय भरत से भेंट नहीं हो पाई थी। आज उससे भी मिलना हो जाएगा।

लक्ष्मण : ऐसी बात नहीं है महाराज! प्रतीत होता है कि उसे डाहरूपी रोग सता रहा है। जो इतनी विशाल सेना साथ ला रहा है। लेकिन आज मैं भरत को सेना सहित मार डालूँगा।

राम : नहीं लक्ष्मण! भरत हमारा प्यारा भाई है। भरत जैसे भाई के प्रति ऐसा विचार रखना मेरी समझ में नहीं आता। भरत के शील गुण, नम्रता, बड़प्पन, भाईपन, भक्ति, भरोसा और अच्छेपन का वर्णन करने में सरस्वती की बुद्धि भी हिचकती है।

लक्ष्मण : कृपा करके इस भोलेपन को दिल से निकाल दीजिए और मेरी बातों पर विश्वास कीजिए। आज कैकेयी नन्दन कैकेयी के कहने से राज्य के अभिमान में अन्धा होकर और सेना लेकर हमारे से युद्ध करने को आ रहा है। खैर अच्छा हुआ जो आज सारा समाज एकत्र हो जाएगा। आज मैं पिछला क्रोध प्रकट करूँगा। जैसे सिंह हाथियों के झुण्ड को कुचल डालता है

और बाज लवे को लपेट में ले लेता है। वैसे ही भरत को सेना समेत और छोटे भाई सहित तिरस्कार करके मैदान में पछाड़ूँगा। यदि शंकर भगवान भी आकर उनकी सहायता करें तो भी मुझे राम जी की सौगन्ध है कि मैं उन्हें युद्ध में मार डालूँगा।

राम : हे भाई! जिन्होंने साधुओं का सत्संग नहीं किया, वे ही राजा राजमद रूपी मदिरा को पीते ही मतवाले हो जाते हैं। एक अयोध्या के राज्य की तो बात क्या है; ब्रह्मा, विष्णु और महादेव का पद पाकर भरत को राज मद नहीं हो सकता। सभी के लिए भरत जी का चरित्र, कीर्ति, करणी, धर्म, शील, गुण, और निर्मल ऐश्वर्य समझने और सुनने में सुख देने वाला है।

भ्राता लक्ष्मण! अन्धकार चाहे सूर्य को निगल जाए, आकाश चाहे बादलो में मिलकर समा जाए, मच्छर की फूँक से सुमेरू पर्वत उड़ जाए, परन्तु हे भाई! भरत को राजमद कभी नहीं हो सकता। लक्ष्मण! मैं तुम्हारी शपथ और पिता जी की सौगन्ध खाकर कहता हूँ कि भरत के समान उत्तम भाई संसार में नहीं है। इसलिए तुम शान्ति तथा धैर्य से काम लो और जरा उसे निकट आने दो तथा अपने दिली भाव को बताने दो।

लक्ष्मण : भ्राता जी! आपकी अनुचित नरमी ने इस हाल तक पहुँचा दिए कि बिल्कुल निहत्थे और अपाहिज बना कर एक कोने में बिठा दिए।

राम : भ्राता लक्ष्मण! कोई भी काम करो, यदि उसे खूब सोच समझकर किया जाए तो सब कोई अच्छा कहते हैं। वे और विद्वान भी यही कहते हैं जो लोग बिना विचारे किसी काम को जल्दी में कर डालते हैं, वे बाद में पछताते हैं और उनकी गिनती मूर्खों में होती है।

[भरत को दूर से भागकर आता देखकर]

लो देख लो वह तो बेचारा अकेला नंगे पैर ही भागते आ रहा है

भरत : (ऊँचे स्वर में) भ्राता राम! भ्राता राम! भ्राता राम!

भरत को रोते हुए राम के चरणों में गिरना
और राम का भरत को गले लगाना।

राम : प्यारे भरत! कहो चित्त तो प्रसन्न है। हैं! हैं! तुम रोते हो! आखिर कोई कारण तो बताओ कुछ हाल तो बताओ। (आँसू पौंछकर) भैया! बताओ तुम्हें क्या रंज पहुँचा जो इतने परेशान हो और बिलख-बिलख कर रो रहे हो। ओ हो! तुमने तो बच्चों को भी मात कर दिया। (गर्दन को ऊपर उठाकर) अरे तुमने यह क्या किया। आखिर तुमने यह हाल क्यों बना लिया। भरत! मैं तुम्हारी यह हालत किन आँखों से देखूँ। मैं यदि स्वप्न में भी तुमको उदास देख लेता तो पसीने से तर-बतर हो जाता था। हाय-हाय मेरी उपस्थिति में तुम्हें कष्ट होता है तो धिक्कार है मेरी जिन्दगी पर और लानत है मेरे जीने पर। भरत तुम्हें मेरी कसम कुछ तो मुँह से बोलो।

गाना

(तर्ज : कैसा गजब है, जिद बेसबब है, दिल है मेरा परेशान)

प्यारे हमारे आँखों के तारे रोते हो क्यों जार-जार।
गर्दन उठाओ मुँह तो दिखाओ सदके हूँ मैं बार-बार॥

1. बिलख-बिलख क्यों रो रहे हो कहो तो भाई जान, देख तुम्हें इस हाल में हो रहे खुश्क, प्राण।
   किसने सताया, किसने दुखाया, किसने पहुँचाया आजार। प्यारे हमारे.....
2. किसलिए छोड़ा अवध को, पहुँचा कौन क्लेश, राज पाठ को छोड़कर क्यों आए परदेश।
   हालत तुम्हारी बिगड़ी क्यों सारी कैसे है उल्टे आसार। प्यारे हमारे.....
3. शत्रुघन मम भ्रात को छोड़ा किसके तीर, यहाँ पधारे किसलिए कहो तो मेरे वीर।
   बोलो तो भाई, दिल में क्या आई, किसने किया लाचार। प्यारे हमारे.....
4. राज पाट को भाई भरत आए किसे सम्भाल, हालत क्या है अवध की कहो मुफस्सल हाल।
   'यशवन्त सिंह' को, सौंपा है किसको, छोड़ा क्यों अपना द्वार। प्यारे हमारे.....

गाना भरत (बहरे तवील)

ऐ भ्राता भरत से खता क्या हुई,

मेरी निस्बत तुम्हें क्या भरम हो गया।

मुझे चरणों से अपने जुदा क्यों किया,

कौन सा मुझसे खोटा कर्म हो गया।।

1. इस शरारत का मुझको पता तक नहीं, आप बैठे कहीं भरत बैठा कहीं।
   कर लिया आपने किस तरह से यकीं, हाय ऐसा भरत बेशर्म हो गया।।.....
2. मैंने दिल में जो ऐसा विचारा भी हो, या उस दुष्टनी को उभारा भी हो।
   या भरत का जरा सा इशारा भी हो, तो भी बेशक मेरे से जुरम हो गया।.....
3. हाय! सारी अवध को बियाबान कर, आ गए आप जंगल में क्या ठानकर।
   एक उस नीचनी का कहा मानकर, तुझको घर में भी रहना कसम हो गया।।.....
4. मौत मेरी न जाने कहाँ सो गई, सारी सुख संपति हाथ से खो गई।
   मेरी किस्मत तो उल्टी तब हो गई, जिस घड़ी कैकेयी के जन्म हो गया।।.....
5. करके मुँह काला जाता वहीं से निकल, मुझको ननिहाल में ये कहा ही नहीं।
   मुझे तेरी कसम तेरे सिर की कसम, कैसा 'यशवन्त सिंह' से गजब हो गया।।.....

गाना राम (बहरे तबील)

प्यारे भाई जरा तुम अक्ल तो करो,

मैं हूँ हैरान ये तुमको क्या हो गया।

मैंने किससे तुम्हारी शिकायत की, किस तरह से तुम्हें यह शुबाह हो गया।

1. इस किस्म के ख्यालात छोड़ो भरत, कौन कहता है तुमसे गुनाह हो गया।
मेरी अपनी ही प्रारब्ध का दोष है जो बुरा हो गया या भला हो गया।।.....
2. राज मैंने किया भी तो क्या बात है, और तुमने किया तो भी क्या हो गया।
इस अवस्था में भी मुझको सन्तोष है, जो पिता का फर्ज था अदा हो गया।।.....
3. मुझे इलजाम दे लो चाहे जिस कदर, मैं तेरे लिए बेवफा हो गया।
मेरी माता के निस्बत कहे ये वचन, तू भरत इस कदर बेहया हो गया।।.....
4. मुझको उम्मीद तेरे से ऐसी न थी, तेरा ऐसा मलीन आत्मा हो गया।
जन्मदाता का यूँ तुम निरादर करो, सारी तहजीब का खात्मा हो गया।।.....
5. क्षत्रियपन को धब्बा लगाओ न तुम, क्यों तेरा ऐसा कम हौसला हो गया।
दोष तेरा न 'यशवन्त सिंह' का भरत, मेरी तकदीर का फैसला हो गया।।.....

राम : भाई भरत! मैं आपको निश्चय दिलाता हूँ कि मुझको न तुम्हारी निस्बत कोई शिकायत है, न माता कैकेयी पर कुछ अफसोस है।

भरत : हाँ भ्राता श्री! यह मेरे पूर्व कर्मों का फल है। इसमें आपका क्या दोष है। बस मुझे मेरी आत्मिक शान्ति के लिए इतना बताने का कष्ट करें।

गाना

(**तर्ज** : पीलो जिला ठेका ताल तलवाड़ा
बतर्ज : जाओ महलों में महाराज अपने दिल की तपिश.....)
टेक : आए नाथ क्यों छोड़ भरत को, क्या अपराध विचारा?

1. क्या दोष है मेरा स्वामी, त्यागा क्यों अन्तर्यामी?
मैं दिन काटूँ किस भाँति भला किसका है मुझे सहारा।।
आए.....

2. नगरी का कौन सहाई, यह सुनो जरा रघुराई।
जब रूठ चले प्रभु आप अवध से सुख सन्तोष सिधारा।
आए.....

3. बस दोष मेरे बिसराओ, अपनी करुणा दिखलाओ।
सब लौट चलो अब कुशल अवध को, है आधार तुम्हारा।।
आए.....

राम : भाई भरत! इतने व्याकुल न हो! शान्ति से काम लो, क्या कर्मों की गति टाले टल सकती है।

भरत : ठीक है प्रभो! किन्तु आपके बिना मेरा निर्वाह नहीं है।

राम : ओहो! यह तो शत्रुघ्न भी भागे हुए आ रहे हैं।

भरत : एक शत्रुघ्न क्या बल्कि गुरु वशिष्ठ जी, सुमन्त जी तथा लाखों अयोध्यावासी इसी ओर आ रहे हैं। इसके अतिरिक्त माताएँ अलग विलाप करती हुई आ रही हैं। समस्त अयोध्या नौ-नौ आँसू रो रही है। महाराज यदि आप सच पूछते हो तो आपके वियोग में अयोध्या उजड़ चुकी है।

शत्रुघ्न : (दौड़कर आना और राम के चरणों में गिर पड़ना)
महाराज! आपका सेवक शत्रुघ्न!

राम : (उठाकर) ओहो भाई शत्रुघ्न! तुम भी क्यों रोते हो? तुम्हारे रक्षक भरत तो तुम्हारे साथ है।

शत्रुघ्न : प्रभु! आपके वियोग में अयोध्या उजड़ चुकी है, नर नारी दुखी हो रहे हैं। पशु-पक्षी प्राण खो रहे हैं।

गाना शत्रुघ्न

(**तर्ज** : अरे दशकंधर तू तज अभिमान
टेक : प्रभो बिन नगर बना शमशान।)

1. गली, पंथ, बाजार है सूने, सूनी हाट दुकान।
महल, अटारी, आँगन सूने सूने, राज दिवान।।
प्रभो.....

2. बालक भूले खेल तमाशे, नारी मंगल गान।
सकल अयोध्या दुख की प्रतिमा ज्यों काया बिन प्राण।।
प्रभो.....

3. कमल सुखाने, ताल डराने, वन उपवन सुनसान।
पक्षी भूले शोर मचाना, मृग भूले जलपान।।
प्रभो.....

4. खेती बाड़ी, फल फूलवारी, सूख गए निष्प्राण।
गोओं ने तृण चरना छोड़ा, बछड़ों ने पयपान।।
प्रभो.....

राम : भाई शत्रुघ्न! इतने अधीर न बनो। मेरा एक उपदेश सुनो।

गाना

(तर्ज : फूल रही फुलवार....

बतर्ज : तेरे पूजन को भगवान.....)

होकर चतुर सुजान करते काहे को मन भारी। काहे को.....
भाई! चार दिनों का मेला है ये जाने दुनिया सारी।।

1. सुख, दुख, मंगल और अमंगल, आवत जात निरंतर पल-पल।
भ्राता स्वप्न समान, करते काहे को मन भारी। होकर......

2. रेख पड़ी जो भाग्य मिटे ना, विधि हरि हर भी टाले सके ना।
कर्म योग बलवान, करते काहे को मन भारी।। होकर.....

3. नीचे ये संसारी पुतले, कर्म नचावे डोरी बाँधे।
जग पुतली घर जान, करते काहे को मन भारी। होकर.....

4. ढूँढ़े किसका जीव सहारा, कुशल नदी का दूर किनारा।
मिलन, वियोग समान, करते काहे को मन भारी। होकर.....

गुह : (आकर प्रणाम करके) महाराज! आपके विरह ने सबको दुखी बनाया है। दर्शनों के लिए इसलिए सारा नगर उमड़ आया है। वो देखिए! अनेक प्रजावासी स्वयं गुरु वशिष्ठ और तीनों माताएँ स्वयं ही आ पहुँचे हैं।

राम : अच्छा भैया तुम सभी विश्राम करो। मैं गुरु जी के स्वागत के लिए जाता हूँ।

शत्रुघ्न : बहुत अच्छा भ्राता श्री!

[सबके पहुँचने पर]

राम : श्रद्धेय गुरु जी प्रणाम।

वशिष्ठ : चिरंजीव रहो पुत्र! कल्याण हो।

राम : (कैकेयी के पैर छूकर) माता जी प्रणाम।

कैकेयी : (चुप)

राम : मातेश्वरी! अपने पुत्र राम को आशीर्वाद दीजिए और बीती बातों का ध्यान न कीजिए। जो कुछ भी हुआ है सब काल और कर्म के अनुसार हुआ है, इसमें आपका क्या दोष है?

कैकेयी : (चुप)

राम : माता जी! बोलती भी नहीं। क्या आपने राम को इतना भुला दिया? बोलो माँ, तुम्हें राम की सौगन्ध है। बोलो।

कैकेयी : क्या कहूँ राम, जुबाँ से अपनी कुछ नहीं कहा जाता है।
चुप रहूँ अगर तो चैन नहीं, नहीं बिन कहे रहा जाता है।।
है कर्मों की है गति ये सारी इसका भेद न कोई जाने।
होनी करती खेल जगत में खुद की इच्छा से मन माने।।
जिसको जग में अपयश मिलना होता है।
मिलकर रहता है। जीव वृथा रोता है।।
तुम को तजकर घर बार यहाँ आना था।
मुझको पापिन, निर्दयी नाम ये पाना था।।
बन गई घृणा की पात्र हाय जन-जन की।
क्या जन्म-जन्म तक आग बुझेगी मन की।।

राम : जो कुछ तुमने कहा वो बिल्कुल सच है माता।
कर्मों का ही तो फल है जो जीव निरन्तर पाता।।
होनी का ये खेल है सारा जब तुम खुद ये बतलाओ।
फिर दोष तुम्हारा कहाँ है माता मुझको ये समझाओ।।
है कर्म चक्र में बँधा हुआ, ये पापी जग है सारा।।
इसीलिए वृथा ही मन में है अब पश्चाताप तुम्हारा।
अब इन बातों से करती हो क्यों दिल में दुख अतिभारी।
है राम आपका वत्स अभी भी तुम मेरी महतारी।।

कैकेयी : धन्य तुम्हारी वाणी बेटा, डाला ज्वाला पर पानी।

करनी का फल तो पड़े भुगतना, पर विश्वास लोक की हानि॥
सारी दुनिया थूकेगी कहकर एक जन्मी थी धरती पर।
कैकेयी जिसका नाम था लोगों, पापिन थी करनी पर॥
चैन कहाँ आएगा, मर कर भी, यह सन्ताप नहीं जाएगा।
एक नीच, अधर्मिन, दुष्टा आई रघुकुल में, जाना जाएगा॥

राम : कहने दो कोई झूठ अगर, वो अपने से गिरता है।
मेरे मन में रहता सन्तोष सदा, बस ईश्वर को भजता है॥
जिससे अपनी कोख से दे दी, भरत संजीव निशानी।
वो माता क्या मैं तो कहता हूँ, है देवी मात भवानी॥
कोई क्या जाने इसमें भी, जग का क्या कल्याण छिपा है।
पश्चाताप करो न बिल्कुल, मन की उत्तम यही दवा है॥
जब ज्ञानी जन ये ज्ञान द्वारा, ये तत्व जान लेवेंगे।
तुम बिल्कुल निर्दोष हो माता, वो जग को समझावेंगे॥
अब हाथ जोड़कर करता विनती, ये कृपा मात दिखाओ।
लेकर अपने साथ सभी को लौट अवध को जाओ॥
सूना है माता राज, दुखी है जनता।
बिन राजा के सुख साधन कब बनता॥

वशिष्ठ : धन्य है! आर्य वीरों के इन पवित्र विचारों का जोड़ संसार के इतिहास में कहीं नहीं मिल सकता। ऐसी ही उत्तम भावनाओं के कारण भारत को देव भूमि कहा गया है।

कौशल्या : बेटा! तुम्हारा वनवास किस प्रकार कटता होगा? हाय विधाता, मेरे कोमल किशोरों को कैसी कठिन परीक्षा में डाला।

राम : माता जी! आपके चिन्तित होने का कोई कारण नहीं। मनुष्य अपने कर्मों का फल भोगता है, इसमें भाग्य को बुरा कहना या विधाता पर दोष लगाना किसी प्रकार उचित नहीं है।

सुमित्रा : बेटा! तुम तीनों की ईश्वर सदा रक्षा करेगा। सदा मिलकर रहना।

[जंगल से कन्द मूल फल मँगवाना, सब का फल आहार करके विश्राम करना।]

वशिष्ठ : बेटा भरत! अब हम सबने विश्राम कर लिया है तथा कुछ खान

पान भी कर लिया है। अब तुम अपने दिल की बात कहो।

भरत : बहुत अच्छा गुरु जी! (राम से)

नाथ सदा से आपने किया मेरा उपकार।
दोष किसी का कुछ नहीं पड़ी भाग्य की मार॥
हो प्रभु आप, सीता माता, गुरुदेव का सिर पर साया है।
हूँ सत्य सभा में खड़ा हुआ, चरणों में शीश नवाया है॥
खोटी माता के कारण लाखों ने प्राण गँवाए हैं।
सब भंग पड़ा, आनन्द गया और आप वनों में आए हैं॥
सौगन्ध तुम्हारे चरणों की और शंकर की है आन मुझे।
आनन्द नहीं कुछ प्यारा है, और राज्य है विष की खान मुझे॥
कल दुनिया ताना देवेगी और निन्दा सब संसार करे।
वन में तो वास करें स्वामी और सेवक रंग विहार करे॥
बार-बार विनती करूँ चरण नवाऊँ माथ।
है इच्छा मन की यही चलो अवध को नाथ॥

राम : (दोहा) सुनो भरत गत जीव की, है ईश्वर आधीन।
क्यों रो-रो व्याकुल हुए, मन को किया मलीन॥

जो करे जरा शंका तुम पर वे जग में अपयश पावेंगे।
परलोक में भोगें दुख कठिन और घोर नरक में जावेंगे॥
जो प्रेम तुम्हारे मन में है मैं उसको खूब समझता हूँ।
पर पिता ने आज्ञा दी मुझको इस कारण तात झिझकता हूँ॥
मैं पूरी करके दिखला देता जो तुमने बात विचारी है।
पर सत्य से अपने गिरता हूँ इसलिए मुझे लाचारी है॥
जिस सत्य पर अपना जीवन भी शिवी हरिश्चन्द्र ने वारा है।
और रति देव राजा बलि ने जिसको संकट में धारा है॥
ये अहो भाग्य है मेरा जो ये सत् मिला आसानी से।
क्या मूर्ख बन कर छोड़ चलूँ इसको मैं नादानी से॥
मैं छोड़ वनों की नगरी में विश्राम नहीं कर सकता हूँ।
जिससे अपयश हो जग में वो काम नहीं कर सकता हूँ॥
अब लौट जाओ मानो कहना, कहना कर जोड़ पिता जी से।
यह कष्ट है चौदह वर्षों का बस काटूँ इसको राजी सो॥

भ्राता भरत, मैं तुम्हारे प्रेम को खूब समझता हूँ लेकिन पिता जी की आज्ञा के कारण मजबूर हूँ, इसलिए तुम अयोध्या लौटकर निर्भय होकर राज करो। और दूसरे पिता जी का साया तुम्हारे सिर पर है, फिर तुम्हें घबराने की क्या जरूरत है?

भरत : भैया! पिता जी का साया अगर सिर पर होता तो रोना ही क्या था। उनका तो आपके वनों में आते ही स्वर्गवास हो गया।

राम : (स्वयं) यह मैं क्या सुन रहा हूँ। क्या वास्तव में हमारे सिर से सदैव के लिए पिता जी का साया उठ गया है। आज हमारे लिए चारों ओर घोर अन्धेरा हो गया। पिताजी के बिना अयोध्या तो भूतों का बसेरा बन गया होगा। निस्सन्देह अब अयोध्या बिल्कुल बेसहारा हो गई। (विलाप करना)

सीता : (धाए मार कर) हाय पिता जी!
आप सदा के लिए हमसे मुँह मोड़ गए, आखिर हमें किसके सहारे छोड़ गए।

गाना लक्ष्मण

(तर्ज : वो दिल कहाँ से लाऊँ.....)
ऐ मौत तूने हमको दर-दर रुला के मारा।
घर से किए थे बेघर वन में बुला के मारा।।

1. सामान ऐश के तो सब छीन ही लिए थे।
फिर भी सबर न आया तो दम दे दिला के मारा।।
ऐ मौत.....
2. बन के फकीर हमने दर-दर की खाक छानी।
इस खाक में ही हमको आखिर मिला के मारा।।
ऐ मौत.....
3. अफसोस हर तरफ से कर दी सफाई तूने, हमको जगा के मारा उनको सुला के मारा।.....
4. सारी अवध को तूने जालिम वीरान कर दी, बेदर्द सारे कुल को क्या विष पिला के मारा।.....
5. चारों तरफ से एकदम घेरे मुसीबतों ने, गर्दिश के चक्करों ने चक्कर में ला के मारा।

6. क्या दोष है किसी का अपने कर्म हैं खोटे।
घर के चिराग ने ही घर को जला के मारा।।

हाय अफसोस! गर्दिश हमारे पीछे क्यों पड़ी है। जो हमको बर्बाद करने पर अड़ी है। घर से निकाल कर एक कोने में बिठा दिया और अब पिता जी के प्रेम का हाथ भी सिर से उठा लिया। ओ जालिम मौत! तुझे तो अभी जब्र करना था, कम से कम चौदह साल तो सब्र करना था। तू भी इसी का इन्तजार कर रही थी और अन्दर ही अन्दर हमारी बर्बादी का सामान तैयार कर रही थी।

वशिष्ठ : बेटा राम! जो बात एक दिन जरूर होनी है, उसका अफसोस करना फिजूल है। यह एक निश्चित नियम है, कि जो बना है, वह जरूर टूटेगा। और जो घड़ा है वह जरूर फूटेगा। जो पैदा हुआ है, उसे मरना है और यह यात्रा एक न एक दिन हम सबको करना है। इसलिए इस वृथा सोच को छोड़कर परमेश्वर का ध्यान कीजिए और आगे की सुध लीजिए।

भरत : नाथ! अपना दुर्भाग्य, माता का पाप, विधाता की गति और समय की कुटिलता के कारण मेरा मन अत्यन्त दुखी हो रहा है। मुझे चारों ओर अन्धकार ही अन्धकार दिखाई देता है। जिस प्रकार यदि कोई मनुष्य मार्ग भूल जाए तो उसमें सूर्य का कोई दोष नहीं, उसी प्रकार आप तो मुझे सन्मार्ग दिखाते है, सच्चे ज्ञान का उपदेश सुनाते हैं, किन्तु मेरे मन को शान्ति नहीं होती। यह उसी प्रकार निराशा के अन्धकार में भटक रहा है।

तुम्हीं हो आसरा मेरे तुम्हीं बन्धु सखा मेरे।
तुम्हीं स्वामी गुरु मेरे तुम्हीं माता पिता मेरे।।
अधिक तुम से मेरा जग में न कोई नाथ प्यारा है।
तुम्हारे बिन अयोध्या में नहीं मेरा गुजारा है।।

राम : प्यारे भरत! तुम तो धर्म और नीति के जानने वाले हो, मेरी अपनी और प्रजा की भलाई पहचानने वाले हो। फिर यदि अयोध्या लौटकर प्रजा का पालन न करोगे तो मुझे शान्ति और

प्रजा को सुख कैसे मिलेगा? इसलिए भैया अब मन को अधिक न सताओ और आनन्दपूर्वक अयोध्या लौट जाओ।

(दोहा)

यही आज्ञा पिता की है, यही है साधना अपनी।
इसी में हित तुम्हारा है, यही है धारणा अपनी।।
वचन मेरा पिता आज्ञा, प्रण अपना निभाओ तुम।
करो न देर अब भाई, अवध को लौट जाओ तुम।।

भरत : हे नाथ! आप तो खोटों पर दया करने वाले हैं। बुराई के बदले भलाई चाहने वाले हैं। फिर क्या मेरे अपराध क्षमा नहीं हो सकते।

राम : क्या कहते हो भरत! तुम अपराधी कैसे बन रहे हो? तुम्हारा चरित्र तो परम पावन और दलित उबारन हैं। तुम्हारे नाम से मुक्ति का वास होगा। तुम्हारे बनाए मार्ग पर चल कर तो संसार का कल्याण हो जाएगा। हे भरत! तुम्हारा नाम स्मरण करते ही सब पाप, अज्ञान और समस्त अमंगलों के समूह मिट जाएँगे तथा इस लोक में सुन्दर यश और परलोक में सुख प्राप्त होगा। भाई! मैं तुम्हारी बात अवश्य मान लेता परन्तु क्या करूँ, धर्म का मार्ग ही बड़ा कठोर है। सत्य की राह में ऐसी कठिनाइयाँ आया ही करती हैं। याद करो किस तरह–

मोरध्वज ने सत्य पर बलिदान बेटे को किया।
सत्य पर हरिश्चन्द्र ने परिवार को भी तज दिया।
सत्य पर राजा शिवी ने प्राण का सौदा किया।
सत्य के कारण ही हमने वनवास में डेरा किया।।
सत्य का पालन करें हम यही सच्चा कर्म है।
याद रखो सबसे ऊपर सबसे ऊँचा धर्म है।।

भरत : भ्राता श्री! आप जो कुछ कह रहे हैं, सच है, परन्तु आज तक हमारे कुल की यही रीत चली आ रही है कि पिता जी की मृत्यु के बाद सबसे बड़े भाई राज्य का अधिकारी बने तथा छोटे भाई उसकी सेवा करें।

राम : भैया! आपने जो बात कही है वह सोलह आने सही है। पिता

जी की आज्ञा के अनुसार ही तो आपको अयोध्या का राज्य तथा मुझे चौदह वर्ष का वनवास मिला है। अब उनकी आज्ञा का हमें खुशी से पालन करना चाहिए। इसलिए तुम जाकर अयोध्या का राज करो तथा मैं चौदह वर्ष तक वन में रहूँगा।

भरत : कहते हैं आप रहे वन में, ऐसा महाराज नहीं होगा। स्वामी तो वन के कष्ट सहे तो फिर सेवक से राज नहीं होगा। हे नाथ! हम दोनों भाई भी आपके साथ चौदह वर्ष वन में ही रहेंगे।

गाना राम

(**तर्ज :** पीलो या जिला ठेका ताल तलवाड़)

होकर समझदार ऐ भाई कैसी नादानी करते हो।

1. पिता की आज्ञा के प्रतिकूल, चलना चाहिए हमें ना भूल।
रस्ता सत्य धर्म का भूल, अपनी मनमानी करते हो।।
होकर.....

2. तज कर रघुवंश की रीत, होकर वेदों के विपरीत।
उल्टे चलो न मेरे मीत, क्यों कुल की हानी करते हो।।
होकर.....

3. मेरे नहीं समझ में आता, तुम भी यहीं रहो जो भ्राता।
कैसे दिन काटेगी माता, इनकी वीरानी करते हो।।
होकर.....

4. वन में आ गए अगर तमाम, राज का कौन करेगा काम।
उसको कर दोगे गुमनाम, अच्छी सुलतानी करते हो।।
होकर.....

5. जाकर करो अवध में राज, रख लो रघुवंश की लाज।
दे गए हुक्म यही महाराज, क्यों ना फरमानी करते हो।।
होकर.....

भ्राता भरत! मैं तुम्हारी इस राय से सहमत नहीं हूँ। क्योंकि तुम्हारी यह सोच पिता जी की आज्ञा और धर्म शास्त्र के विरुद्ध है। वनवास का हुक्म केवल राम के लिए है ना कि तमाम के लिए है। अब आज्ञा के अनुकूल चलना ही अक्लमन्दी है और यहीं धर्म की पाबन्दी है। अगर भाई तुम भी यहीं रहोगे तो तीनों

माताओं का क्या होगा, राजपाट का काम कैसे चलेगा और क्या पूर्वजों के राज्य को मिट्टी में मिलने दोगे। इसलिए मेरा कहना मानो और वापिस जाकर अयोध्या का राज करो।

भरत : हे नाथ! जैसा कि आपने कहा कि यदि हम सभी वन में यहीं रहेंगे तो अयोध्या का राज किस प्रकार चलेगा, यह बात आपकी बिल्कुल ठीक है लेकिन भैया इस बारे में मेरी एक विनती सुन लीजिए और जैसा ठीक लगे वैसा ही कीजिए। आप मुझे छोटे भाई शत्रुघ्न समेत वनों में भेज दीजिए और आप सब अयोध्या लौट जाइए और यदि आप किसी तरह भी अयोध्या जाने को तैयार नहीं हैं तो हे नाथ! आप लक्ष्मण और शत्रुघ्न को लौटा दीजिए और मैं आपके साथ वनों में रहूँगा या हम तीनों भाई वन में चले जाएँ और आप सीता सहित अयोध्या लौट जाएँ। हे दया सागर। अब जिस प्रकार से प्रभु का मन प्रसन्न हो, वही कीजिए।

राम : (कुछ देर सोचकर) (गुरु वशिष्ठ से) गुरु जी आप देख रहे हैं कि भ्राता भरत किस प्रकार के उलझे हुए प्रश्न कर रहे हैं। जिस वचन के लिए पिताजी ने अपने प्राण तक त्याग दिए, भला उनके दिए गए वचनों से मैं किस तरह पीछे हट सकता हूँ। अब आप ही इन्साफ कर दें और मामले का साफ कर दें।

वशिष्ठ : बेटा राम! मेरे लिए तुम दोनों एक समान हो। इसलिए अच्छा तो यह था कि तुम आपस में ही फैसला कर लेते और मुझे कष्ट न देते। किन्तु यदि मेरे मुँह से ही कहलवाना चाहते हो और साफ शब्दों में सुनना चाहते हो तो भरत अयोध्या में निवास करें और चौदह साल तक राम वनवास करें।

राम : हाँ भाई! अब तुम्हारे लिए लौट जाना ही उचित है और फिर चौदह वर्ष का ही तो समय है। अवधि बीत जाने पर फिर तुमसे मिलूँगा।

भरत : अच्छा भ्राता श्री! यदि आपकी और गुरु जी की यही आज्ञा है तो मैं विवश हूँ किन्तु इतनी कृपा कीजिए कि मुझे अपनी चरण खड़ाऊँ प्रदान कर दीजिए, मैं इनसे अयोध्या की गद्दी

सजाऊँगा और गुरु जी की आज्ञा से राजकार्य चलाऊँगा और स्वयं संन्यासी का जीवन बिताऊँगा, लेकिन एक बात याद रखना कि यदि आप चौदह वर्ष से अधिक एक दिन भी लगाओगे तो भरत को कदाचित जीवित न पाओगे।

राम : प्यारे भरत! लो मेरी खड़ाऊँ ले जाओ, और मैं इस बात का प्रण करता हूँ कि चौदह साल बीतते ही तुम्हारे पास आऊँगा और एक दिन भी अधिक न लगाऊँगा।

गाना राम

मेरी ले जा चरण खड़ाऊँ, भैया ले जा चरण खड़ाऊँ।

1. मात पिता की सेवा करना, प्रजा के कष्टों को हरना।
और मैं क्या समझाऊँ, भैया ले जा.....
2. धर्म नीत से रे राज चलाना, ऋषि मुनि को शीश नवाना।
आ तुझे गले लगाऊँ, भैया ले जा.....
3. प्रिय भरत तू मत व्याकुल हो, गंगा जमुना से निर्मल हो।
स्नेह मैं तेरा नहीं भुलाऊँ, भैया ले जा.....
4. चौदह वर्ष में वन में रहूँगा, वचन पिता का पूरा करूँगा।
फिर लौट अवध को आऊँ, भैया ले जा.....

गाना राम

दूसरा विकल्प

(**तर्ज** : मेरा बालापन का यार सुदामा घर पै आया)

अरे मेरी ले जा चरण खड़ाऊँ और लौट अवध को जाओ।

1. जाने से पहले सुन ले आर अपने मन में धर ले
रस्ता सत्य धर्म पे चल के रोशन कुल का नाम कराओ
अरे मेरी.....
2. ऋषि मुनि और ज्ञानी, समझो अमृत उनकी वाणी,
महिमा जाए नहीं बखानी उनकी चरणों में शीश नवाओ
अरे मेरी.....
3. सेवा करना मात पिता की, प्रजा के हर विपता की
सच्ची भक्ति ये ईश्वर की, अपने मन को ये समझाओ
अरे मेरी.....

4. चौदह साल रहूँ वनवासी, दे गए हुक्म पिताजी स्वर्गवासी
फिर मैं आन मिलूँ रघुवंशी, आजा मेरे लाल गले लग जाओ
अरे मेरी.....

5. प्रिय भरत तू मत व्याकुल हो, गंगा जमना से निर्मल हो
जग में नाम तेरा रोशन हो, ऐसी नीति नेक चलाओ।
अरे मेरी.....

छठा दिन

सीता हरण

पात्र

1. राम, लक्ष्मण, सीता जी
2. जयन्त
3. अत्रि ऋषि–अनुसूया
4. मुनिगण
5. विराध राक्षस
6. अगस्त ऋषि–सुतीक्षण
7. शरभग
8. शूर्पणखाँ
9. खर–दूषण
10. जटायु
11. मारीच
12. रावण
13. मन्त्री
14. अप्सराएँ

चित्रकूट का सुहावना दृश्य

श्री राम का सीता जी का शृंगार करना।

जयन्त : मैं देख रहा हूँ कि श्री राम जिन्होंने पृथ्वी को राक्षस रहित बनाने का निश्चय किया है। आज इस क्षण एक साधारण मनुष्य की भांति अपनी भार्या का शृंगार करने में मग्न हैं। जिसको देख कर मुझे उनकी शक्ति और प्रण पर ही शक हो रहा है। मुझे अभी जाकर उनकी परीक्षा लेनी चाहिए।

[सीता जी के पैर में चोंच मारना]

(पैर से खून बहना)

राम : प्रिय सीता! आपके पैर से यह खून कैसे बह रहा है।

सीता : सामने उड़ने वाले पक्षी ने चोंच मार दी।

राम : अच्छा! मैं अभी इसे इस दुस्साहस के लिए दण्ड देता हूँ।

[राम का जयन्त पर तीर चलाना]

जयन्त का अपनी रक्षा हेतु इन्द्र, ब्रह्मलोक, शिवलोक में जाना, सभी जगह से निराश होकर नारद के पास आना नारद द्वारा जयन्त को राम के पास भेजना।

जयन्त : हे प्रभु! रक्षा कीजिए, रक्षा कीजिए। मैं मन्दबुद्धि आपके अतुलित बल को नहीं जान पाया सो अपने किए का फल पा लिया। हे प्रभु! अब मेरी रक्षा करो।

श्री राम : दुष्ट जयन्त! तुमने काम तो मरने के किए थे लेकिन तुम मेरी शरण में आए हो और मैं शरण में आए हर जीव को क्षमा कर देता हूँ इसलिए तुझे भी क्षमा तो कर देता हूँ, लेकिन तुम्हारी एक आँख को केवल क्षतिग्रस्त कर देता हूँ। तुम्हें एक ही आँख से दोनों आँखों जितना दिखाई देगा। ऐसा मेरा वरदान है।

राम : भाई लक्ष्मण! चित्रकूट को अब सारे अयोध्यावासी जान गए हैं, इसलिए वे यहाँ आकर मोह माया बढ़ाने वाली बात किया करेंगे और साथ ही यात्रा का कष्ट भरेंगे।

लक्ष्मण : यथार्थ है महाराज! यह स्थान वैसे भी अयोध्या से बहुत दूरी पर नहीं है।

राम : अब यही उचित है कि हम लोग आगे का भ्रमण कर अन्य स्थानों की यात्रा का लाभ उठाएँ।

सीता : और फिर ऋषियों के दर्शन भी तो मिलेंगे। [तीनों का आगे के लिए प्रस्थान करना]

अत्रि ऋषि का आश्रम

(राम-लक्ष्मण, सीता जी का प्रवेश)

राम : मुनिवर प्रणाम!

अत्रि : चिरंजीव रहो आर्य! आइए पधारिए।

राम : महाराज! महात्माओं के दर्शन में कल्याण छिपा रहता है। सत्संगति से लोहा भी स्वर्ण हो जाता है। हम लोग आपसे कुछ शिक्षा प्राप्त करने आए हैं।

अत्रि : क्यों नहीं! रघुकुल भूषण के लिए ऐसे ही शब्द शोभा देते हैं। फूलों से तो सुगन्धि ही आया करती है।

राम : मुनिराज! आप जैसे सन्तों के दर्शनों का लाभ उठाने के लिए फिरते-फिरते इधर आ निकले। कृपा करके हमें कोई उपदेश दीजिए।

अत्रि : विश्व के कण-कण में रमण करने वाले राम। मैं आपको क्या उपदेश दूँ। आप तो मर्यादा पुरुषोत्तम है। आपका शील स्वभाव पापी और महात्मा में भी कोई अन्तर नहीं देखता। जो निस्वार्थ भाव से आपका हो जाता है, आप उसे भवसागर से पार कर देते है।

राम : ऋषि राज! आपने अपने योगबल से ज्ञान और माया दोनों को जीत लिया है। मुक्ति आपके चरणों में लौटती है। आप धन्य हैं। (सीता जी से) प्रिय, माता अनुसूया पतिव्रताओं में आदर्श रूप है, इनसे कुछ शिक्षा ग्रहण करो।

सीता : (अनुसूया के पैर पकड़कर) माता जी! प्रणाम! मुझे अपना सुन्दर उपदेश दीजिए।

अनुसूया : सुनो बेटी! तुम तो स्वयं धर्म का अवतार हो।

गाना अनुसूया (कव्वाली जिला)

दोहा

सीता तुम तो आप ही सर्वगुणों की खान।
फिर भी मैं वर्णन करूँ जो मेरा अनुमान।

1. एक पतिवर्त धर्म सदा ही जो जान के साथ निभाती है।
वही सुहागन, बड़भागन, सतवन्ती नार कहाती है।।
यही धर्म और व्रत नियम है, पति पै जान निसार रहे।
तन मन से और वाणी से निज पति की ताबेदार रहे।।
दुख में सुख में भले बुरे में पति की आज्ञाकार रहे।
परमेश्वर समझ पति को चरणों पर बलिहार रहे।
त्याग पति का ध्यान गैर का सपने में नहीं लाती है,
वही सुहागन.....

2. बूढ़ा, रोगी, मूर्ख, निर्धन, अन्धा, बहरा, अज्ञानी।
महा आलसी, मूढ़, क्रोधी, किसी अंग में हो हानी।।
ऐसे पति की भी रहे दासी वही स्त्री लासानी।
करे निरादर कभी न उसका कहे कभी न कटु वाणी।।
जो बोले दुर्वचन पति को घोर नरक में जाती है,
वही सुहागन.....

3. अधिक स्नेही शुभचिन्तक हितकारी पिता व माता है,
और सम्बन्धी दुनिया के जो भगनी और भ्राता है।
हैं सुखदायक सभी परन्तु किंचित सुख के दाता हैं,
मगर पति इस लोक और परलोक के भी परित्राता है।
स्वप्न जाग्रत हर हालत में पति को नहीं भुलाती है,
वही सुहागन.....

4. पति के चरणों से बढ़कर कोई तीर्थ स्थान नहीं,
मिथ्या तीर्थ व्रत करे जो उस जैसी नादान नहीं।
पतिव्रता की महिमा को वर्णन करना आसान नहीं,
और कहूँ क्या अधिक तेरे से तू कोई नादान नहीं।
मिथ्या व्रत करे जो नारी, पति की उमर घटाती है,
वही सुहागन.....

दोहा

सेवा स्वामी की करे तज कर कपट विचार।
ऐसी नारी है कुशल धर्म धुरंधर नार॥

सीता : धन्य हो माता जी! आपके इस उपदेश को मैं जन्म पर्यंत निभाऊँगी।

राम : (अत्रि से) अच्छा ऋषिराज! अब आज्ञा दीजिए, आगे चलकर कुछ और महात्माओं के दर्शन पाएँगे और यदि कोई उचित स्थान मिला तो कुछ समय के लिए वहीं डेरा लगाएँगे।

अत्रि : महाराज! मैं जाने के लिए कैसे कह सकता हूँ। आज तो मुझे जन्म-जन्म का फल मिल गया।

राम : अच्छा मुनिवर! यदि अवसर मिला तो फिर दर्शन करेंगे। (तीनों का जाना) रास्तें में विराध राक्षस द्वारा लक्ष्मण को उठाकर भागना और राम का तीर मारना व उसे मोक्ष प्रदान करना। (शरभंग मुनि से मिलन)

शरभंग : हे भगवन! देखिए! अभी कुछ समय पहले मैं ब्रह्मलोक को जा रहा था। मुझे तभी आपके आने का समाचार मिला। प्रभु आपको देखकर मेरी छाती शीतल हो गई और जीने की इच्छा नहीं है। (शरभंग का समाधि लगा कर शरीर छोड़ देना)
[श्री राम अनेक मुनियों के साथ आगे बढ़ना]

राम : हे मुनिवरो! ये सामने काला-काला कौन-सा पर्वत है?

मुनिगण : प्रभु! यह कोई पर्वत नहीं, बल्कि यह मुनियों की हड्डियों का ढेर है। राक्षस मुनियों की हत्या करके उन्हें खा जाते हैं और उनकी हड्डियों को यहाँ फेंक देते हैं जिससे इसने एक पहाड़ जैसा रूप धारण कर लिया हैं।

राम : हे मुनिवरो! मैं जब तक पृथ्वी को राक्षस रहित नहीं कर लूँगा, चैन से नहीं बैठूँगा।

[आगे का प्रस्थान, दण्डक वन में प्रवेश]

राम : ऐसा प्रतीत होता है कि इस वन में राक्षसों का ज्यादा प्रभाव है।

लक्ष्मण : भ्राता श्री! होने दो। हमें किस बात का डर है।

सुतीक्ष्ण ऋषि : हे भाई! तुम कौन हो और तुम्हारा क्या नाम है?

राम : इनका नाम लक्ष्मण हैं और मेरा नाम राम है मुनिवर! हम अयोध्यावासी हैं।

सुतीक्ष्ण : अहा! तो आप दशरथ कुमार हो?

राम : हाँ, मुनिवर! आपको हमारा नमस्कार है।

सुतीक्ष्ण : चिरंजीव रहो वत्स! मेरे गुरु श्री अगस्त जी के आश्रम में आपके यहाँ पधारने का समाचार मिल चुका है और सभी आपकी प्रतीक्षा कर रहे हैं। क्योंकि इस वन में राक्षस लोग ऋषियों को बहुत तंग करते हैं। वे अपने अत्याचारों से हमारी तपस्या भंग कर देते हैं।

राम : हम सब भी आपके गुरु जी के दर्शन करना चाहते हैं।

[सबका अगस्त्य मुनि के आश्रम पहुँचना]

राम-लक्ष्मण : (हाथ जोड़कर) मुनिराज! सादर प्रणाम।

अगस्त्य : आयुष्मान! पधारिए रघुवंश मणि! पधारिए।

सीता : भगवान! आपके दर्शनों से चित गद्-गद् प्रसन्न है।

अगस्त्य : पुत्री! तू धन्य है। धन्य तेरी सहनशीलता है, संसार के अन्दर उसका यश और कीर्ति है। जो धर्म मार्ग पर चलता हुआ हर प्रकार की आपत्तियाँ झेलता है।

राम : महाराज! आप तो तीनों लोकों की बात जानने वाले हैं, फिर आपसे हमारा अभिप्राय कैसे छिपा रह सकता है?

अगस्त्य : हे साक्षात ब्रह्म! राम! जिस पर आपकी कृपा हो जाती है, उसी को ज्ञान की प्राप्ति हो जाती है। नहीं तो सारा जगत माया के अन्धकार में भटकता रहता है, निराशा में सिर पटकता रहता है।

राम : महाराज! हम तो सन्त सेवक हैं। हमें कोई सेवा करने का अवसर दीजिए।

अगस्त्य : भगवन्! आपकी माया ने अनेक ब्रह्माण्ड और देवता दानव रच डाले हैं। परन्तु जिसे आप अपनी भक्ति दे देते है। वह इस मायाजाल से छूट जाता है।

गाना

(तर्ज : अरे दशकंधर तू तज अभिमान)

निवारो मोरा माया का भ्रमजाल।
जिस माया में भ्रमते योगी, देव, दनुज दिग्पाल।।
निवारो.....

1. मरुस्थल में भ्रमता डोले जल पीछे मृगवाल।
तृष्णा रूपी दावानल में जल-जल हो बेहाल।।
निवारो.....

2. यह संसार अन्धेरी नगरी पथ बड़े विकराल।
ज्ञान-ज्योति बिन माया-तम को जीव सके नहिं टाल।।
निवारो.....

3. राम कृपा से माया-बन्धन टूट जाए तत्काल।
हरि पद पंकज पाई कुशल का कहे जगत जंजाल।।
निवारो.....

राम : मुनिराज! योगियों और सन्तों का माया बेचारी क्या बिगाड़ सकती है? उनके लिए तो कल्याण का मार्ग सदैव खुला रहता है। अच्छा भगवन वनों में भ्रमण करते-करते हमें बहुत समय बीत गया अब कोई ऐसा स्थान बताइए जहाँ हम तीनों विश्राम कर सकें।

अगस्त्य : भगवान! यहाँ से कुछ दूर दक्षिण की ओर पंचवटी नामक एक बड़ा मनोहर स्थान है। वहाँ पवित्र गोदावरी बहती है; अनेक फलदार वृक्ष हैं, और पक्षियों का कोलाहल मधुर संगीत सुनाता रहता है। आप वहाँ जाकर विश्राम करें तो बड़ा सुख का अनुभव होगा। और हाँ। मैं कुछ शस्त्र भी देता हूँ। इनको अपने साथ ले जाओ और वक्त पड़ने पर काम में लेना, मगर जरा सावधानी से चलाना।

राम : मुनिवर आपकी कृपा से तमाम शस्त्रों को अच्छी तरह पहचानता हूँ और प्राय: प्रत्येक को चलाने की विधि भी जानता हूँ। मुनिवर इन सबके लिए आपका धन्यवाद है। अब हमारा प्रणाम लीजिए और आगे प्रस्थान करने की आज्ञा दीजिए।

[तीनों का जाना]

(गिद्धराज जटायु से भेंट)

लक्ष्मण : भ्राता जी! जरा सम्भल कर कदम बढ़ाइए, बल्कि अच्छा तो यही होगा कि यहीं रुक जाइए।

राम : क्यों क्या बात है? कुछ कारण तो बताओ।

लक्ष्मण : वह देखिए! शायद किसी दुष्ट राक्षस की मौत आई है जो उसने हम पर घात लगाई है। धोखा देने के लिए भेष भी पक्षियों का बनाया है। अभी उसकी मिट्टी ठिकाने लगाता हूँ और उनकी इन चालाकियों का मजा चखाता हूँ।

राम : जल्दी का काम हमेशा खराब होता है जिसका पीछे से पश्चाताप होता है। मैं जाता हूँ और उसका पता लगाता हूँ। (पास जाकर) अजी आप कौन हैं और यहाँ बैठने का क्या प्रयोजन है?

जटायु : मेरा नाम जटायु है। क्या रामचन्द्र आपका ही नाम है?

राम : हाँ-हाँ! मगर आपको मेरा नाम कैसे मालूम है?

जटायु : बेटा! तुम्हारे इधर आने की तो चिरकाल से धूम है।

राम : आप अपना भी कुछ परिचय बताइए (हाथ का इशारा करके) लक्ष्मण! आप सीता सहित इधर यहाँ पर आइए।

जटायु : बेटा! मैं तुम्हारे पिता महाराज दशरथ का परम मित्र हूँ। तुम्हें देखकर सब थकान दूर हो गई।

राम : पिता जी से आपका यह सम्बन्ध कब से है?

जटायु : एक बार जबकि वे राक्षसों की लड़ाई में सख्त जख्मी हो गए थे, तब से है। जब वे बिल्कुल मूर्छित हो गए थे, मैं उन्हें उठाकर भाग आया था।

राम : भगवन! आज मुझसे बड़ा पाप हो गया होता और राक्षस के धोखे में आपका ही घात हो गया होता। परमात्मा का शुक्र है कि सब ठीक है और आपका साया हमारे सिर पर बना रहा क्योंकि पिता जी का तो स्वर्गवास हो चुका। अब तो आप ही हमारे लिए पिता जी के समान हैं।

जटायु : हाय शोक! मेरे मित्र का कब स्वर्गवास हुआ?

राम : जब से हमें वनवास हुआ।

जटायु : आपकी जुदाई को वे कैसे सहन करते? खैर बेटा धीरज धरिए। मेरे योग्य कोई काम है तो बताओ।

राम : कृपा करके हमें पंचवटी का मार्ग बतला दीजिए।

जटायु : पंचवटी यहाँ से बिल्कुल नजदीक है। मेरे विचार में भी आपका वहाँ ठहरना ठीक है क्योंकि मैं भी तुम्हारा पासवान रहूँगा और तुम्हारी अनुपस्थिति में सीता का निगेहबान रहूँगा।

(आगे बढ़ना)

[पंचवटी]

(राम-लक्ष्मण और सीता जी अपनी कुटिया के आगे बैठे हुए गोदावरी की लहरों का दृश्य देख रहे हैं)

लक्ष्मण : भ्राता श्री! पंचवटी पर विधाता ने कैसी विचित्र रचना की है। मानो प्रत्येक वस्तु जीवन का रस लेकर आई है।

राम : निस्संदेह बड़ा ही रमणीक स्थान है, प्रत्येक दृश्य मानो शोभा की खान है।

सीता : प्राणनाथ! इधर तो देखो! ये पक्षीगण कैसी मधुर तान सुना रहे हैं और मृग प्रसन्न मुद्रा में चक्कर लगा रहे हैं। ऐसा प्रतीत होता है कि मानो प्रकृति ने सबको रसिक बनाकर प्रिय-मिलन का अलौकिक रस बहा दिया है।

राम : क्यों न हो! संयोग की अवस्था का ऐसा ही रूप होता है। प्रिय!

लक्ष्मण : भगवन्! प्रकृति की इस अपूर्ण रचना को देखकर मन में कुछ प्रश्न करने की इच्छा हो आई है। यदि आज्ञा हो तो पूछ लूँ?

राम : हाँ-हाँ! अवश्य पूछो।

लक्ष्मण : हे नाथ! माया का क्या रूप है? ज्ञान तथा वैराग्य किसे कहते हैं?

राम : हे तात! मैं थोड़े में ही सब समझा कर कहे देता हूँ, तुम मन, चित्त और बुद्धि लगाकर सुनो।

मैं और मेरा, तू और तेरा अर्थात् ये वस्तु मेरी है, मैं भी कोई चीज हूँ। ये वस्तु तेरी है, तू भी कोई चीज हैं, यही माया है। इंद्रियों और मन से जिन पदार्थों का ज्ञान होता है, वे सब माया

के कहे जाते हैं। इस माया के दो रूप हैं। एक अविद्या और दूसरी विद्या अविद्या महादुख देने वाली और संसार रूपी कुएँ में गिराने वाली है। दूसरी विद्या है जो ईश्वर की प्रेरणा से जगत को रचती है। केवल अपनी शक्ति से कुछ नहीं कर सकती। जिस भावना से ज्ञान उत्पन्न होता है और मनुष्य अभिमान को त्याग कर सब पदार्थों को नारायण रूप देखता है, वही पूर्ण वैराग्य है। धर्म से वैराग्य और योग से उत्पन्न होता है। यही मोक्ष देने वाला है और जिस साधन से शीघ्र ही मेरी प्राप्ति होती है। उसे भक्ति कहते है। मेरा गुण गाते समय जिसका शरीर पुलकित हो जाए, वाणी गद्-गद् हो जाए और नेत्रों से जल बहने लगे और काम, दम्भ, मद आदि जिसमें न हो, हे भाई! मैं सदा उनके वश में रहता हूँ।

लक्ष्मण : महाराज! जीव किसे कहते हैं और ईश्वर क्या है?

राम : हे भाई! अब यह भी सुनो कि जीव किसे कहते हैं और ईश्वर क्या है। जो माया को, ईश्वर को और अपने स्वरूप को नहीं जानता उसे जीव कहना चाहिए। जो कर्मानुसार जीव को बन्धन, मोक्ष देने वाला सबसे परे और माया का प्रेरक है, वही ईश्वर है।

लक्ष्मण : प्रभु! भक्ति के क्या उपाय हैं?

राम : वेदों की रीति और धर्म के अनुकूल कार्य करना, समस्त कर्मों को भगवान को अर्पण कर देना और केवल भगवान को ही आधार मानना, यही भक्ति के साधन हैं। जब विषयों से मन हटकर मेरे चरणों में लग जाता है, तभी मेरी प्राप्ति होती है।

(शूर्पणखा का गाते हुए प्रवेश)

गाना

(तर्ज : खोल दे बटवे की डोर....)

टेक : जीवन की आ गई बहार–मैं हूँ नई नवेली।

1. चन्दा से मुखड़े पे काली-काली पलकें।
   नागन सी करत विहार–मैं हूँ नई नवेली।।
   जीवन की.....

2. चाल चलूँ जब रूप विकराल जावे।
लचके कमर सुकुमार–मैं हूँ नई नवेली।।
जीवन की.....

3. ये गोटदार लहंगा–निकलूँ जब डाल के।
दुनिया है मुझपे निशार–मैं हूँ नई नवेली।।
जीवन की.....

4. जब मुस्काऊँ मन–काम को रिझाऊँ प्यारे।
चितवन के तीर करूँ पार–मैं हूँ नई नवेली।।
जीवन की.....

(राम के पास आकर) सुन्दर राजकुमार तुम कौन हो? क्या तुम वास्तव में मनुष्य हो।

राम : देवी! हम महाराज दशरथ के पुत्र, अयोध्या के रहने वाले हैं और कुछ समय के लिए वनों में रहने आए हैं। ये सीता जी हमारी धर्मपत्नी और ये लक्ष्मण जी हमारे छोटे भाई हैं। मेरा नाम राम हैं। यदि आप अनुचित न समझें, तो आप भी अपने निवास स्थान का पता बताइए और अपना शुभ नाम भी बता दीजिए।

शूर्पणखा : (मटककर) मैं हूँ लंकापति महाराज रावण की छोटी बहिन। मेरे भाई खर और दूषण का यही साम्राज्य हैं और मेरा नाम शूर्पणखा है।

राम : तो आप इस प्रकार भटकती क्यों फिर रही हैं?

शूर्पणखा : मैं फिर रही हूँ पति की खोज में। मेरे योग्य आज तक कोई वर ही नहीं मिला, इसलिए मैं अभी तक कुँवारी हूँ।

राम : किन्तु देवी! वर की खोज करना तो माता–पिता या भाई–बन्धु का काम है, स्त्रियों को तो अकेली घूमना भी नहीं चाहिए।

शूर्पणखा : श्याम किशोर! तुम कितने भोले हो। यदि मैं घूमती न फिरती तो तुम्हारे जैसा सुयोग्य वर कहाँ से मिलता?

राम : नहीं देवी! हमारा तो विवाह हो चुका है। मैं तुम्हारी यह अभिलाषा पूरी नहीं कर सकता। मेरी अर्धांगिनी भी मेरे साथ हैं।

शूर्पणखा : अजी जरा मेरी सुन्दरता को तो निहारो। यह मस्तानी चाल। ये मीठे-मीठे बोल।

गाना

भोले भाले बलम, तेरी बलिहारी।

1. तेरी सूरत पे तन-मन निसारा करूँ।
तेरी मन के शिवाले में पूजा करूँ।।
तेरे जोबन पे प्यारे मैं मन हारी-भोले भाले बलम.....
शेर-रूठो न अब कि आए है दिन यार प्यार के-सैंया गले लगाइए बाहें पसार के।

2. मेरे मन में हिलोरें उठे प्यार की।
मेरी आँखों में सूरत फिरे यार की।।
जोबन की बगियाँ की गुलकारी, भोले भाले.....

राम : देवी! धर्म पथ न भटको। विषयों का आनन्द नाशवान होता है।

शूर्पणखा : तो क्या इस कुरूपा की चाल में आकर मेरे जैसी सुन्दरी को छोड़ दोगे?

राम : देवी! मैं विवश हूँ। तुम्हारी यह इच्छा पूर्ण नहीं कर सकता। हाँ अगर लक्ष्मण जी इस बात को मंजूर कर लें तो बड़ी खुशी की बात है।

शूर्पणखा : तो जाने दो! तुम्हारे छोटे भाई क्या कम सुन्दर हैं? (लक्ष्मण के पास आकर) छोटे राजकिशोर! उनसे तो मैं केवल छेड़ करती थी, वास्तव में मेरे योग्य तो तुम ही हो। अच्छा आप तो मुझे स्वीकार करो।

लक्ष्मण : चुप! खड़े हो जाना।

शूर्पणखा गाना

(फिल्म : बड़ी बहन)
चुप चुप खड़े हो जरूर कोई बात है।
पहली मुलाकात है जी पहली मुलाकात है।।
चुप-चुप.....

1. पहली मुलाकात में बात ऐसी हो गई।
राजा भी खो गया जी रानी भी खो गई।।

दोनों को ना पता चला मजे की ये बात है,
पहली मुलाकात.....

2. साजन की बात पे गुस्सा जो आ गया।
जुल्फों का बादल गालों पे छा गया।।
अभी-अभी दिन था, अभी-अभी रात है,
पहली मुलाकात है.....
चुप-चुप.....

लक्ष्मण : हे सुन्दरी! मैं तो उनका सेवक हूँ। तुम्हें एक सेवक के पास क्या सुख मिल सकता है? जाओ अपना रास्ता देखो।

शूर्पणखा : ओहो! ऐसे निठुर हो गए। देखो! ये कटीले नैन, यह लचीली कमर, यह सुकोमल शरीर-क्या ऐसी सुन्दरी को देखकर भी तुम्हारा मन नहीं लुभाता?

लक्ष्मण : देवी! सेवक बनकर सुख पाने की आशा ऐसी है जैसे भिखारी बनकर मान की लोभी होकर सम्मान की। मेरे पास तुम्हारा निर्वाह नहीं हो सकता। मैं तो उनकी आज्ञा का पुजारी हूँ।

शूर्पणखा : (फिर राम के पास जाकर) अजी! वह तो मेरी बात सुनता ही नहीं। तुम ही मान जाओ। अपनी दुल्हन का मन अधिक न सताओ।

गाना

(**तर्ज** : वो दिल कहाँ से लाऊँ तेरी.....)
तड़पा चुके हो अब तो, बहुत प्यार कीजिए।
इन्कार कीजिए नहीं, इकरार कीजिए।।

1. यौवन की क्या बहार है क्या रूप का निखार।
तिरछी नजर को एक बार इधर तो कीजिए।।
तड़पा.....

2. आँखों में आँख डाल के दिल से मिलाओ दिल।
हसरत जवाँ है यार, न बेकार कीजिए।
तड़पा.....

3. तेरे सिवा न कोई नजर में समा सका।
इन्कार करके अब न हमें ख्वार कीजिए।
तड़पा.....

राम : तुम देख रही हो कि हमारी धर्मपत्नी हमारे साथ हैं, फिर हम यह अनुचित विवाह कैसे कर सकते हैं?

शूर्पणखा : क्यों नहीं कर सकते। राजाओं के यहाँ तो अनेक रानियाँ हुआ करती हैं।

राम : हाँ होती हैं। किन्तु वे वेद विरुद्ध कार्य करते हैं। हम ऐसा कदापि नहीं कर सकते।

शूर्पणखा : तो क्या तुम नहीं जानते कि तुम मेरे भाई के राज्य में बैठे हुए हो? क्या तुमने आज तक रावण और खर दूषण का नाम नहीं सुना है। याद रखो! यदि अब भी इन्कार करोगे तो बिन आई मौत मरोगे।

राम : देवी! हमें क्षमा करो! जाओ कहीं दूसरा वर ढूँढ़ो।

शूर्पणखा : (लक्ष्मण के पास जाकर) लो एक बार तुमसे भी पूछ लेती हूँ। कहो मुझसे विवाह करना स्वीकार है?

लक्ष्मण : सुन्दरी! तेरे साथ तो वही विवाह कर सकता है जो अपनी लाज को तिनके समान तोड़ दे, संसार में सम्मान पाने की आशा छोड़ दे।

गाना (लावनी) जिला या (बहरे कव्वाली)

चल दूर हो पापिन नीच महा! तू धर्म निभाना क्या जाने।
जिसको कुल का कुल मान नहीं, वह मान बचाना क्या जाने।।

1. निर्जन वन में शृंगार किए फिरती है जगाती प्यार नए।
जो प्रीत की रीत नहीं समझे, वह प्रीत लगाना क्या जाने।।
चल.....

2. जो देख पराए पुरुषों को, फैलाए वासना के फन्दे।
जो काम की चेरी बन बैठी, वह लाज बचाना क्या जाने।।
चल.....

3. रावण ने किया स्वाधीन तुझे, अब समझाना रसहीन तुझे।
जब मार्ग ही सच्चा छूट गया, फिर राह पे आना क्या जाने।।
चल.....

शूर्पणखा : (स्वयं) ओहो! अब समझी! जब तक यह विघ्नकारिणी रहेगी, जब तक मेरा काम नहीं बनेगा। इसलिए पहले इसे ही ठिकाने लगाऊँ और फिर इसको रिझाऊँ।

[सीता की ओर दौड़ना]

(अपशब्द कहना)

राम : (रोककर) ठहरो देवी! जाओ अब की बार लक्ष्मण तुम्हारी अवश्य सुनेंगे।

(लक्ष्मण को संकेत करना)

शूर्पणखा : (लक्ष्मण से) क्यों जी! अब आए कुछ सीधे मार्ग पर या नहीं?

लक्ष्मण : हाँ आओ। तुमने ठाकुर जी पर कठोर शब्दों के पुष्प चढ़ाए हैं। उनका प्रसाद भी लेती जाओ।

[शूर्पणखा का पास आना और लक्ष्मण का उसकी नाक काटना]

शूर्पणखा : (चिल्लाती हुई) हाय! मैं मर गई, मेरी नाक कट गई। हाय हाय अन्यायी ने मुझे नकटी बना दिया।

(जाना)

(पर्दा गिरना)

खर दूषण की मदिराशाला

खर : अरे! आज क्या बोतलें खाली पड़ी हैं जो दौर बिल्कुल बन्द पड़ा है।

दूषण : क्या मदिरा का दिवाला निकल गया या साकी पड़ा सो रहा है?

साकी : लीजिए अन्नदाता! शराब हाजिर है।

[खर दूषण का अन्य राक्षसों के साथ पीना और गाना]

लाना-लाना-लाना, साकी औ पैमाना

1. कुछ और पिला दे साकी, बोतल में जितनी बाकी।
पीना और पिलाना, लाना.....
2. साकी है क्या तू दीवाना, पहलू में रख दे पूरा मैखाना।
ये है लाल परी मस्ताना, लाना.....
3. मरु जाऊँ अगर तेरी बू न हो, नहीं खाना जो बोतल में तू न हो।
तेरी तासीर से हूं अनजाना, लाना.....

शूर्पणखा : (आकर) चूल्हे में जाए तुम्हारी बोतलें और भाड़ में पड़े पीना पिलाना। अरे मूर्खों, तुम्हारी बहन का यह हाल है और तुम मदिरा पीने में मस्त हो। धिक्कार है।

खर : (गाना) (लावनी जिला)

नाक कटी नकटी हो आई चेहरा लहुलुहान हुआ।
बता तो बहिना शूर्पणखा यह क्या कैसा घमासान हुआ।।
किस जालिम ने की यह हरकत किसके सिर पर मौत चढ़ी।
जीने से बेजार कौन है किसकी आ गई बुरी घड़ी।।
साँप के मुँह में अंगुली देवे किसकी इतनी जुरअत बढ़ी।
अदम के रास्ते कौन चला और मौत से किसकी आँख लड़ी।।
कौन है जिसको अपने बाहुबल का यह अभिमान हुआ,
बता तो.....

शूर्पणखा : बैठे-बैठे दिल उकताया यों ही सैर को जाती थी,
करती फिरती मटर गशत मैं अपना दिल बहलाती थी।
चलते फिरते यों ही अचानक पंचवटी पर जा अटकी,
नजर पड़े दो बनवासी झट देख उन्हें मैं भी ठिठकी।
हुई मैं जिस दम उनके सामने उनकी आँखों में खटकी,
बुरी नजर से लगे देखने आपस में कुछ गिटपिट की।
वो चाहते थे फुसलाना मैं खातिर में नहीं लाती थी।
करती.....

खर : वह वनवासी सत्यानाशी कौन है और किसके जाए,
मेरे इलाके में वह अहमक बिना इजाजत क्यों आए।
मेरे हुक्म बिन पंचवटी में किसने है वह ठहराए,
करे यहाँ आकर खूँरेजी खौफ न कुछ दिल पर लाए।
निश्चय ही अब उनके वास्ते मौत का सब सामान
हुआ, बता.....

शूर्पणखा : वह वनवासी अवधपुरी के राजकुमार कहलाते हैं।
नाम एक का राम दूसरे का लक्ष्मण बतलाते हैं।।
उनकी जो मंजूर नजर सीता कहकर उसे बुलाते हैं।
हुस्न जवानी देख चाँद सूरज तक भी शर्माते हैं।।

नाक उड़ा दिया मेरा जब मैं अपना आप बचाती थी,
करती.....

खर : अभी चखाऊँ मजा उन्हें मैं राजकुमार कहाने का।
मेरे इलाके में आकर मुझ पर ही हाथ उठाने का।।
पता चलेगा अभी उन्हें इस तेरे खून बहाने का।
जब तक न लूँ बदला उनसे रोटी तक नहीं खाने का।।
देख तेरी हालत यह मेरे पास जिगर के बान हुआ,
बता.....

दूषण : आखिर वे पंचवटी पर किस तरह चले आए?

खर : नीच! पापी! मृत्यु के ग्रास! (शूर्पणखा से) अच्छा बहिन। तुम जाकर आराम करो और निश्चिन्त रहो। तुम्हारी नाक का बदला उनके खून से लिया जाएगा।

शूर्पणखा : हाँ भाई! तब ही मुझे सन्तोष आएगा।

दूषण : अच्छा सेनापति! तुरन्त सेना तैयार करो और पंचवटी की ओर कूच कर दो। हम भी स्वयं युद्ध में शामिल होंगे।

सेनापति : जैसी आज्ञा महाराज!

(दोनों का सेना सहित पंचवटी की ओर कूच करना)

(पंचवटी पर राम लक्ष्मण की वार्ता)

राम : भ्राता लक्ष्मण! देखो वह दुष्टा अपने सहायकों को लाएगी और कुछ ही समय में भयंकर युद्ध होगा। जिससे पृथ्वी राक्षसों विहीन हो जाएगी।

लक्ष्मण : (सामने देखकर) आपकी बात कितनी सत्य है। वह देखिए भगवन्! सामने आकाश में धूल छा रही है। प्रतीत होता है कि वह दुष्टा अपने किसी सहायक को ला रही है।

राम : आने दो! बहुत समय से भुजाएँ शिथिल पड़ी हुई है।

लक्ष्मण : किन्तु क्या लड़ने की मुझे आज्ञा नहीं मिलेगी।

राम : नहीं! तुम जानकी को लेकर अलग चले जाओ। राक्षसों के सामने सती स्त्री का आना ठीक नहीं।

लक्ष्मण : जैसी आज्ञा प्रभो!

[जानकी-लक्ष्मण का जाना]

(खर-दूषण का प्रवेश)

खर : राम! तू अभी बच्चा है, लड़ना क्या जाने। जा अपनी छुपाई हुई स्त्री को ला दे। और अपने घर लौट जा।

दूषण : ठीक! बिल्कुल ठीक! इससे सहज उपाय और क्या हो सकता है?

राम : अधर्मियो! ऐसी बातें कहते हुए तुम्हें लाज नहीं आती? क्या तुम किसी माता के पुत्र नहीं हो? क्या तुम सतियों का मान भी नहीं जानते?

दूषण : देखने में ही बालक है किन्तु बोलने में चतुर मालूम होता है। देखो तो कैसा सुन्दर उपदेश सुना रहा है।

खर : समझ रहा है कि शूर्पणखा की नाक काटकर जीवित चला जाऊँगा यह नहीं जानता कि मेरा नाम खर है; मैं जीते को ही चबा जाऊँगा।

राम : मूर्ख! हम क्षत्रिय हैं। क्षत्रिय रूपी सिंह तुम जैसे मृगों को ढूँढ़कर मारते हैं।

खर : अरे जा चला जा, नहीं तो–

भुंगे की तरह पीस के पल भर में मिटा दूँ।
चाहूँ तो कुचल दूँ अभी मिट्टी में मिला दूँ।।

राम : तो फिर सोच विचार किस बात का है? यदि ऐसा ही वीर है तो दो हाथ दिखा नहीं तो नकटी की गोद में छिप जा।

खर : अरे नादान! मैं तो बच्चा समझकर तलवार नहीं चलाता था, नहीं तो.....

न चलती इस तरह फर-फर कभी मूर्ख जबाँ तेरी।
बना देता तेरे पुरजे उड़ाता धज्जियाँ तेरी।।

[युद्ध होना और खर का मारा जाना]

दूषण : सँभल-सँभल! खर को मारकर आपे से न निकल।

राम : आ तू भी उसके साथ चल।

[युद्ध होना दूषण का भी सेना सहित मारा जाना]

सीता जी : (आकर)

(दोहा)

धन्य-धन्य! रघुकुल ध्वजा, धन्य-धन्य रघुवीर।
धन्य दनुज-दानव-दलन, धन्य महा रणधीर।।

लक्ष्मण : (दोहा) **जय रविकुल भूषण तिलक, विपद विदारणहार।**
धरणी-भार-हरण निमित धरो राम अवतार।।

[आकाश से पुष्प वर्षा]

[रावण का दरबार]

रावण : रावण; लंका का महाराजा रावण! देवताओं का अन्नदाता, लोकपालों का ईष्ट दानव, दनुज और दैत्यों का स्वामी; यक्ष, गन्धर्व और दिक्पालों का करतार! काल अब वह काल नहीं; मेरे पैरों का गुबार है, इन्द्र मेरी ठोकर का ठुकराया हुआ आज्ञाकार है। बे माता को मेरी आज्ञा के बिना सांसारिक कामों को छेड़ने का अधिकार नहीं, मेघ मेरी इच्छा से बरसते हैं। पवन महलों की सफाई करते हैं। सूर्य प्रकाश और चन्द्रमा ठण्डक पहुँचाता है, पाँव दबाना यम और इन्द्र का काम है।

पड़े दिन काटते हैं यम, वरुण मेरे सहारे पर।
कुबेर और अश्वनी पलते हैं मेरे ही गुजारे पर।।
अगर गुस्सा घड़ी भर को मेरी आँखों में छा जाए।
मही डोले, हिले पर्वत सकल संसार थर्राए।।

मन्त्री : निस्सन्देह! हमारे महाराज के सामने कोई अभिमानी सिर नहीं उठा सकता बड़े से बड़े योद्धा भी लंका के वीरों से आँख नहीं मिला सकता।

मेघनाद : क्यों न हो? महाराज के नाम में पर्वतों को हिला देने वाली शक्ति है। क्रोध में शत्रुओं को जलाने वाली ज्वाला दहकती है।

भूल कर भी जब उठाया है किसी शत्रु ने सिर।
गिर गई मानो वहीं बिजली कड़कती सीस पर।।

रावण : मन्त्री जी! अब अप्सराओं को बुलाओ, नाच गाना व शराब का दौर होने दो।

मन्त्री : जैसी आज्ञा महाराज!

[अप्सराओं का आना व नाचना]

गाना

तेरी नजर ने–दिल की दुनियां, लूट ली, लूट ली-लूट ली।

1. टेढ़ी चितवन गेसू काले, नैन रसीले मद मतवाले;
   ओ मस्तानी चालों वाले! मेरी तमन्ना लूट ली, लूट ली.....
   तेरी नजर ने.....

   शेर : मस्ती का साज छेड़ के मस्ताना कर दिया।
   काबू में था ये दिल मगर बेगाना कर दिया।।

2. चलती है गम की तलवारें, सुन निर्मोही दिल की पुकारें;
   चैन की दौलत दिल की बहारें, ओ मह पारा लूट ली, लूट ली-लूट ली
   तेरी नजर ने.....

[शूर्पणखा का प्रवेश]

शूर्पणखा : हाय! मैं लुट गई! मेरी नाक कट गई! हाय-हाय!

रावण : अरे ये कौन है जो इस प्रकार चिल्ला रहा है।

शूर्पणखा : दुहाई है! अरे भाई तेरी दुहाई है।

रावण : (देखकर) कौन? शूर्पणखा! बता क्या कष्ट है?

शूर्पणखा : भाई तू तो मदिरा पीकर सोता रहता है और तेरे राज्य में अनर्थ होता रहता है।

रावण : अनर्थ! मेरे राज्य में! यह तू कैसे कह सकती है? आज तुझे क्या हो गया है जो ऐसी मूर्खतापूर्ण बातें कर रही है।

किसमें साहस है करे जो सामने टेढ़ी नजर।
किसकी शक्ति है उठाकर आँख भी देखे इधर।।
सिर उठाने की हिमाकत जिसने भी इक बार की।
सिर नजर आएगा उसका नोंक पर तलवार की।।

शूर्पणखा : तो क्या तुझे अभी तक भी पता नहीं कि शत्रु सिर पर आन पहुँचा है।

रावण : शत्रु! कौन शत्रु! किसका शत्रु! मेरा शत्रु बनकर ब्रह्माण्ड में जीवित रहने वाला कौन है?

नहीं है काल की शक्ति करे जो बाल भी बाँका।
पड़ा है सामने मेरे जगत का आज बल फीका।।

मेरे शत्रु को दुनिया में ठिकाना मिल नहीं सकता।
लगाकर बैर जीने का बहाना मिल नहीं सकता॥

शूर्पणखा : भाई रावण मैं विधुल्जिन्ह से प्रेम करती थी। उसने मेरी सहमति से मेरा अपहरण किया था। हम दोनों ने विवाह कर लिया था। लेकिन आपने मेरे पति की हत्या कर दी। आपका कहना था कि इस विवाह से रावण की नाक कट जाएगी। लेकिन आज पृथ्वी पर सबसे सुन्दर स्त्री को आपकी रानी बनाना चाहा तो मेरी ही नाक कट गई। अब आप अपनी नाक की चिन्ता करें।

रावण : बहिन स्वरूप मेरी शक्ति को जान और साफ-साफ कह।

शूर्पणखा : यह तो मैं जानती हूँ भाई परन्तु समय की गति को कौन रोक सकता है। प्रत्यक्ष को प्रमाण की क्या आवश्यकता है? यह देखो मेरी नाक।

रावण : तो स्पष्ट क्यों नहीं कहती? बताओ बहन तेरी नाक किसने काटी है?

शूर्पणखा : क्या कहूँ भाई! कुछ समय से अयोध्या के दो राजकुमार आए हैं और पंचवटी पर एक कुटिया बनाकर रह रहे हैं। अपने साथ एक परम सुन्दर स्त्री भी लाए हैं। जिसे वे सीता के नाम से बुलाते हैं। आज मैं घूमती-फिरती उधर जा निकली तो छोटे भाई लक्ष्मण ने कामातुर होकर मेरे ऊपर कुदृष्टि डाली और जब मैंने भागना चाहा तो क्रोधित होकर मेरी नाक काट डाली।

रावण : तो तुमने खर-दूषण से क्यों नहीं कहा?

शूर्पणखा : कहा था! परन्तु उन अन्यायियों ने उनको भी गहरी निद्रा में सुला दिया। मेरी नाक के साथ उनका भी सिर उड़ा दिया।

रावण : (गम्भीर मुद्रा में) तो अवश्य कोई रहस्य है। खर-दूषण का मार देना कोई साधारण बात नहीं है। किन्तु बहन शूर्पणखा तुम चिन्ता न करो। जाओ महलों में आराम करो। इसका उचित प्रबन्ध कर दिया जाएगा और तेरी नाक काटने का बदला अवश्य लिया जाएगा।

मन्त्री : महाराज! ऐसे दुष्टों के शीघ्र दण्ड मिलना चाहिए। नहीं तो

सारे राज्य में उपद्रव मच जाएगा प्रत्येक शत्रु सिर उठाएगा।

मेघनाद : पिता जी! आप केवल मुझे आज्ञा दीजिए और अभिमानियों का सिर अपने सामने हाजिर लीजिए।

रावण : नहीं! करने से पहले हर बात को सोच लेना जरूरी है, इसलिए तुम्हें आज्ञा देने में मजबूरी है। अच्छा दरबार बर्खास्त सब लोग चले जाए।

(रावण के अतिरिक्त सबका जाना)

रावण : (स्वयं) देवता, राक्षस, गन्धर्व और दिक्पाल जितने ब्रह्माण्ड में हैं, उनमें से कोई मेरे सेवकों की बराबरी भी नहीं कर सकता, फिर मेरे समान खर-दूषण को मारने वाला साक्षात ब्रह्म के अतिरिक्त कौन हो सकता है? हाँ, यदि यह सत्य है। और जगत के स्वामी ने अवतार धारण कर लिया है, तो मैं उनसे अवश्य वैर करूँगा और अपने दूसरे शाप का अन्त करूँगा। मेरा शरीर तामसी है। इससे भजन और संयम तो होता नहीं, फिर उद्धार का और साधन ही क्या है? ठीक है। (सोचकर) परन्तु इसका उपाय! आखिर वैर-भाव भी कैसे बढ़ाया जाए? (फिर सोचकर) हाँ, यही ठीक है। कोई कपट का वेष बनाकर, जाऊँ और जानकी को चुराकर ले आऊँ। यदि वे साधारण मनुष्य हैं तो मेरे भय से लौट जाएँगे और यदि वास्तव में अवतार हैं तो शक्ति रूपी जानकी को खोजते-खोजते यहाँ तक आएँगे और मुझे इस शरीर रूपी बन्धन से छुड़ाएँगे। परन्तु अकेले से यह काम बनना बहुत कठिन है; इसमें किसी दूसरे की सहायता की भी आवश्यकता है। कौन हो सकता है जो चतुर भी हो और मेरे लिए अपनी जान पर खेल जाए और इस महान कार्य में मेरा हाथ बँटाए। (कुछ सोचकर) ठीक! याद आया! मारीच! निस्सन्देह हर एक दाव घात में होशियार भी है और मेरा आज्ञाकारी भी है। बस उसे ही तैयार करता हूँ जैसे भी हो जानकी को हरता हूँ।

कसौटी पर उम्मीदों की, मुकद्दर आजमाता हूँ।
कपट से, द्रोह से, छल से, उसे जाकर उड़ाता हूँ।।

[मारीच की कुटी]

गाना मारीच

परलोक का मूरख ध्यान तो कर, क्यों दुनिया में भरमाया है।
जिस पर तू मोहित हो बैठा वह सारी झूठी माया है।।
भाई-बन्धु बेटा-बेटी नारी-भौजाई मात-पिता।
ये सुख के सारे साथी है तूने जिनको अपनाया है।।
संसार-जाल में फँस मूरख अपनी सुध-बुध सब भूल गया।
अज्ञान बना ही बैठा है। सब ज्ञान ध्यान बिसराया है।।
इक दिन जाना होगा तुझको संसार सुख सब छोड़ कुशल।
इक रैन बसैरा तेरा है तू क्यों इस पर ललचाया है।।

रावण : मारीच! मारीच! मेरे बहादुर मारीच! आपका क्या हाल है।

मारीच : लंकेश प्रणाम! बड़े दिनों के बाद यह सेवक आपके दर्शन कर रहा है। महाराज!

रावण : बेशक मैं महाराज हूँ, अधिराज हूँ, मगर इस वक्त तेरी मदद का सख्त मोहताज हूँ।

मारीच : कहिए महाराज! यदि कोई मेरे योग्य सेवा हो तो मारीच इसी समय तैयार है।

रावण : क्यों नहीं। तुम जैसे वीरों पर ही तो मुझे गर्व है।

मारीच : तो फिर बतलाइए। मेरे लिए क्या सेवा है?

रावण : सुनो मारीच! अयोध्या के दो राजकुमार जिन्होंने मेरी माता और भ्राता का वध किया था, कुछ समय से पंचवटी पर आए है। उनके साथ सौन्दर्य की देवी सीता भी आई है। एक दिन शूर्पणखा घूमती-घूमती उधर निकल गई। उन्होंने शूर्पणखा के रूप पर मोहित होकर उसे फुसलाने की कोशिश की परन्तु असफल होने पर लक्ष्मण ने शूर्पणखा की नाक काट डाली। बाद में खर-दूषण को भी मार डाला। अब अगर तू थोड़ा साहस करे तो तुझको तो बदला मिलता है और मेरा काम निकलता है। मैं जानकी को हर कर इस अपमान का बदला लेना चाहता हूँ।

मारीच : **(गाना (बहरे कव्वाली))**

कबर में पाँव, मरने के लिए तैयार बैठा हूँ।
बुढ़ापा आ गया सरकार हिम्मत हार बैठा हूँ।।

1. जवानी की उमंगें तो जवानी में ही रहती है।
मगर अब तो मैं जीने से ही खुद बेजार बैठा हूँ।। कबर.....

2. मैं खुद मोहताज हर एक बात में औरों का रहता हूँ,
सहारा क्या किसी को दूँ कि खुद लाचार बैठा हूँ।। कबर.....

3. जवानी हो गई रुखसत, बुढ़ापा आ गया जब से,
किनारे फेंककर सब तीर ओर तलवार बैठा हूँ।। कबर.....

4. न वह ताकत, न वह जुरअत, न वह फुरती न चालाकी,
अगर्चे जान है लेकिन मिसल दीवार बैठा हूँ।। कबर.....

5. न ख्वाहिश है कि लूँ बदला, न हिम्मत युद्ध करने की,
लड़ूँ क्या खाक क्योंकि, खुद बहालत जार बैठा हूँ।। कबर.....

6. न होगी कामयाबी इस इरादे को तरक कर दो,
मैं उनके आजमाए हाथ और हथियार बैठा हूँ।। कबर.....

7. अगर मानो बहुत बेहतर, न मानो आपकी मर्जी,
मगर मैं तो यहीं पर, ऐ मेरे सरदार बैठा हूँ।। कबर.....

रावण : मामा मारीच! तुमने कोई युद्ध थोड़े लड़ना है। देखो तुम वेष बदलने में होशियार हो और दाँव-घात के भी जानकार हो, इसलिए सुनहरी मृग का रूप धारण करो और मेरे साथ चलो। यदि हमारी चाल सफल रही तो जानकी अवश्य हमारे हाथ आ जाएगी।

मारीच : लंकेश बुद्धि से काम लो, क्योंकि राम से वैर बाँधना बड़ी भयंकर भूल है।

जिन्होंने बाण मारा ताड़का का दम निकाला है।
जिन्होंने शम्भु चाप को सहज में तोड़ डाला है।।
जिन्होंने भाई खर-दूषण को क्षण में पीस डाला है।
जिन्होंने मुझे कुण्ठित बाण से लंका में डाला है।।
उन्हीं को आपने बलहीन और नादान समझा है।
बहुत धोखा हुआ, भगवान को इन्सान समझा है।।

रावण : बस डर गए? जैसे पराक्रमी के सम्बन्धी होकर भी उन

तपस्वियों से डर गए।

मारीच : क्या बताऊँ लंकेश? जब विश्वामित्र की यज्ञ वाला बाण याद आता है तो हृदय बुरी तरह काँप जाता है।

उठाऊँ किस तरह आगे को पग नहीं उठता मेरा।
अदम्य साहस है मन हिम्मत जरा करता नहीं मेरा।।

रावण : कायरता की ऐसी बातें करके लंका को अपमानित और कलंकित करना चाहते हो।

मारीच : मैं डरपोक नहीं हूँ महाराज! मुझे आपका हित प्यारा है। जिसने आपको यह राय दी है वह आपका मित्र नहीं शत्रु है।

रावण : बस-बस रहने दो। अपनी इस शिक्षा को रहने दो। मैं इस प्रकार की बातें सुनना नहीं चाहता।

मेरा नाती और बड़ाई फिर उसी मुरदार की।
मार डालूँगा अगर फिर से यही तकरार की।।

मारीच : क्षमा कीजिए। लंकेश! मैं आपको अपना मित्र जान कर समझाता हूँ, अच्छे और बुरे का ज्ञान कराता हूँ।

रावण : तो क्या मैं अज्ञान हूँ, जो तू ज्ञान का उपदेश सुनाता है। बच्चा हूँ जो मुझे गुरु की तरह पाठ पढ़ाता है।

सच कहा है नीच को सिर पर चढ़ाना है बुरा।
तेरे जैसे मुर्खों को मुँह लगाना है बुरा।।

मारीच : मैं मूर्ख ही सही लेकिन इस मूर्ख की एक उपयोगी बात को याद रखना।

नहीं अच्छा मिलेगा फल तुम्हें अपनी ढिठाई का।
चले हो राह खोटी, छोड़कर रास्ता भलाई का।
हुए अज्ञान के वश और बने भगवान के शत्रु।
कहा कर वेद पण्डित, बन गए कुल मान के शत्रु।।

रावण : कायर, कुबुद्धि, नादान! गिरह भर का आदमी और गज भर की जुबान। क्या जीवन से घृणा हो गई है? जो रावण को उपदेश सुनाता है। याद रख–

जो इरादा कर चुका हूँ वह बदल सकता नहीं।
बल यह रस्सी का है, जलकर भी निकल सकता नहीं।।

उठ खड़ा हो साथ चल, बकवास सब बेकार है।
सिर उड़ा दूँगा अगर फिर से कहा इन्कार है।।

मारीच : इन्कार तो नहीं, परन्तु पराई स्त्री को चुराना कहाँ का धर्म है। यह तो नीच कर्म है।

रावण : और पराई स्त्री की नाक काटना परम धर्म है?

मारीच : महाराज! भगवान ही जानता है कि इसमें राम का दोष है या शूर्पणखा का कसूर है।

रावण : तो यह क्यों नहीं कहता कि शूर्पणखा चरित्रहीन और व्यभिचारिणी है। अरे दुर्बुद्धि, नीच बुड्ढ़े। तुझे तो बात भी करनी नहीं आती। जो मुँह में आया, बक देता है।

मिटा देता अभी होता न गर तुझसे मेरा नाता।
जबाँ को काट देता और मुँह में आग भरवा देता।।

मारीच : परन्तु सच्ची बात तो.....

रावण : (बात काटकर) चुप नालायक! इतना नहीं जानता कि राजाओं के सामने सभ्यता में रहा करते हैं। सच्ची बात भी नम्रता से कहा करते हैं।

वही बकवास करता है जबाँ फर-फर चलाता है।
समझ कर बोलना आता नहीं, यूँ ही बातें बनाता है।।

मारीच : बस, एक बार फिर कहता हूँ कि राम से बैर करने का परिणाम अच्छा नहीं होगा।

रावण : फिर वही झक-झक। फिर वही बकवास। न अपनी पदवी का ध्यान, न मेरी इज्जत का पास। अरे मूर्ख। मुझे मत पढ़ा। मैं साथ चलने को कहता हूँ और तू इधर-उधर की बातें बना रहा है। याद रख यदि फिर इन्कार करेगा तो बिन आई मौत मरेगा। पैरों से कुचल कर धूल में मिला दूँगा। तेरी लाश को चील और कौवों को खिला दूँगा।

मारीच : (एक ओर होकर स्वयं) यह पाषाण हृदय अपनी हठ को न छोड़ेगा। आह! अब दोनों ओर से मौत आई है। यदि गया तो राम का बाण नहीं छोड़ेगा और इन्कार किया तो इसकी तलवार से मारा जाऊँगा। क्या करूँ? क्या न करूँ। ऐसी

दुविधा में पड़ा हूँ कि दोनों ओर खाई है। (विचार कर) खैर मौत तो आ ही गई, फिर कायर भी क्यों कहलाऊँ और इस दुष्ट के हाथ से क्यों मरूँ। भगवान के हाथ से बाण खाकर ही कल्याण का साधन क्यों न करूँ। (प्रकट में) अच्छा लंकेश मुझे आपकी आज्ञा स्वीकार है। चलिए, मारीच चलने को तैयार है; मगर यह तो बताइए कि आपने अपनी सफलता के लिए क्या उपाय सोचा है?

रावण : शाबाश! मारीच तू बड़ा दिलेर है; आखिर तो शेरों का शेर है। रही बात उपाय की तो सुन, तुम एक सुन्दर मृग का वेष धारण करना और पंचवटी पर जाकर राम की कुटिया के सामने विचरना। सीता तुम्हें सुन्दर मृग के वेष में देखकर मोहित हो जाएगी और राम से मृग को पकड़ने को कहेगी। जब राम तुम्हें पकड़ने को चलें तो तुम दूर भाग जाना। मजबूर होकर राम भी तुम्हें जिन्दा या मरा पकड़ने के लिए पीछे-पीछे दौड़ेंगे। जब राम तुम पर तीर चलाएँ तो मरते-मरते लक्ष्मण को रामचन्द्र की आवाज में बुला लेना। इस तरह दोनों भाई कुटी से दूर हो जाएँगे। बाकी मैं काम तमाम कर लूँगा।

मारीच : (आहिस्ता से उठकर) या बेईमानी तेरा आसरा। चलिए महाराज।

(पर्दा गिरना)

पंचवटी

[श्री राम का सीता जी को अग्नि प्रवेश कराना।]

राम : भ्राता लक्ष्मण! वन में जाकर कुछ कन्दमूल फल ले आओ।

(लक्ष्मण का जाना)

(अकेले में)

राम : हे प्रिय! हे सुन्दर पतिव्रत धर्म का पालन करने वाली सुशीले। सुनो! मैं अब कुछ मनोहर मनुष्य लीला करूँगा। इसलिए जब तक मैं राक्षसों का नाश करूँ, तब तक तुम अग्नि में निवास करो। यहाँ पर केवल अपनी छाया मूर्ति रख दो जो तुम्हारे

जैसी ही शील-स्वभाव और रूप वाली तथा आप जैसी ही विनम्र हो।

सीता : जैसी आज्ञा नाथ!

(लक्ष्मण का कन्दमूल फल लेकर लौटना)

सीता हरण

[पंचवटी पर राम-लक्ष्मण और सीता जी बैठे हैं]

सीता का गाना

(**बतर्ज :** जामे गदाई हाथ में लेकर शाम सवेरे फिरते हैं।)

एक वर्ष बाकी है केवल लौट अयोध्या जाने में।
लौट अयोध्या.....
तेरह साल खतम हैं गोया एक आँख झपकाने में।।

1. हम जल्द अयोध्या जाएँगे और खुशी के मंगल गाएँगे।
फिर भरत जी मिलने आएँगे खूब होगी धूम जमाने में।।
एक.....

2. माता के दर्शन पाऊँगी, चरणों में शीश झुकाऊँगी।
सब बातें उन्हें सुनाऊँगी, जो देखी यहाँ तक आने में।।
एक.....

3. नगरी के लोग लुगाइयों को, लक्ष्मण के दोनों भाइयों को।
सब अपनी और पराइयों को देखेंगे ठीक ठिकाने में।।
एक.....

4. जब निकट अयोध्या जाएँगे, नगरी वाले लेने आएँगे।
नगरी को खूब सजाएँगे, खूब होगा जश्न टोहाने में।।
एक.....

(दोहा)

समय निकट है जाएँगे अवधपुरी के धाम।
वन भ्रमण में हो गए चौदह बरस तमाम।।

अहा! जिस वन में आते समय प्रजावासी दुखी हो गए थे। वह वन कितना सुखदायी है मानो यहाँ की प्रत्येक वस्तु जीवन का रस लेकर आई है।

[मृग रूपी मारीच का प्रवेश]

सीता : (मृग को देखकर) अहा! देखिए प्रभो! यह मृग वन की छटा का आनन्द किस प्रकार उठा रहा है? मानो जीवन की असारता को भूले जा रहा है। इसका रंग तो बड़ा ही सुहावना है।

राम : हाँ! है तो बड़ा सुन्दर।

सीता : तो स्वामी! चले जाइए और जैसे भी हो, इसे पकड़ लाइए।

राम : यदि हाथ न आया तो?

सीता : तो फिर इसके चर्म की मृगछाला ही बना लेंगे।

राम : अच्छा, तो लो मैं अभी जाता हूँ। (लक्ष्मण से) देखो लक्ष्मण! तुम सावधान रहना। जिस दिन से खर-दूषण का वध किया है, राक्षसों का बहुत जोर हो गया है। मेरे पीछे यहाँ से एक पग भी न धरना और हर प्रकार से जानकी की रक्षा करना।

लक्ष्मण : ऐसा ही होगा प्रभो! (आप निश्चिन्त रहें)

[राम का मृग के पीछे जाना, एक दर्द भरी आवाज का आना।]

आवाज : भाई लक्ष्मण! जल्दी आओ मेरे प्राण बचाओ।

सीता : (सहम कर) लक्ष्मण सुनते हो यह कैसी आवाज है?

लक्ष्मण : हाँ जानता हूँ, किसी ने मेरा नाम लेकर आवाज लगाई है।

सीता : किसी की किसकी? तुम्हारे भाई की आवाज है।

लक्ष्मण : माता जी आपको मालूम नहीं कि इसमें क्या रहस्य छिपा है। अवश्य कोई राक्षसों की चाल है।

सीता : नहीं-नहीं! तुम जल्दी जाओ। उन पर अवश्य कोई संकट आया है, इसलिए तुम्हें बुलाया है।

लक्ष्मण : माता! ऐसी भूल न कीजिए। कुछ सोच समझकर आज्ञा दीजिए।

सीता : लक्ष्मण तुम विपत्ति के समय भाई के काम नहीं आओगे। मैं तुम्हें आज्ञा देती हूँ कि इसी समय पंचवटी को छोड़कर मृग वाली दिशा में चले जाओ।

लक्ष्मण : माता जी मैं जाने को तो तैयार हूँ परन्तु भाई की आज्ञा से

मजबूर हूँ। वैसे भी मेरी अनुपस्थिति में आपका कौन रखवाला है?

सीता जी का गाना (बहरे तबील)

तू अभी जाके भाई की इमदाद कर,
मौत मुझको यहाँ कोई खाती नहीं।
पासवानी की मेरी जरूरत नहीं,
मैं यहाँ से कहीं भागी जाती नहीं।।

1. हाय! भाई ही भाई का दुश्मन हुआ, क्या करूँ पार मेरी बसाती नहीं।
है बनी के मददगार तो सैकड़ों, कोई बिगड़ी का दुनिया में साथी नहीं।।
2. साथ आया था शायद इसी वास्ते, कि यहाँ तो यह मुँह से बुलाती नहीं।
तेरी पहले सी नजरें नहीं अब रही, तेरी नीयत नजर साफ आती नहीं।।
3. तेरा होगा न पूरा इरादा कभी, गर्द तक भी तुझे मेरी पाती नहीं।
नहीं मालूम समझा है क्या तू मुझे, बेहया तेरी आँखें लजाती नहीं।।
4. अभी कर दूँगी अपना यहीं खातमा, जिन्दगी बिन राम के भाती नहीं।
तू यहाँ से चला जा जहाँ दिल करे, तेरी सूरत भी मुझे अब सुहाती नहीं।।

गन्धर्व, दनुज, देव जो मिल कर भी आएँगे।
सीता को अपने धर्म पर निश्चल ही पाएँगे।।

लक्ष्मण का गाना (बहरे तबील)

मेरी माता तुम्हें आज क्या हो गया,
किस किस्म की यह बातें सुनाती मुझे।
आज दिल में तुम्हारे ये क्या हो गया,
बेगुनाह हाय तोहमत लगाती मुझे।।

1. सब करा और धरा मिल गया खाक में, आप बदमाश कह कर बुलाती मुझे।
आज अपने ही कानों से क्या सुन रहा, मौत भी तो नहीं हाय आती मुझे।।
2. साथ आया था बेशक इसी वास्ते, ऐसी बातें सुना कर रुलाती मुझे।
खूब की परवरिश, खूब बदला दिया, खूब दे दे के लोरी सुलाती मुझे।।
3. हर जगह जान कुर्बान करता रहा, तुम दगाबाज उल्टा बताती मुझे।
अगर ऐसा ही था खौफ मुझसे तुम्हें, तो ये बेहतर था न साथ लाती मुझे।।
4. अच्छा माता तुम्हारा ही क्या दोष है, मेरी किस्मत ही धक्के खिलाती मुझे।
बेशर्म, बेधर्म, बेरहम, बेहया, बेवफा, बेनवा तक कहलाती मुझे।।

वही आवाज : भाई लक्ष्मण! जल्द आओ और मेरी जान बचाओ।

सीता जी का गाना

(बहरे तबील या रागनी कालंगड़ा ताल चंचल)

पेश चलती नहीं नाथ मजबूर हैं।
कोई इस दम तुम्हारा सहैया नहीं।
तुम पुकारो हो किसको मदद के लिए, राम का कोई दुनिया में भैया नहीं।।

1. आप किस्मत से अपनी जियो या मरो, कौन से भाई के प्यार का दम भरो।
आप उम्मेद जिससे मदद की करो, वह तो मरते को पानी पिलाया नहीं।।
2. आप जिसको समझते मददगार थे, बेहया, बेशर्म, मतलबी यार थे।
सब दिखावे छलावे के गमख्वार थे, कोई दुख सुख तुम्हारा सुनैया नहीं।।

3. हुई लाचार कुछ पेश चलती नहीं, जो कि होनी है हरगिज यह टलती नहीं।
क्या करूँ, जान मेरी निकलती नहीं, पास कोई दिलासा दिलैया नहीं।।

4. मेरी अपनी ही गर्दिश ने मारा मुझे, आपके बिन न कोई सहारा मुझे।
और सूझे न कोई किनारा मुझे, मेरी नैया का कोई खिवैया नहीं।।

पाप है दिल में तेरे, तू सोचता है घात की।
मेरे फुसलाने को बस मीठी रसीली बात की।।
सच्चे को झूठ करना कोई खेल नहीं है।
सतियों का धर्म हरना कोई खेल नहीं है।।

लक्ष्मण : देवी यह तुम्हारा कसूर नहीं, आज होनी कुछ न कुछ गुल खिलाएगी। खैर! बस माता जी! अब नहीं सुना जाता। अपने मन को मैं आप ही जानता हूँ। लीजिए, भाई की आज्ञा तोड़ता हूँ और आपकी आज्ञा मानता हूँ। परन्तु इतनी कृपा अवश्य कीजिए। कि (रेखा खींच कर) इस रेखा से बाहर पग न दीजिए।

मिटाई जा नहीं सकती कर्म गत की कभी रेखा।
टली है आज तक किस से, पड़ी जो भाग्य की रेखा।।
हे माता! खींचता है आज यह लक्ष्मण यती रेखा।
वही जल कर भसम होगा, जो लाँघेगा मेरी रेखा।।

[लक्ष्मण का जाना, रावण का साधु-वेष में गाते हुए प्रवेश]

रावण गाना

(**तर्ज** : जैसी करनी वैसी भरनी)

अलख जगाया, हरिगुण गाया, साधु सन्त कहाते हैं।
परमार्थ उपकारों में वो अपनी उमर लगाते हैं।।
दुनिया को तज बैठे वनों में अपना योग कमाते हैं।
वनवासी संन्यासी उस अविनाशी के गुण गाते हैं।।
जग में उसका यश फैला जो सन्त जनों को देता है।
चंचल माया है दुनिया की मूरख इसको सेता हैं।।

रीति यही हैं नियम यही और ज्ञान यही हैं वेदों का।
बोता है सो पाता है जो देता है सो लेता है।।
धर्म कर्म का सार यही है दान दिया जिसने जग में।
भवसागर के पार वही जन बेड़ा अपना खेता है।।

(जोर से) अलख निरंजन! भण्डार भरपूर रहे। संकट दूर रहे! शत्रु दूर रहे।

सीता : आइए महात्मन! कन्द मूल स्वीकार कीजिए।

रावण : आनन्दित रहो सुन्दरी! सौभाग्यवती हो। लाइए।

[रावण का आगे बढ़ना, परन्तु लक्ष्मण रेखा के पास आते ही भयंकर ज्वाला की अग्नि महसूस करना]

रावण : नहीं सुन्दरी! संन्यासी लोग बाँधी हुई भीख नहीं लिया करते। यदि देना चाहती हो, तो इस रेखा से बाहर आकर दो।

सीता : क्षमा कीजिए महाराज! मैं बाहर नहीं आ सकती।

रावण : हाँ, हम जानते हैं! यह किसी यती की रेखा है। परन्तु देवी! साधुओं से डरना निर्मूल है। सन्त जिसके द्वार पर आ जाते हैं, ईश्वर उनके अनुकूल है।

सीता : महाराज! आपने सत्य कहा, परन्तु लक्ष्मण का कहा न मानना भी तो बुरा है।

रावण : अच्छा देवी! यदि तुम्हारी यही इच्छा है तो लो हम जाते हैं।

सीता : नहीं महाराज! जाइए नहीं। द्वार से साधु को खाली हाथ लौटाना महापाप है। (बाहर आकर) लीजिए रेखा से बाहर ही भिक्षा लीजिए।

[सीता का बाहर आना रावण का वेष उतारना]

सीता : हैं! यह क्या।

रावण : देख और पहचान।

सीता : आप कौन हैं?

रावण : मैं न साधु हूँ, न संन्यासी हूँ बल्कि महाराज रावण लंका निवासी हूँ।

सीता : रावण! तू यहाँ क्यों आया है? कृपा करके यहाँ से चला जा।

रावण : अपने बदले की अग्नि बुझाने के लिए आया हूँ। तुझे अपने

साथ ले जाने के लिए आया हूँ। मेरे साथ चलेगी तो रावण की पटरानी कहलाएगी और सारी लंका तेरे पाँव के नीचे आँखें बिछाएगी।

सीता जी का गाना (बतर्ज-कव्वाली)

अरे ओ नफ्स के कुत्ते यह क्या बकवास करता है।
नशे में हो रहा अन्धा नहीं पापों से डरता है।।

1. लगाऊँ आग लंका को, झुलस दूँ मुँह तेरा जालिम, न मरने को जगह पाई यहाँ आ के मरता है।.....
2. बता कर भेष मुनियों का किया बदनाम उनको भी, अरे निर्लज्ज किस करतूत पर इतना बिफरता है।
3. ताज्जुब है अभी तक क्यों नहीं उजड़ी तेरी लंका, अन्धेरा ही वहाँ रहता है या सूरज भी चढ़ता है।.....
4. अगर राजा ही ऐसे नीच कर्मों को लगा करने, नहीं मालूम प्रजा पर जुल्म क्या-क्या गुजरता है।.....
5. तेरे जैसा महाबदमाश हो जिस राजा का मालिक, तो ऐसा राज निश्चय ही बहुत जल्दी उजड़ता है।
6. चला जा भाग जा वरना अगर स्वामी जी आ पहुँचे।
   न छोड़ेंगे तुझे जिंदा जो तू इतना अकड़ता है।।
7. शर्म आती नहीं तुझको यही लक्षण है राजा के?
   बदलकर रंग गिरगिट की तरह वन में विचरता है।।

अरे ओ.....

रावण : भुलाओ राम का चिन्तन करो स्वीकार रावण का।
खड़ा है रथ तुम्हारे वास्ते तैयार रावण का।।

सीता : चला जा पापी! चला जा, क्यों मौत को निमन्त्रण दे रहा है।

रावण : तू खुद अपनी मौत को बुला रही है। (पकड़कर) अब बता तेरा रक्षक कौन है।

सीता : मेरा धर्म।

रावण : वह कौन सी ताकत है जो मेरे सामने आए।

सीता : तेरा पाप।

रावण : पुकार अपने सहायक को जो तुझे मेरे हाथ से छुड़ाए।

सीता : पुकारने की जरूरत नहीं, वह परमेश्वर है जो तुझमें और मुझमें व्यापक है न सिर्फ तेरे जुल्म को देखता है, बल्कि तेरे अन्तःकरण के पापों को भी जानता है। वही मुझको तेरे नापाक हाथों से ही नहीं बचाएगा बल्कि तुझ जैसे पापी को नष्ट करके तेरा नामोनिशान इस दुनिया से मिटाएगा।

रावण : (उठाकर विमान में डालना) बहुत अच्छा! देखा जाएगा, जब वह तुझको मेरे हाथों से छुड़ाने आएगा।

[रावण का सीता जी को ले जाते हुए दिखाई देना]

जटायु से मुठभेड़

सीता : हे नाथ! कहाँ हो? इस दुष्ट से मुझे मुक्त कराओ। मैं कितनी अभागिन हूँ कि आपके चरणों से भी अलग हो रही हूँ। वीर लक्ष्मण तुम ही सहायता के लिए आ जाओ। तुम पर दोष लगाकर अपनी मूर्खता का फल पा रही हूँ।

जटायु : (स्वयं) हैं? यह रोने की आवाज कहाँ से आई?

सीता : (चिल्लाती हुई) हे गृद्धराज! मेरी रक्षा करो! मुझे इस अन्यायी के पंजे से छुड़ाओ।

जटायु : हैं! यह तो मेरे ही नाम की पुकार आ रही है। प्रतीत होता है कि कोई स्त्री अपनी सहायता के लिए बुला रही है। (ध्यान लगाकर सुनना)

सीता : **हे भक्त राज आओ, पापी सता रहा है।**
रक्षा करो तुम मेरी अब सन्तोष जा रहा है।।
सुनता नहीं है कोई कब से पुकारती हूँ।
सब आर्तनाद मेरा बेकार जा रहा है।।
रावण महा अधर्मी पापों में तुल गया है, चरणों से जो पति के मुझको छुड़ा रहा है।

जटायु : (ध्यान से देखकर) ओह! यह तो जनक सुता हैं। श्री राम की प्यारी सिया हैं। अरे रावण! तू इसे क्यों सता रहा है? इस बेचारी अबला को कहाँ लिए जा रहा है?

रावण : तू मेरा रास्ता रोकने वाला कौन है? चल अपनी राह लग!

जटायु : अरे दुष्ट! आखिर तेरा क्या अभिप्राय है? पराई स्त्री को उठाकर ले जाना कहाँ का न्याय है?

वेदपाठी होक क्यों करता है दूषित कर्म को?
भूल बैठा क्यों रे नादान! अपने धर्म को।।
है महा अनुचित दुखाना निर्बल के मर्म को।
हो के अन्धा क्यों गँवा बैठा कुल की शर्म को।।
तू है ज्ञानी नेकी और बदी की जरा पहचान कर।
देख अपने हाथ से मिटने का मत सामान कर।।

रावण : अरे मूर्ख! अपनी शक्ति से अधिक क्यों पैर फैलाता है? जा अपना काम कर, पराई आग में कूद कर क्यों अपने प्राण गँवाता है?

जटायु : हाँ! स्वार्थी को परहित में कहाँ आनन्द आता है? वह तो अपने स्वार्थ में डूबकर ही मर जाता है। परन्तु परोपकारी तभी सन्तोष पाता है, जब दूसरे की भलाई में अपने प्राण की बलि चढ़ाता है।

रावण : परोपकारी! जरा अपनी औकात तो देख! मेरी असीम ताकत का अनुमान कर तुझे अपना विरोधी देखकर भी शर्म आई है।

मलूँ हाथों से भुनगे को नहीं मेरी बड़ाई है।।

जटायु : मूर्ख! वैभव पर इतना अभिमान न कर। मैं फिर कहता हूँ कि सीता को सताकर अपने नाश का सामान न कर।

खेलता है किसलिए अग्नि से मूर्ख खेल तू।
आग को चाहे बुझाना और डाले तेल तू।।

रावण : अरे अज्ञानी पक्षी! तू क्या जाने कि मैंने सकल ब्रह्माण्ड पर अपना सिक्का जमाया है। बड़े-बड़े देवता और दिकपालों को अपना दास बनाया है। ऋद्धि-सिद्धि, ऋषि, मुनि, दैत्य और दानव सबका माना हुआ महिपाल हूँ। जिसे तू काल कहता है मैं उसका भी काल हूँ।

जटायु : ओह! इतना अभिमान! अरे नादान! माना कि तू बीस भुजाधारी है, किन्तु मौत तो तेरे सिर पर भी सवार है। कर्म की गति से तो तू भी लाचार है।

रावण : बूढ़े नादान! रावण को शिक्षा देने का ध्यान। याद रख! मैं अपने इस इरादे से बाज नहीं आऊँगा, सीता को छोड़कर कदापि न जाऊँगा।

जटायु : अच्छा यदि छोड़कर नहीं जाएगा तो जाने भी न पाएगा। याद रख–

है मन में रामभक्ति राम का अरमान है जब तक।
धर्म की आन है जब तक कर्म का ध्यान है जब तक।।
लगा सकता नहीं तू हाथ, तन मैं जान है जब तक।
भुजाओं में है बल और आत्मा में ज्ञान है जब तक।।
करूँगा इसकी रक्षा, राह में तेरी अड़ूँगा मैं।
धर्म का पक्ष लेकर पाप से कुश्ती लड़ूँगा मैं।।

रावण : अच्छा यदि इतना साहस है तो आ! पहले तुझे ही ठिकाने लगाता हूँ। राम को पीछे देखूँगा, पहले तेरी ही शक्ति आजमाता हूँ।

[युद्ध होना, रावण का मूर्छित हो जाना]

जटायु : आओ बेटी सीता! अन्यायी मूर्छित हो गया। भगवान ने तुम्हारी खूब रक्षा की।

सीता : धन्य है! गृद्धराज। परोपकार इसी का नाम है।

जटायु : क्या कहती हो पुत्री! मैंने केवल अपना कर्तव्य निभाया है।

सीता : क्यों नहीं महात्मन! आप जैसे कर्मवीरों के ऊपर तो धर्म का भार है। जो केवल अपने लिए ही जीते हैं, उनका जीवन तो अर्थहीन है।

जटायु : बेटी सीता! मेरी प्रशंसा करके मुझे लज्जित न करो। भगवान को धन्यवाद दो जिसने तुम्हारी रक्षा की।

रावण : (होश में आकर) नहीं! कदापि नहीं! ठहर! अभी आता हूँ और तुझे यम के द्वार पहुँचाता हूँ।

जटायु : अरे अन्यायी! मैं फिर कहता हूँ कि तू जानकी का विचार त्याग। ऐसा पाप करके अपनी मौत को न बुला।

दया कर किसलिए अबला पै इतना जुल्म करता है।
सता कर तू इसे क्यों पाप का भण्डार भरता है।।

रहा अब तक न आगे को किसी का मान दुनिया में।
मिटेगा एक दिन तेरा भी बल-अभिमान दुनिया में।।

रावण : (कटाक्ष से) लो देखो! एक गीदड़ शेर को दाँत दिखा रहा है।

जटायु : रावण! अब भी मान जा नहीं तो बहुत पछताएगा।

रावण : चल! दूर हो कायर! तू मेरे सामने क्या पाँव अड़ाएगा।

[रावण का अग्नि बाण मारना, जटायु का घायल होकर गिरना]

जटायु : हाय! बेटी सीता! अब विवश हो गया। अन्यायी ने अग्नि बाण से सारा शरीर जला दिया। क्षमा करना! मैं तुम्हारी कोई सहायता न कर सका, मुझे क्षमा करना।

सीता : भक्तराज! आप धन्य हैं। आपने मेरी रक्षा के लिए अपने प्राणों का बलिदान कर दिया, भगवान आपको इसका फल देंगे। अब इतना उपकार और करना कि यदि राम-लक्ष्मण इधर से आ जाएँ तो उन्हें सब वृतान्त सुना देना।

[सीता को रावण का लेकर जाना]

सीता द्वारा विलाप करना राम-लक्ष्मण का नाम लेकर सहायता के लिए पुकारना।

रावण तेजी से चलकर किष्किंधा पर्वत के ऊपर से गुजरता है। पर्वत पर बैठे बन्दरों को देखकर सीता जी ने हरिनाम लेकर कुछ वस्त्र आभूषण डाल दिए, जो हनुमान जी ने उठाकर अपने सरदार सुग्रीव जी को दे दिए।

सातवाँ दिन

सीता जी की खोज

पात्र

1. राम-लक्ष्मण
2. जटायु
3. शबरी
4. नारद
5. हनुमान
6. सुग्रीव
7. बाली
8. तारा
9. अंगद
10. साधु

[राम का मृत मृग को लिए हुए लौटना, मार्ग में लक्ष्मण का मिलना]

राम : हैं! लक्ष्मण! तुम यहाँ कहाँ? मैं तो तुम्हें वहाँ बिठाकर आया था। तुमने जानकी को किस पर छोड़ा? क्या तुम मेरी आज्ञा भी भूल गए?

लक्ष्मण : क्या करूँ भ्राता जी! आपके चले जाने के बाद माता जी ने आपकी आवाज सुनी। मैंने भी उस आवाज को सुना। कोई आपकी बोली में मेरा नाम लेकर पुकार रहा था कि भाई लक्ष्मण जल्द आओ वरना मैं मरा।

राम : क्या कहा? मेरी बोली में?

लक्ष्मण : हाँ महाराज!

राम : तो उसे तुम्हारा नाम कैसे ज्ञात हुआ? प्रतीत होता है कि वह कोई कपटी राक्षस था।

लक्ष्मण : यही मेरा भी विचार है नाथ! मैंने माता जी को बहुत समझाया कि यह धोखे की आवाज है; राक्षसों की कोई चाल है परन्तु उनको कोई संतोष नहीं हुआ। माता जी रोने लगीं और वह प्राण खोने लगी। उन्होंने मुझसे जाने के लिए आग्रह किया और जब मैंने इन्कार किया तो बदचलन बताया। अन्त में विवश होकर मुझे यहाँ आना पड़ा।

राम : किन्तु तुमने फिर भी अच्छा नहीं किया। जानते हुए भी कि यह राक्षसों का देश है। धोखा खा गए लक्ष्मण।

लक्ष्मण : क्या करता भ्राता जी!

गाना (तेरी कहानी कुटिल.....)

नहीं मम दोष है भाई! वचन है सत्य रघुराई।

1. मृग के पीछे नाथ जब आए आप सिधार; सीता माता ने सुनी दुख की हाहाकार।

   बहुत ही मन में अकुलाई, वचन है सत्य.....

2. आज्ञा दी हे लक्ष्मण! जाओ तुम तत्काल; देखो प्राणधार का मेरे है क्या हाल।

   बड़ी दुखमय पुकार आई, वचन है सत्य.....

3. समझाया मैंने बहुत सुनी नहीं एक बात, क्रोधित हो अनुचित वचन कह डाले हे तात!

कुशल होनी न टल पाई, वचन है सत्य.....

राम : **सुनो लखन उस शब्द से मैं भी हुआ उदास।**
बाण मारकर जिस समय पहुँचा मृग के पास॥
मारीच बना था माया मृग यह गहरी चाल उसी की थी।
मेरे स्वर में मरते मरते आवाज विशाल उसी की थी॥
इस कारण सोच रहा हूँ मैं कुछ तो है बीती आश्रम में;
कहता है मेरा वाम नेत्र अब नहीं जानकी आश्रम में॥

लक्ष्मण : आप पहले ही इस कदर न घबराएँ, जरा पंचवटी की तरफ तो चलिए।

राम : यह केवल तुम्हारा विचार है, पंचवटी तो खाली मिलेगी, खैर चलो देखें, क्या बात है।

लक्ष्मण : चलिए प्रभो!

[दोनों का कुटिया (पंचवटी) पर पहुँचना]

राम : (कुटिया खाली देखकर) लो देख लो लक्ष्मण! वही हुआ जिसकी मुझे पहले से ही डर था। जानकी आश्रम में कहीं नहीं है। तुमने उसको कहाँ छोड़ा था?

लक्ष्मण : मैं तो इसी स्थान पर छोड़ गया था प्रभो! आश्रम के बाहर, इसी शिला पर।

राम : परन्तु यहाँ तो नहीं है।

लक्ष्मण : क्या बताऊँ भ्राता श्री! काल की गति कुछ कही नहीं जाती।

राम : मैं तो पहले ही जानता था कि राक्षस बड़े कपटी होते हैं। अवसर पाते ही कुछ उपद्रव मचा ही देते हैं।

लक्ष्मण : भ्राता श्री! आप तो धैर्यवान हैं कर्म ज्ञाता और शीलवान हैं, फिर इतने व्याकुल हो रहे हैं। देखेंगे, भालेंगे, वे आसमान पर चढ़ जाएँ या पाताल में उतर जाएँ लेकिन अगर दम में दम है तो उनको वहीं ढूँढ़ेंगे।

राम का गाना

(**तर्ज** : अनोखा सपना देखा आज.....)
से वीर अब कैसे धाँरू धीर।

विपत काल दुख सुख की साथी रही न वो भी वीर।
वीर अब.....

1. अवध पुरी में जाओ भइया, तुम क्यों हो दिलगीर।
नहीं किसी का दोष मेरी ही उलट गई तकदीर।।
वीर अब.....

2. बैठे-बैठे आज अचानक लगा कलेजे तीर।
न घर के न रहे घाट के यहीं मरे आखीर।।
वीर अब.....

3. क्या जाने वह किसी दरिन्दे ने ही दी हो चीर।
मुश्किल है अब उसका मिलना, लाख करो तदबीर।।
वीर अब.....

4. न दिल में अब रहा सब्र न नैनों में नीर।
क्यों रोएँ अपने कर्मों को रह गए वही फकीर।।
वीर अब.....

5. इतने ताव दिए गर्दिश ने जिनकी नहीं नजीर।
मरकर भी यह खाक हमारी बन जाएगी अकसीर।।
वीर अब.....

ऐ गुणों की खान, रूप शील, व्रत और नियमों में पवित्र प्यारी सीता! तुम कहाँ हो! मुझे अब अधिक न सताओ। जिस स्थान से पहले हटने का मन नहीं चाहता था आज वही पंचवटी काटने को आती है।

छोड़कर महलों के सुख बनवास में आना तेरा।
और फिर यूँ रूठकर मुझसे चला जाना तेरा।।
सच बताओ डर गई क्या संकटों के नाम से।
या हुआ अपराध कोई इस अभागे राम से।।

जिस पर्ण कुटी की छाया में विश्राम किया करते थे, आज उसी को देखकर मन काँप जाता है। जंगल में पक्षी मेरी हँसी उड़ा रहे हैं। मृग व सियार मुझे पागल समझते हैं। कोयल और कबूतर मेरे रोने पर हँसते हैं। अरे तुमने कहीं मृगनयनी को देखा है?

लक्ष्मण : क्यों नहीं प्रभो! वियोग की दशा में ऐसा ही प्रतीत होता है। भ्राता श्री। तसल्ली रखिए जिस तरह इकट्ठे आए थे, अगर जाएँगे तो तीनों ही जाएँगे। वरना अकेला लक्ष्मण अयोध्या में कभी नहीं जा सकता।

राम : और इधर देखो ये पाषाण की शिलाएँ भी क्यों मलीन हुई जाती है? ये ओस की बूँदें किसके लिए आँसू बहा रही हैं? क्या इनको भी जानकी की याद सता रही है? क्या इन्हें भी विरह की अग्नि जला रही है। अरे वृक्षो! तुम तो यहीं खड़े थे, बताओ मेरी जानकी कहाँ चली गई! अरे पशुओ तुम तो आसपास ही विचर रहे थे, क्या तुमने भी उसको नहीं देखा। हे आकाश में भ्रमण करने वाले सूर्य देव! तुम तो संसार पर दृष्टि रखते हो, तुम ही बताओ कि जानकी किस पर्दे में जा छिपी? ओह! कोई नहीं बोलता। सबने मौन धारण कर लिया है। सबके मुँह में ताले पड़ गए हैं। कहाँ जाऊँ? किससे पूछूँ? करने दो इन्हें भी अपनी मनमानी करने दो। चलो लक्ष्मण! आज हम भी इन्हें छोड़कर कहीं और चलें।

बनाएँगे किसी निर्जन गुफा में अब ठिकाना हम।
कहीं तो ढूँढ़ लेंगे मुँह छिपाने का बहाना हम।।

लक्ष्मण : भ्राता श्री! अधीरता को छोड़िए। मन को शान्त कीजिए और सावधान होकर जानकी जी का पता लगाने की चिन्ता कीजिए।

राम : हाँ भाई! चलो, अब यहाँ जी नहीं लगता। जानकी के बिना तो संसार ही सूना है।

[दोनों का सीता की खोज के लिए चल पड़ना]

(राम का गाना)

बस्ती-बस्ती पर्वत-पर्वत ढूँढ़े राम जगह सारी।
कहाँ मेरी सीता प्यारी।

1. कदम-कदम पर होनी बैठी अपना जाल बिछाए
इस जीवन की राह में जाने कौन कहाँ रह जाए।।
बस्ती.....

2. वृक्ष मौन और पशु हैं गूँगे, सरिता भागी जाए।
सन सन पवन करे मोरी निन्दा, वरुण देख इठलाए।।
बस्ती.....

3. किसने देखा स्वर्ण मृग को अक्ल गई मेरी मारी।
छल के ले गया मेरी सिया को भूल हुई ये भारी।।
बस्ती.....

4. आने वाले युग में चर्चा ये बात करे हर कोई।
एक दशरथ जाया नाम राम था, नार वनों में खोई।।
बस्ती.....

5. धन दौलत के पीछे क्यों है ये दुनिया दीवानी।
यहाँ की दौलत यहीं रहेगी साथ नहीं कुछ जानी।।
बस्ती.....

6. हम जैसों कि किस्मत में है चाहत का अरमान नहीं।
जिसने हमको जन्म दिया वो पत्थर है भगवान नहीं।।
बस्ती.....

[वन का मार्ग]

(जटायु घायल पड़ा है, राम लक्ष्मण का आना)

राम : (स्वयं) काम के बाण, वृद्धावस्था का शोक और विरह की अग्नि इतनी प्रबल होती है कि धैर्य भी मनुष्य का साथ छोड़ देता है। बड़े-बड़े साहसी वीरों की कमर तोड़ देता है। आह! प्यारी अब तुम्हें कहाँ देखूँ? किस जगह तुम्हारी खोज करूँ।

कुछ पता चलता नहीं तुम कौन से परदे में हो?
कोई बतलाता नहीं किस दुष्ट के पंजे में हो?

लक्ष्मण : देखिए भ्राता श्री! धनुष के टूटे हुए टुकड़े और बाणों की झड़ी हुई नोंक जो सामने पड़ी हुई नजर आ रही है वे किसी भयानक दुर्घटना का पता बता रही है।

राम : और रक्त की इन बूँदों से ऐसा प्रतीत होता है कि यहाँ कोई भारी उत्पात हुआ है, किसी जीव का प्राणघात हुआ है।

एक दुखित **आवाज** : अरे कोई रामचन्द्र जी तक खबर पहुँचाओ और उनको मेरे पास बुलाकर लाओ।

राम : जरा सुनना भाई लक्ष्मण! यह आवाज किधर से आई।

लक्ष्मण : भ्राता श्री! आवाज तो शायद किसी सम्भावित घटना की तरफ से ही आ रही है। ऐसा प्रतीत होता है जैसे कोई दर्द की वजह से कराह रहा है और शायद आपका नाम लेकर बुला रहा है।

राम : चलो शायद यहीं से कुछ सुराग चले और सीता जी का पता मिले।

लक्ष्मण : (आगे बढ़कर) ओहो! ये तो गृद्धराज जटायु जी घायल पड़े हैं। सारा शरीर बाणों से छिदा हुआ है। नस-नस से रक्त बह रहा हैं।

राम : (पास बैठकर) आह! गृद्धराज यह क्या हो गया। आपकी यह दशा किसने बनाई है? ओह! आपके शरीर में तो बहुत ही चोट आई है।

जटायु : क्या बताऊँ पुत्र! आज मैं इसी स्थान पर भ्रमण कर रहा था कि दुष्ट रावण जानकी को चुराए हुए इसी मार्ग से आया, मैंने उस निर्दयी को बहुत समझाया, हर प्रकार से ऊँच-नीच दिखाया, परन्तु उस अभिमानी की समझ में कुछ भी नहीं आया। अन्त में जब वह किसी प्रकार जानकी को छोड़ने पर राजी न हुआ तो मैंने उसका सामना किया। परन्तु नाथ! उस अन्यायी के सामने मेरी पार न बसाई और उसने अग्नि बाण मार कर मेरी यह दशा बनाई। (पानी पीना)

राम : (स्वयं) ओह! दुष्ट रावण! अब तेरे पापों का घड़ा भर आया है। जो तूने सोते हुए सिंह को जगाया है। याद रख यदि मैं राम हूँ, तो इस अपमान के बदले तेरा वंश ही मिटा दूँगा। लंका की ईंट से ईंट बजा दूँगा।

कह रहा हूँ अब कसम खाकर धनुष की, बाण की।
वीरता की, धीरता की, धर्म की, सम्मान की।।
आन है रघुवंश की, सौगन्ध कुल के मान की।
जानकी कारण बनेगी दुष्ट तेरी जान की।।
जो बचाने को सकल ब्रह्माण्ड चलकर आएगा।
राम के हाथों से फिर भी न बचने पाएगा।।

जटायु : धन्य है, रघुकुल भूषण! धन्य है!

राम : महाराज! आपने बड़ा उपकार किया जो जानकी की पक्ष लेकर इतना कष्ट सहा। अब यदि आपको प्राणों की ममता हो, तो कुछ उपचार किया जाए।

जटायु : नहीं भगवन्! मैं धर्म के लिए प्राण दे रहा हूँ और अन्तिम बार मुख से आपका नाम ले रहा हूँ। आप साक्षात मेरे सामने विराजमान है। आपके कमल रूपी चरणों में मेरा ध्यान है, फिर इससे अच्छा अवसर क्या आएगा जबकि यह अधम जीव अमर पद पाएगा?

राम : अच्छा महात्मन्! यदि यही इच्छा है तो तुम देवलोक चले जाओ परन्तु वहाँ जाकर पिता जी को सीता हरण का वृतान्त न सुनाना। यदि मैं राम हूँ तो रावण कुटुंब सहित कुछ ही दिनों में वहाँ पहुँच जाएगा और सारा वृतान्त अपने मुख से ही सुनाएगा।

बढ़ चुका है बहुत कुछ मिटने को अब अन्धेर है।
पाप का विध्वंस होने में चन्द दिनों की देर है।।

जटायु : अच्छा नाथ! अब विदा कीजिए। और अपने चरणों में विश्राम दीजिए। मैं सदैव.....राम......राम.....सीता.....राम

(प्राण त्याग देना)

राम : लक्ष्मण! जटायु महाराज ने हमारे साथ पिता-तुल्य व्यवहार किया है; इनका अन्तिम संस्कार हम स्वयं अपने हाथों से करेंगे। और सरिता किनारे चलकर इनको तिलांजलि देंगे।

लक्ष्मण : हाँ-हाँ! यही उचित है भ्राता जी! चलिए।

(जटायु का मृतक शरीर उठाकर दोनों का जाना)

(राम लक्ष्मण का सीता जी की खोज में आगे प्रस्थान)

[शबरी की कुटी]

शबरी का गाना (बतर्ज कव्वाली)

भजन कर राम का मूर्ख यह जग झूठा पसारा है।
वही भव सिन्धु उतरेंगे जिन्हें यह नाम प्यारा है।

1. ये माया मोह के फन्दे न टूटे हैं न टूटेंगे।
बिना धुन राम चरणों की कहाँ जन का गुजारा है।।
भजन कर.....

2. वही जन हैं सुखी जग में जिन्हें आधार है उसका।
वही परलोक में खुश हैं जिन्हें उसका सहारा है।।
भजन कर.....

मेरे गुरु मतंग मुनि ने वचन दिया है कि तुझे इसी जगह राम के दर्शन होंगे। परन्तु कब होंगे? क्यों कर होंगे? कैसे होंगे?

आम गूलर में लगे ऐसा कोई साधन नहीं।
नीच को दर्शन मिले, ऐसे सुलभ साधन नहीं।।
स्वर्ग के वासी मेरी कुटिया में कैसे आएँगे।
वो तो पावन हैं अपावन को कहाँ अपनाएँगे।।

गाना

(**तर्ज** : नगरी-नगरी द्वारे द्वारे.....मदर इंडिया)
रामा-रामा रटते-रटते बीती रे उमरिया।
रघुकुल नन्दन कब आवोगे। मिलने की डगरिया।।
रामा-रामा.....

1. मैं भिलनी सबरी की जाई, भजन भाव नहीं जानूँ रे,
राम तुम्हारे दरसन के हित में, वन में जीवन पालूँ रे।
चरण कमल से निर्मल कर दो दासी की झुँपड़िया।।
रामा-रामा.....

2. रोज सवेरे वन में जाकर, रास्ता साफ करती हूँ।
अपने प्रभु के खातिर वन से चुन-चुन के फल लाती हूँ।
मीठे-मीठे बेरन की मै भर लाई रे छबरिया।।
रामा-रामा.....

3. सुन्दर श्याम सलोनी सूरत नैना बीच बसाऊँगी,
पद पंकज की रज धरि मस्तक चरणों में शीश नवाऊँगी।।
प्रभु जी मुझको भूल गए क्या त्यों दासी की खबरिया।।
रामा-रामा.....

4. नाथ तुम्हारे दरशन के हित में, अबला एक नारी हूँ,
दरसन बिन दोऊ नैना तरसे दिल की बड़ी दुखयारी हूँ,
मुझको दरसन देवो 'लाल जी' डालो म्हारै नजरिया।।
रामा-रामा.....

[एक साधु आता है और उससे शबरी का वस्त्र छू जाता है]

साधु : (रुष्ट होकर) अन्धी! नीच! चाण्डाली! देखती नहीं कौन आ रहा है।

लगी धुन राम दर्शन की बड़ी आई भगत बन के।
उड़ाती फिर रही है धूल मारग में ऋषि जन के।।

शबरी : महाराज! धूल नहीं उड़ाती, झाड़ू लगा रही हूँ–

अपावन, धर्म हीना, नीच कुल और नीच जाति हूँ।
घृणा की पात्र हूँ संसार का कूड़ा उठाती हूँ।।
न साधु सन्त सेवा का मैं कुछ अवकाश पाती हूँ।
इसी कारण से मारग में सदा झाड़ू लगाती हूँ।।
कि रास्ता चलने वालों को न कोई कष्ट हो पाए।
जो आए सन्त उनके पाँव में काँटा न लग जाए।।

साधु : (कटाक्ष से) ओहो! बड़ी धर्मात्मा है। सारा धर्म तेरे ही तो हिस्से में आया है। संसार के उपकार का बीड़ा तूने ही तो उठाया है।

चल परे हट दूर हो बढ़-बढ़ के यूँ बातें न कर।
तू करेगी सन्त सेवा? कोप से सन्तों के डर।।

शबरी : महाराज! यदि मैं भगवत भजन में ध्यान देती हूँ तो आप का क्या छीन लेती हूँ?

साधु : क्या छीन लेती है? अरी चाण्डाली! तू इतना भी नहीं जानती कि भगवान को धोखा देती है।

नीच भी भजने लगेंगे जबकि पावन राम को।
सन्त और साधु बता फिर लेंगे किसके नाम को।।

शबरी : परन्तु भगवन्! राम जब पावन है तो नीच के नाम लेने से अपावन कैसे हो सकते हैं?

दयालु है दया-दृष्टि कभी इस ओर डालेंगे।
महा पावन है तो मुझ नीच को पावन बना लेंगे।।

साधु : हाँ बना लेंगे! अरी दुष्टा! यदि भगवान तेरे घर आए तो वे भी भ्रष्ट हो जाएँगे।

नीच घर आना भला भगवान को कब भाएगा।
नीच को जब छू लिया तो धर्म क्या रह जाएगा॥

शबरी : तो क्या भगवान नीच के कुछ नहीं, केवल आप से ही उनका नाता है। महाराज! उस पवित्र नाम से तो अशुद्ध भी शुद्ध हो जाता है पातक भी भवसागर तर जाता है।

मिले हैं सबको साधन एक से भव सिन्धु तरने को।
है चारों वर्ण केवल अपना-अपना कर्म करने को॥

साधु : अच्छा! तू अब इतना अकड़ने लगी कि अपने आपको साधुओं के समान समझने लगी है। ठहर! जरा ये वस्त्र धो लूँ फिर तुझे अच्छी तरह समझूँगा।

(साधु का क्रोधित होकर चल पड़ना)

(राम लक्ष्मण का आना)

राम : भ्राता लक्ष्मण! सामने भक्त शिरोमणि शबरी का आश्रम है। आओ आश्रम में चलकर इस महान भक्तिनी के दर्शनों का लाभ उठाएँ।

लक्ष्मण : हाँ–हाँ भ्राता जी हो सकता है कि यहाँ से माता सीता का कुछ पता चले।

भ्राता श्री! शबरी के जीवन के बारे में मुझे भी बताओ।

राम : लक्ष्मण! शबरी सभी भक्तों में श्रेष्ठ है। इसका जन्म एक दलित परिवार में हुआ और जब ये विवाह योग्य हुई तो एक पुरुष से इसका विवाह निश्चित हुआ जो बहुत मदिरापान करता था। शबरी को ऐसे पुरुष से विवाह करना पसन्द नहीं था इसलिए इसने उसके साथ जाने से मना कर दिया। इस बात से सारा आसपास का समाज शबरी से रुष्ट हो गया और उसका बहिष्कार कर दिया। शबरी ने अद्‌भुत दृढ़ता का परिचय दिया और आजीवन विवाह न करने का संकल्प किया तथा मंतग मुनि के आश्रम में आकर रहने लगी। इसके आने से आश्रम के अन्य ऋषि नाराज होकर आश्रम छोड़कर

चले गए। लेकिन मतंग मुनि ने इन्हें अपने आश्रम में ही सहारा दिया और इस संसार से विदा होने से पहले यह उपदेश दिया कि तुम इसी आश्रम में रहकर भगवान का भजन करना। तुम्हारा अवश्य ही उद्धार होगा। उसी समय से यह भगवान की भक्ति उपासना में अपना पूरा मन लगाकर जीवन बिता रही है।

लक्ष्मण : भ्राता श्री! ऋषि-मुनियों की वाणी कितनी सत्य होती है; आज यह प्रमाणित हो जाएगा।

[राम-लक्ष्मण का आश्रम की ओर बढ़ना]

(राम-लक्ष्मण को आते देखकर)

शबरी : (देखकर) आ रहे हैं। आह वे सुख के धाम इसी ओर आ रहे हैं।

नहीं जो ध्यान में योगी, ऋषि जन के भी आते हैं।
समाधि वास्ते जिनके, बड़े ज्ञानी लगाते हैं॥
वही रघुवीर आए हैं, मुझे दर्शन दिखाने को।
न देखा नीच जाति को, न मेरे कुल घराने को॥

राम : (शबरी के पास आकर) कहो! भक्तों में श्रेष्ठ शबरी! चित्त तो प्रसन्न है।

शबरी : अहा! आइए महाराज! पधारिए! आहो बड़े सुकुमार हैं कोमल, किशोर, दया के भण्डार हैं। लाऊँ। पहले आसन लाऊँ। नहीं, पहले चरण धुलाऊँ, आहो भूल गई, पहले कुछ खिलाऊँ, फिर चरण दबाऊँ, क्या करूँ (पैर छूना)

राम : घबराओ नहीं देवी! घबराओ नहीं, हम तो केवल प्रेम के भूखे हैं। तुम काहे की चिन्ता करती हो?

शबरी : (हाथ जोड़कर) क्षमा कीजिए महाराज! बड़ी भूल हुई, जल्दी में आपके चरण छू लिए। आपको फिर स्नान करना पड़ेगा।

राम : फिर स्नान करना पड़ेगा? क्यों? क्या हो गया? खोलकर बताओ।

शबरी : महाराज! मेरे छू जाने से तो साधुओं के वस्त्र अशुद्ध हो जाते हैं। यदि मेरी छाया पड़ जाए तो लोग तुरन्त नहाते हैं।

कोई मुझ नीच से पल्ला नहीं अपना मिलाता है।
मेरा तो रास्ता भी छोड़कर संसार जाता है।।

राम : यह उनकी भूल है शबरी! मनुष्य जन्म से नहीं कर्म से श्रेष्ठ माना जाता है।

बड़प्पन, धन, कुटुम्ब, वैभव, शकल, गुण और चतुराई।
नहीं कुछ काम आएँगे यदि भक्ति नहीं पाई।।

शबरी : महाराज! मैं नीच, कुजाति, कुबुद्धि और अज्ञान हूँ। मेरे से तो दूर रहने में ही संसार का कल्याण है।

राम : ऐसा न कहो शबरी! जो धर्म का मूल सिद्धान्त नहीं जानते, वही जाति और वर्ण का भेद मानते हैं। जिनके मन में भक्ति और प्रेम का स्त्रोत बहता है, वह संसार में किसी को नीच नहीं कहता है।

है कोई चाण्डाल या ऊँचा किसी का वंश है।
आत्मा सबकी उसी परमात्मा का अंश है।।

शबरी : धन्य है भगवन्! आज आपने मेरा सारा भ्रम मिटा दिया। ज्ञान का मर्म स्त्रोत बहा दिया। मुझे बड़ा आश्चर्य हो रहा है।

राम : इसमें आश्चर्य की कोई बात नहीं है। देवी शबरी! धर्म तो नीच को ऊँचा बनाने वाला होता है, गिरे हुए को ऊपर उठाने वाला होता है।

नीच है या ऊँच है या दुष्ट हत्यारा है वह।
जिसको प्यारा धर्म है भगवान को प्यारा वह।।

शबरी : उपकार प्रभो! महा उपकार!

राम : और सुनो शबरी, मैं तो केवल एक भक्ति का सम्बन्ध मानता हूँ। जाति पाति, कुल, धर्म, बड़ाई, धन, बल, कुटुंब, गुण और चतुरता, इन्सान के होने पर भी भक्ति से रहित मनुष्य ऐसा लगता है जैसे बिना बरसने वाला घोर बादल दिखाई पड़ता है। मैं तुझसे अब अपनी नवधा भक्ति कहता हूँ। तुम सावधान होकर इसे सुनो और सुन कर मन में धारण करो।

देखो शबरी ईश्वर को पाने के दो उपाय हैं। पहला उपाय तो ज्ञान का है जिससे जीव अपने ज्ञान द्वारा मेरी शक्ति को पहचानता है

और यदि किसी जीव में इतना ज्ञान नहीं है तो दूसरा उपाय भक्ति का है और इस भक्ति या प्रेम से भी वह जीव आसानी से मुझे प्राप्त कर सकता है। यह भक्ति नौ प्रकार से की जाती है। लो अब इन नौ तरह की भक्तियों को मन लगाकर सुनो।

(चौपाई)

प्रथम भक्ति सन्तन करि संगा, दूसरी रति मम कथा प्रसंगा।।

यानि पहली भक्ति सत्संग है और मेरे गुणानुवाद को प्रेमपूर्वक सुनना दूसरी भक्ति है।

दोहा

गुरु पद पंकज सेवा तीसरी भक्ति अमान।
चौथी भगति मन गुन गन करई कपट तज गान।।

अहंकार को छोड़कर गुरु के चरणबिन्दों की सेवा करना तीसरी भक्ति है। चौथी भक्ति यह है कि कपट छोड़कर मेरे गुणों का गान करे।

चौपाई

मन्त्र जाप मम दृढ़ विश्वासा, पंचम भजन सो वेद प्रकाशा।
छठ दम शील विरती बहु करमा, निरत निरंतर सज्जन धरमा।।

मुझमें दृढ़ विश्वास करके मन्त्र का जाप और भजन करना पाँचवीं भक्ति है। जो वेदों में प्रकाशित है। इन्द्रियों को वश में करना, बहुत कर्मों से विरक्त तथा सज्जनों को धर्म में प्रीति, छठी भक्ति है।

चौपाई

सातव सम मोहि मय जग देखा, मोते सन्त अधिक कर लेखा।
आठव जथा लाभ सन्तोषा, सपेनहु नहि देखई परदोषा।।

सातवीं भक्ति यह है कि सारे संसार को राम मय देखा और सन्तों को मुझसे भी अधिक समझे और आदर करें। आठवीं भक्ति के अनुसार जो मिल जाए, उसी में सन्तोष करें और स्वप्न में भी पराए दोष न देखें।

चौपाई

नवम सराल सब सन छल हीना, मम भरोष हियं हरसु न हीना।
नव महुँ एकव जिन्ह के होई, नारि पुरुष सचराचर कोई।।

नवीं भक्ति में सीधे स्वभाव से निष्कपट बर्ताव और मन में भरोसा रखकर किसी भी स्थिति मे बहुत खुश या बहुत उदास नहीं होना चाहिए। इन भक्तियों में से अगर एक भक्ति भी हो तो वह स्त्री, पुरुष, चर-अचर कोई भी हो....।

चौपाई

सोई अति सह प्रिय भामिन मोरे, सकल प्रकार भगति दृढ़ तोरे।
जोगि वृंद दुरलभ गति जेई, तो कहु आज सुलभ भई तोरे।।
मम दरसन फल परम अनूपा, जीव पाव निज सहज सरूपा।

हे भामिनी! वही मुझे प्यारा लगता है। फिर तुम्हारी भक्ति तो सब प्रकार से दृढ़ है। जो गति योगीजनों को दुर्लभ है। वह गति तुमको सहज में मिल गई। मेरे दर्शनों का फल बहुत ही अनुपम है; इससे जीव अपने सहज स्वरूप को पा जाता है।

शबरी : प्रभु! आपके दर्शन करके और यह उपदेश सुनकर मेरा जीवन सफल हो गया। आपने छोटी सी बूँद को महान सागर बना दिया।

राम : अच्छा देवी! भूख लग रही है। यदि कुछ खाने की वस्तु हो तो लाओ।

शबरी : अहो भाग्य! क्या आप मेरे घर का कुछ खाएँगे? नहीं महाराज इससे आप अवश्य ही अपवित्र हो जाएँगे।

राम : नहीं शबरी! तुम कुछ संकोच न करो! जो कुछ भी है, तुरन्त ले आओ।

शबरी : तो महाराज! मैंने तो झाड़ी के बेर तोड़ रखे हैं।

राम : हाँ-हाँ ले आओ। हमने ऐसे फल कहाँ चखे हैं।

शबरी : (लाकर) लीजिए भगवान।

युगल गाना

(तर्ज : जाओ जाओ न सताओ.....)

शबरी : खाओ-खाओ स्वामी, अन्तर्यामी मीठे-मीठे बेर।

राम : लाओ-लाओ प्यारी, शबरी लाओ, मीठे-मीठे बेर।।

शबरी : ये मेरे बेर हैं सूखे, कुछ स्वाद नहीं है रूखे।

राम : ये तेरे बेर हैं निराले, हैं भगती रस के प्याले।।

शबरी : खाओ, खाओ स्वामी......
लाओ लाओ प्यारी.....

शबरी : **मुद्दतों से बेर ये चुन-चुन के मैंने धरे।**
कब प्रभु आवें इधर भगवान भय-भजन हरे।।

राम : **प्रेम से चुन-चुन के इनको प्रेम डलिया में धरे।**
बेर ये सूखे नहीं है, प्रेम के प्याले भरे।।

राम : बता कहाँ से लाई, क्या तरकीब लगाई।

शबरी : है मन की लगन तपाई, श्रद्धा की जोत जलाई।।
खाओ-खाओ स्वामी.....
लाओ लाओ.....

शबरी : (चख कर) यह लीजिए भगवन! यह बहुत मीठा है।

राम : निस्सन्देह! यह बड़ा स्वादिष्ट है।
बेर सूखा था परन्तु स्वाद का व्यंजन बना।
प्रेम के हाथों में आकर राज का भोजन बना।।

शबरी : (लक्ष्मण से) यह आप लीजिए महाराज।

लक्ष्मण : (राम से छुपा कर) अहा!
महल के भोजन जिन्हें भाते न थे सद्भाव से।
आज वो खा रहे हैं सूखे बेर चाव से।।
भ्राता श्री अयोध्या लौटने पर मैं माता जी से कहूँगा कि राम ने शबरी के झूठे बेर खाए थे।

राम : **लक्ष्मण! तुमने खाया न बेर, देखों तो कैसा मीठा है।**
पृथ्वी से लेकर आकाश तलक, जो कुछ है इससे फीका है।।
तुमने भी बहुत खिलाएँ हैं, पर इनसे बढ़कर स्वाद नहीं।
सीता का परोसा भोजन भी, देता इतना आह्लाद नहीं।
तुम खाते नहीं? बात क्या है? सकुचाते क्यों? बोलो लक्ष्मण।
इन बेरों में है प्रेम भरा, एक बेर तो लो लक्ष्मण।।

लक्ष्मण : लाइए भ्राता श्री! (छुपकर फिर पीछे की ओर फेंक देना)

राम : लक्ष्मण! तुमने मेरे प्यार और भक्ति का निरादर किया है। तुमने अच्छा नहीं किया। जाओ यही बेर तुम्हारे काम आएँगे।

लक्ष्मण : अच्छा भ्राता श्री! अब आगे की भी सुध लीजिए। बेरों का

स्वाद छोड़िए और माता जी को बन्धन से छुड़ाने की भी चिन्ता कीजिए।

राम : हाँ हाँ तुमने ठीक कहा लक्ष्मण। (शबरी से) अच्छा देवी। अब हमें आज्ञा दीजिए।

शबरी : किस ओर जाना है महाराज?

राम : देवी! लंका का राजा रावण पंचवटी से हमारी पत्नी को हर कर ले गया है, हमें उसी ओर जाना है और जानकी का ठीक पता लगाना है।

तुम भी, हे वनवासिनी, बतला दो कुछ राय।
कहाँ जाएँ, किससे कहें, क्या हम करें उपाय॥

शबरी : महाराज! यहाँ से थोड़ी दूर पर किष्किन्धा पर्वत है जो लंका के रास्ते में पड़ता है। आप उसी ओर जाइए और वहाँ के राजा सुग्रीव से पता लगाइए।

राम : अच्छा देवी! धन्यवाद! तुमने बड़ी कृपा की। [प्रस्थान करना]
[रास्ते में चलते-चलते वन की शोभा का राम द्वारा लक्ष्मण से वर्णन करना]

हे लक्ष्मण! जरा वन की सुन्दरता तो देखो। इसे देखकर मेरा मन बहुत दुखी हैं। सभी पशु और पक्षी अपनी स्त्री के साथ हैं। मुझे ऐसा लग रहा है, मानो ये मेरी निन्दा कर रहे हैं। मुझसे पूछ रहे हैं कि हे राम तेरी सीता कहाँ है। हिरणों के झुण्ड जब हमें देखते हैं तो डर के मारे दूर भाग जाते हैं, तब हिरनिया उन्हें रोक कर उन्हें समझाती हैं कि तुमको कोई डर नहीं है। तुम क्यों भागते हो, तुम तो मामूली हिरनियों के पेट से पैदा हुए हो; इसलिए तुम आनन्द से रहो और फिर वे हमारी तरफ इशारा करके कहती हैं कि ये तो सोने का मृग ढूँढ़ने आए हैं।

हाथी अपनी हथनियों को साथ रखते हैं, जैसे वे मुझे पाठ पढ़ा रहे हैं कि स्त्री को कभी अकेली नहीं छोड़ना चाहिए। प्रिय सीता के बिना यह सुन्दर वन मुझे डरा रहा हैं। हे तात! काम, क्रोध, और लोभ–ये तीनों अत्यन्त प्रबल दुष्ट हैं। ये

विज्ञान के धाम, मुनियों के भी मनों को पलभर में क्षुब्ध कर देते हैं। लोभ को इच्छा और दम्भ का बल है, काम को स्त्री का बल हैं, और क्रोध को कठोर वचनों का बल है। श्रेष्ठ मुनि ऐसा विचार कर कहते हैं।

मुझे विरह से व्याकुल कमजोर और बिल्कुल अकेला जानकर कामदेव ने बन के भौंरों और पक्षियों को साथ लेकर मुझ पर धावा बोल दिया है। परन्तु कामदेव का दूत शायद यह देख गया है कि मैं अकेला नहीं हूँ मेरा भाई लक्ष्मण मेरे साथ है तो कामदेव यह समाचार सुनकर डर गया है। उसने अपनी सेना को रोककर मुझे चारों ओर से घेर लिया है। पेड़ों की लताएँ कामदेव की तम्बू है। केला और ताड़ के पेड़ उसके ध्वज हैं। कोयल की मधुर आवाज मुझे ऐसी लग रही है कि शायद कामदेव की सेना के मतवाले हाथी चिंघाड़ रहे हैं। मोर, चकोर, तोते, कबूतर और हंस मानो ये सब कामदेव के घोड़े है। तीतर और बटेर पैदल सिपाहियों के झुण्ड हैं। पर्वत की बड़ी-बड़ी शिला उसके रथ हैं। झरनों का बहता पानी ऐसी आवाज कर रहा है। मानो कामदेव युद्ध का नगाड़ा बजा रहा है। भौंरों की आवाज शहनाई का काम कर रही है। ठण्डी-ठण्डी हवा कामदेव की दूत है। इस प्रकार बहुत बड़ी और चतुर सेना लिए कामदेव इधर से उधर घूम रहा है। वह मुझे युद्ध के लिए ललकार रहा है। लेकिन लक्ष्मण! हमें धीरज रखना है। हमें कामदेव को हराना है। हे लक्ष्मण! कामदेव की इस सेना को देखकर जो धीर बने रहते हैं। जगत में उन्हीं की प्रतिष्ठा होती है।

लक्ष्मण : भ्राता श्री! हमें लाख कामदेव भी विचलित नहीं कर सकते।

(नारद-राम संवाद)

नारद : (स्वयं) मेरे ही शाप को स्वीकार करके श्री राम चन्द्र जी बहुत दुख उठा रहे हैं। ऐसे प्रभु से जाकर मुझे अभी मिलना चाहिए। ऐसा अवसर हाथ नहीं आएगा।

[राम के पास आकर]

नारद : भगवन प्रणाम!

राम : आयुष्मान हो नारद जी। कहिए चित्त तो प्रसन्न है?

नारद : सब आपकी कृपा है प्रभु।

राम : कहिए नारद जी! आज किसलिए दर्शन दिए।

नारद : हे रघुनाथ! आज मन में आपसे एक प्रश्न पूछने की इच्छा लेकर आया हूँ। सुनिए! जब आपने अपनी माया से प्रेरित करके मुझे मोहित किया था तब मैं विवाह करना चाहता था। हे प्रभु! किस कारण से आपने मुझे विवाह नहीं करने दिया?

राम : हे मुनिवर! सुनो मैं बड़ी खुशी से आपके प्रश्न का उत्तर दे रहा हूँ। कृपया ध्यान लगाकर सुनो। जो लोग संसार की सब आशा-भरोसा छोड़कर केवल मेरा ही नाम जपते हैं मैं सदा उनकी वैसे ही रखवाली करता हूँ जैसे एक माँ अपने बालक की करती है। यह मेरा कर्तव्य है। कोई छोटा बच्चा जब दौड़कर आग या साँप को पकड़ने जाता है तो वहाँ मौजूद उसकी माता अपने हाथों से उसे अलग करके बचा लेती है। और ऐसा करने में चाहे उस माँ की जान ही खतरे में पड़ जाए। पुत्र बड़ा होने पर माता उसे प्रेम तो करती है लेकिन बचपन जैसी बात नहीं रहती। अब वह अपनी रक्षा स्वयं भी कर सकता है। ज्ञानी लोग मेरे सयाने पुत्र के समान है और तुम्हारे जैसा सेवक मेरे छोटे बालक के समान है। काम और क्रोध दोनों मनुष्य के शत्रु हैं। ज्ञानी से ज्यादा भक्त को बचाना भी मेरा कर्तव्य है। काम, क्रोध, लोभ और मद आदि मोह की सेना है; इसमें माया की साक्षात मूर्ति स्त्री तो बहुत दुख देने वाली है। युवती स्त्री अवगुणों की मूल, पीड़ा देने वाली और सब दुखों की खान है। इसलिए हे मुनि! मैंने जी में ऐसा जान कर तुमको विवाह करने से रोका था।

नारद : ठीक है भगवन्! आपने बहुत अच्छा किया। अब कृपा करके साधु सन्तों के गुणों का बखान कर दीजिए।

राम : हे मुनि! सुनो! मैं तुम्हें सन्तों के गुण बताता हूँ जिनके कारण

मैं सदा उनके वश में रहता हूँ। सन्त जन काम, क्रोध, लोभ, मद और मत्सर पर विजय प्राप्त करते हैं। उनके दिल में कोई छलकपट नहीं रहता। जिनके चित्त में समता है। जिनका न कोई मित्र है और न कोई शत्रु। अंजलि में रखे हुए उस सुन्दर फूल के समान हैं जो उस हाथ को भी जिसने उसे तोड़ा है और उस हाथ को भी जिसने उसे अंजलि में रखा है, समान रूप से सुगन्धित करते हैं। वैसे ही सन्त शत्रु और मित्र दोनों का ही समान रूप से कल्याण करते हैं। वे बाहर भीतर से पवित्र गुणों के घर और स्थिर बुद्धि वाले होते हैं। संसार के सुख-दुख उन्हें नहीं सताते। अपने शरीर से प्यारा उन्हें मेरा भजन लगता है। अपनी बड़ाई सुन कर शरमा जाते हैं। दूसरों के गुण बड़ी खुशी से सुनते हैं। वे भूलकर भी गलत रास्ते पर नहीं चलते। सदा मेरी लीलाओं को गाते और सुनते हैं। और निस्वार्थ दूसरों की भलाई में लगे रहते हैं। हे मुनि! सन्तों को जितने गुण हैं उन्हें ब्रह्मा, विष्णु, शिव, सरस्वती और वेद और पण्डितों की वाणी भी वर्णन करने में सकुचाती है। फिर मैं क्या कहूँ।

नारद : धन्य हे भगवन!

(राम के चरण पकड़ लेना)

[राम का नारद जी को उठाकर गले लगा लेना]

नारद : अच्छा प्रभु! अब चलने की आज्ञा चाहता हूँ।

राम : जैसी इच्छा ऋषिवर! परन्तु समय-समय पर दर्शन दिया करो।

[नारद का ब्रह्मलोक को प्रस्थान]

(राम लक्ष्मण का आगे चलना। किष्किन्धा पर्वत पर पहुँचना)

सुग्रीव : (दूर से राम-लक्ष्मण को आते देखकर) हे हनुमान जी! वह सामने दो शस्त्रधारी कौन आ रहे हैं?

हनुमान : आपको क्या वहम हो गया जो बिना कारण ही इतना घबरा रहे हो।

सुग्रीव : (दोहा) **हनुमान मम मन्त्री सुनो लगाकर कान।**
रहता है मुझको सदा बाली का ही ध्यान।।

गाना (लावनी)

सब ज्ञात है तुमको बाली ने जो मेरा हाल बनाया है।
धन-वैभव सारा छीन लिया और घर से मार भगाया है।।
किष्किन्धा पर है वास मेरा और कष्ट अनेकों सहता हूँ।
फिर भी उस पापी के भय से भयभीत सदा ही रहता हूँ।।
है चैन कहाँ उससे मन को जीवित हूँ जब तक दुनिया में।
दिन रात लगा ही रहता है मन प्राणों की चिन्ता में।।
वह देखो दो बलवान युवक हाथों में तीखे बाण लिए।
इस ओर बढ़े ही आते हैं लड़ने का सब सामान लिए।।
अनुमान मेरा यह कहता है बाली के भेजे आए हैं।
प्राणों के मेरे ग्राहक हैं षड्यन्त्र रचाकर लाए हैं।।
इसलिए पवनसुत जल्दी ही कुछ वेष बदलकर जाओ तुम।
मीठी बातें करके उनके भावों का पता लगाओ तुम।।

(दोहा)

फिर भी जो निकला कहीं सत्य मेरा अनुमान।
देना कुछ संकेत तुम भाग बचाऊँ जान।।

हनुमान : महाराज! आप कोई चिन्ता न कीजिए। मैं अभी ब्राह्मण का रूप बनाकर जाता हूँ और उनके भावों का पता लगाता हूँ। आप मेरी तरफ ध्यान रखना और मेरे इशारों की पहचान रखना।

(राम-लक्ष्मण के पास पहुँच कर)

हनुमान रामचन्द्र जी से (गाना लावनी जिला)

कौन ग्राम क्या नाम देवता कहाँ से आप पधारे हैं।
जाहिर में तो हो तपस्वी फिर ये शस्त्र क्यों धारे हैं।।
इधर तुम्हारी युवा अवस्था उधर फकीरी बाना है।
क्या कारण वन में फिरने का असली कौन ठिकाना है।।
इधर जलाल अजब चेहरे का सूरत शक्ल शाहाना है।
उधर हवाइयाँ उड़ रही मुँह पर इसका भेद न जाना है।।
उत्तम कुल और क्षत्रिय पन के वस्फ आप में सारे हैं।
जाहिर में.....

रामचन्द्र : क्या पूछो हो महाराज हम प्रारब्ध के मारे हैं।
कहने को तो हम दोनों दशरथ के राजदुलारे हैं।।
लेकिन अब तो एक अर्से से दर पै आजार जमाना हैं।
बेपर बेजर बेघर बेदर न कोई खास ठिकाना है।
सूरत से बेजार हो रहा अपना और बेगाना है।।
फिर काटते दिन गर्दिश के इसी तरह मर जाना है।
साथ मेरे ये छोटे भाई, लक्ष्मण प्राण प्यारे हैं।।
कहने को.....

हनुमान : कहो मुफस्सिल हाल कुँवर जी क्या विपता तुम पर आई।
हा गया ऐसा क्या कारण घर से निकले दोनों भाई।।
असल हकीकत वजह उदासी की अब तक नहीं बतलाई।
हो रही हालत क्यों अब तर, क्यों चेहरे पर जरदी छाई।।
पड़ी मुसीबत सख्त कोई जो उड़े औसान तुम्हारे हैं।।
जाहिर.....

लक्ष्मण : राम पिता की आज्ञा से वन भ्रमण करने आए थे।
इस सेवक और सीता जी को भी अपने संग में लाए थे।।
फिरते-फिरते वनों में हमने नौ दस साल बिताए थे।
कुछ अर्से से पंचवटी में डेरे आन लगाए थे।
सीता को हर ले गया रावण ढूँढ़-ढूँढ़ हम हारे हैं।
कहने.....

हनुमान : (दोहा) **महाराज क्या बात थी क्यों छोड़ा घर बार।**
क्या कारण ऐसा हुआ वन को आए पधार।।
किसलिए बने हो वनवासी? क्यों पिता ने ऐसी आज्ञा दी।
क्यों संग तुम्हारे आए थे भ्राता लक्ष्मण और सीता जी।।
क्यों राजवस्त्र का त्याग किया और रूप बनाया सन्तों का।
किसलिए वनों में वास किया, आनन्द बिसारा महलों का।।
जो-जो भी कष्ट उठाए हैं, सब कहकर नाथ सुना दो तुम।
करुणा करके महाराज मेरी यह शंका प्रथम मिटा दो तुम।।

लक्ष्मण गाना

(**तर्ज** : सुनो जी रघुराई..... या चरण धो रे भाई, भ्रम करो दूर)

टेक : कहूँ सब गाथा, सुनो कर ध्यान।

1. महाराज ने किसी समय, माता को वचन दिया था।
उसने माँगा राज भरत को, और राम वनवासा।।
सुनो.....

2. आज्ञा मान पिता की आए, वन भ्रमण को भ्राता।
सेवक आया साथ प्रभु के, और जानकी माता।।
सुनो.....

3. माता ने फिर हुक्म सुनाया, मानो एक मेरी तुम बात।
राजवस्त्र का त्याग करो अब, बस करो फकीरी नाता।।
सुनो.....

4. पंचवटी पर कुछ ही समय से, आकर वास किया था।
भाग्य गए बस लौट हमारे, हो गया निष्ठुर विधाता।
सुनो.....

5. पापी, दुष्ट, नीच, रावण ने, हरी जानकी माता।
वन-वन मारे हम फिरते हैं, सब शंका लाल मिटाता।।
सुनो.....

राम : विप्रवर! हमने अपना सारा हाल बताया, अब कुछ अपना भी तो वृतान्त सुनाइए।

हनुमान : ((वेश उतारकर) **गाना (तर्ज : लावनी)**)

(दोहा) **पवन-अंजनी सुत प्रभो! हनुमान है नाम।**
बानर जाति है मेरी, किष्किंधा है धाम।।

इस निर्जन पर्वत को स्वामी सब ऋष्यमूक गिरि कहते हैं।
सुग्रीव हमारे राजा हैं जो इसी शिखर पर रहते हैं।।
हूँ मूढ़, कुटिल, माया के वश अधीन, निष्ठुर अज्ञान प्रभो।
है आप दया सागर पावन, स्वाधीन, सगुण भगवान प्रभो।।
माया के अन्धे जीवों को भवसागर पार किया तुमने।
संसार-भार हरने को ही स्वामी अवतार लिया तुमने।।
जो मन के भाव हमारे हैं स्वामी अन्तर्यामी जानो।
मुझे नीच अपावन को भगवन चरणों का सेवक ही जानो।।

राम : हनुमान जी! हमें आपसे मिलकर बड़ी प्रसन्नता हुई। हे ईश्वर!

आज हमारे मन की पूछने वाला कोई तो मिला। (लक्ष्मण से) भाई! हनुमान जी की एक-एक बात में सच्चाई, शराफत और मानवता की झलक देखने को मिलती है। ऐसा प्रतीत होता है जैसे वह न सिर्फ बलवान हैं बल्कि वेद शास्त्र में भी पूरे विद्वान हैं।

लक्ष्मण : निस्सन्देह! आदमी तो बड़े ही कर्मी लगते हैं। ये हमारे लिए काफी सहायक हो सकते हैं। ऐसे इन्सान ढूँढ़े से भी नहीं मिलते और कभी-कभी ही देखने में आते हैं। इसलिए ऐसे आदमी को हाथ से गँवाना नहीं चाहिए। इसे अपना बनाने में भलाई ही भलाई दिखाई देती हैं।

हनुमान : प्रभु! यदि मेरी प्रार्थना स्वीकार है तो हर चिन्ता को त्याग कर किष्किन्धा पर चल कर महाराज सुग्रीव को दर्शन दीजिए।

राम : जैसी तुम्हारी इच्छा।

[हनुमान का राम-लक्ष्मण को कंधे पर बिठाकर पर्वत पर चढ़ जाना।]

सुग्रीव : मेरे अहोभाग्य हैं! अहा! जो आपने दर्शन देकर मुझे कृतार्थ किया।

हनुमान : देखिए महाराज! यही हमारे स्वामी सुग्रीव किष्किन्धा नरेश हैं। जो अपने दुष्ट भाई बाली के हाथों बड़ा कष्ट पा रहे हैं। और नगर को छोड़कर इस पर्वत पर जीवन बिता रहे हैं।

राम : सुग्रीव जी! मुझे आपके साथ सच्ची सहानुभूति है।

सुग्रीव : (हनुमान से) मन्त्री जी! मुझे भी तो इनका परिचय कराइए।

हनुमान : महाराज! ये अयोध्या नरेश श्री दशरथ महाराज के राजकुमार हैं। किन्तु आजकल समय के प्रभाव से बड़े लाचार हैं। इनका नाम राम और ये इनके छोटे भाई लक्ष्मण हैं।

सुग्रीव : महाराज! ऐसी क्या बात हुई जो राजभोगों का त्याग करके वन आना पड़ा? इतनी छोटी अवस्था में ही संन्यासियों का जीवन बिताना पड़ा?

राम : सुग्रीव जी! हमारी सौतेली माता कैकई ने किसी समय पिता जी से दो वरदान पाए थे। एक दिन अच्छा अवसर जान कर

उन्होंने हमारे छोटे भाई भरत को राज्य और मेरे लिए चौदह वर्ष का वनवास माँग लिया। पिता जी ने अपना प्रण निभाया और मैं, भ्राता लक्ष्मण तथा मेरी धर्मपत्नी सीता चौदह साल के लिए वनों में आ गए। हमने तेरह वर्ष बड़े आनन्द में बिताए। कुछ समय से हमने पंचवटी पर डेरा लगाया एक दिन लंका का राजा रावण हम दोनों भाइयों की अनुपस्थिति में सीता जी को हर ले गया। तब से हम सीता जी की तलाश में दर-दर भटक रहे हैं।

सुग्रीव : हाँ-हाँ अभी चन्द रोज हुए एक स्त्री हाय राम, हाय लक्ष्मण कहती हुई जा रही थी। मैं उस दिन इसी पर्वत पर बैठा हुआ था। मुझे बैठा देखकर जानकी जी ने कुछ आभूषण नीचे गिरा दिए जो मैंने उठा कर रख लिए थे।

राम : तो सुग्रीव जी! वे वस्त्र और आभूषण हमें दिखलाइए।

सुग्रीव : (वस्त्र आभूषण लाकर) ये लीजिए महाराज।

रामचन्द्र जी का गाना (बहरे तबील)

(दोहा)

भाई लक्ष्मण देख तू करके जरा ध्यान।
जेवर यह आगे पड़े, कर इनकी पहचान।।

भाई लक्ष्मण जरा तू ही पहचान कर,
कि ये सीता का गहना भी है या नहीं।
देख ले भाल ले खूब अच्छी तरह, कभी उसने यह पहना भी है या नहीं।।

1. जितने जेवर, रत्न और जड़ाऊँ जड़े, हार माला व बिन्दी व जुगनी कड़े।
जो हैं सारे तुम्हारे अगाड़ी पड़े, उसके माथे का गहना भी है या नहीं।।
2. देखते हो मगर फिर भी खामोश हो, कौन सी बात का करते अफसोस हो।
किस तरह से भला मुझको सन्तोष हो, हाल मेरे से कहना भी है या नहीं।।

3. मुझे जेवर यह सुग्रीव ने हैं दिए, और कहा जाता था रावण उसको लिए।
ताने सीता ने उसको यहाँ तक दिए, कि तेरी माता या बहिना भी है या नहीं।।

4. मेरे होश और हवास ठिकाने नहीं, इसलिए मैंने जेवर पहचाने नहीं।
और जौहरी अयोध्या से आने नहीं, कुछ जबाव इसका देना भी है या नहीं।।

5. अगर तहकीक रावण ने ऐसा किया, नाम उसका जमाने से दूँगा मिटा।
कहो लक्ष्मण तुम्हारा इरादा हैं क्या, इन्तकाम उससे लेना भी है या नहीं।।

6. छिप जाए अगर छिपना है उसने कहीं, शीश काटूँगा पापी का जाकर वहीं।
मुझे 'यशवन्त सिंह' यह भी परवाह नहीं, कि मेरे साथ सेना भी है या नहीं।।

लक्ष्मण का गाना (बहरे तबील)

(दोहा)

झूठी मैं कैसे कहूँ, तुम से ऐ मम भ्रात।
मेरी तो कुछ समझ में, नहीं आई यह बात।

भाई पहचान इनकी मैं कैसे करूँ,
कुछ समझ में मेरे बात आई नहीं।।
जिसे पहचान सकता बखूबी मुझे, इनमें जेवर वो देता दिखाई नहीं।

1. यह तो सिर और गले के हैं जेवर पड़े, और चेहर के भूषण हैं सारे धरे।
इनकी पहचान मुश्किल है मेरे लिए, अक्ल मेरी यहाँ तक रसाई नहीं।।.....

2. क्योंकि मैंने उमर भर में अपने कभी, माता सीता के चेहरे को देखा नहीं।

जिस वक्त वह कभी मेरे सन्मुख हुई, मैंने ऊपर नजर तक उठाई नहीं।।.....

3. कोई पाँव का जेवर हो उनके अगर, लूँगा पहचान फौरन से भी पेश्तर।
भला चेहरे व गर्दन का तो क्या जिक्र आज तलक उनकी देखी कलाई नहीं।।.....

4. जब प्रातः ही उठ कर आता था मैं, शीश चरणों में उनके झुकाता था मैं।
उस समय गहना वह देख पाता था मैं, कुछ जताता तुम्हें पारसाई नहीं।।.....

5. अगर रावण ने है फैल ऐसा किया, तो फिर देर किस बात की है भला।
बस समझ लो कि मौत उसकी पहुँची है आ, उसने सोची भलाई बुराई नहीं।।.....

6. खाक में शीश तक न उसका मिले, उसे धिक्कार है जो यहाँ चैन ले।
बाण लक्ष्मण के 'यशवन्त सिंह' जब चले, शीश रावण का देगा दिखाई नहीं।।

भ्राता श्री! न मैं इन जेवरों को जान सकता हूँ और न इनमें से किसी को पहचान सकता हूँ। हाँ अगर उनके पाँव का कोई जेवर हो तो उसकी मुझे अच्छी तरह पहचान है। इन चेहरे के जेवरों का मुझे क्या ज्ञान है, क्योंकि जब प्रातःकाल उनके पास आकर उनके पाँव छूता था तो उस वक्त पाँव का जेवर मुझे नजर आता था अन्यथा मैंने आज तक उनके सन्मुख ऊपर नजर नहीं उठाई। इसलिए इन जेवरों की पहचान मेरे लिए कठिन है।

सिर झुकाता था सदा चरणों में उनके नाथ में।
कुछ पता मुझको न था क्या कान में क्या हाथ में।।

राम : (एक पाजेब दिखाकर) अच्छा इसकी पहचान करो। बताओ कि कभी सीता जी ने पहना है?

लक्ष्मण : निस्सन्देह! यह माता सीता के पाँव का गहना है।

सुग्रीव : लक्ष्मण! तुम धन्य हो। आपकी इस शर्म लज्जा का क्या कहना है, यह भी भाई हैं जिसने प्रेम भक्ति की वह मिसाल पैदा कर दिखाई जो आज तक देखने व सुनने में न आई। इधर वह मुझ भाग्यहीन का भाई जिसको अपने छोटे भाई की स्त्री ही मन भाई और मुझको घर से निकालकर जंगलों की खाक छनवाई। आश्चर्य यह है कि आप दोनों सौतेले भाई हैं। जिनके आचरण के गीत जमाना गाता है और वह दुष्ट मेरा सगा भाई कहलाता है।

राम : अच्छा सुग्रीव जी! अब अपनी भी कथा सुनाइए। भाई-भाई की शत्रुता का कारण भी तो समझाइए।

सुग्रीव : सुनिए प्रभु!

गाना

(**तर्ज** : नारी की हम कथा सुनाते है)

टेक : भाई-भाई के झगड़े की एक विषम कहानी है।
एक विषम कहानी है।

अन्तरा : मायावी एक असुर था—बलवान महा वो निष्ठुर था।

1. अमिभानी मद में गरमाया, नगर द्वार पर था वो आया।
क्रोध में भरा-तनिक न डरा, दनुज की यही निशानी है।
एक विषम कहानी है। भाई.....

2. सुनकर उसका आह्वान, संग्राम छिड़ा अति दारुण।
असुर हार कर भागा रण से, अधम टला वो निज प्राण से।।
चले हम साथ, लगाए घात, नहीं मन में हैरानी है।
एक.....

3. बस एक गुफा के वो अन्दर, घुस गया असुर दुष्ट घबराकर।
मुझको बाली इतना समझाकर, यहीं रहो तुम मेरे बन्धुवर।
गुफा में गया क्रोध में भरा, नहीं शंका मन मानी है।।
एक.....

4. बीत गया फिर मास एक सारा, बही रक्त की फिर एक धारा।
समझ पड़ा ये मेरे जी को, दुष्ट ने हनन किया बाली को।।

उठाकर शिला द्वार बन्द किया, करम की गति न जानी है।।
एक.....

5. वापिस बाली कुछ दिन में आया, मुझको नगरी में था पाया।
उलट पुलट कर तोड़ी काया, दया कुशल बिल्कुल न लाया।।
नगर को तजा-छोड़कर भागा, कहूँ क्या कठिन सुनानी है।
एक विषम कहानी है।। भाई.....

या

(सुग्रीव का गाना (विशन पद की तर्ज))

सुनो भगवान–टुक देकर ध्यान,
असल वजह इसकी तुमसे करूँ बयान। सुनो भगवान.....

1. धुन्दवी नामी दैत्य से हुआ हमारा जंग, हमने उसे हरा दिया किया काफिया तंग।
बचाई भागकर उसने जान, सुनो भगवान.....
2. आगे आगे धुन्दवी पीछे मैं और बाल, एक गुफा के बीच में छुप गया वह तत्काल।
नहीं जब बचते देख प्राण, सुनो भगवान.....
3. हमको तो यह कह गया रहना यहाँ मौजूद, खुद बाली उस गुफा में गया उसी दम कूद।
बाद का मुझको नहीं है ज्ञान, सुनो भगवान.....
4. एक रोज उस गुफा से बही खून की धार, समझा मैंने दैत्य ने बाली को दिया मार।
मुझे भी मारेगा अब आन, सुनो भगवान.....
5. शिला उठाकर वहीं से किया गुफा को बन्द, छोड़ दिया उस जगह को आ पहुँचा किष्किन्धा।
रात दिन रहने लगा हैरान, सुनो भगवान.....
6. राजसभा ने एक दिन किया मुझे मजबूर, काम सम्भालो राज का, करो रंज गम दूर।
राज को क्यों करते वीरान, सुनो भगवान.....
7. आखिर को मैं राज का करने लग गया काम, अंगद को युवराज कर जारी किए अहकाम।

रंज के दूर किए सामान, सुनो भगवान....

8. बाली उसको मार कर थोड़े दिन के बाद, सही सलामत आ गया कर उसको बर्बाद।
हुआ मैं चरणों पर कुर्बान, सुनो भगवान.....

9. नजर ज्यों ही मुझ पर पड़ी दिया क्रोध ने भून, आँखों से उसकी तभी लगा बरसने खून।
सैंकड़ों मारे घूँसे तान, सुनो भगवान.....

10. राजपाट सब छीनकर घर से दिया निकाल, रोमा मेरी स्त्री अपने घर ली डाल।
नहीं कुछ सूझा लाभ और हान, सुनो भगवान.....

राम : वह कैसा भाई है जो ऐसा नीच काम करते समय उसको लज्जा नहीं आई। हम हर प्रकार से आपकी सहायता करने को तैयार हैं। वह बड़ा निर्दयी है।

सुग्रीव : प्रभु आप मुझ पर इतनी कृपा करें। मैं भी आपसे वायदा करता हूँ कि मैं और मेरे साथी सीता जी के छुटकारे के लिए अपने प्राण न्यौछावर कर देंगे।

राम : मित्र सुग्रीव। मैं बाली को एक बाण में मार डालूँगा। उसके प्राण ब्रह्म और महादेव की शरण लिए जाने पर नहीं बचेंगे।

सुग्रीव : महाराज! क्या आप वास्तव में ऐसा ही करेंगे? मैं कोई स्वप्न तो नहीं देख रहा?

राम : देखो सुग्रीव हमने आपको मित्र कहा है। अब एक सच्चे मित्र के लक्षण सुनो।

सदा अपने दुख से ज्यादा मित्र के दुख को बड़ा समझना चाहिए। अपने मित्र के बुरे रास्ते से हटाकर सही रास्ते पर लाना चाहिए। उसकी बुराइयों को छुपाकर गुणों को प्रकट करना चाहिए। लेन देन में शंका नहीं करनी चाहिए। बुरे समय में ज्यादा प्यार और सहायता करनी चाहिए। कुटिल मन वाले मित्र को छोड़ने में ही भलाई है। क्योंकि मूर्ख सेवक, कंजूस राजा, कुलटा स्त्री तथा कपटी मित्र में चारों सूल के समान हैं। हे सखा! मैं सब प्रकार से तुम्हारे काम आऊँगा।

सुग्रीव : किंतु महाराज! बाली को मारना साधारण काम नहीं है। आपके सामने दुन्दुभी राक्षस का पंजर है। जिसे मारकर उसने मातंग ऋषि के आश्रम में फेंक दिया था और ऋषि ने क्रोधित होकर यह शाप दिया था कि यदि तू किष्किन्धा आएगा तो जलकर भस्म हो जाएगा।

राम : प्यारे सुग्रीव! तुम कोई चिन्ता न करो। हमारा बाण उसे कदापि जीवित न छोड़ेगा।

सुग्रीव : किन्तु इसका प्रमाण।

राम : जो तुम चाहो।

सुग्रीव : तो देखिए प्रभु! ये सामने सात ताल वृक्ष खड़े हुए हैं, बाली जब अपनी पूरी शक्ति से बाण चलाता हैं तो चार-पाँच को भूमि पर गिरा देता है।

राम : तो देखो! मैं एक ही बाण में इन सबको गिराए देता हूँ।

[बाण मारना सातों वृक्षों का गिरना]

सुग्रीव : धन्य हो प्रभु! अब मुझे पूरा विश्वास हो गया है कि आप अवश्य ही बाली को मार डालेंगे और मेरा कष्ट निवारेंगे। किन्तु महाराज! उसे ब्रह्मा जी का वरदान है कि उससे युद्ध करने के लिए जो भी सामने आएगा, उसका आधा बल बाली में चला जाएगा।

राम : अच्छा फिर तो ब्रह्मा जी के वरदान का मान रखते हुए हमें छिपकर उसे मारना पड़ेगा।

सुग्रीव : हाँ महाराज! मैं जाता हूँ और उसे युद्ध के लिये ललकारता हूँ किन्तु याद रखिये कि यदि आप थोड़ी भी देर लगाएँगे तो मेरे प्राण पखेरू सुरपुर ही उड़ जाएँगे।

राम : नहीं ऐसा नहीं होगा। तुम जाकर बाली को युद्ध के लिए ललकारो।

सुग्रीव : अच्छा प्रभो! परन्तु सावधान रहना।

जाना

[बाली मन्त्री सहित बैठा है]

बाली : मन्त्री जी! क्या भाई भी ऐसे नीच होते हैं जो भाई को काल

के मुँह में डालकर राजभोगों का आनन्द लेते हैं।

मन्त्री : क्यों नहीं महाराज! आपके भाई सुग्रीव ने भी तो ऐसा ही व्यवहार किया था।

बाली : यही तो मेरा तात्पर्य है।

सुग्रीव : (आकर और ललकार कर) अरे दुष्ट बाली! तूने मुझे कष्ट पहुँचाया है। आज सुग्रीव अपना सारा बदला चुकाने के लिए आया है। आज रोज-रोज का झगड़ा निबटाऊँगा, या तो आपकी जान लूँगा या अपना सिर कटवाऊँगा।

बाली : तो देख ले! आज फिर उसे उल्टी समाई है, ज्ञात होता है कि मृत्यु उसे स्वयं ही यहाँ खींच लाई है। आज मैं इसकी अच्छी तरह मरम्मत बनाऊँगा।

मन्त्री : महाराज! यद्यपि वह अज्ञानी है, किन्तु फिर भी आपका भाई है। इसलिए उसका दोष क्षमा कर देने में ही बड़ाई है।

बाली : तो क्या तुम मुझे कायर बनाना चाहते हो। मुझे तुम्हारी ऐसी सीख की आवश्यकता नहीं।

सुग्रीव : अरे अन्यायी! क्या घर में छिपकर जान बचाना चाहता है, पाप का फल भोगने के लिए बाहर क्यों नहीं आता। जरा मैदान में आओ और वहीं बैठे बात न बनाओ।

बाली : ओ कायर! तुझे अब भी लाज न आई। अनेकों बार तो मेरे सामने से भाग कर जान बचाई।

सुग्रीव : आज सब मालूम हो जाएगा कि कायर और कुबुद्धि कौन है, भाग कर जान बचाने वाला कौन है।

बाली : तो ठहर अभी आता हूँ। और तेरा झगड़ा सदा के वास्ते ही मिटात हूँ।

बच निकल भागा था अब तक छल-कपट से घात से।
आज बचने पाएगा हरगिज न मेरे हाथ से॥

[युद्ध स्थल]

बाली : गया नाम बाली का शायद तू भूल।
मेरे सामने आया ओ नामाकूल।

सुग्रीव : जरा सामने हो, न शेखी जता,

बताऊँ तुझे वीरता का पता।

बाली : चला जा चला जा न बकवास कर।
मेरे मरतबे का तो कुछ पास कर।

सुग्रीव : पड़े भाड़ में तू तेरा मर्तबा,
अभी हड्डियाँ तेरी लूँगा चबा।

बाली : अगर जान अपनी है तुझको अजीज,
चला जा यहाँ से अरे बदतमीज।

सुग्रीव : यहाँ से उसी वक्त ही जाऊँगा,
तुझे मारूँ या आप मर जाऊँगा।

बाली : समाया है दिल में तेरे क्या फितूर,
न खो जान अपनी अरे बेशहूर।

सुग्रीव : मैं तेरे मजालिम से तंग आ गया,
तो मजबूर हो कर ब जंग आ गया।

बाली : बताता है जालिम मुझे बेशरम,
किया था मेरे साथ कैसा करम।

सुग्रीव : किया जो मैंने आगे मेरे आएगा,
नहीं तो तेरा नाश हो जाएगा।

बाली : मालूम होता है कि आज तेरी खाल खुजला रही है।

सुग्रीव : क्या मालूम मेरी खाल खुजला रही है, या तुम्हारी मौत तुमको बुला रही है।

[दोनों का देर तक आपस में कुश्ती लड़ते रहना और आखिर बाली का सुग्रीव को नीचे दबा लेना]

बाली : अब बता दुष्ट, कर दूँ एक के दो।

सुग्रीव : इधर-उधर देखकर दिल ही दिल में। अब तक कोई मेरी सहायता के लिए नहीं आया। अब तो निकल भागने में भलाई है।

[निकल भाग जाना]

बाली : चल भाग डरपोक! फिर वही कायरता दिखलाई। आखिर भागकर ही जान बचाई।

[सुग्रीव का राम-लक्ष्मण के पास आकर]

सुग्रीव का गाना

(**बतर्ज** : जाओ जी जाओ किस नादान को बहकाने आए)

1. धोखे में देकर नाहक-तुमने मुझे जलील कराया।
अच्छी दुर्गत करवाई, हड्डी पसली तुड़वाई
अब तक भी होश न आई, मुश्किल से जान बचाई।
वाह-वाह महाराज तुमने खूब ही अपना प्रण निभाया।
धोखे में.....

कौन सा मैंने भला आपका अपराध किया।
बैठे बिठलाए मुझे आपने बर्बाद किया।
याद है आपने मुझसे क्या इरशाद किया।
मेरी तकलीफ का क्या अच्छा इन्सदाद किया।।

2. लातें और मुक्के दस-दस, मारे जो घूँसे कस कस।
दुखती है मेरी नस-नस, करती है चमड़ी चस-चस।।
अच्छी की इमदाद उलटा उससे मुझको पिटवाया।
धोख में....

रामचन्द्र जी का गाना (तर्ज वही)

देखा हरचन्द लेकिन मैंने तुमको नहीं पहचाना।

1. दोनों की शक्ल तुम्हारी, मिलती आपस में सारी।
मुझको थी यही लाचारी, अपनी सी की होशियारी।।
कोशिश की लेकिन मैंने दोनों में कुछ भेद न जाना।
देखा.....

क्या आर्य पुरुष कभी धोखा किया करते हैं, जबाँ जबाँ दे दी कहीं पीठ दिया करते हैं?
जो कि स्वार्थ से फकत काम किया करते हैं, ऐसे कमबख्त भी दुनिया में जिया करते है।

2. बिन देखे जो तीर चलाता, धोखे से जो तू मर जाता।
मुझ पर यह पातक आता, मित्र घातक मैं कहलाता।
मेरा तो दुनिया में फिर कुछ नहीं रहा था कोई ठिकाना।
देखा.....

सुग्रीव : यह तो ठीक है महाराज! परन्तु यदि मैं भागकर प्राण न

बचाता तो परलोक पहुँच जाता।

राम : अच्छा लो अब वह माला पहन जाओ और एक बार बाली को युद्ध के लिए ललकारो।

सुग्रीव : क्षमा कीजिए महाराज! यदि अबकी बार गया तो बाली मुझे अवश्य मार देगा।

राम : निश्चिन्त रहो सुग्रीव! ब्रह्मा और महादेव की शरण में जाकर भी बाली राम के बाण से बचने न पाएगा।

सुग्रीव : अच्छा प्रभो! आपकी आज्ञा सिर चढ़ाता हूँ, और एक बार फिर काल के मुँह में जाता हूँ।

[माला पहनकर जाना]

(बाली का महल)

बाली : जब मनुष्य के नाश के दिन आते हैं तो उसकी बुद्धि पहले ही मलीन हो जाती हैं। मूर्ख ने इतना भी न सोचा कि यदि मैं किष्किन्धा पर्वत पर जा पाता तो क्या वह आज तक जीवित रह जाता।

सुग्रीव : (आकर) (ललकार कर) वाह अच्छी बहादुरी दिखाई है और कुछ न बन पड़ा तो घर में घुस कर जान बचाई, जरा बाहर आ जाओ भाई! अब की बार मैं तुझे कदापि जीवित न छोड़ूँगा और तेरे अभिमानी सिर को आज अपने हाथों से तोड़ूँगा। अन्यायी कहीं का।

बाली : तो फिर आ गया कायर! अरे दुष्ट, क्या तुझे डूब मरने के लिए चूल्लू भर पानी भी नहीं मिला जो बार-बार मेरे सामने चला आता है। अच्छा ठहर! फिर देखता हूँ।

[जाना चाहता है, तारा रोक लेती है]

तारा : (हाथ पकड़कर) ठहरिए प्राणनाथ! इतनी जल्दी न कीजिए, पहले मेरी शंका का समाधान कर दीजिए।

बाली : क्या कहती हो तारा! क्या मैं सुग्रीव से डर जाऊँ। एक कायर की ललकार सुनकर भी घर में घुस जाऊँ?

तारा : यदि ऐसा होता तो मैं आपको कदापि न रोकती। प्राणनाथ! सुग्रीव आपका भाई है। आप दोनों की दुश्मनी प्रजा पर बुरा

प्रभाव डालेगी और आपकी प्रजा भी इसी तरह छोटे भाइयों का हक छीन कर घर से निकालेगी। इसलिए इसे क्षमा करके, इस बैर भाव को दिल से निकाल दें।

बाली : मैं किसी हालत में उसकी शक्ल देखने को तैयार नहीं हूँ। इसके अतिरिक्त कुछ कहना है तो कहो।

तारा : प्राणनाथ! अभी-अभी अंगद ने मुझे बताया है कि अयोध्या के दो राजकुमारों को उसने अपना मित्र बनाया है और उन्होंने ही सुग्रीव को आपसे युद्ध के लिए उकसाया है। उनके ही बल पर आपसे इतनी मार खाकर भी लड़ने आया है; अन्यथा यह तो आप भी भलीभाँति जानते है कि उसकी स्वयं की इतनी ताकत कहाँ है।

बाली : तो फिर इसमें भय की क्या बात है?

तारा : क्यों नहीं महाराज! वे दोनों भाई बड़े बलवान और तेजस्वी है। सुना है कि उन्होंने अनेक राक्षसों को मार डाला है।

बाली : तारा तुम बड़ी डरपोक हो। क्या बाली को मारने वाला आज तक संसार में जन्मा है? हट जाओ; मुझे जाने दो। आज उस दुष्ट को अपनी करनी का फल अच्छी तरह पाने दो।

तारा : (हाथ पकड़कर) नाथ! एक बार फिर सोच लीजिए।

गाना

(**तर्ज** : लड़ना अच्छा नहीं भाई.....)

यह क्रोध बुरा होता है, कुलमान ज्ञान खोता है।

1. भाई को भाई मारे; निन्दा हो जग में सारे।
कर डाले बिना विचारे, फिर पीछे से रोता है।
यह क्रोध.....

2. बनवासी दोनों भाई; हैं उनके आज सहाई।
यह चिन्ता मुझको छाई, धीरज मन अब खोता है।
यह क्रोध.....

3. निज लाभ हानि पहचानो, यह मेरा कहना मानो।
मत कुशल यह दिल में जानो, दुश्मन निर्बल होता है।।
यह क्रोध.....

बाली : (तारा का हाथ झटककर) बस-बस! रहने दे अपना उपदेश; बाली संसार में किसी का भय खाने वाला नहीं। (जाना)

सुग्रीव : (ललकार कर) घर में ही बातें बनाओगे या बाहर भी आओगे। (बाली को देखकर) ओहो! निकल आए। क्या स्त्री के आँचल में मुँह छिपाए पड़े थे?

बाली : अरे निर्लज्ज! नीच, पापी, चण्डाल, आज फिर तेरा मरने को जी चाहा है अरे बेशर्म उस वक्त भागकर जान बचाई, अब दोबारा मुँह दिखलाते हुए तनिक भी लज्जा नहीं आई।

सुग्रीव : मेरा हक मुझे दे दे। बात गई आई, न झगड़ा न लड़ाई।

बाली : सिवाए आवारागर्दी के तेरा कोई हक नहीं।

सुग्रीव : तो आज तुम्हारी मौत में कोई शक नहीं।

बाली : न जिन्दा जाएगा आकर मेरी तलवार के नीचे।

सुग्रीव : तू चलकर आज खुद आया छुरी की धार के नीचे।

बाली : तू किस शेर बब्बर के सामने, ओ बेअकल आया।

सुग्रीव : किया जिसने तकब्बुर एक दिन वह सिर के बल आया।

बाली : तू आया किस भरोसे पर मुझे नीचा दिखाने को?

सुग्रीव : तेरा ही पाप काफी है तेरी हस्ती मिटाने को।

बाली : सँभल जा अब तेरे सिर पर मेरी शमशीर उल्टी है।

सुग्रीव : नहीं शमशीर उल्टी वह तेरी तकदीर उल्टी है।

बाली : भूत लातों के नहीं बातों से माना करते।
यार डण्डे के नहीं नरमी को जाना करते।।

सुग्रीव : और दुनिया तो बेगानों को बनाती अपना।
तुझसे कम्बख्त जो अपनों को बेगाना करते।।

बाली : (घूँसा मारकर) चल कायर! यम के द्वार चल।

[दोनो का युद्ध होना, वृक्ष की आड़ से राम का बाण मारना]

(बाली का गिरना)

बाली : आह! धोखा! धोखा!
हाय किस पापी ने चालाकी यह मेरे साथ की।
चोट यह आकर लगी है तीसरे के हाथ की।।

राम : (सामने आकर) बाली! तुमने क्रोधवश होकर अपना कर्तव्य

नहीं विचारा है, इसलिए हमने तुम्हें मारा है।

बाली : ओहो राम! धर्म और नीति के पालन करने वाले राम। तुमने तो धर्म की रक्षा के लिए अवतार लिया है। फिर यह धोखे का व्यवहार किसलिए क्या है। आप तो समदर्शी कहलाते है, फिर यह भेदभाव क्यों दिखलाया है? मुझे शत्रु मानकर सुग्रीव को मित्र किसलिए बनाया है? अगर सीता को छुड़ाने के लिए सुग्रीव से दोस्ती की है तो आपका यह विचार तर्कहीन और निरर्थक है। हाँ! यदि मेरे से कहते तो सीता को रावण अपनी दूसरी रानियों सहित यहाँ छोड़कर जाता। वह तो मेरे पास काफी दिन कैद में रह चुका है।

राम : इसमें शक नहीं है कि तुम्हारी एक-एक बात जले हुए दिल से निकल रही है। मगर धर्म के नियमों को समझने में तुम्हारी अनेक गलती है। सुनो! छोटे भाई की स्त्री, पुत्र-वध, बहिन और कन्या इन चारों को जो पाप दृष्टि से ताकता है, उसको मारने में कोई पाप नहीं लगता है। और जहाँ तक सीता जी की रिहाई का प्रश्न है तो उसके लिए हमें किसी भी सहायता की जरूरत नहीं, एक रावण क्या अगर हजार रावण भी हों तो भी क्या बात है। हम कोई दूध पीते बच्चे या मिट्टी की मूरत नहीं हैं।

बाली : ठीक है। परन्तु यदि मारना ही था तो सामने आकर मारा होता। मैं तो धर्म विहीन हूँ तुमने तो धर्म विचारा होता?

राम : भाई! जब ब्रह्मा जी ने तुम्हें वरदान दिया है तो उसका मान रखना भी तो आवश्यक था।

सामने तुम पर असर होता नहीं पाषाण का।
इसलिए छिपकर किया है वार तुम पर बाण का।।

बाली : ठीक है महाराज! आपके सामने मेरी चतुराई नहीं चल सकती। अच्छा अब मेरा प्रणाम लीजिए और इतना आशीर्वाद दीजिए।

जेहि-जेहि योनि जनम लहुँ जाईं।
चरण कमल अनुराग हो सवाई।।

राम : हे बाली! इस समय तुम्हरा मन पवित्र हो रहा है इसमें उत्पन्न

होने वाली इच्छाएँ भी पवित्र ही हैं। इसलिए तुम निश्चिन्त रहो। तुम्हारी मनोकामना अवश्य पूरी होगी। हाँ यदि कोई इच्छा हो तो वह भी कहो।

बाली : हाँ प्रभो! एक अभिलाषा और है। एक तो सुग्रीव तारा व अंगद को बिल्कुल न सताएँ, और दूसरे मेरे पुत्र अंगद जो बल और पराक्रम में मेरे ही समान है, इस समय नादान है। उसे अपनी शरण में लीजिए और उसकी सारी सेवाएँ स्वीकार करके अभयदान दीजिए।

राम : ऐसा ही होगा वीर बाली!

बाली : सामने देखकर आह! आह! शायद वह सामने मेरी प्राण प्यारी तारा व पुत्र अंगद आ रहे हैं। आप उनको भी धैर्य देना और ज्यादा व्याकुल न होने देना।

अंगद : (आकर) हाय पिता जी! ये क्या हो गया आपको। अब संसार में हमारा कौन हैं।

बाली : कुछ नहीं बेटा! यह तो संसार का नियम है, जो पैदा होता है, उसे मरना भी अवश्य हैं। अब मैं जा रहा हूँ। याद रखो कि आज से तुम्हारे माता-पिता, स्वामी-सखा, मित्र और सम्बन्धी सब कुछ श्री राम हैं, इसलिए इनके चरणों में सिर झुकाओ और आज से इनके अनुगामी बन जाओ।

अंगद : (गाना (काफी कालगड़ा ताल दादरा या ठेका तलवाड़ा))

कौन बँधाये धीर हमारी कौन करेगा प्यार पिता।
कोई सहारा नजर न आए छोड़ चले मझधार पिता॥

1. न कुछ खेला, न कुछ खाया, न कुछ ऐश आराम किया,
   पड़ी यतीमी पल्ले मेरे लुट गए सब सिंगार पिता।.....
2. सब सुख नष्ट हुए अब मेरे, आन दुखों ने घेर लिया,
   बिठा गोद में अंगद पर, अब कौन होगा बलिहार पिता।.....
3. क्या उम्मीद चाचा से मुझको वह मेरी इमदाद करे,
   वह तो मेरी सूरत तक से हो शायद बेजार पिता।.....
4. खबर नहीं क्या हालत होगी धक्के क्या-क्या खाएँगे।
   नहीं ताज्जुब है हमसे छिन जाए वह घरबार पिता।.....

बाली : आह! मेरे लाल! सब्र कर, सब्र कर, मेरे जिगर के टुकड़े ज्यादा न रो और इस कदर अधीर न हो।

राम : बेटा अंगद! तुम किसी प्रकार की कोई चिन्ता न करो। आज से मैं तुम्हें अपने आश्रय में लेता हूँ और अभयदान देता हूँ।

[अंगद का राम के चरणों मे सिर झुकाना]

(राम का उसके सिर पर हाथ रखना)

बाली : (राम से) अच्छा नाथ! अब बोला नहीं जाता। क्षमा कीजिए।

[बेहोश हो जाना]

तारा : नाथ! प्राणनाथ! जीवन आधार!

जा रहे हो छोड़कर मुझको कहाँ मझधार में।
आपके बिन कौन है मेरा सकल संसार में॥

राम : देवी! शान्ति करो!

तारा : हाय! हाय! मेरे लिए संसार सूना हो गया, सारे जगत में अन्धेरा छा गया। किसके सहारे जीवित रहूँगी।

उठता है हाय मेरा संसार से सहारा।
छोड़ा है नाथ किस पर अंगद तेरा दुलारा॥

सुग्रीव : भाभी जी! जीवन और मरण की घड़ी किसी से टल नहीं सकती। समझ लो कि तुम्हारा इतना ही जीवन साथ था।

तारा : हाय-हाय मैं लुट गई।

(गाना (मांड़ मारवाड़ी ताल दादरा))

मेरे स्वामी सिर के ताज मुख से बोलो तो सही।

1. जिसके बल से काँपते धरती और आकाश, पड़ा धरती पर तड़पता ले रहा लंबे साँस।

   मुख से बोली तो सही.....

2. छोड़ मुझे मझधार में सो रहे लंबी तान, क्यों होती यह दुर्दशा जो लेते कहना मान।

   मुख से बोलो तो सही.....

3. जिसका मुझको खौफ था वही हुआ आखिर, अंगद मेरे लाल क कौन बन्धावे धीर।

   मुख से बोलो तो सही.....

4. क्या बिगड़ा सुग्रीव का फूटे मेरे भाग, एक आन की आन में हो गया नष्ट सुहाग।

मुख से बोलो तो सही.....

5. करूँगी किसके आसरे मैं अपनी गुजरान, अंगद मेरा लाडला, है खुद ही नादान।

मुख से बोलो तो सही.....

6. तुमसे था सुग्रीव का पहले से वैर, मुझ पर और मेरे लाल पर कब गुजरेगी खैर।

मुख से बोलो तो सही.....

7. कहा मेरा माना नहीं बहुत मचाया शोर, होनी अपने बल चली चला न मेरा जोर।

मुख से बोलो तो सही.....

8. कब से खड़ी पुकारती बोलो तो एक बार, सोते हो किस नींद में जाग मेरे सरदार।

मुख से बोलो तो सही.....

बाली : (किसी तरह आँखें खोलकर) आह प्यारी तारा! यद्यपि तुमने मुझे समझाने की भरपूर कोशिश की। लेकिन मैंने ही अपनी जिद नहीं छोड़ी। मुझे अपने दुष्कर्मों का नतीजा मिला है। इसमें भ्राता सुग्रीव का व श्री राम का कोई दोष नहीं है।

सुग्रीव : (भारी स्वर से) भ्राता जी! मैंने बड़ा उत्पात किया जो चन्द दिनों की जिन्दगी के लिए बड़े भाई के प्राण ले लिए। अब आप कुल काम अंगद के ही सुपुत्र कीजिए और मुझे इस पाप का प्रायश्चित करने की आज्ञा दीजिए।

बाली : नहीं भाई! ऐसी कायरता का विचार दिल से निकाल दो। जो भी वचन श्री राम को दिया है। उसको पूरा करने के लिए अपनी जान पर खेल जाना, मगर कृतघ्नता का दाग कुल को न लगाना। मेरी अन्तिम घड़ी नजदीक आ रही है (हिचकी लेकर) हे जगदीश्वर! मुझ पापी का भी कल्याण करो।

(प्राण त्याग देना)

तारा : प्राणनाथ! मुझे भी अपने साथ ले चलो। भला तुम्हारे बिना मेरे

लिए यह संसार किस काम का?

राम : देवी! होनी को कोई नहीं टाल सकता। संसार का ऐसा ही नियम है कि जो जनमा है, उसकी मृत्यु निश्चित है। यह नियम अनादिकाल से चला आ रहा है। अतः हे देवी सब बातों पर विचार करके धैर्य धारण करो और युवराज अंगद का शोक निवारण करो।

तारा : बस महाराज! आपने वैसे तो धर्म की रक्षा के लिए अवतार लिया है लेकिन जिस तरह धोखे से आपने मेरे पति का वध किया है वह अत्यन्त निन्दनीय है और मेरा मन इतना दुखी है कि मैं आपका मुख भी नहीं देखना चाहती।

राम : देवी तारा! मैं जानता हूँ कि इस समय आपका मन बहुत दुखी है, क्योंकि आपके पति का वध हो चुका है। किसी भी स्त्री के लिए उसके पति की मृत्यु उसके लिए सबसे अधिक दुखदायक घड़ी होती है। मैं यही भी अनुभव कर रहा हूँ कि इस समय आपके मन में केवल दुख ही नहीं बहुत क्रोध भी है क्योंकि आपके पति का वध करने वाला आपके सामने खड़ा है। जैसे एक शेरनी की प्यास पानी से नहीं बल्कि किसी के खून से बुझती है, उसी प्रकार यदि आपका क्रोध मेरे प्राण लेकर भी शान्त हो जाए तो राम आपके सामने खड़ा है और यदि आपकी आत्मा ऐसा करने के लिए अनुमति नहीं देती तो मुझे तो इस वध का अगले जन्म में चुकाना ही पड़ेगा। अब मेरा यह उपदेश सुनो।

राम : देवी! शान्ति करो! पृथ्वी, जल, अग्नि, वायु और आकाश इन पांच तत्वों से बना हुआ शरीर जो नाशवान होता है; वह अब भी तुम्हारे सामने पड़ा हुआ है, परन्तु वह अविनाशी आत्मा जो इस काया का साथ छोड़ गई है, जीने और मरने से स्वतन्त्र है, न उसका कभी नाश हुआ है और न होगा। वह अब भी सूक्ष्म रूप से उसी प्रकार विद्यमान है जिस प्रकार इस स्थूल शरीर में थी। इसलिए यह रोना-धोना सब व्यर्थ है। संसार में ऐसा ही नियम है। अब मैं आशा करता हूँ कि

आपका क्रोध शान्त हो गया होगा।

तारा : महाराज! आपके अमृत रूपी वचनों ने मेरी वियोग रूपी अग्नि को शान्त कर दिया। अच्छा प्रभो! अंगद को अपनी शरण में लीजिए और मेरा जीवन सार्थक कीजिए।

राम : देवी! तुम अंगद की ओर से तनिक भी शंका न करो। अंगद अब तुम्हारा ही नहीं मेरा भी पुत्र है।

तारा : धन्य हो प्रभो! आपके समान दयावान और कौन हो सकता है जो शत्रु की सन्तान पर भी पुत्रवत प्रेम करे।

राम : अच्छा सुग्रीव जी! अब बाली का दाह संस्कार करो और दान पुण्य आदि कराके उसकी आत्मा को शान्ति दो!

सुग्रीव : जैसी आज्ञा प्रभो!

[दाह संस्कार करना स्त्रियों का विलाप करना]

किष्किन्धा-वन

(राम-लक्ष्मण, सुग्रीव, हनुमान आदि उपस्थित हैं)

राम : भाई लक्ष्मण! अब किष्किन्धा नगरी का राज्य राजा के बिना सूना पड़ा हुआ है। इसलिए तुम जाकर पुरवासियों, ब्राह्मणों तथा पुरोहितों को बुलाओ और सुग्रीव को विधिपूर्वक राजा बनाओ।

हनुमान : महाराज! राज्याभिषेक का कार्य तो आपके हाथों से होना चाहिए। वानर समाज की ऐसी ही इच्छा है।

राम : हनुमान जी! मैं पिता की आज्ञा और अपनी प्रतिज्ञा के कारण चौदह वर्ष तक किसी नगरी में प्रवेश नहीं कर सकता। इसलिए तुम लक्ष्मण जी को ही ले जाओ और सारा कार्य विधिपूर्वक कराओ।

सुग्रीव : महाराज! पहले जानकी जी का पता लगाना चाहिए, यह कार्य तो पीछे भी होता रहेगा।

राम : नहीं सुग्रीव जी! ऐसे शुभ कार्य में विलंब नहीं करना उचित नहीं है। इसके अतिरिक्त अब वर्षा ऋतु आरंभ होने वाली है और इस काल में आवागमन की असुविधा होने के कारण जानकी की खोज होना भी कठिन है।

हनुमान : धन्य है! दयालु भगवान आपकी उदारता को धन्य है।

दे दिया भक्तों को सब कुछ पास रखा कुछ नहीं।
भक्त की चिन्ता है केवल अपनी चिन्ता कुछ नहीं।।

सुग्रीव : ठीक कहते हो हनुमान जी! मैं पतित, अपावन, वानर जाति और नीच प्राणी था। किन्तु प्रभु ने मुझे भी पवित्र, पावन और लोक का भूषण बना दिया इससे अधिक कोमल स्वभाव और क्या हो सकता है।

राम : सुग्रीव जी! इन बातों को छोड़िए और नगर में जाकर प्रजा का पालन कीजिए। लक्ष्मण जी! अब तुम चले जाओ और राज्याभिषेक का सारा कार्य करा कर इसी स्थान पर लौट आओ।

लक्ष्मण : जैसी आज्ञा प्रभो!

(सबका जाना)

(सुग्रीव का राजतिलक होना)

●●●

www.ingramcontent.com/pod-product-compliance
Lightning Source LLC
LaVergne TN
LVHW050629051026
849532LV00002B/329
* 9 7 8 9 3 8 0 5 1 5 3 0 4 *